AVA REED

Drowning Souls

Whitestone Hospital

Ava Reed

Drowning Souls

WHITESTONE HOSPITAL

Roman

LYX

LYX in der Bastei Lübbe AG
Dieser Titel ist auch als E-Book und als Hörbuch erschienen.

Die Bastei Lübbe AG verfolgt eine nachhaltige Buchproduktion.
Wir verwenden Papiere aus nachhaltiger Forstwirtschaft und verzichten darauf, Bücher einzeln in Folie zu verpacken. Wir stellen unsere Bücher in Deutschland und Europa (EU) her und arbeiten mit den Druckereien kontinuierlich an einer positiven Ökobilanz.

FSC
www.fsc.org
MIX
Papier | Fördert gute Waldnutzung
FSC® C014496

Originalausgabe:

Dieses Buch wurde vermittelt von der Literaturagentur erzähl:perspektive, München (www.erzaehlperspektive.de)

Textredaktion: Jil Aimée – www.jil-aimee.com
Umschlaggestaltung: © Jeannine Schmelzer, Bastei Lübbe AG
unter Verwendung von Motiven von © shutterstock
(Bokeh Blur Background/Zodar) und einer Illustration von
© Jeannine Schmelzer
© Illustration Innenklappe: Nicole Böhm
Satz: Greiner & Reichel, Köln
Gesetzt aus der Adobe Caslon
Druck und Verarbeitung: GGP Media GmbH, Pößneck
Printed in Germany
ISBN 978-3-7363-1654-6

1 3 5 7 6 4 2

Sie finden uns im Internet unter lyx-verlag.de
Bitte beachten Sie auch: luebbe.de und lesejury.de

Für jeden Menschen, der manchmal nicht weiß,
wo er hingehört, oder denkt, er wäre nicht gut genug.

Für die PJs – ich hatte nie bessere Freundinnen
und Freunde als euch. Ihr seid Teil meiner Familie.

Liebe Leser:innen,

vorab eine Erinnerung: Dies ist der *zweite Band* der Reihe. Obwohl die Paare und Sichtweisen wechseln, zieht sich die Storyline kontinuierlich und chronologisch durch alle Bände. Sie sind daher *nicht* in falscher Reihenfolge oder unabhängig voneinander lesbar. *Drowning Souls* knüpft direkt an das Ende von *High Hopes*, dem ersten Band der Reihe, an.

Hinten im Buch findet ihr nach der Danksagung, wie bereits in Band 1, ein Glossar mit den wichtigsten medizinischen Begriffen.

Die medizinischen Aspekte innerhalb der Reihe wurden meinerseits nach bestem Wissen und Gewissen recherchiert und von erfahrenem Fachpersonal geprüft. Falls dennoch Fehler durchgerutscht sein sollten, war das natürlich keine Absicht. Wir sind alle nur Menschen. Teilt sie daher gerne direkt dem Verlag mit, damit sie korrigiert werden können.

Ich freue mich, dass ihr nun auch zu Mitchs und Sierras Geschichte gegriffen habt, wünsche euch tolle Lesemomente und eine wundervolle Zeit im Whitestone Hospital.

Danke für eure Geduld und Unterstützung.

Eure Ava

Triggerwarnung

In der gesamten *Whitestone-Hospital*-Reihe werden – auch aufgrund des Settings – verschiedenste Themen ihren Platz finden, die unter Umständen triggern können.

In *Drowning Souls* sind es unter anderem Leistungsdruck, körperliche Verletzungen jeglicher Art, diverse Körperflüssigkeiten, explizite Erwähnung und Beschreibung von Krankheiten, Operationen sowie teils erfolglose Reanimationen, Verbrennungen, Traumata, Krebs, Tod, eigene Sterblichkeit, Trauer, Alkoholmissbrauch, Atemnot, emotionaler Missbrauch und toxische Beziehungen.

Diese Liste erhebt dabei keinen Anspruch auf Vollständigkeit. Bitte achtet auf euch und eure Gefühle.

Soundtrack

DARK FOUR DOOR – BILLY RAFFOUL
SATELLITE (ACOUSTIC) – CHARLOTTE OC
HEARTS (ACOUSTIC) – JESSIE WARE
NOT WHO WE WERE – EM BEIHOLD
HOW TO SAVE A LIFE (COVER) – SHELBY PARK
BROKEN – JONAH KAGEN
LET'S HURT TONIGHT – ONE REPUBLIC
LOST (ACOUSTIC) – JONATHAN ROY
KEEP YOU DRY – JUKE ROSS
LOST FOR WORDS – PLESTED
FALLIBLE CREATURES (ACOUSTIC) –
SCOTT QUINN
THE SCIENTIST (COVER) – GABRIELLA
I DON'T WANT TO LOSE YOU – LUCA FOGALE
YOU SAY – LAUREN DAIGLE
LONG TIME – WILD RIVERS
SOLA – LUIS FONSI
I'LL BE GOOD – JAYMES YOUNG
TREAD LIGHTLY – FOREST BLAKK
WHAT IF – RHYS LEWIS
YOU BE LOVE (ACOUSTIC) – BILLY RAFFOUL
SWEETEST THING – ALLMAN BROWN
HALF LIGHT – BANNERS
SORRY – HALSEY

1. Kapitel

Sierra

So fühlt es sich also an, Angst zu haben. Nicht um mich, nicht um mein Leben, sondern um das der anderen.

Dabei dachte ich, zu wissen, was Angst bedeutet, schließlich hat sie mich mein Leben lang begleitet und nie ganz verlassen. Angst, das Studium nicht zu schaffen und zu versagen – besonders im Job – und nie meinen Platz in der Welt zu finden; nichts Halbes und nichts Ganzes zu sein. Nicht gut genug zu sein. Nicht wichtig genug. Nicht wertvoll genug.

Einfach nicht *genug* zu sein.

Die Angst, mich zu verlieren, bevor ich mich gefunden habe.

Aber das hier – das ist etwas anderes. Das hier ist eine Angst, die nicht nur als Wort in meinem Leben existiert, nicht nur als begleitender Schatten, als dumpfer Magenschmerz oder leichtes Ziehen. Nein, diese hier drückt meine Lunge zusammen und zerquetscht meine Innereien. Sie will mein Herz daran hindern, weiterzuschlagen. Diese hier ist definitiv mehr ein Gefühl als ein bloßer Name.

Und während sie mich verzehrt, wird mir klar: Das alles kann unmöglich real sein.

Was ist da eben passiert? Wie ist es passiert und warum? Laura und ich wollten Feierabend machen, wir hatten gute Laune, und es war schön, dass sie endlich wieder voll zurück ist. Dass es ihr nach der Sache mit Nash und all dem Mist, der folgte, wieder besser geht, sie keine Spätfolgen davonträgt und ihre Rippe geheilt ist.

Wir schlenderten Richtung Fahrstuhl, aus dem Ian genau in der Sekunde ausgestiegen ist, in der wir um die Ecke gebogen sind. Zur selben Zeit wollten Nash, Mitch und ein paar Pflegekräfte einsteigen, um den zuvor eingelieferten Patienten schnellstmöglich in den OP zu bringen. Sie waren noch nicht ganz drin, die Türen noch nicht geschlossen, da explodierte etwas, das uns die Luft aus den Lungen getrieben und unsere Welt ein Stück aus den Angeln gehoben hat.

Und jetzt, einen Wimpernschlag später, weiß ich nicht, wo ich hinschauen, was ich denken oder als Erstes tun soll.

Ian liegt bewusstlos und dreckverschmiert auf dem Boden. Durchsagen dröhnen durch die Lautsprecher, doch ich verstehe kein einziges beschissenes Wort, weil es zu sehr rauscht und meine Gedanken viel zu laut sind. Es ist, als hätte mein Gehirn auf Stand-by geschaltet, damit es das hier erträgt und mein Körper nicht vollkommen kollabiert. Ich fühle mich wie gelähmt – und das, obwohl ich Laura bereits beiseitegeschoben habe und deutlich spüre, wie ich einen Schritt vor den anderen setze. Wie ich mich bewege. Schneller und schneller.

Ich renne dem Chaos entgegen, hinein in die Arme dieser alles vernichtenden Angst, deren Lachen ich in den tiefsten Winkeln meines Selbst hören kann. Und das ist verrückt, weil ich es war, die bis eben rational gedacht und Laura zurückgehalten hat. Die nicht wollte, dass ihre Freundin impulsiv handelt, weil wir nicht wissen, was genau passiert ist, wie gefährlich es war oder noch ist. Doch als sie Mitchs Namen erwähnt hat und die der anderen, sickerte in meinen Verstand, dass es nicht einfach irgendein Unfall ist. Die Namen sagten mir, dass wir mehr als sonst zu verlieren haben – und was diese Explosion für uns bedeuten kann …

Der Knall dröhnt noch immer in meinen Ohren, und ich muss husten von dem vielen Rauch, den ich unablässig einatme, während Laura mich längst wieder überholt hat.

Ich halte direkt hinter ihr an, als sie sich neben Ian auf die Knie fallen lässt, um ihn zu untersuchen, und ich weiß nicht, wie sie das schafft. Ich weiß nicht, wie sie Ian – obwohl er die logische Wahl ist, da wir zuerst auf ihn getroffen sind – Nash vorziehen kann. Nash, dessen Zustand mich schwer schlucken lässt, als ich meinen Blick aus leicht zusammengekniffenen, tränenden Augen endlich ganz auf den geöffneten Aufzug richte.

Ich keuche auf, ziehe ein Stück meines Kasacks vor Mund und Nase, weil der beißende Geruch, der mich plötzlich erreicht und den ich nicht benennen kann, zu viel für mich ist.

Was auch immer das eben war: Dieser Knall hat das Innere des Fahrstuhls fast komplett zerstört. Nahezu jede Lampe ist kaputt, Scherben liegen überall, das restliche Licht flackert wild, ohne festen Rhythmus, Funken fliegen, und alle Menschen, die sich im Aufzug befanden, liegen reglos auf dem Boden oder sind auf irgendeine Art eingequetscht.

Lisha, eine Pflegerin der Notaufnahme, wurde halb rausgeschleudert, und ihr Körper hindert die Türen daran, sich zu schließen. Sie gehen zu, drücken Lisha leicht zusammen, springen wegen des Widerstandes jedoch sofort wieder auf, um von vorne anzufangen, und ich kann nichts tun, als diesen Wahnsinn in mich aufzusaugen und dabei zu hoffen, ihm nicht zu verfallen.

So viel Schutt, so viele Scherben, so viel Blut und Chaos. »Oh mein Gott«, hauche ich und huste kurz danach erneut.

Ich will Lisha versorgen, checken, wie es ihr geht, bis ich das Feuer bemerke, das sich viel zu schnell im hinteren Teil des Fahrstuhls ausbreitet und immer mehr Rauch produziert. Von den Brandgasen ganz zu schweigen.

»Scheiße!«, fluche ich, und sofort ist Laura bei mir.

»Sierra, wir dürfen nicht …«, beginnt sie, doch beim Anblick von Nash bricht ihre Stimme. Beim Anblick des Feuers.

Zusammenbrechen.

Diesem Schmerz nachgeben.

Die Nerven verlieren.

Ich bin sicher, eines davon wollte Laura eben sagen, weil sie mein Fluchen gehört hat. Aber als sie das ganze Ausmaß erblickt, als sie Nash sieht – nicht bei Bewusstsein, vorne links zwischen dem umgekippten Patientenwagen und der Fahrstuhlwand eingeklemmt –, versteht sie es.

Wo ist Mitch? Wieso sehe ich ihn nicht? Ist er doch nicht eingestiegen? Scheiße, der Rauch wird immer dichter, und meine brennenden Augen sind keine Hilfe. Ich muss da rein, aber vorher sollte eine von uns dem Feuer Einhalt gebieten.

Laura wispert Nashs Namen, ballt die Hände zu Fäusten, und ich weiß, wie sehr sie zu ihm will. Aber die Ärztin in ihr gewinnt, kneift die Augen ein, zwei Sekunden zusammen und sagt eindringlich zu mir, was mir gerade selbst klar geworden ist: »Wir kommen nicht schnell genug durch, wir müssen zuerst das Feuer löschen. Besorg Decken. Wir können den CO_2-Feuerlöscher nicht nehmen, weil wir damit nicht umgehen können und im schlimmsten Fall unsere Atemwege schädigen, besonders in dem Aufzug. Hinten ist noch einer mit Pulver, aber das verunreinigt die Wunden und macht eine riesige Sauerei. Ian ist so gut wie möglich versorgt.« Sie rattert all ihr Wissen, all ihre Gedanken herunter, und auch wenn nichts davon neu für mich ist, unterbreche ich sie nicht. Bestimmt macht Laura das gerade, um den Fokus nicht zu verlieren. Also nicke ich nur, während die ersten Helfer eintreffen. »Ich kümmere mich um Lisha und all den Schutt, der im Weg liegt, bis du zurück bist. Vorher erreichen wir die anderen kaum«, spricht Laura weiter, und ich mache den Fehler, den Fahrstuhl noch einmal genauer anzusehen … Dieses Mal erkenne ich Mitch. Es sind nur Schemen und Umrisse, aber ich bin mir sicher, dass er es ist. Er ist dort drin. Ein Teil von mir wusste das, es war logisch, es war klar; doch der andere Teil, der hoffte, sich zu irren, bricht gerade zusammen.

Nein! Ich …

»Sierra!«, presst Laura hervor und hält mich auf. Dabei habe ich nicht mal gemerkt, dass ich mich bewegt habe. Dass ich mich gegen sie stemme und dieses *Nein* nicht nur gedacht, sondern geschrien habe. Und ich schreie noch immer. Stumm. Weil mir die Luft ausgeht und ich wieder husten muss.

»Das Feuer«, wiederholt sie, und ich renne los. Wieder renne ich vor Angst, doch dieses Mal bin ich nicht wie gelähmt. Mein Zögern hat nicht lange gedauert, aber es hat uns wertvolle Sekunden gekostet. Es hat unsere Freunde und Freundin wertvolle Sekunden gekostet …

So schnell ich kann, schnappe ich mir einen Erste-Hilfe-Kasten aus der Notaufnahme, inklusive Löschdecken.

Der Alarm ist zu einer Hintergrundmusik geworden, der Flur verwandelt sich in einen Ameisenhügel. Immer mehr Menschen wuseln umher, immer mehr Personal trifft ein. Sie rufen durcheinander, eilen über die Treppen zu uns nach unten, um zu helfen oder die Notaufnahme unter Kontrolle zu halten. Um – falls nötig – zu evakuieren.

Als ich zurück bin und vorm Fahrstuhl ankomme, wird Ian vorsichtig umgebettet und über EKG-Elektroden zur Überwachung an den Monitor angeschlossen. Sauerstoff wird er wohl gleich bekommen, sobald er aus dem Gefahrenbereich gebracht wurde. Neben Dutzenden anderen Pflegekräften, Ärztinnen und Ärzten erkenne ich Dr. O'Leary und Grant, der nun fluchend und keuchend dabei hilft, Lisha zu stabilisieren. Währenddessen können Laura und ich endlich in den Fahrstuhl rein, dessen Türen nun permanent offen bleiben und eingerastet sind, und ich beginne, das Feuer mit einer Decke zu löschen. Die Flammen fressen sich bereits durch die umliegenden brennbaren Stoffe. *Sogar durch Mitchs Kleidung.* Aber diesen Gedanken verdränge ich sofort vehement, denn sonst würde er mich lähmen.

Der Rauch wird nicht weniger, die Sicht nicht besser, aber das ist egal. Ich mache weiter, schwitzend, mit kratzendem Hals, bis ich keine einzige Flamme mehr sehe, keinen Funken. Bis es geschafft ist.

Das Feuer ist weg und damit die potenziell größte Gefahrenquelle. Abgesehen von den möglichen giftigen Gasen, die wir gerade einatmen. Ich bräuchte eine Maske, die bräuchten wir alle, denn ein feuchtes Tuch allein würde nichts bringen. Eigenschutz hat immer oberste Priorität – das ist das, was wir lernen. Nur ist das im Moment für mich nicht der Fall. Ich werde nicht gehen, um mir eine Maske zu besorgen, ich kann nicht, egal, wie fahrlässig oder gedankenlos das sein mag.

Ich pfeffere die Decke keuchend in die Ecke und huste mir die Seele aus dem Leib. Laura ist bereits bei Nash, versucht, ihn zu befreien, mit ihm zu reden, und ich erkenne, wie ihr Verstand mit ihrem Herz um die Vormachtstellung kämpft.

Ich verstehe es. Denn zum ersten Mal kann ich sie fühlen. Diese innere Zerrissenheit. Alles in mir will zu Mitch. Dabei liegt der Notfallpatient auch da, mitten im Aufzug, halb begraben unter dem Gestell des Bettes in einer Lache aus Blut, und daneben George, der mit uns heute die halbe Schicht gearbeitet und uns unermüdlich unterstützt hat. Weder Laura noch ich haben viel mit ihm zu tun gehabt, er war als Pfleger stets in der Notaufnahme eingesetzt, und unsere Schichten haben sich bisher selten überlappt. Er war eher still, manchmal grummelig, aber nie unhöflich, und er hat seinen Job gut gemacht. Ich kenne ihn. Er ist ein Kollege. Scheiße …

Ich schwitze, ich friere, ich bin kurz davor, den Verstand zu verlieren. Es kommt mir vor, als wären wir bereits eine Ewigkeit hier. Als würden wir uns in Zeitlupe bewegen, während alles um uns herum zerbricht und zerfällt. Dabei sind es nur wenige Minuten. Sekunden.

Es sind nur Wimpernschläge.

»Ich bin so schnell gekommen, wie ich konnte«, höre ich jemanden neben mir sagen und weiß, ohne mich zur Seite zu drehen, es ist Zeenah. Ihre klare, beruhigende Stimme ist unverkennbar. Außerdem ist sie die Einzige von uns, die es schafft, nicht sofort lauthals zu fluchen, wenn alles den Bach runtergeht.

»Kümmer dich um George und ruf jemanden für den Patienten«, sage ich und hoffe, ich klinge dabei nicht zu schroff oder überheblich, schließlich ist Zeenah verdammt gut und weiß, was zu tun ist. Aber ich kann das jetzt nicht übernehmen und ihr Mitch überlassen. Ich muss zu ihm, und mir ist egal, was das über mich aussagt. Über mich als Mensch. Über mich als Ärztin.

Es ist egal.

Ich stolpere über eine Stange, falle hin, aber auch das ist egal. Kriechend bewege ich mich zu Mitch und schaffe es, mich neben ihn zu knien, in all den Dreck. Ich schlucke schwer, als meine Hand sich plötzlich selbstständig macht und statt nach ihm nach links greift, sich auf den Hals des Patienten legt, den sie nach oben in den OP bringen und retten wollten. Wegen dem sie in den Fahrstuhl gestiegen sind.

Kein Puls.

Aber es ist nicht nur das. Seine Augen sind aufgerissen, und sein halbes Gesicht ist zerfetzt, während nahezu sein kompletter Körper unter der Liege begraben wurde. Sein Zustand war bereits bei seiner Einlieferung sehr kritisch, aber das?

Er hatte keine Chance.

»Er ist tot«, sage ich und weiß, dass Zeenah mich gehört hat, denn ich vernehme ihr »Okay« und erkenne aus dem Augenwinkel, wie sie professionell und ruhig arbeitet, wie sie sich ein Bild von Georges Verletzungen macht.

Dann bin ich wieder ganz bei Mitch. Ich huste ein letztes Mal, fahre mir über die Augen und weiß, dass es ein Fehler war, weil ich einen Moment brauche, bevor der Film darüber verschwunden ist und ich Mitch untersuchen kann. Dabei wirken dieser Fahrstuhl, der Gestank, die stickige Luft, dieses ganze Chaos und das verbleibende flackernde Licht wie ein Käfig auf mich. Wie das Maul eines Monsters, das uns alle zu verschlingen droht.

Mit schnell klopfendem Herzen fühle ich seinen Puls und schaue, ob er atmet – dabei halte ich selbst plötzlich die Luft an. Ich kann nicht anders.

Und als ich seinen schwachen Atem endlich spüre, seinen Herzschlag, als ich das Heben und Senken seines Brustkorbs erkenne, kann ich ein erlösendes Keuchen nicht unterdrücken. Beinahe sinke ich vor Erleichterung nach vorn. Ich würde Mitch am liebsten umarmen und gleichzeitig anschreien.

Er atmet.

Sein Herz schlägt.

Dabei mag ich Mitch nicht einmal. Er ist quasi noch ein Baby. Er nervt und treibt mich in den Wahnsinn.

Aber wenn er jetzt stirbt, egal wie oder warum, schwöre ich, hole ich mir seine Seele zurück, wo auch immer sie sein mag – und bringe ihn erneut um. Weil er das hier mit mir macht. Weil er mir so eine verschissene Angst einjagt.

Ich hole ihn zurück … Dieser Entschluss gibt mir neue

Kraft, gibt mir den Fokus zurück, den ich brauche, um das hier durchzustehen.

Mitchs Augen sind geschlossen, er ist nicht bei Bewusstsein, und wären da nicht all der Ruß, das Blut, die Schrammen, müsste ich denken, er würde friedlich schlafen.

Als ich damit beginne, ihn zu untersuchen, mir den Raum verschaffe, den ich benötige, wird meine Hose an den Knien feucht. Vermutlich saugt sie sich gerade mit Blut und Dreck voll. Zusätzlich spüre ich, wie Splitter und Scherben sich schmerzhaft in meine Beine drücken.

Es spielt keine Rolle. Nichts davon.

»Ich brauche Hilfe! Eine Trage, einen venösen Zugang …«, zähle ich weiter all das auf, was ich benötige, nachdem ich mich einen Moment lang umgedreht und aus vollem Hals geschrien habe, um den ganzen Lärm um mich herum zu übertönen. Keine Ahnung, ob mich jemand gehört hat.

Lisha ist weg, wird behandelt, deshalb haben Laura, Grant und ein weiterer Arzt keine Schwierigkeiten mehr, an der umgekippten Trage vorbeizukommen, und ziehen und heben das Ding endlich raus. Bei dem Chaos hier drin ist es momentan auch so zu eng und zu stickig für so viele Leute. Danach schaffen sie Nash so schnell es geht aus dem Fahrstuhl und aller Wahrscheinlichkeit nach in den OP oder zumindest zum CT – je nach Verletzungen. Das MRT kann nachgeholt werden, falls eine weitere Diagnostik nötig sein sollte.

Plötzlich schlägt das EKG von George aus, an das er eben erst über den mobilen Überwachungsmonitor angeschlossen wurde. Hektische Bewegungen, aber dennoch gezielte Handgriffe folgen. Jetzt kommt der Defi zum Einsatz, um Georges Herzrhythmusstörungen in den Griff zu kriegen. »Alle weg!«, ruft Zeenah, und ich schaue fort, ich kann das nicht mit ansehen und schäme mich dafür. Es ist das eine, fremde Menschen zu behandeln, das andere, sie zu kennen und zu mögen. Das macht aus ein und derselben Sache zwei vollkommen unterschiedliche Dinge. Das macht aus einer Kopf- eine Herzenssache. Und dann geht es unter die Haut. Dann beginnt es, so richtig wehzutun.

Ich schlucke schwer, blinzle mehrmals, während ich Mitch weiter untersuche. Der Rauch hier drin verfliegt schneller als gedacht, und ich muss nicht mehr so oft und heftig husten. Immer mehr Details dringen zu mir durch, doch ich wünsche mir fast, es wäre nicht so. Denn das, was ich jetzt erkennen kann, bringt mein Herz für einen Moment zum Stolpern, lässt meinen Mund fluchen und meine Lunge stillstehen. Eine Sekunde, eine weitere … danach schaffe ich es endlich zu reagieren.

Mitch hat schwere Verbrennungen. Bevor ich es löschen konnte, hat es das Feuer geschafft, auf seinen Kasack überzuspringen, hat den Stoff mit seinem Maul aus Flammen zerfressen und bei Mitchs Haut nicht haltgemacht. Feuer kennt kein Erbarmen. Es ist ein Parasit, der nicht begreift, dass er sich nur selbst schadet, wenn er andere zerstört. Dass er sich selbst umbringt. Genau wie Krebs. Vielleicht geht es aber auch genau darum. Ums Zerstören. Nicht ums Überleben.

Sogar unter diesen Bedingungen erkenne ich, was es mit Mitchs Oberkörper, seiner linken Seite und seinem linken Oberschenkel gemacht hat. Dabei hatte ich gehofft, die Flammen hätten es nicht so weit geschafft, und ich wäre rechtzeitig zurück gewesen, um sie zu löschen. Aber das war ich nicht. Wenn Mitch erfährt, dass ich diejenige war, die das Feuer nicht rechtzeitig hat löschen können, diejenige, die nicht schnell genug war, wird er mich hassen.

Am liebsten würde ich meine Wut und Verzweiflung hinausschreien, stattdessen beiße ich mir nur auf die Innenseite der

Wange und mache weiter. Halte den Fokus mit aller Macht dort, wo ich ihn brauche.

Ich kann ihm den Kasack nicht ausziehen, Mitch muss woanders versorgt werden und in den OP, denn das verfluchte Ding klebt jetzt an seiner Haut, ist an manchen Stellen damit verschmolzen, vor allem an den Hüften und der Taille. Um nicht doch noch laut aufzuschreien, beiße ich mir fest auf die Lippe. So lange, bis ich Blut schmecke. Den Oberschenkel hat es auch erwischt, seinen Arm ebenso. Wie viel Haut noch, kann ich nicht genau erkennen. Aber wenn ich mir das alles ansehe und an diesem Punkt die Verbrennungen abschätzen müsste, würde ich sagen, achtzehn bis zwanzig Prozent. So viel ist von seinem Körper verbrannt.

Es könnte mehr sein, es könnte weniger sein. Ich bin kein Profi, was dieses Gebiet angeht, aber ich erinnere mich daran, dass Verbrennungen in Kategorien eingeteilt sind. Je höher die Stufe, umso schlimmer ist es. Die Haut am Bein bis über seine linke Seite zur Brust ist rot, hat keine weißen Stellen. Das ist gut. Mitch hat vielleicht Glück und ist dort nicht über Stufe IIa. Aber der Brustkorb bis zur Taille, der Oberarm und die Schulter sind nicht nur tiefrot, sondern mit weißen Stellen und Dutzenden Blasen übersät, die sich gebildet haben. Die Haut wirkt weißlich, trocken, die Hautkonsistenz ist, nachdem ich sie mir genauer angesehen habe, eher hart als weich. Scheiße. Eine dermale Verbrennungstiefe. Könnte an manchen Stellen sogar Stufe III sein, aber dafür kenne ich mich mit Verbrennungen wirklich nicht gut genug aus und das Licht hier drin, dieses Flirren und Flimmern, ist nicht besonders hilfreich. Außerdem werden die Ausmaße der Verbrennungen oft erst intraoperativ erkannt.

Ich fluche erneut, weil tiefere Hautschichten, Nerven und Blutgefäße betroffen sein können und ich nicht sicher bin, wie ich weitermachen soll.

Meine Finger zittern, ich kneife die Augen zusammen und zwinge mich dazu, mit meinen Gedanken im Hier und Jetzt zu bleiben, die Sorgen nicht die Oberhand gewinnen zu lassen.

Mitch braucht Wärme. Auch wenn es paradox klingt, bei einer Verbrennung kühlt der Körper aus. Außerdem braucht Mitch Sauerstoff, und zumindest die oberflächlichen Brandwunden müssen gekühlt werden, um ein Nachbrennen zu verhindern. Er muss so schnell wie möglich eingehend untersucht werden, um Knochenbrüche, innere Blutungen und weitere Verletzungen auszuschließen.

Ich bin vermutlich keine zwei Minuten hier bei ihm, dennoch kommt es mir deutlich länger vor. Zwei Minuten können eine Ewigkeit sein, wenn man keine Ahnung hat, wie es weitergeht. Wie es endet …

Mir ist schwummrig, als ich mich umschaue und erkenne, dass der Weg nach draußen komplett frei ist. Nash, Lisha und Ian sind versorgt und umgebettet oder bereits im OP, wie es um George steht, weiß ich nicht. Eine Pflegerin und ein Pfleger sind endlich auf dem Weg zu mir, um mir zu helfen. Um Mitch zu helfen. Wären die Umstände andere, würde ich mich mies fühlen, weil ich mir ihre Namen nicht gemerkt habe.

Gott, ich wünschte, die Umstände wären anders …

»Seid vorsichtig, er hat starke Verbrennungen. Gebt in der Verbrennungschirurgie Bescheid, die sollen sich vorbereiten«, beginne ich, »und bringt die Trage so weit rein wie möglich.« Ich erkläre ihnen alles, rattere runter, was wir sonst noch brauchen, alles, was mir einfällt, und sie nicken, hören aufmerksam zu, bevor sie sich an die Arbeit machen und mir unter die Arme greifen.

Bevor wir Mitch endlich hier rausholen.

2. Kapitel

Sierra

Man kann sich nicht vor Schmerz schützen oder vor all jenen Dingen, die einem wehtun könnten, denn dafür müsste man alles kennen, das einen verletzen kann. Das ist nicht möglich. Keine Mauer und kein Schutz können diesem Unwissen standhalten, wenn es über einen hereinbricht.

Das habe ich heute gelernt.

Schmerz ist wie Liebe. Schmerz durchdringt alles.

»Sie bleiben hier, übernehmen Sie zusammen mit den anderen die Koordination in der Notaufnahme. Polizei und Feuerwehr sind gerade eingetroffen, halten Sie also alles am Laufen, bis weitere Instruktionen kommen!«, tönt es von Dr. O'Leary. Dabei hält er Laura und mich auf. Lässt uns nicht zu Nash und Mitch. Er lässt uns, verflucht noch mal, nicht mit.

»Was?«, rufe ich, und es ist mir egal, dass ich nur Assistenzärztin bin und er ein angesehener Arzt der Klinik ist. »Wir wollen helfen«, zische ich. Ich hab es nicht bis hierhin geschafft, Mitch erstbehandelt und aus dem Fahrstuhl gezogen, nur damit ich jetzt nicht bei ihm bleiben darf.

»Dr. Rivera muss schnellstmöglich untersucht und behandelt werden, er muss in den OP. Dr. Brooks ist längst beim CT und muss in neurologische Behandlung. Sie beide«, meint er, und sein Blick wandert von mir zu Laura und wieder zurück, »helfen denen da oben nicht.«

»So ein Blödsinn.« Ich will an ihm vorbei, doch er hält mich fest.

»Dr. Harris.« Sein Tonfall ist energisch, duldet keinen Widerspruch. »Sie sind emotional zu sehr involviert. Dr. Collins ebenso. Dr. Brooks ist Dr. Collins' Partner, und Dr. Rivera ist Ihr Kollege und ein Freund. Sie beide sind zu nah dran.«

Die Tür, die in den nächsten Gang führt, in Richtung Nebengebäude und Verbrennungschirurgie, schließt sich ohne uns. Mitch ist weg.

»Sagen Sie mir, Dr. Harris, glauben Sie, Sie könnten ihm mehr helfen als die anderen weit erfahreneren Ärztinnen und Ärzte, die ihn untersuchen und operieren werden? Liege ich etwa falsch? Schwören Sie mir, dass Sie Ihre Emotionen unter Kontrolle haben? Dann lasse ich Sie ohne weitere Einwände mitgehen.« Er wartet, behält mich von der Seite genau im Blick, während ich zu den geschlossenen Türen starre und seine Worte in meinem Kopf widerhallen.

Ich kann es nicht. Und das weiß er.

Mit aller Kraft balle ich die Hände zu Fäusten, presse sie an meine Oberschenkel und beiße die Zähne fest zusammen. Mein Kiefer schmerzt, und es ist, als gäbe es ein Echo davon, das ich im ganzen Körper spüren kann.

»Wir schließen die Notaufnahme nicht. Das ist bisher nicht nötig, da sie durch die Doppeltüren und die Schleuse vom Flur und der Unfallstelle getrennt ist. Abgesehen davon ist bereits zu viel los, hier und in den umliegenden Krankenhäusern, weil sich zeitgleich mit der Explosion mehrere Unfälle ereignet haben. Mir ist bewusst, dass das schwer ist. Aber Sie werden hier unten gebraucht.« Er mustert uns und fügt hinzu: »Außerdem sollten Sie sich durchchecken lassen.«

»Okay«, höre ich mich sagen, und das tut mir mehr weh als gedacht. Weil es sich nach Aufgeben anfühlt.

Dr. O'Leary ahnt nicht, dass wir Feierabend haben. Dass wir nach Hause wollten. Und ich erwähne es nicht, denn dann würde er uns garantiert ganz wegschicken, und das wäre schlimmer als alles andere. Deshalb drehe ich mich zu Laura, die für einen Moment sichtlich mit den Tränen kämpft, nehme ihre Hand in meine und drücke sie. Ihr Blick ist entrückt, sie ist blass, und das erste Mal in all diesen Wochen, in denen wir uns nun kennen, wirkt sie, als würde sie etwas nicht aushalten können. Rias Verlust hat sie zwar schwer mitgenommen, doch das hier macht sie auf eine andere Art fertig.

»Wir helfen und bleiben hier«, sage ich, und es ist, als wäre Dr. O'Leary endlich überzeugt, dass wir keinen Unsinn anstellen. Er nickt, macht sich auf den Weg und lässt uns irgendwie verloren zurück.

»Laura? Wir sollten …« Ich räuspere mich. »Wir sollten den anderen in der Notaufnahme helfen. Okay?« Sie reagiert nicht. »Oder möchtest du direkt heim?« Ich bin nach außen hin ruhig, lasse den Sturm in mir nicht hinaus, obwohl ich sie gerne anschreien würde. Sie und die ganze Welt. Doch was würde das ändern?

Falls Laura nach Hause möchte, kann ich es ihr nicht verdenken. Aber egal, wie sie sich entscheidet, ich bleibe. Es wäre nicht der erste Dienst mit Überstunden.

»Oh mein Gott«, haucht Laura schließlich neben mir, und in ihrem Gesicht spiegeln sich ihre Verzweiflung und ihre Hoffnung wider, die miteinander ringen. »Was ist da passiert? Was ist da gerade passiert, Sierra?«

»Ich weiß es nicht.« Um uns herum ist weiterhin die Hölle los, mittlerweile nehmen Polizei und Feuerwehr den Gang ein, inspizieren die Unfallstelle. Es wird alles geprüft, aufgenommen und geschaut, was die Ursache war, ob es ein Unfall oder Vorsatz war. Letztendlich spielt es für mich keine Rolle. Beides führte zu demselben Ergebnis und zu der Situation, in der wir uns nun befinden. Motive ändern nichts an dem Ergebnis, wenn die Handlung dieselbe bleibt. Motive ändern nichts, egal, ob sie gut waren oder schlecht, Unfälle und Versehen ändern nichts, wenn jemand verletzt wurde. Wenn es am Ende wehtut …

Ich räuspere mich leise, kneife die Augen kurz zusammen und schiebe den Gedanken daran beiseite.

»Wir müssen hier weg. Komm.« Sanft führe ich sie zurück in Richtung Notaufnahme, weil wir hier nichts mehr tun können und nur im Weg wären. Wir werden mit Sicherheit später auch noch befragt.

Sobald wir die Notaufnahme betreten, eilt Maisie zu uns. Trotz des Chaos.

»Hey. Ich … ich konnte nicht hin, nicht zu euch und helfen, es war plötzlich zu viel los. Ein großer Unfall, und gleich treffen auch schon weitere Rettungswagen ein. Ich konnte nicht … Ich meine …« Sie rückt ihre Brille zurecht. »Es tut mir leid«, fügt sie kleinlaut an, und ich weiß, sie meint es gut, trotzdem fühlt es sich scheiße an. Vor allem, weil es nicht ihre Schuld ist. Die Situation macht uns allen zu schaffen.

»Was können wir tun?« Ich übergehe ihre Worte, versuche stattdessen, sie nicht an mich heranzulassen und Lauras Anker zu sein. Sie war auch oft genug meiner, selbst wenn ihr das vermutlich kaum bewusst ist. Mir dafür umso mehr. Besonders heute. Besonders jetzt.

Maisie schaut uns überrascht an, ihre Augenbrauen heben sich weit über die Ränder ihrer roséfarbenen Brille mit den goldenen Bügeln. »Ihr solltet euch untersuchen lassen, wegen des Rauchs, und dann heimgehen, weil …«

»Maisie«, unterbreche ich sie harsch, weil Dr. O'Leary das eben bereits angesprochen hat und ich mir so was nicht schon wieder anhören kann oder will. Sie stoppt sofort, wirft einen weiteren Blick auf Laura und nickt schließlich.

»Wascht euch wenigstens kurz, spült die Augen aus und zieht frische Kasacks und Hosen an. An euch klebt zu viel Dreck, Blut und Rauch. Trinkt etwas, dann kommt zurück, wir werden ein Team bilden.«

Ich wende mich Laura zu, die bis jetzt nichts dazu gesagt hat. Ihre Miene ist undurchdringlich. Emotionslos. Lediglich ihre blasse Haut und ihre leicht geröteten Augen verraten mir, dass es ihr nicht gut geht. Sie atmet tief ein und aus, wir schauen uns an und verstehen uns ganz ohne Worte.

Wir schaffen das. Wir bleiben hier. Gemeinsam. Egal, wie lange es dauert. Und wir geben unser Bestes. Genau wie alle anderen.

Genau wie Mitch und Nash.

Eine halbe Ewigkeit später können wir uns kaum noch aufrecht halten, sind vollkommen erschöpft und sitzen zusammen mit Maisie im Aufenthaltsraum. Wir wurden bereits vor Stunden in der Notaufnahme abgelöst und haben uns am Ende auf Lauras Wunsch hin, nach den Aufforderungen durch Dr. O'Leary und Dr. Gardner, doch noch untersuchen lassen. Es ist alles okay, wir haben nur gereizte Atemwege und Schleimhäute, keine Vergiftung. Es ist keine Schwellung erkennbar oder eine Schädigung der Luftröhre, in ein paar Tagen sollen wir einen Kontrolltermin wahrnehmen. Zur Sicherheit, um ein toxisches Lungenödem auszuschließen.

Wir waren professionell und leichtsinnig zugleich. Trotzdem würde ich wieder so handeln, und ich bin sicher, Laura ebenso. Denn alles andere hätte uns weitere wertvolle Zeit gekostet. Womöglich sogar weitere Leben.

George konnten wir nicht retten. Ein Kollege hat es nicht

geschafft, und irgendwie ist diese Tatsache noch viel zu abstrakt, um sie wirklich glauben zu können.

Die Polizei war bei uns, wir haben, soweit es die Situation zuließ, die drängendsten Fragen beantwortet, damit man sich ein erstes Bild von der Gesamtsituation machen könne, so hieß es. Wahrscheinlich kommen sie wieder, oder ein paar von uns werden auf die Wache gebeten, je nachdem, was die ersten Ergebnisse sagen. Ob es ein Unfall war oder nicht. Es gibt bereits Theorien und bisher geht man nicht von Vorsatz aus. Nichts spricht dafür.

Müde reibe ich mir über meinen verspannten Nacken und unterdrücke ein Gähnen. Ich sollte anständig duschen, heimgehen, schlafen, etwas essen. Aber nichts davon fühlt sich richtig an. Nichts davon fühlt sich notwendiger an, als hierzubleiben, zu warten und zu beten, dass es den anderen gut geht.

Dabei war Laura eben kurz weg, hat sich vorher unter die Dusche gezwungen und umgezogen, ist mit dem Taxi zu Nash heimgefahren, um seinen Kater zu füttern, und sofort wieder zurück, weil sie hier sein will, sobald er aufwacht.

Wenn er aufwacht …

Nash ist auf der Intensiv, nicht bei Bewusstsein. Laura darf noch nicht zu ihm, es folgen zu viele Untersuchungen. Sie haben in den letzten Stunden alles aufgefahren: CT, MRT mit MR-Angiographie und EEG sowie transkranielle Doppler-Sonografie. Zumindest ist das der letzte Stand. »Sie geben ihr Bestes«, meinte Bella vorhin, als sie uns die Nachricht überbracht hat, »aber sie wissen noch nicht, wie viel beschädigt wurde. Wann er wieder aufwacht.«

Geschlossenes Schädel-Hirn-Trauma. Diese Diagnose schwebt über Laura wie ein Damoklesschwert. Über uns allen. Wenn Nash ein Trauma dritten Grades haben sollte, wenn die Langzeitschäden zu groß sind und er nicht mehr als Arzt arbeiten kann, dann wird das beide zerbrechen. Aber ich glaube, am Ende macht es dennoch keinen Unterschied für sie. Laura will nur, dass er lebt. Und das will ich auch.

Von Mitch gibt es keine Neuigkeiten, und das macht mich echt fertig. Das heißt vermutlich, dass etwas schiefgeht oder bereits schiefgegangen ist, vielleicht auch, dass es gut läuft und sie noch etwas Zeit benötigen. Ich weiß es einfach nicht. *Keine Neuigkeiten* bedeutet, dass sie entweder keinen Grund haben, Bescheid zu geben, oder keine Zeit, weil gerade alles den Bach runtergeht …

Dieses Warten, diese Ungewissheit, all diese Möglichkeiten lassen einen nicht zur Ruhe kommen, und ich hasse das. Ich hasse es, auf dieser Seite zu sein und nichts tun zu können.

Keine Neuigkeiten – wenn man sich sorgt, können einen diese beiden Worte um den Verstand bringen.

Als Bella da war, um uns auf den neuesten Stand zu bringen, war Mitch noch im OP. Deshalb warte ich weiter und gehe nicht eher, bevor ich weiß, wie es um ihn steht.

Maisie ist in Gedanken versunken und spielt mit einem losen Faden ihrer dünnen Strickjacke herum, die sie vor ein paar Minuten aus dem Spind geholt und sich übergezogen hat. Es ist kalt. Hätte nie gedacht, dass mir in Phoenix mal kalt sein würde, aber so ist es. Es ist keine äußere Kälte, sondern eine, die im Inneren wächst. Jene, die von Angst, Schlafentzug und Erschöpfung herrührt und nicht so leicht zu vertreiben ist, wie man denkt.

Wir sind alle müde und beunruhigt, es ist also kein Wunder, dass es uns so geht. Wir haben alle unsere Grenzen überschritten. Wenn nicht körperlich, dann emotional, und ich kann mich nicht erinnern, mich je so gefühlt zu haben. So machtlos, so leer. Es ist, als hätte man uns gebogen, weiter und weiter, und so zurückgelassen. Kurz vorm Brechen. Manche sagen, gebogen ist besser als gebrochen, aber das ist Schwachsinn. Ein sauberer Bruch tut ein Mal weh und heilt gut ab. Es ist ein schneller Schmerz. Wird man jedoch gebogen, ist es ein langsamer Schmerz, der lange anhält. Es ist, als könne man nicht vor und nicht zurück, weil nichts richtig kaputt ist, aber auch nicht richtig heil.

»Ich werde heimgehen«, murmelt Zeenah, die ich das erste Mal so tief erschöpft sehe. Ohne ein Funkeln in den Augen, ohne Lächeln oder herausfordernden Blick. Da sind nur Leere und Unglauben.

Sie war es, die George erstversorgt und danach mit behandelt hat. Sie war es, die seinen Tod feststellen musste. George ist quasi in ihren Armen gestorben, und es gibt nichts, was wir sagen oder tun könnten, um ihr das abzunehmen. Ich wünschte, es wäre anders …

»Kann ich … ich meine …« Zeenahs Blick schwankt zu Laura, die inzwischen mit dem Kopf auf dem Tisch eingeschlafen ist und es nicht einmal geschafft hat, sich ihren Arm richtig unters Gesicht zu schieben, damit es bequemer wird. Ihr blondes Haar verdeckt ihre Stirn und Wange, schlängelt sich bis auf den Tisch, weil es sich aus dem Zopf gelöst hat.

»Nein. Geh und ruh dich aus«, erwidere ich und versuche, sie anzulächeln, aber es will mir nicht gelingen. Sie sollte sich das hier nicht antun, es reicht, dass wir hier sind. Sie kann nichts machen, selbst wenn sie wollte. »Wir schreiben, sobald wir etwas wissen.«

Zeenah nickt mit zusammengepressten Lippen, bedankt sich und geht an Maisie vorbei, die sie einmal schnell tröstend in die Arme schließt.

»Und du schreibst uns, wenn du etwas brauchst, ja?«, sagt Maisie eindringlich und lässt Zeenah nicht eher los, bevor sie genickt hat. Ich kriege keinen Ton mehr heraus, aber ich hoffe, sie weiß, dass wir da sind, wenn sie uns braucht. Sie sollte sich um sich kümmern und tun, was sie tun muss, um das alles zu verarbeiten.

Maisie setzt sich wieder, und nachdem sich die Tür hinter Zeenah schließt, kommt es mir noch kälter vor.

Im Gegensatz zu Maisie und Laura habe ich noch nicht richtig geduscht oder mich umgezogen, nachdem wir die Notaufnahme verlassen haben. Ich sitze immer noch in meinem Kasack und der Arbeitshose da, voller Dreck und Blut. Ich könnte das jetzt nachholen, schnell duschen und bequeme Sachen anziehen, weil ich ohnehin nichts Besseres zu tun habe, aber ich schaffe es nicht, mich aufzuraffen.

Leise seufzend betrachte ich Laura ein weiteres Mal, danach stehe ich auf, hole meinen sauberen Kittel aus dem Spind und beuge mich zu Laura hinüber, um ihn über sie zu legen, bis auf ihre Schultern und ihre Arme, damit er sie wenigstens ein wenig wärmen kann. Sie hat sich bei Nash bequeme Hosen und ein Shirt übergezogen, das nicht viel gegen die Kälte des Schlafverlusts und der Ängste ausrichten kann.

Selbst im Schlaf macht sie sich Sorgen. Ihr Gesicht wirkt angespannt – die Lippen, die Augen, die Brauen. Und sie ist blass wie ein Gespenst.

Ich lasse mich zurück auf meinen Platz fallen, nur um im nächsten Augenblick, als plötzlich die Tür aufschwingt, so heftig aufzuspringen, dass mein Stuhl wackelt und Maisie zusammenzuckt.

Doch es ist nur Jane, die reinkommt und uns verwundert mustert. Maisie lässt den Kopf sinken, stützt ihn mit der Hand ab, und ich setze mich enttäuscht, aber mit wild klopfendem Herzen wieder hin.

Einatmen, ausatmen, befehle ich mir stumm.

Es geht ihm gut. Es muss ihm gut gehen …

Laura hat zum Glück nichts mitbekommen, sie hat sich nicht einmal gerührt, und das macht deutlich, dass sie die Pause bitter nötig hat – und ich bin froh, dass sie unter diesen Umständen überhaupt schlafen kann. Das zeigt eigentlich nur, wie sehr sie am Limit war, deshalb werde ich sie erst wecken, wenn es nötig ist und wir etwas Neues erfahren.

»Hey«, grüßt uns Jane mit einer gewissen Skepsis im Blick, während sie zu ihrem Spind geht. Ihre klare, weiche Stimme ist das Einzige, das diesen Raum gerade mit etwas Leben füllt. »Ist bei euch alles in Ordnung? Ich meine, ihr seht …«

»… furchtbar aus«, beendet Maisie Janes Satz, und ich reibe mir ein paarmal übers Gesicht.

»Was du nicht sagst«, murmle ich und drehe mich zu ihr um, weil sie weiterredet.

»Es fühlt sich heute anders an. Also im Whitestone. Unten ist viel los, und alle sind so nachdenklich oder gestresst. Weit mehr als sonst. Riecht es hier nach Rauch?«, fragt sie verwundert und streicht sich ihre Haare hinters Ohr. Ihr Bob ist so kurz, dass sie kaum einen Zopf hinbekommt, und der Pony endet bereits ein gutes Stück über den Augenbrauen. Eine freche Frisur, glänzendes hellbraunes Haar und manchmal sogar knallbunte Klamotten. Etwas, das ich bis heute nicht mit der stillen, in sich gekehrten Frau vor mir vereinbaren kann, die in den ersten Wochen kaum drei Sätze mit uns gewechselt hat. Das ist kein Ding. Es hat mich nur verwundert. Doch langsam taut Jane auf. Besonders bei Maisie.

»Hast du es noch nicht gehört?«, meint Maisie geschockt und redet dabei so leise wie möglich, um Laura nicht zu wecken. »Es gab eine Rundmail, und im Fach liegt auch etwas.«

Jane stellt sich direkt zu uns an den Tisch, und plötzlich zeichnen sich so etwas wie Schuldgefühle und eine gewisse

Traurigkeit in ihrem Gesicht ab. Nicht lange. Eigentlich ist es so schnell vorbei, dass ich glaube, es mir eingebildet zu haben. Sie war nicht hier, aber sieht so erschöpft aus wie wir.

»Nein, ich war … beschäftigt«, erwidert sie, bevor sie die Arme vor der Brust verschränkt und die Augenbrauen zusammenzieht. »Also, was meinst du? Was ist passiert?«

»Nash liegt auf der Intensiv, Mitch ist wohl noch im OP oder vielleicht auch schon auf Station, wir wissen es nicht. Ein Patient ist tot, Ian hat auch was abbekommen, schläft aber und wird wieder, von Lisha haben wir nichts gehört. Und George …« Ich schlucke gegen den Kloß in meinem Hals an, bevor ich weiterrede. »George hat es nicht geschafft. Er ist auf dem Weg in den OP gestorben.« Ich versuche, nicht daran zu denken, weil es jedes Mal realer wird, und weiß im selben Moment, dass das nicht richtig ist. Denn nicht daran zu denken bedeutet, dass es seinen Wert verliert. Dass es unwichtig war. Und das war George nicht. Kein Leben ist unwichtig. Aber in diesen letzten Stunden musste ich es verdrängen und muss es auch weiterhin, weil ich sonst zusammenfalle wie ein Kartenhaus im Wind.

Janes Augen weiten sich, ihr Mund steht offen. Kein Wunder, ich habe mit den schlimmsten Sachen angefangen.

»Es gab eine Explosion«, erklärt Maisie, weil ich nicht weitermachen kann. Stattdessen knete ich meine Hände, presse sie auf meine Schenkel und schaue zurück auf den Tisch. »Ich war in der Notaufnahme, ein Patient musste in den OP. Mitch, George und Nash wollten mit ihm hoch, Lisha kam wohl dazu, Laura und Sierra hatten Feierabend. Ich hab es nicht gesehen, aber gehört.« Sie macht eine Pause und atmet durch. »Es war im Fahrstuhl. Ian war auch da und … Ich weiß nicht, was passiert ist. Aber es war schlimm, Jane. Wirklich schlimm.«

»Was?«, haucht sie, und jetzt hebe ich erneut den Blick, sehe sie an und nicke. Sie kann es nicht glauben. Kann ich ihr nicht verdenken, ich glaub es ja selbst nicht. Dabei war ich dort.

»Oh mein Gott.« Ihre Stimme klingt belegt, in ihren Augen sammeln sich Tränen, und als die erste über ihre Wange rollt, schüttelt sie kurz den Kopf und wischt sie hastig weg.

Jane ist anscheinend noch sensibler als Laura, es war gut, dass sie nicht hier war, gut, dass wenigstens eine von uns das nicht sehen und erleben musste.

»Kann ich was tun? Braucht ihr etwas?«, fragt sie, und wir verneinen. Das, was wir brauchen, was wir uns wünschen, kann Jane uns nicht geben.

Sie nickt, fängt sich schnell, und ich bin dankbar, dass sie nicht so einen Schwachsinn sagt wie: *Geht nach Hause, ruht euch aus, ihr seid schon zu lange hier, zu lange wach.*

»Nash«, nuschelt Laura im Schlaf und rührt sich, dreht den Kopf und legt die andere Wange auf die Tischplatte.

Scheiße, ich wünschte, das alles wäre nur ein Albtraum. Aber das ist es nicht.

Es ist real.

Es tut weh.

Und es ist noch nicht überstanden.

3. Kapitel

Sierra

»Okay, ich gebe das weiter. Danke, Jada.« Sofie legt den Hörer auf und richtet das Wort an mich, als sie mich sieht. »Sierra, gut, dass ich dich hier treffe. Ist Laura auch noch hinten?« Ich trete mit dem Kaffee, den ich eben für uns geholt habe, an den Tresen und spüre meinen rasenden Herzschlag. Nach allem, was bisher war, frage ich mich, wie mein Herz das manchmal schafft. Das Nicht-müde-Werden. Besonders nach dem, was die letzten Stunden geschehen ist.

»Ist etwas passiert? Gibt es Neuigkeiten?«, frage ich schwach und erwartungsvoll zugleich.

»Nash«, sagt sie und lächelt. »Er ist aufgewacht. Vorhin hat man bereits durchgegeben, dass die Ergebnisse besser sind als gedacht, und die Neuro ist guter Dinge. Er ist jetzt auf Station, nicht mehr auf der Intensiv. Sagst du Laura Bescheid? Ihr findet ihn in Zimmer 709.«

Zitternd atme ich ein und wieder aus, lehne mich gegen den Tresen. Ich bin erleichtert. Wenigstens einer von beiden ist über den Berg. »Ich sag es ihr sofort.«

Sofie nickt. »Danke dir. Ian ist auch wach und soll zur Beobachtung auf der Inneren bleiben, ihn hat es aber zum Glück nicht allzu schlimm erwischt. Lisha«, erzählt sie weiter und verzieht kurz das Gesicht, »hat ein paar Quetschungen und ein leichtes Schädel-Hirn-Trauma, aber sie wird wieder.«

»Okay. Das klingt nicht so übel wie zunächst befürchtet.« Ich freue mich wirklich, auch wenn ich es nicht zeigen kann. Es reicht, dass wir den Patienten verloren haben. Und George. Er wird fehlen.

»Hast du was von Mitch gehört?« Ihre Frage schnürt mir die Kehle so unerwartet zu, dass ich glaube, auf der Stelle zu ersticken. Deshalb schaffe ich es nur, den Kopf zu schütteln.

»Das gibt es doch nicht. Ich ruf mal drüben an.« Bevor ich was dazu sagen kann, hebt sie den Hörer ab und wählt eine Kurztaste. »Hallo? Hier ist Sofie Vega, Herzchirurgie. Ich wollte mich nach einem Patienten erkundigen, Dr. Mitch Rivera. Genau. Das ist richtig. Okay, danke.« Während Sofie spricht, ringe ich mit mir, weiß nicht, ob ich zuhören soll oder nicht. Ob ich das, was ich vielleicht hören werde, ertragen kann.

»Er ist aus dem OP raus?« Bei Sofies Worten lasse ich fast die Kaffeetassen fallen, die ich in Händen halte. »Wieso habt ihr nicht Bescheid gegeben? Ich hatte extra darum gebeten, Ethan«, zischt sie wütend ins Telefon, während sich unsere Blicke treffen. Ich muss den Kaffee abstellen, weil meine Hände zu zittern beginnen. *Die OP ist vorbei. Das ist gut, oder?*

Sofie sagt noch etwas, aber es dringt nicht bis zu mir durch. Dafür ist der Sturm in meinem Kopf zu laut. Was verrückt ist, weil ich das Gefühl habe, komplett leer zu sein. Ausgelaugt.

Er ist raus aus dem OP, zieht es in Dauerschleife durch meine Gedanken. *Er hat es geschafft.*

»Du mich auch«, murmelt Sofie, als sie auflegt. Ich bin sicher, der Typ am anderen Ende hat es noch gehört. Danach atmet sie tief durch und notiert etwas auf einem Zettel, den sie anschließend auf den Tresen legt, direkt vor mich. »Mitch hat alles gut überstanden und ist stabil. Er liegt auf der Intensivstation. Ich bin froh, dass wir im Whitestone ein paar der besten Verbrennungschirurgen und -chirurginnen haben, sonst hätten wir Mitch woanders hinbringen müssen«, sagt sie, und ich nicke. Wenn man Mitch in ein anderes Klinikum hätte verlegen müssen, wäre ich vermutlich ganz durchgedreht.

»Das hier ist seine Zimmernummer. Ich habe die von Nash noch mit draufgeschrieben, damit ihr sie nicht vergesst«, fügt Sofie an und schiebt mir den Zettel zu.

Wie in Trance starre ich auf die Zahlen vor mir, die Sofie in Schönschrift auf das kleine gelbliche Papier geschrieben hat. Ich sollte mich freuen – aber ich kann es irgendwie nicht. Ich kann es nicht, weil …

»Wie schlimm waren seine Verbrennungen?«, wispere ich, ohne den Blick zu heben.

»Sierra«, beginnt sie mit dieser Stimme, die sagen möchte: *Ich bin sicher, es ist alles gut. Und wenn es das nicht ist, wird es das noch werden.* Doch sie stoppt, hält inne und sagt stattdessen ehrlich: »Ich weiß es nicht. Das hat man mir nicht mitgeteilt. Nur, dass die OP gut verlaufen sei, Mitch sich jetzt ausruhen müsse. Auch wenn ich es ungern zugebe, sein behandelnder Arzt ist einer der besten auf seinem Gebiet.« Die Art, wie sie das betont, klingt nach einer Geschichte. An einem anderen Tag hätte ich sie danach gefragt oder sie damit aufgezogen. Aber nicht heute.

Nein, nicht heute.

»Danke«, bringe ich hervor und stecke den Zettel in meine Tasche, bevor ich nach den Bechern, gefüllt mit Ediths lauwarmem Gebräu, greife und es endlich schaffe, Sofie erneut in die Augen zu sehen.

»Geh und sag es Laura«, meint sie lächelnd. »Ich schaue nach Feierabend auch mal nach allen. Und, Sierra? Gönn dir endlich eine Pause.«

Ich nicke und mache mich auf den Weg. Meine Füße bewegen sich wie von selbst, meine Beine tragen mich in Richtung Laura, die noch immer mit dem Kopf auf dem Tisch schläft, als ich bei ihr ankomme. Maisie ist längst nach Hause gegangen. So, wie wir es auch hätten tun sollen. Stattdessen sind wir zwei sture Esel hiergeblieben, als würde das irgendwem helfen. Doch nur ein Blick auf Laura, und mir wird klar, dass das nicht stimmt. Es hilft ihr. Weil sie nicht allein sein kann und es so nicht muss. Vielleicht tut mir das auch auf seltsame Weise gut. Das Hier-Sein und Nicht-nach-Hause-Müssen.

Ich sollte mich besser nur auf die Arbeit konzentrieren, auf diesen Job, auf mein Ziel.

Verdammter Dreck. Ich wollte keine Freunde finden, wollte mich nur um mein Zeug kümmern. Und jetzt? Wenige Monate nach meinem ersten Tag am Whitestone habe ich nicht nur eine gute Freundin, sondern auch noch ein nettes Kollegium, und das hat mich manchmal mein eigentliches Ziel aus den Augen verlieren lassen. Hat mich vergessen lassen, dass ich die Beste sein will. Dass ich die Beste sein muss. Denn dann *bin* ich etwas. Dr. Sierra Harris, beste Assistenzärztin im Bereich Herzchirurgie. Ich will nicht eine von vielen sein, irgendwo in der Mitte bei denen, deren Name am Ende niemand kennt. Ich musste hart für das Studium kämpfen und für diesen Job, und ich werde nicht damit aufhören.

Während ich Laura mustere, stelle ich den Kaffee ab, streiche ihr eine Strähne aus dem Gesicht und seufze. Ich werde nicht aufhören – aber vielleicht mache ich heute eine kleine Ausnahme. Und an allen jenen Tagen, an denen andere Sachen wichtiger geworden sind.

»Laura«, wispere ich und rüttle sanft an ihrer Schulter, weil ich sie nicht erschrecken will. Sie gibt niedliche Geräusche von sich, bevor sie leise grunzt und mich damit unerwartet zum Lachen bringt.

»Die Socke schmeckt nicht!«, ruft sie, während ihr Kopf nach oben schnellt.

»Was?«, frage ich irritiert.

»Was?«, fragt sie nuschelnd zurück und gähnt. Ihre weiße Haut, die mittlerweile ein bisschen Farbe durch die Sonne Arizonas bekommen hat, sieht fahl aus, sie hat dunkle Augenringe und trockene Lippen. Laura ist total hinüber, man sieht ihr jedes Gefühl, jeden Gedanken und vor allem die letzten vierundzwanzig Stunden förmlich an.

»Vergiss es. Ich versuche, dasselbe zu tun«, entgegne ich und ziehe die Nase kraus. Danach will ich ihr endlich die gute Nachricht überbringen, doch sie redet bereits weiter.

»Hab ich lange geschlafen?« Sie reibt sich über das Gesicht, bevor sie mich fixiert. »Warum weckst du mich? Ich meine …« Ihre Augen werden größer und größer, dann springt sie ruckartig auf, sodass der Kittel, den ich ihr übergelegt hatte, regelrecht von ihren Schultern auf den Boden fliegt. »Ist er … Ich meine, geht es ihm gut?«

Ich würde gerne einen Witz machen, sie aufziehen, weil sie sich so benimmt. Weil sie nicht direkt fragt: Lebt er? Aber ich tue es nicht. Vielleicht, weil ich nicht genau weiß, wie es sich anfühlt, jemanden so sehr zu lieben. Deswegen, und weil Laura ein Mensch ist, den ich zu schätzen gelernt habe. Den ich mag.

Ich lächle. »Er ist auf Station und wach.«

Tränen fluten Lauras Augen, sie keucht auf und muss sich am Tisch abstützen. Ich hatte erwartet, dass sie sofort losrennen würde, dass sie wie ein Tornado aus dem Raum und zum Aufzug stürmen würde, um zu Nash zu gelangen. Doch sie steht einfach da und weint. Sie weint sich die Seele aus dem Leib. Es ist, als würde ein ganzer Ozean aus ihr herausbrechen.

Während ihr Körper von Schluchzern geschüttelt wird, beobachte ich sie und weiß nicht, ob ich etwas tun soll oder sagen kann. Denn Laura macht das gerade mit sich selbst aus. Sie bebt und bricht und heilt. Sie lässt alles raus, damit sie das nicht vor Nash tun muss, da bin ich sicher. Und vielleicht auch, weil sie keine andere Wahl hat, als es jetzt zuzulassen. Das ist beeindruckend – und ich beneide sie um diese Stärke.

Keine Ahnung, ob ich je ein besonders emotionaler Mensch gewesen bin, heute bin ich es jedenfalls nicht mehr. Ich weine nicht schnell oder oft, nicht laut, und ich lasse mich von nichts allzu lange oder nachhaltig beirren. Weder im privaten Bereich noch auf der Arbeit. Ich brauche einen klaren Kopf, um meine Ziele zu erreichen und durch den Tag zu kommen. Emotionen machen es kompliziert, und das kann ich nicht gebrauchen. Sie tun viel zu oft weh, das hat mich meine Mom gelehrt. Das und dass ich es nicht verdient habe, geliebt zu werden. Nicht wirklich. Es ist also nicht nur so, dass ich diese Gefühlsduseleien nicht will, sondern auch, dass ich nicht besonders gut darin bin, all diese Dinge an mich heranzulassen. Zumindest dachte ich das bisher, und deshalb erschrecke ich mich, als ich mich urplötzlich schniefen höre, während ich vor Laura stehe.

»Verfluchte Scheiße«, fluche ich so leise, dass sie es nicht bemerkt, räuspere mich und gebe alles, damit ich keine einzige Träne vergieße.

So was passiert, wenn man Menschen an sich heranlässt.

Ich kann das nicht gebrauchen. Ich kann das einfach nicht gebrauchen …

Ohne Vorwarnung überbrückt Laura den Abstand zwischen uns, unterbricht meine Gedanken und umarmt mich stürmisch. Gott, hat die Frau Kraft.

»Du erwürgst mich«, zische ich.

»Danke, Sierra«, sagt sie so ehrlich, so aufrichtig, dass es mir eine Gänsehaut über den Körper jagt.

»Ich hab nichts getan.« Laura löst sich von mir und lächelt mich an. Mit verschmiertem Mascara, vom Weinen roten Wangen und geröteten Augen, mit verknoteten Haaren und dem fettesten Lächeln auf den Lippen. »Doch. Du warst hier. Bei mir. Du bist nicht gegangen. Selbst wenn ich natürlich weiß, dass es wohl auch an Mitch liegt.«

»Halt die Klappe, und geh zu Nash!«, meckere ich, damit sie dieses Thema erst gar nicht vertieft, und sage ihr, in welchem Zimmer er liegt. Danach schiebe ich sie energisch in Richtung Tür, was sie laut zum Lachen bringt. Doch nach wenigen Schritten verstummt sie und hält wieder an.

»Mitch?«, wiederholt sie nur fragend seinen Namen und mustert mich. Dieses Mal will sie nur wissen, ob es ihm gut geht.

»Er ist aus dem OP raus. Aber sie konnten mir nicht sagen, wie schwer die Verbrennungen sind«, kläre ich sie auf. »Ian ist auch wach und mit Sicherheit schnell wieder auf den Beinen, bei Lisha folgen weitere Untersuchungen, aber nach aktuellem Stand ist ihr Zustand nicht kritisch.«

Laura atmet erleichtert ein und aus. »Gut. Das ist gut.«

»Jetzt geh, ich ertrage diese Gefühlsduselei nicht länger, das ist ja gruselig.«

»Komm mit.« Sie nimmt meine Hand und zieht mich hinter sich her.

»Was? Er ist doch wach, er hat es geschafft. Wieso …« Ich rede nicht weiter, weil ich Lauras Antwort kenne, bevor sie sie ausspricht. Sie lächelt wieder, aber dieses Mal nicht so strahlend wie eben, umklammert meine Hand und geht dicht neben mir, und als wir eine Minute später vor dem Fahrstuhl anhalten und sie den Knopf drückt, verrät sie mir, was ich schon geahnt habe.

»Ich kann das nicht allein«, murmelt sie. »Bitte bleib noch, bis wir da sind.«

Sie hat Angst. Ich bin nicht sicher, wovor, aber sie hat eindeutig Angst.

»Okay. Ich bringe dich hin.« Ich drücke ihre Hand.

Was für ein Desaster. Was für eine Nacht. Was für ein beschissener Start in ein Wochenende.

Erneut wandern meine Gedanken zu Mitch. Sollte ich zu ihm? Sollte ich es lassen? Kann ich zu ihm? Und mit diesem *Kann* meine ich nicht, ob man mich lässt, sondern einzig und allein, ob ich das aushalte. Immer wieder sehe ich ihn vor mir, wie er bewusstlos daliegt, und jedes Mal aufs Neue rieche ich die verbrannte Haut, den Dreck, atme stickige Luft ein. Immer wieder denke ich: *Wäre ich nur schneller gewesen. Besser.*

Aber es ist nicht nur das. Wenn ich Mitch sehe oder auch Nash, ist alles real, und es gibt keine Möglichkeit mehr, mir einzureden, es wäre anders.

Und das will ich nicht. Ich möchte noch eine Weile daran glauben, dass das alles ein Traum ist. Dass es nicht echt ist.

Beim *Ping* des Fahrstuhls, der für uns seine Türen öffnet, zucke ich zusammen. Wir treten schweigend ein, und mir entgeht Lauras Zögern nicht, bevor sie auf den runden Knopf mit der Nummer sieben drückt.

»Etage sieben, Neurologie und Neurochirurgie«, tönt es, bevor ein weiteres *Ping* erklingt und wir aussteigen können. Ich war erst zweimal hier in der Neuro. Ohne Frage ein spannendes Gebiet, aber das Gehirn und Nervensystem sind für mich nicht so faszinierend wie das menschliche Herz.

Bei einer durchschnittlichen Lebensdauer schlägt das Herz bei jedem Menschen etwa drei Milliarden Mal. Dabei schlägt das einer Frau schneller als das eines Mannes. Das Herz schafft es, sich pro Minute circa siebzigmal zusammenzuziehen, um so genug Blut durch den Körper zu pumpen. Und zwar ungefähr sechs bis acht Liter. Es ist so vielseitig, so spannend und so einzigartig. Man sagt sogar, Musik verbessere seine Funktion bei einer koronaren Herzkrankheit, sofern sie den Betroffenen gefällt. Herzen brechen nicht wirklich, aber wenn emotionaler

Stress und psychische Belastungen zu groß werden, kann sich das negativ auf sie auswirken. Schmerz und Trauer können dafür sorgen, dass das Herz nicht mehr richtig pumpt. Als hätte es selbst Gefühle. Eine Seele. Als wäre es alles, was uns ausmacht. Das Herz. Nicht der Verstand.

Herzen können vielleicht nicht brechen, aber sie können wehtun. Und Schmerz, den man nicht sieht, tut oft mehr weh als der offensichtliche.

Verrückte Gedanken, irgendwie naiv, aber ich mag sie dennoch. Doch das behalte ich für mich.

Ich bin keine Träumerin und rede die Dinge nicht gern schön, und ich will nicht, dass die anderen etwas in mir sehen, das es nicht gibt. Ich kann kaum für mich da sein, wie sollte ich das für andere können? Es genügt, dass Laura zu einer guten Freundin geworden ist. Nicht, dass ich sie wieder hergeben würde, aber die Angst, ihr nicht gerecht werden zu können, bleibt. Ich will einfach nur meinen Job machen. Und das verdammt gut. Ich will beweisen, dass ich es kann. Ohne Hilfe, ohne andere. Dass ich allein gut genug bin.

»Welches Zimmer war es noch mal?«, fragt Laura, während wir in einem der Gänge stehen und sie sich umsieht.

»709«, sage ich und rucke mit dem Kopf nach links. »Wir müssen hier entlang, komm.« Ich ziehe sie weiter, sie folgt mir, und dabei lässt sie meine Hand keine Sekunde lang los. Ihre ist schwitzig und kalt, und meine Finger tun langsam weh, weil ihre wie ein Schraubstock sind. Trotzdem beschwere ich mich nicht. Aber ich werde mit jedem Schritt unruhiger. Dieser beschissene Gang nimmt gar kein Ende. 703, 704, 705 … Wir müssen noch mal abbiegen. Nash liegt wohl in einem der Privatzimmer am Ende des Flurs.

Laura will noch weitergehen, nur halte ich dagegen, sodass sie mit einem Ruck zum Stehen kommt.

»Stopp! Hier ist es.« Ich spähe durch die geöffneten Lamellen der halb geschlossenen Jalousien an dem Fenster in Nashs Zimmer. Großes Einzelzimmer, wie gedacht. Was anderes hätte mich stark gewundert bei einem Stationsarzt des Whitestone. Die Nummer an der Tür und der Name auf der Akte bestätigen, dass er hier liegt.

Laura beginnt zu zittern. Es ist, als würde es über ihren Arm bis in ihre Fingerspitzen laufen und sich auf mich übertragen. Bis sie ohne Vorwarnung die Verbindung kappt und meine Hand loslässt, die schon ganz taub geworden ist. Schritt um Schritt geht sie auf die Tür zu und …

»Nein«, sage ich etwas zu laut, strecke mich und halte sie auf, bevor sie ihr Ziel erreichen kann. »Lass die Akte, wo sie ist. Lies es dir nicht durch. Laura«, betone ich und schlucke schwer. »Bitte, lies es dir nicht durch.« In dieser Akte steht einfach zu viel. »Du gehst da jetzt nicht als Ärztin rein, okay? Sei für Nash da, frag ihn, wenn du etwas wissen willst, oder den behandelnden Arzt. Alles andere macht dich nur fertig. Zumindest für heute.«

Ihr Blick ist weiterhin auf die Behandlungsakte gerichtet, sie beißt sich auf die Lippe, und ihr ist klar, dass ich recht habe. Ich verstehe, dass der Drang, hineinzusehen, unendlich groß sein muss, aber sie ist emotional noch zu nah dran. Es ist zu früh.

Als Laura schließlich nickt und der Widerstand gegen meinen Griff schwindet, atme ich erleichtert auf.

Ich hatte vergessen, wie anstrengend es ist, wenn man sich um andere sorgt. Nicht um Patientinnen und Patienten, sondern um die Menschen, deren Fehler und Ängste man kennt, und die man trotzdem mag.

»Gehst du jetzt zu Mitch?«, fragt sie und schaut mir über die Schulter in die Augen.

Ich würde gern Ja sagen, ich dachte – nachdem Sofie mir

mitgeteilt hat, dass er aus dem OP raus und alles so weit gut verlaufen ist –, ich würde nach ihm sehen wollen, aber … jetzt zögere ich. Nicht nur mit der Entscheidung, sondern auch mit der Antwort. Ich hadere mit mir selbst.

»Geh zu ihm«, meint Laura nur, dann tritt sie durch die Tür und verschwindet im Zimmer.

Ich sehe ihr nach. Schaue durch das Glas und die geöffneten Lamellen und knete die Hände, während Laura zu Nash ans Bett tritt. Zuerst regt er sich nicht, und ich denke, er ist womöglich eingeschlafen, doch nachdem Laura sich auf die Kante setzt und ihm sanft über die Wange streicht, sehen sie einander an.

Laura weint wieder. Verdammt, wieso stehe ich noch hier und tue mir das an?

»Robuster Scheißkerl!«, tönt es plötzlich neben mir, und ich erschrecke mich so sehr, dass ich einen spitzen, aber glücklicherweise nicht allzu lauten Schrei ausstoße. Ian grinst mich an. Das mit den Formalitäten haben wir längst aufgegeben. Keine Ahnung, ob sich das ändert, wenn er bald unser offizieller Betreuer wird.

»Was zur Hölle tust du hier?«, frage ich und mustere ihn. »Du gehörst ins Bett.«

»Betten sind was für Softies wie Nash«, murmelt er und deutet in die entsprechende Richtung.

»Du hast dir Sorgen gemacht.«

Er schnaubt. »Ich mache mir nie Sorgen.«

»Gut, dann kannst du ja jetzt zurückgehen und dich weiter ausruhen, anstatt hier mit einem riesigen Ständer rumzurennen.«

Er grinst immer breiter. »Ich hab den größten von allen bekommen.«

»Das ist so verstörend. Wirklich.«

»Du hast über meinen Ständer geredet, nicht ich. Ich komme damit klar.«

Ich verschränke die Arme vor der Brust. »Lass den Unsinn. Du siehst beschissen aus und solltest dich hinlegen. Du trägst ein halb durchsichtiges Krankenhaushemd mit deiner Boxershorts drunter und hältst dich an deinem Infusionsständer fest, als würdest du mit ihm schlafen wollen.«

»Reizend, Harris. Reizend«, gibt er sarkastisch zurück. »Denkst du etwa, du siehst besser aus? Wie lange bist du überhaupt schon wach?«

Ich schüttle den Kopf, weil ich keine einzige dieser dämlichen Fragen beantworten werde, und wende mich wieder Nash und Laura zu. Sie liegen sich in den Armen, Lauras Rücken bebt, und Nash streicht ihr sacht darüber.

»Und was machst *du* eigentlich hier?«, fragt Ian weiter, während er mich von der Seite mustert. »Außer mich zu beleidigen und dich über meinen Zustand aufzuregen, natürlich.«

Ein genervtes Schnauben bahnt sich seinen Weg nach draußen, aber ich unterdrücke es. »Hab Laura hergebracht. Wir haben eben erst erfahren, dass Nash aufgewacht ist.«

»Komm schon, das meine ich nicht, und das weißt du. Was machst du hier, warum bist du nicht zu Hause – oder bei Rivera?«

Mit zusammengekniffenen Augen fixiere ich Ian. »Was soll die Frage? Bin ich sein Babysitter, oder was? Wieso stehst du denn hier halb am Zusammenklappen und halb nackt neben mir, während man Flüssigkeit und Schmerzmittel in dich pumpt? Dass *du* hier bist, ist wesentlich fragwürdiger.«

Ian lacht und hebt die rechte Hand, die nicht an Infusionsschläuchen hängt. »Du willst nicht drüber reden, kein Ding, aber denk mal drüber nach. Du brauchst noch dringender 'ne Dusche und Schlaf als ich. Außerdem habe ich mich quasi schon selbst entlassen, ich kann sein, wo ich will. Muss mich gleich nur noch anziehen, den Ständer loswerden – und mich an Tori vorbeischleichen.« Er hat wohl definitiv meinen irritierten Blick gesehen, denn er redet sofort weiter. Dass er mit der Dusche und dem Schlaf recht hat, lasse ich mir dabei nicht anmerken. »Eine Pflegerin auf der Inneren. Sie ist wirklich furchteinflößend.«

Grinsend schaue ich ihn an, aber Ian verzieht nur gequält das Gesicht. »Gott, du meinst das ernst! Du hast Angst vor ihr.«

»Natürlich! Sie ist eine wütende, rachsüchtige Dämonin, verkleidet als Pflegerin. Wenn sie mich außerhalb des Bettes sieht, wird das für mich schlimmer enden als dieser Unfall.«

Unfall.

Ich hasse dieses Wort. Hasse, hasse, hasse es! Es suggeriert, dass beschissene Dinge passieren, ohne dass man etwas dagegen hätte tun können. Doch für mich bedeutet es nur, dass man eine verdammt schlechte Entscheidung getroffen hat. Vielleicht auch, dass man gar keine getroffen und einfach nicht nachgedacht hat. Beides ist fahrlässig. Ein Unfall ist nichts weiter als eine Reaktion. Etwas, das man nicht wollte, aber das eben passiert ist. Ist man selbst der Auslöser, hätte man es also verhindern können – aber das erkennt man erst, wenn es längst zu spät ist.

Ein Unfall.

Ein Fehler.

Das klingt so mitleiderregend. So harmlos. Dabei gleicht das Ergebnis für die Betroffenen viel zu oft einem Fall in ein tiefes, dunkles Loch.

Ich schlucke schwer, atme ein und aus.

Es erinnert mich an … mich. Ich bin ein Unfall und ein Fehler, wenn es nach meiner Mom geht, aber eine Entscheidung, wenn man mich fragt.

»Sie wissen noch nicht, wie es passiert ist«, höre ich mich leise sagen und kann förmlich spüren, wie sich das bisschen an Leichtigkeit, das Ian versprüht hat, durch meine Worte in Luft auflöst.

»Das wird wohl auch noch eine Weile dauern. Also, bis sie sich hundertprozentig sicher sind. Aber …« Ian macht eine kurze Pause und seufzt, bevor er sich zweimal schnell durch sein Haar fährt und es damit noch mehr durcheinanderbringt. Dabei fallen mir die dunklen Hämatome an seinem Oberarm auf. Ich will gar nicht wissen, wie sein Oberkörper vorne unter dem Krankenhaushemd aussieht. »… ich gehe davon aus, dass es die Sauerstoffflasche war. Ein Unfall, wie gesagt, keine Manipulation, keine geplante Explosion.«

»Was? Das ist doch …«

»… unmöglich?«, vervollständigt er meinen Satz und fixiert mich schwach lächelnd.

»Nein. Mir ist klar, dass so was passieren kann, aber die Wahrscheinlichkeit dafür ist mehr als gering. Die Flaschen werden gewartet und überprüft, fachgerecht angebracht und angeschlossen.«

Ian zuckt mit den Schultern. »Was sonst wäre am oder beim Patienten gewesen, das uns alle auf einen Schlag mit so einer Explosion ausgeknockt haben könnte? Es ist unwahrscheinlich, aber nicht unmöglich. Es muss nur jemand direkt vorher irgendeinen entzündbaren Stoff an den Fingern gehabt haben, als die Flaschen gewartet oder angeschlossen wurden. Es muss nur etwas Öliges oder Fettiges zurückgeblieben sein, das durch Reibung – oder einen heftigen Stoß gegen das Verbindungsstück – und Sauerstoff einen Funken erzeugt. Einen Funken oder am Ende das, was wir erlebt haben. Eine Verkettung vieler kleiner Dinge, die nicht passieren sollten. Die Sauerstoffflaschen werden befüllt, von Menschen gewartet und angeschlossen. Und Menschen machen Fehler.«

Menschen machen Fehler.

Das Piepen meines Pagers reißt mich aus meinen Gedanken und weg von dem seltsam bedrückenden Gefühl, das kurz davor war, sich über mich zu legen.

»Ich muss los.«

»Harris, du solltest dich endlich umziehen und heimgehen!«, meckert Ian. Er klingt wie Dr. Gardner und seine dämliche Anordnung von vorhin. Kurz nachdem alle versorgt waren und Laura und ich weiter in der Notaufnahme gearbeitet haben, kam der Chef der Chirurgie persönlich nach unten, hat sich einen Überblick verschafft und uns auch sehr nachdrücklich empfohlen, uns durchchecken zu lassen. Er wollte uns sogar nach Hause schicken, aber wir haben darauf bestanden, bei all dem Chaos weiter zu helfen.

Ohne auf Ians Kommentar einzugehen, stecke ich den Pager nach einem kurzen Blick zurück in die Tasche und lächle ihn an.

»Viel Erfolg mit der dämonischen Pflegerin. Und du hast deine Unterhose falsch herum an, du Klugscheißer«, sage ich beiläufig und deute auf das gut erkennbare Schild, das außen zwischen seinen Arschbacken hängt, bevor ich an ihm vorbei in Richtung Fahrstühle verschwinde und Ian noch leise fluchen höre.

4. Kapitel

Sierra

»Danke, dass Sie sich kurz Zeit nehmen.« Dr. Gardner lehnt sich in seinem Sessel zurück und mustert eingehend mein Gesicht. Es sollte mir wohl unangenehm sein, in diesem Zustand vor meinem Chef zu sitzen, aber gerade gibt es nicht viele Dinge, die mir so egal sind wie mein Erscheinungsbild. Vor allem, da er selbst ziemlich erschöpft aussieht und mit Sicherheit genauso lange im Dienst ist wie ich.

Die Vorhänge neben mir sind zugezogen, wahrscheinlich deshalb, weil die Fenster direkt zur Ostseite zeigen, und es ist kühl in seinem Büro, kühler als in den Fluren und Krankenzimmern des Whitestones. Vielleicht kommt es mir auch nur so vor, weil ich viel zu lange auf den Beinen bin und nicht geschlafen habe.

Bereits vierundzwanzig Stunden ohne Schlaf sorgen für eine schlechtere Konzentrationsfähigkeit, das Langzeitgedächtnis leidet, und die Aufmerksamkeitsspanne sinkt beträchtlich – anders gesagt: Die neurokognitiven Fähigkeiten verschlechtern sich rapide, Töne und Geräusche lassen sich schlechter verarbeiten und beginnen zu stressen, wie die tickende Uhr mit goldenem Rand auf Dr. Gardners Schreibtisch, die ich am liebsten aus dem Fenster schmeißen würde.

Und irgendwann sinkt auch die Körpertemperatur.

Ich friere.

»Sie haben, bevor Sie herkamen, mit der Verwaltung gesprochen und wissen, worum es geht?« Ich nicke. »Sehr gut. Zunächst möchte ich mich entschuldigen, dass ich Sie erst jetzt zu mir rufe, Dr. Harris. Oder dafür, dass ich Sie noch zu mir rufe, je nachdem, wie man es dreht. Detective Hendricks leitet die Ermittlungen in unserem Fall und wird gleich hier sein, um Ihnen ein paar Fragen zu stellen.«

Da ich mir nicht sicher bin, ob ich dazu etwas sagen sollte, und auch weil ich absolut keine Kraft dafür habe, warte ich nur ab.

»Dieser tragische Unfall wird uns noch lange im Gedächtnis bleiben und beschäftigen und …« Er wird von einem Klopfen an der Tür unterbrochen. »Herein.«

Ich drehe mich um und beobachte, wie ein älterer Polizist eintritt. Etwas größer als ich, die ersten grauen Strähnen durchziehen sein sonst dunkelbraunes Haar, ein Grübchen am Kinn, freundlicher, aber sehr aufmerksamer Blick. Er begrüßt uns beide, bevor er sich in den zweiten freien Sessel setzt, direkt neben mich, und die Beine überschlägt.

»Detective Hendricks, das ist Dr. Harris. Sie war zusammen mit Dr. Collins als Erste vor Ort.« Der Chef der Chirurgie deutet auf mich, und ich zwinge mich, zu lächeln. Es ist ein angespanntes, kurzes Lächeln, aber sie können froh sein, dass es überhaupt eines ist.

»Dr. Harris. Danke, dass Sie es einrichten konnten. Ich habe bereits mit einigen Personen gesprochen, ich hoffe jedoch, Sie können ein paar Lücken schließen, nachdem Sie ein wenig Abstand zum Vorfall gewonnen haben.«

»Natürlich«, erwidere ich mit belegter Stimme, während alles in mir schreit, dass ich das nicht will. Ich will das nur vergessen und nicht noch einmal durchleben.

»Sehr gut. Dr. Gardner hat ausgesagt, dass Sie und Dr. Collins als Erste eingetroffen sind. Ist das korrekt? Da er zu dem Zeitpunkt nicht vor Ort war, muss ich das abgleichen.«

»Ja, wir waren auf dem Weg nach oben in die Chirurgie, um zu unseren Spinden zu gelangen. Wir …« Ich zögere. Ich war bereits zu lange hier, ich habe mit Laura direkt nach der Explosion weitergemacht, obwohl wir hätten heimgehen sollen. »Wir hatten Feierabend«, erkläre ich und werfe einen Seitenblick auf Dr. Gardner, den das nicht zu überraschen scheint.

»Was genau haben Sie gesehen? Können Sie mir den Hergang beschreiben?«

Mein Puls beschleunigt sich, mir wird warm, obwohl ich bis eben noch gefroren habe. Ich schlucke den schlechten Geschmack in meinem Mund herunter und beginne zu erzählen. »Laura – ich meine Dr. Collins – und ich hatten Schicht in der Notaufnahme. Als der Rettungswagen mit dem Schockpatienten eintraf, waren wir bereits auf dem Weg in den Feierabend. Wir konnten noch erkennen, wie Dr. Brooks und Dr. Rivera den Patienten erstversorgten und mithilfe der Pflegekräfte Chibudem sowie Olsen in Richtung Aufzug und somit in den OP fahren wollten. Wir betraten kurz nach ihnen den Gang und beobachteten, wie sich die Fahrstuhltüren öffneten.« Ich sehe es in Zeitlupe vor mir, als wäre ich wieder da, und ich spüre, wie sich immer mehr Schweiß auf meiner Stirn und in meinem Nacken sammelt. Wie mein Mund trocken wird. »Dr. Rice hat den Aufzug verlassen, der Rest ging hinein. Sie waren noch nicht ganz drin, da … da gab es einen ohrenbetäubenden Knall.« Dieses laute Geräusch, dieser Druck, dieser Moment der Orientierungslosigkeit und der Leere im Kopf – alles ist wieder da.

»Wir können das Gespräch auch morgen fortsetzen. Es war ein langer Tag und eine lange Nacht, Dr. Harris«, meint der Detective, aber er hat keine Ahnung. Morgen wird es nicht besser sein.

»Es geht mir gut«, presse ich hervor und atme durch. Meine Fingernägel schneiden in meine Handflächen, weil ich die Hände zu Fäusten geballt und auf meine Oberschenkel gedrückt halte. Ich zittere.

Niemand sagt etwas, es bleibt still, und mein Atem ist in diesem Raum, der sich anfühlt, als würde er die Luft anhalten, viel zu laut. Bis der Detective sich räuspert, seine nächste Frage stellt und ich dankbar bin, das Ganze einfach hinter mich bringen zu können.

»Gab es während Ihrer Dienstzeit eine Person, die nicht in der Notaufnahme oder in den umliegenden Gängen und Räumen hätte sein dürfen? War eine Person oder Situation auffällig? Gab es etwas, das Sie stutzig werden ließ?«

Angestrengt denke ich darüber nach. »Nein. Mir ist nichts dergleichen aufgefallen«, antworte ich und frage mich, worauf genau er hinauswill.

»Kennen Sie jemanden, der einer der betroffenen Personen Schaden zufügen wollen würde?«

Ich runzle die Stirn, blicke verwirrt von Dr. Gardner zu dem Polizisten. »War es denn Vorsatz?«

Er zögert, kräuselt die Lippen, aber schließlich erwidert er: »Nach jetzigem Stand gehen wir nicht davon aus. Nach der Untersuchung des Tatorts konnte bereits bestätigt werden, dass die Explosion mit der Sauerstoffflasche zusammenhängt, nicht mit einem Sprengsatz oder etwas Ähnlichem. Allerdings ist noch nicht ersichtlich, wie genau das passieren konnte, was die Ursache war. Dahingehende Untersuchungen laufen weiter. Außerdem wird immer in jede Richtung ermittelt.«

»Die zwei wahrscheinlichsten Ursachen für die Explosion sind derzeit ein defektes Ventil und Verunreinigungen beziehungsweise Fettrückstände, die sich nach dem Aufdrehen der Flasche entzündet haben. Beides passiert eher selten«, erklärt

Dr. Gardner weiter und stoppt danach abrupt. Er presst die Lippen zusammen, und ich erkenne, wie er sich einen Moment nehmen muss. *Ian hat so etwas bereits vermutet*, schießt es mir durch den Kopf.

»Es passiert selten«, wiederholt Dr. Gardner seine Worte, bevor er anfügt: »Aber es ist leider nicht unmöglich.«

Nein, ist es nicht. Ich habe es erlebt. Und ich hoffe, dieses eine Mal reicht für ein Leben.

Gott, es war wirklich ein Unfall. Niemand wollte das, aber es ist nun mal passiert, und ich habe keine Ahnung, wie ich mit alldem umgehen soll.

»Da war so viel Rauch, so viel Chaos«, wispere ich und bemerke zu spät, dass ich diese Worte nicht nur gedacht, sondern laut ausgesprochen habe. Ertappt senke ich den Blick und beiße mir auf die Lippe.

»Danke, Dr. Harris, Dr. Gardner. Wir melden uns, falls wir weitere Fragen haben.« Der Detective erhebt sich und verlässt den Raum. Mir wird wieder kalt. Viel zu kalt.

»Dr. Harris, abgesehen von dem Gespräch eben, habe ich Sie aus einem weiteren Grund angepiept: Mir wurde mitgeteilt, dass Sie noch hier sind. In Arbeitskleidung.«

Wie zu Beginn mustert er mich, verzieht dabei jedoch weiterhin keine Miene. Trotzdem werde ich unruhig und rutsche auf dem Stuhl hin und her.

»So dankbar ich Ihnen bin, weil Sie mit Dr. Collins als Erste am Unfallort waren und Sie hervorragende Arbeit geleistet haben, frage ich mich: Wieso haben Sie das Whitestone noch nicht verlassen? Haben Sie die Anordnung nicht mitbekommen?«

»Doch, Sir, das habe ich. Aber ich habe mich dazu entschieden, meinen freien Tag hier zu verbringen.«

»Ich kann verstehen, dass Sie bleiben und auf Neuigkeiten

warten wollten, ebenso wie Dr. Collins. Ich verstehe, dass das, was passiert ist, Sie geschockt hat und nicht leicht zu verdauen ist, aber …«

Ich kann nicht anders, ich lache. Leise und irgendwie trocken. »Bei allem nötigen Respekt, ich glaube nicht, dass Sie das verstehen.« Keine Ahnung, was da in mich gefahren ist. Aber das, was er eben gesagt hat, klang fast so, als wäre nichts gewesen. Oder etwas Schlimmes, was an sich ja nicht so schlimm war. Und das ist Schwachsinn. »Sie haben nicht gesehen, wie jemand gegen eine Wand geschleudert wurde, Sie haben den Knall, das Krachen und das Piepen nicht gehört, Sie haben den Rauch nicht eingeatmet und auch nicht den Geruch nach verbranntem Fleisch. Sie haben nicht feststellen müssen, dass der Patient keinen Puls mehr und einer Ihrer Kollegen Kammerflimmern hat und haben auch nicht vor Angst gezittert, weil Sie dachten, dass er nicht der Einzige sein würde.« Erst mit dem letzten Wort wird mir klar, wie sehr ich mich in Rage geredet habe. Mittlerweile sitze ich weit vorne, nur noch auf der Kante des Sessels, meine Finger graben sich regelrecht in meine dreckige verschwitzte Hose, und das Gesagte hallt so laut in meinen Ohren nach, als hätte ich ein Megafon benutzt.

Ich bin überreizt, und mit Sicherheit sollte ich mich entschuldigen. Nur gerade fällt mir kein einziger sinnvoller Grund dafür ein. Ich meine, was ich sage, ich meine jedes einzelne Wort genau so, und es ist mir scheißegal, dass es mein Chef ist, der vor mir sitzt. Denn er hat keine Ahnung, was wir in den letzten Stunden durchgemacht haben, und ich bin kein Kind mehr, dem man erklären muss, wann es sich umziehen, nach Hause und ins Bett gehen soll. Vor allem, weil ich nicht nach Hause will. Nicht nach Hause kann. An einen Ort, an dem man mir ständig sagt, was das Beste für mich wäre.

Wie versteinert sitze ich da und versuche, ruhig zu atmen, aber es klappt eher mäßig als gut. Besonders in dem Moment, als sich der Chef der Chirurgie nach vorne beugt, die Unterarme auf der Tischplatte ablegt und die Augen zu Schlitzen verengt. Nur leicht, aber es ist nicht zu übersehen.

»Dr. Harris, Sie missverstehen mich. Ich wollte damit lediglich ausdrücken, dass ich mir der Schwere der Situation und der Umstände durchaus bewusst bin und trotz dessen oder gerade deshalb großen Wert darauf lege, dass die Ärztinnen und Ärzte, die daran beteiligt waren, sowie das Pflegepersonal, das geholfen hat, sich nun auch um sich selbst kümmern. Besonders Sie, Dr. Collins, Dr. Jones und Dr. Awan, da Sie nicht nur unmittelbar nach dem Geschehen eingetroffen sind oder bereits bei der Explosion anwesend waren, sondern weil Sie erst vor wenigen Monaten Ihren Dienst angetreten sind und Ihre Routine sich erst entwickeln muss. Und das auf arbeitstechnischer, körperlicher und emotionaler Ebene.« Sein Ausdruck wird weicher, trotzdem fühle ich mich wie in einem Schraubstock. Mein ganzer Körper ist angespannt. Es wäre mir lieber gewesen, er hätte mich angeschrien und gerügt.

»Ich mache mir Sorgen um Sie und die anderen. Natürlich kann ich Ihnen nicht sagen, wann Sie nach Hause zu gehen haben.« Er betont das so, als hätte er meine Gedanken lesen können, und das lässt mich meinen Blick senken.

Mist.

»Aber ich kann Ihnen sagen, wann Sie sich aus dem Dienst entfernen sollten, Dr. Harris, und bin befugt, Sie, falls nötig, des Krankenhauses zu verweisen. Das würde ich jedoch ungern tun. Wenn Sie noch jemanden besuchen oder sich nach jemandem erkundigen möchten, tun Sie das. Alles andere muss warten. Außerdem darf ich Ihre Schichten nach eigenem Ermessen anpassen. Da Sie und Dr. Collins, die bisher nicht auf meine Nachrichten reagiert hat und wahrscheinlich bei Dr. Brooks ist, hiergeblieben sind und Überstunden gemacht haben, und der eine freie Tag, den ich für Sie alle angeordnet habe, bereits begonnen hat, werden Sie auch morgen keinen Dienst haben. Sonntag haben Sie laut Plan ohnehin frei. Ihre nächste Schicht beginnt also Montagvormittag.«

Alles in mir will widersprechen. Oder schreien. Einfach so. Dabei fällt es mir schwer, auch nur einen klaren Gedanken zu fassen. Als würde von jetzt auf gleich alles über mir zusammenbrechen und ich erst in dieser Sekunde verstehen, was wirklich passiert ist.

»Wir hätten nicht direkt gehen können«, werfe ich kleinlaut ein. Meine Unterlippe bebt plötzlich, also beiße ich darauf, damit sie damit aufhört.

»Wie gesagt bin ich Ihnen für Ihren Einsatz sehr dankbar, gerade weil wir einen Fachkräftemangel zu verzeichnen haben. Aber das ist mein Problem und nicht Ihres. Wir werden Unterstützung von umstehenden Krankenhäusern erhalten, bis sich die Lage stabilisiert hat. Sie nehmen sich jedoch frei.« Dieses Mal schaffe ich es nicht, zu widersprechen oder überhaupt etwas zu erwidern. Ich schließe nur für einen Atemzug die Augen.

»Eines noch, Dr. Harris. Wir haben ausgezeichnetes psychotherapeutisches Fachpersonal in Gebäude C. Ich gehe davon aus, dass Sie das wissen, aber es ist meine Pflicht, Sie darauf hinzuweisen. Wenn Sie das Bedürfnis haben, mit jemandem über die Ereignisse zu sprechen, oder Hilfe benötigen, gehen Sie bitte dorthin. Ich unterlasse es, gerade Ihnen als Ärztin zu erklären, wie wichtig die psychische Gesundheit ist und dass diese Art der Unterstützung manchmal notwendig und keinesfalls ein Zeichen von Schwäche ist.«

Ich schaue nach oben, begegne seinem Blick erneut, sehe die

Andeutung eines Grinsens und kann nicht anders, als es zu erwidern. Ihm ist selbst klar, dass er es natürlich mit dieser Aussage keineswegs unterlassen hat, mir die Bedeutung einer psychologischen Betreuung zu erklären oder dass es total okay ist, so was in Anspruch zu nehmen.

Es hätte keinen Sinn, zu erklären, dass ich allein damit klarkomme und niemanden brauche. Ich nicke. *Und ganz vielleicht*, flüstert eine leise Stimme in den hintersten Winkeln meines Verstandes, *denke ich irgendwann doch darüber nach.*

»Wenn von Ihrer Seite aus alles geklärt ist, beende ich dieses Gespräch nun. Bitte seien Sie so nett und wechseln Sie Ihre Kleidung, Sie sind außer Dienst.«

Ich sollte gehen. Das ist das Erste, was mir durch den Kopf schießt, nachdem ich gerade erst angekommen bin. Wahrscheinlich, weil ich mir nicht sicher bin, wie ich hier gelandet bin. Oder wieso. Eben noch war ich bei Dr. Gardner, jetzt stehe ich hier im Nebengebäude, mit Schutzkleidung auf einem Flur der Intensivstation der Verbrennungschirurgie.

Immer wieder öffne und schließe ich meine in Handschuhe gepackten Hände, reibe die Finger aneinander, weil sie klamm sind und kribbeln, während ich unablässig nach vorn schaue, durch das Glas.

Mitchs Zimmer sieht ähnlich aus wie das von Nash, nur etwas kleiner, etwas heller. Und das, obwohl die dünnen Vorhänge am Fenster, das nach draußen zeigt, zugezogen sind und die Sonne gerade nicht direkt hineinscheinen kann. Hinter mir huschen immer wieder Menschen vorbei, ich höre sie miteinander reden, flüstern oder streiten. Höre, wie sie um Dinge bitten, wie sie Anweisungen geben oder Witze reißen. Wie sie sich sorgen. Ich höre es, und jedes ihrer Worte erinnert mich an Mitch. An die Art, wie er mich herausfordert, an seine dämliche gute Laune, die er wirklich immer an den Tag legt, an sein Lachen, sein verschmitztes Grinsen, an die Art, wie er viel zu übertrieben mit den Augenbrauen wackelt. An die Art, wie er mich manchmal ansieht und dass das dann zu viel für mich ist. Er macht Fehler, er nervt mich, er ist zu oft zu nah bei mir. Und auf einmal liegt er da, hinter diesem Glas, hinter dieser Wand auf dem Bett und schläft, als wäre nichts gewesen. Er liegt da – so weit weg –, und ich weiß, unter dieser Decke und dem Krankenhaushemd sind Verbände, Wunden, Narben. Da ist Schmerz.

Bilder des Moments, als wir ihn fanden, schieben sich in meine Gedanken. Ich sehe ihn in dem Fahrstuhl, der Geruch von verbrannter Haut und Rauch und Staub ist zurück, und ich bekomme keine Luft …

Ein Keuchen entweicht mir, ich greife mir unwillkürlich an die Kehle und wünschte, ich könnte wegsehen, aber mein Blick klebt an ihm, und ich kann nichts dagegen tun.

Warum musste das passieren? Warum mussten ausgerechnet Nash, Mitch und die anderen im Aufzug sein? Warum, verflucht noch mal, geht mir das so nah?

»Scheiße«, zische ich mit belegter Stimme und schlucke mehrmals schwer, um den Kloß in meinem Hals zu vertreiben. Mit einer Hand stütze ich mich am Fenster ab und senke endlich den Blick, kann mich losreißen von Mitch, diesen Gedanken und Bildern in meinem Kopf. Bis ich auf die hellblauen Schuhüberzieher schaue, auf meine dreckigen Sneaker darunter, die längst nicht mehr weiß sind. An ihnen klebt all das, was ich die letzten Stunden gesehen und durchgemacht habe, und erinnert mich ein weiteres Mal daran, dass ich nicht träume. Und dass ich es nicht ändern kann.

Ich möchte nicht weinen. Seit der Explosion habe ich es geschafft, das nicht zu tun. Nicht mal vorhin bei Laura musste ich weinen. Keine einzige Träne hat ihren Weg nach draußen gefunden, und jetzt soll der Anblick meiner hässlichen Schuhe der Grund dafür sein? Das ist ein Witz!

»Ein einziger, beschissener Witz«, murmle ich, während ich mir mit dem Handrücken über die Augen fahre, wieder und wieder, und mein Körper erzittert, bebt wie ein Baum, über den ein Sturm hereinbricht.

Ich schluchze, und ich hasse es. Ich weine, und ich hasse es. Es hört nicht auf, und ich bewege mich nicht, gehe nicht fort – und das hasse ich wohl am meisten von allem.

5. Kapitel

Mitch

Während ich blinzelnd die Augen öffne, bin ich für einen Moment der festen Überzeugung, unter Wasser zu sein. Meine Sicht ist verschwommen, und mein Körper fühlt sich trügerisch leicht an. Beinahe taub. Doch als ich einen tiefen Atemzug nehme, die weiße Decke über mir erkenne und meine Glieder schlagartig bleischwer werden, wird mir bewusst, dass das nicht stimmen kann.

Ich atme, sauge Luft in meine Lungen, spüre den dünnen Stoff an Teilen meiner Haut, erkenne verschiedene Schläuche und nehme das leise monotone Piepen neben mir wahr.

Der strenge Geruch und dieser Anblick sind mir mehr als vertraut, aber ich will es nicht wahrhaben. Ich kann unmöglich in einem Krankenbett liegen.

Was ist passiert? Bin ich im Whitestone oder woanders?

Ich drehe meinen Kopf leicht zur Seite und muss erneut blinzeln, die Augen sogar etwas zusammenkneifen, um klarer sehen zu kennen. Da steht jemand an meinem Fenster. Gebückte Haltung, bebender Körper. Eine Frau, würde ich sagen. Sie sieht traurig aus. Oder nicht? Weint sie? Und wenn ja, warum hier? Dann nehme ich die blaue Überzugkleidung wahr, die auf einer normalen Station für gewöhnlich nicht üblich ist. Mist. Wo bin ich?

Die Frau bewegt sich, die Haube verrutscht, und schwarzes

Haar blitzt darunter hervor. Eine lange Strähne fällt heraus und ihr ins Gesicht.

Ich stutze, blinzle noch ein paar Mal. Ich kenne diese Frau. Ist das Sierra?

Verwirrt und überrascht zugleich beobachte ich sie, schaue sie an, und es wirkt, als wäre das hier nicht real. Wieso sollte ich in diesem Bett liegen? Es gibt doch gar keinen Grund für mich, überhaupt hier zu sein. Und wieso sollte Sierra dastehen und um mich weinen? Das ergibt keinen Sinn.

Ich döse erneut weg, und als ich das nächste Mal die Augen aufschlage, ist Sierra verschwunden. Der Platz hinter dem Fenster ist leer. Habe ich mir das Ganze nur eingebildet? War es ein Traum? Bestimmt. Sierra würde niemals dort stehen und weinen. Erst recht nicht um mich.

Seufzend drehe ich meinen Kopf zurück auf die andere Seite, und dabei schmerzt er so sehr, dass ich das Gesicht verziehe und meine Lippen etwas aufreißen. Aus Reflex hebe ich meinen Arm, zucke jedoch sofort zusammen.

»¡Mierda!«, fluche ich heiser und stöhne auf, weil plötzlich alles brennt und zieht und wehtut. Meine Sicht wird klarer, ich erkenne jetzt die Werte auf dem Monitor neben mir, die Infusionen – Flüssigkeit und Schmerzmittel –, das Bett und die schlichte weiße Bettwäsche. Schwer atmend blicke ich auf meinen linken Arm, auf den Verband, der ihn fast komplett umschließt.

Aber wenn es nur ein Traum war, schießt es mir durch den Kopf, *wieso liege ich dann noch immer hier?*

Mein Mund wird trocken, vielleicht war er das auch schon vorher. Ich weiß es nicht. Mir ist heiß und kalt zugleich, und mein Herzschlag beschleunigt sich. Das Bett, die Schmerzen, der Verband … Das ist alles zu viel für mich.

Ich zähle bis drei, danach hebe ich die Decke an, entdecke

eine weitere Bandage am Oberschenkel und bin sicher, dass es noch mehr geben wird. Schweiß bildet sich auf meiner Stirn, ich muss durch den Mund atmen, weil ich das Gefühl bekomme, keine Luft zu kriegen. Mein Blick hängt an dem Verband, ich kann ihn nicht lösen, während ich fieberhaft überlege, was passiert ist.

Ein normaler Dienst in der Notaufnahme, keine besonderen Zwischenfälle, ein bisschen Geplänkel mit den anderen, und auf einmal ist etwas ... Ich kneife die Augen zusammen. Ich erinnere mich. Der Patient, der Aufzug, der Knall ... Aber was war dann? Was zur Hölle war dann?

Die Fragen und Erinnerungen brechen über mich herein und begraben mich unter sich wie eine Welle.

Das hier ist kein Traum.

Ich tauche nicht, und ich schwimme nicht.

Ich ertrinke.

6. Kapitel

Sierra

»Wie siehst du denn aus? Bist du Ärztin oder Bauarbeiterin?«, dröhnt die spottbehaftete Stimme meiner Mutter zu mir. Hätte ich die Kraft, würde ich mich direkt wieder umdrehen und aus der Wohnung verschwinden. Doch die habe ich nicht, also lasse ich mich gegen die Wand neben der Garderobe sinken und schließe für ein paar Sekunden die Augen, während ich die bohrenden Blicke meiner Mom förmlich auf mir spüren kann.

Es sollte mir egal sein. Aber ihre Worte sind wie Salz in einer offenen Wunde. Wieso kann sie nicht sehen, wie es mir geht? Wieso zur Hölle ist sie jedes Mal so? Und wieso kann ich es nach all der Zeit immer noch nicht ignorieren?

Wieso habe ich immer noch diesen Funken Hoffnung, dass es besser werden könnte?

Ich bin müde. Erschöpft. Ich stinke. Mein Kasack klebt an mir, zusammen mit meinem Schweiß, mit Dreck und Blut. Alles, was passiert ist, all diese Bilder, Gerüche, Emotionen, Geräusche, Gedanken, haften an mir, schwer wie Blei, und es ist seit langer Zeit das erste Mal, dass ich ein Würgen unterdrücken muss. Ob ich den Gestank nach Rauch je wieder aus meinen Haaren bekomme? Oder aus meiner Nase …

Ich wollte duschen und mir frische Klamotten anziehen, bevor ich heimgehe. Stattdessen bin ich irgendwie in der Verbrennungschirurgie gelandet, im Flur vor Mitchs Zimmer, wo ich, nachdem ich ihn in seinem Zimmer gesehen habe, kurz vor einem Nervenzusammenbruch stand. Danach verließ mich meine Energie. Ich stand komplett neben mir und wollte nur noch raus aus dem Krankenhaus. Weg von Mitch, diesem Ort und irgendwie auch allem, was passiert ist. Also habe ich mir mein Zeug aus dem Spind geschnappt und bin draußen sofort in ein Taxi gestiegen. Den verwirrten und erschrockenen Gesichtsausdruck des Fahrers habe ich dabei komplett ignoriert. Ich weiß, wie ich aussah.

Manchmal laufe ich heim, aber auch das hätte ich heute nicht hingekriegt. Dass ich überhaupt hierhergekommen bin, zeigt, wie viel mir das alles abverlangt hat und wie erledigt ich bin …

»Ich hab gehört, was passiert ist. Es kam in den Nachrichten. Immer so ein Drama.« Meine Mom schnaubt, und ich kann nicht glauben, dass ich mir so was anhören muss. Dass sie weiß, was passiert ist, dass ich dabei war und mir etwas hätte passieren können – und es ihr vollkommen egal ist. »Geh dich waschen, du siehst furchtbar aus. Du hättest Anwältin werden oder einen vernünftigen Mann, der bei dir bleibt und dich unterstützt, heiraten sollen, so, wie ich es dir geraten habe. Jetzt arbeitest du hart, hast Stress, bekommst Falten. Und wofür? Du hättest weniger Sorgen und eine bessere gesellschaftliche Stellung, hättest du auf mich gehört!«

Als hätte man als Anwältin keinen Stress. Oder mit einem Mann.

Die Stimme meiner Mom klingt sogar halbwegs warm und sorgenvoll. Wären ihre Worte nicht, könnte ich mir einbilden, dass sie mich gerade aufmuntert, dass sie mir versichert, dass alles gut wird. Aber das tut sie nicht. Es ist derselbe Mist wie immer. Sie meint, dass es *ihr* besser gehen würde und *sie* dann weniger Sorgen hätte, würde ich tun, was ihr gefällt. Und sie meint, es wäre meine Pflicht – nach allem, was sie für mich getan, was sie angeblich für mich geopfert hat. Dieses Mal hat sie es nicht ausgesprochen, aber das musste sie auch nicht. Sie hat es die letzten Jahre oft genug getan.

Meine Mom macht mir Vorwürfe. Wie immer. Fehlt nur, dass sie mir heute zum einhundertsten Mal erklärt, wie ihr Leben bergab ging, nachdem sie meinen Vater kennengelernt hat und ungeplant mit mir schwanger geworden ist. Hätte sie damals gewusst, was sie heute weiß, hätte sie nie etwas mit ihm angefangen. Natürlich war auch das seine und keinesfalls ihre Schuld. Sie hat nie Schuld. Wegen ihm und mir musste sie ihr Jurastudium abbrechen und ist Assistentin statt Anwältin geworden – als wäre das eine zwingend besser als das andere –, und ich bin Ärztin, somit auch keine Anwältin. Keiner von uns beiden lebt *ihren* Traum …

Was für eine Enttäuschung.

»Ich bin heute Abend erst spät wieder da, warte nicht auf mich.« Wahrscheinlich versucht sie, sich in irgendeiner Bar einen reichen Typen zu angeln, aber ich frage nicht nach. Es ist mir egal, warum oder wohin sie geht. Ich bin dankbar für jede Minute Ruhe.

Ich habe nichts von ihr, das wird mir wieder und wieder klar. Nicht ihr goldblondes Haar, ihre spitze Nase, ihre Körpergröße oder die drahtige Figur. Und ich bin froh darüber. Vielleicht, weil ich insgeheim weiß, dass es zwischen uns nicht mehr viel zu retten gibt.

Sie mustert mich noch immer, schnalzt mit der Zunge, um ein letztes Mal ihre Enttäuschung zum Ausdruck zu bringen, bevor sie ihre High Heels anzieht, sich ihre Tasche schnappt und mit dem Finger in Richtung Wohnzimmer deutet. »Und räum auf, die Wohnung sieht grauenvoll aus.« Mit diesen Worten geht sie an mir vorbei, und ich murmle, ohne dass sie es mitkriegt: »Ja, weil du keine Ordnung hältst.« Selbst wenn sie es hören sollte, würde es nichts ändern.

Die Tür fällt ins Schloss. Ich bin allein.

Fünf Minuten. Wäre ich nur fünf Minuten später hier gewesen, wäre mir dieser nutzlose Monolog erspart geblieben. Stattdessen fühle ich mich jetzt noch schlechter als zuvor, falls das irgendwie möglich ist.

Keine Ahnung, ob meiner Mom klar ist, dass sie mir mit ihren Kommentaren nicht hilft und mir nichts Gutes tut. Selbst wenn sie stets beteuert, sie würde sich nur Sorgen machen – ich kann mir das nicht mehr länger antun. Ich werde ausziehen. Ich *muss* ausziehen, weil der Wunsch, mich mit meiner Mom zu verstehen und von ihr geliebt zu fühlen, nicht stärker ist als der, nicht mehr von ihr verletzt zu werden und es länger zu versuchen. Ich brauche eine Pause – von ihr, ihren Worten, ihren Blicken und dieser Wohnung. Auch wenn das bedeutet, den gigantischen Kredit für das Studium länger abzubezahlen und bei den täglichen Ausgaben intensiver zu sparen. Ich werde das schaffen. Das ist es wert. Denn ich bin sicher, sich um sein Kind zu sorgen sieht anders aus. Es reicht nicht, es einfach nur dahinzusagen. Man sollte es so meinen. Meine Mom jedoch meint es nicht so. Zumindest fühlt es sich schon sehr lange nicht mehr danach an. Eigentlich hat es das nie. Ich bin geblieben, weil ich dachte, es würde sich ändern, weil ich hoffte, es würde sich bessern, oder auch, dass es mir irgendwann wirklich egal sein könnte. Aber besonders heute tut die Erkenntnis, dass es nicht so ist und vermutlich nie so sein wird, weh. Dass unsere Beziehung eben weder herzlich noch innig ist und dass ich nicht so abgestumpft bin, wie ich es gern wäre. Ich hasse es, dass ich mich viel zu oft fragen muss: Wenn die eigene Mutter einen nicht lieben kann, wer dann?

Es reicht, dass ich jede Woche mindestens ein Mal im Krankenhaus schlafe, statt heimzugehen. Außerhalb der Bereitschaft. Oder eher, um nicht in die Wohnung gehen und meiner Mutter begegnen zu müssen. Es gleicht einem Wunder, dass mich noch niemand erwischt hat. Nicht einmal Laura weiß davon. Vor zwei Wochen habe ich sogar Geld für ein Hotelzimmer bezahlt, und es war nicht das erste Mal.

Ich reibe mir über die Augen, weil sie brennen.

Ja, ich werde mir eine Wohnung suchen. Aber nicht jetzt. Nicht heute. Morgen, vielleicht übermorgen. Sobald ich die Bilder in meinem Kopf und den Dreck an mir losgeworden bin und etwas geschlafen habe.

Es ist Montag. Ich habe das Wochenende überstanden und meine Mom währenddessen kaum gesehen. Zum Glück. Man könnte meinen, die vielen Stunden Schlaf wären erholsam gewesen, aber ich bin so müde, als wäre ich nie ins Bett gegangen. Ich hatte Albträume. Das letzte Mal hatte ich welche kurz vorm Abschluss an der Med School, weil ich Schiss bekam, die Prüfungen nicht zu bestehen. Ich war lange nicht so gut, wie ich sein wollte, und das hat mich fertiggemacht. Man sollte meinen, dass man sich irgendwann nicht mehr mit so was herumschlagen muss. Aber Albträume sind nicht nur etwas für Kinder. Zwar sind sie gierige kleine Monster, aber sie sind nicht wählerisch. Sie jagen ihre scharfen Krallen in jeden noch so kleinen Fetzen Angst, Unsicherheit und Zweifel, lassen ihn größer werden, stärker, dunkler – und je schlimmer es wird, umso mehr genießen sie es. Es ist ihnen egal, wie alt du bist, wo du herkommst und was du tust. Albträume finden dich und fressen dich auf.

Gott … Alles läuft aus dem Ruder.

Ich stehe schon wieder hier vor Mitchs Zimmer und verfluche mich dafür. Die Jalousien sind unten und die Lamellen geschlossen, ich kann nichts sehen, aber ich kann mich auch nicht dazu durchringen, zu ihm reinzugehen. Einfach lächerlich. Lächerlich und erbärmlich.

Ich ziehe die Haube ab, stecke sie mit der Maske in die Tasche und seufze.

Wenn Mitch wüsste, was passiert ist und dass ich jetzt hier stehe und mich nicht traue, zu ihm zu gehen, was würde er wohl von mir denken?

»Kann ich Ihnen helfen?« Ich zucke unmerklich zusammen, bevor ich mich schnell umdrehe und in das Gesicht eines Kollegen blicke. Er ist einen Kopf größer als ich, hat kurzes dunkelbraunes Haar und hellbraune Augen, schmale Lippen, einen skeptischen und gleichzeitig gewollt charmanten Blick, eine selbstbewusste Haltung. Auf seinem Namensschild steht Dr. Thomas.

»Sind Sie Mitchs behandelnder Arzt?«

Er strafft die Schultern ein weiteres Stück. »Dr. Rivera ist mein Patient, richtig.«

In meinem Kopf rattert es. Dann hatte Sofie mit ihm telefoniert. Sie hatte ihn Ethan genannt, wenn ich mich richtig erinnere.

»Sofie hat recht, Sie hätten Bescheid geben sollen, sobald er aus dem OP raus war.« Die Worte purzeln aus meinem Mund, ohne mir Zeit zu geben, über sie nachzudenken. Doch allzu schlimm kann es nicht gewesen sein, denn einen Moment später lacht er leise.

»Ich bin nicht die Auskunft, kein Bote und auch kein Assistent oder einfacher Pfleger, sondern Oberarzt der Verbrennungschirurgie«, meint er danach ernst, und sein Lachen versiegt.

»Okay.«

Verdutzt hebt er die Augenbrauen. »Okay?«

»Ich gebe das genau so an Sofie weiter, die *einfache Pflegerin*«, erwidere ich trocken, weil ich das Gefühl habe, dass ihm das mehr ausmachen würde, als er zugeben will. Und sein sprachloser Ausdruck gibt mir recht.

Er kneift die Augen zusammen. »Woher kennen Sie Sofie? Wer sind Sie noch gleich, haben Sie gesagt?«

»Ich habe nichts gesagt.« Ich trage noch keine Dienstkleidung, nur meine alte löchrige Jeans, meine Lieblingsschuhe und ein verblichenes gelbes Shirt unter der Schutzkleidung. Er kann nicht wissen, wer ich bin. »Ich muss los. Kümmern Sie sich gut um ihn.« Ich zögere eine Sekunde, doch dann gehe ich und schaue nicht zurück.

»Wollen Sie nicht wissen, wie es ihm geht?«

Ruckartig bleibe ich stehen, drehe mich aber nicht um. Ich starre geradeaus, auf einen Punkt im Nirgendwo, und balle die Hände zu Fäusten.

»Deshalb waren Sie doch hier, nicht wahr?«

Meine Füße bewegen sich nicht. Ich gehe nicht. Ich bleibe nicht. Es ist, als würde ich feststecken. Andauernd sehe ich Mitchs Gesicht, voller Dreck und Blut, andauernd höre ich Lauras verzweifelte Stimme und das Dröhnen aus den Lautsprechern der Notaufnahme, andauernd erinnere ich mich an Georges leblosen Körper, an Nashs Verletzungen, an Lisha und Ian.

Ich bin zu einer tickenden Zeitbombe geworden.

Leise keuchend schaue ich gen Decke, bevor ich tief durchatme und den Kopf wieder senke. Ich würde es gern fragen. *Wie geht es ihm? Wird er wieder? Hat er das Schlimmste hinter sich? Wie war die OP, und wie viel Gewebe wurde zerstört? Wie viel Haut musste ersetzt werden? Wurde er schnell und gut genug versorgt?* Aber ich kann kein einziges Wort davon rausbringen. Weil ich so hartnäckig versuche, mich selbst davon zu überzeugen, dass alles okay ist. Dass alles nur ein schlimmer Albtraum ist, der es nicht schafft, mich loszulassen.

»Er hat großflächige Verbrennungen zweiten Grades, aber die Wundheilung ist bisher sehr gut.« *Wenn Sie mehr wissen wollen, müssen Sie mir sagen, wer Sie sind.* Diese Aussage schwingt klar mit. Dabei hätte er mir bereits diese Infos nicht geben dürfen. Keine Ahnung, warum er es trotzdem getan hat.

Verbrennungen zweiten Grades. Ich hatte also recht mit meiner Vermutung. Mein Magen zieht sich zusammen, ich fange an zu schwitzen.

»Soll ich ihm etwas ausrichten?«, fragt er, und ich schließe kurz die Augen.

Auch das noch. Diese mitleidige Stimme, diese Frage.

»Das ist nicht nötig«, bringe ich erstickt hervor, während ich versuche, ein Stück meiner Würde zu wahren. Doch nur wenige Schritte später werde ich schneller, renne den Gang hinunter, Richtung Fahrstuhl. Nur weg von hier.

Weg, weg, weg.

Der Knopf leuchtet, und erst als ich eingestiegen bin und sich die Türen hinter mir schließen, bekomme ich wieder richtig Luft. Ich umklammere das seitliche Geländer, das im Inneren des Fahrstuhls angebracht ist, so fest, dass meine Knöchel weiß hervortreten, während ich aus dem zweiten Stock nach unten fahre, um wieder ins Hauptgebäude zu gelangen.

Ihm geht es gut. Er ist raus aus dem OP. Der ganze Mist ist vorbei. Ich sollte nicht mehr aus dem Hauptgebäude ins Nebengebäude gehen, um auf der Verbrennungschirurgie seltsam vor Mitchs Patientenzimmer herumzulungern.

Verbrennungen dieses Grades heilen normalerweise nach drei bis fünf Wochen aus. Es entstehen zwar Narben, aber wäre es schlimmer gewesen, dann …

»Reiß dich zusammen, Sierra«, zische ich leise den unsinnigsten und unnützesten Satz aller Zeiten und bin froh, allein im Fahrstuhl zu sein. »Du bist Ärztin. Es ist was Schlimmes passiert, und du hast geholfen, das war's. Das ist dein Job. Du hast schon ganz andere Sachen in der Notaufnahme gesehen. Also: Reiß. Dich. Zusammen.«

Ping.

Als ich aus dem Fahrstuhl steige, das Nebengebäude verlasse und rübergehe, um endlich meinen Dienst zu beginnen, schwitzen meine Hände, und mein Herz rast, als wäre ich einen Marathon gelaufen.

Drüben angekommen, mache ich mich ohne Umwege in Richtung Umkleiden auf. Einige, die gleich Schichtbeginn haben, halten sich im Ärztezimmer auf, ziehen sich noch um oder quatschen miteinander.

Vor meinem Spind atme ich erneut tief durch, verdränge das mulmige Gefühl von eben und versuche mit aller Macht, nicht mehr an Mitch, diese Explosion und all den anderen Scheiß zu denken.

Es ist vorbei.

»Es ist vorbei«, wiederhole ich meinen Gedanken murmelnd und zucke zusammen, als jemand neben mir plötzlich fragt: »Was ist vorbei? Deine Schicht? Ich dachte, du würdest heute mit mir anfangen.«

»Verdammt, Maisie, hast du mich erschreckt.« Ich mustere sie und muss feststellen, dass sie im Gegensatz zu mir ziemlich fit wirkt – und das, obwohl sie nicht mal Make-up trägt, was mir die unzähligen deutlich erkennbaren Sommersprossen zeigen, die ihr Gesicht zieren. Knallrote Brille, leicht gerötete Wangen, ihr Haar hat sie zu einem unordentlichen Dutt auf dem Kopf gebunden. Ihre Haarfarbe erinnert mich immer an pechschwarzen Kaffee, in den man unabsichtlich einen kleinen Schuss Milch geschüttet hat.

»Entschuldige. Das wollte ich nicht.« Sie hebt die Hand, in der sie ein zerfleddertes Buch hält. Den Titel kann ich nicht mehr entziffern, sieht aber nach einem Krimi oder Thriller aus. »Ich hab eben noch etwas gelesen und mache mich jetzt fertig für die Schicht. Ich wollte nur Hallo sagen und fragen, wie es dir geht. Du hast etwas abwesend gewirkt und …« Sie zuckt mit den Schultern. »Waren einfach ein paar harte Tage.«

»Ja, ich weiß.« Während wir miteinander reden, ziehe ich meinen Kasack an und verzichte mal wieder auf den Kittel. Keine Ahnung, warum Laura das Ding so liebt. Mich nervt er nur und ich werfe ihn höchstens zur Visite über, damit die Oberärztin einen guten Eindruck bekommt.

»Arbeitet Laura heute?«, frage ich, weil ich keine Zeit hatte, auf den Plan zu sehen.

»Ich glaube nicht, sie hat sich noch einen weiteren Tag frei genommen und erst morgen wieder Schicht. Ich hab gehört, dass es Dr. Brooks bereits viel besser geht, und Dr. Rice ist wohl nicht mehr auf Station.«

»Ian ist entlassen worden?«, frage ich erstaunt, während ich den Pager einstecke und den Spind schließe. Maisie nickt.

»Ja. Es wird noch verrückter: Er steht schon wieder im Plan.«

Ich lache trocken auf. Jetzt dreht er vollkommen durch. Anscheinend hat er es nicht nur an Tori, der *dämonischen Pflegerin*, vorbeigeschafft und sich selbst entlassen, sondern den Quatsch auch noch ernst gemeint. Hätte ich nicht für möglich gehalten. »Was hatte er? Leichtes Schädel-Hirn-Trauma, Quetschungen und Prellungen? Es ist keine vier Tage her, er sollte sich ausruhen. Ich dachte, er hätte frei?« Mistkerl. Vielleicht wurmt es mich auch nur, dass er sich selbst entlassen hat und wieder arbeiten darf, aber ich vorm Wochenende förmlich aus dem Whitestone geschmissen wurde, um mich auszuruhen.

»Über wen reden wir?« Zeenah kommt rein und gesellt sich zu uns.

»Ian«, sage ich und erzähle, was Maisie mir eben berichtet hat.

»Wundert mich nicht«, meint sie nur und schmunzelt. »Ich bin froh, dass sie sich erholen.« Ich betrachte sie von der Seite. Sie scheint wieder ganz die Alte zu sein, und ich ringe mit mir, Zeenah zu fragen, ob sie klarkommt. Selbst wenn nicht, würde sie es mir verraten?

»Und noch was«, setzt Maisie aufgeregt an und unterbricht meine Gedanken, »Mitch ist wohl schon richtig wach gewesen. In ein paar Wochen sollten die Wunden insoweit verheilt sein, dass er keinen Verband mehr braucht und entlassen werden kann.«

Bei der Erwähnung seines Namens hat meine Atmung kurz gestockt. Ich will nicht daran denken. Nicht an ihn und seine Wunden, die zu Narben werden.

»Gut«, entgegne ich abgehackt und lenke vom Thema ab. »Mach dich fertig, Maisie, du bist sonst zu spät dran. Ich geh schon mal. Wir sehen uns gleich.« Ohne auf eine Antwort zu warten, lasse ich die beiden hinter mir, gehe an zwei, drei anderen Kolleginnen und Kollegen vorbei, direkt auf Station.

Isabella Danes, die wir alle nur Bella nennen, hat heute Schicht. Ich sehe sie hinter einem der Bildschirme am Empfang der Herzchirurgie stehen.

»Hallo, Sierra. Brauchst du einen Kaffee?« Mit besorgtem Gesichtsausdruck studiert sie mein Erscheinungsbild.

»Danke, nein. Kannst du mal kurz schauen, ob es neue Zuweisungen gab? Ich hatte frei und bin nicht auf dem aktuellen Stand.«

»Klar, warte kurz.«

»Hey, Bambina!«, tönt es plötzlich viel zu gut gelaunt, als

Grant auftaucht und sich neben mich stellt. Er mustert mich noch eingehender als Bella eben, und das nervt.

»Willst du mich mit deinem Blick röntgen, oder was machst du da?«

»Schon möglich. Bin unschlüssig, ob ich fragen soll, wie es dir geht.«

»Spar es dir«, brumme ich und lehne mich an die Theke. Bella ist mittlerweile nach hinten gegangen, keine Ahnung, was sie genau sucht. Sie müsste am PC alles einsehen können.

»Gut, dann ein anderes Thema. Schon gehört, dass vermutlich bald Frischfleisch antanzt?«

»Himmel, Grant. Ich bin nicht Laura, ich verstehe die seltsamen Dinge, die deinen Mund verlassen, nicht.«

Jetzt lacht er. Dabei war das kein Witz. »Es sollen ein paar neue Ärztinnen und Ärzte eingestellt worden sein. Und zwar für die Herz-, Thorax- und Unfallchirurgie. Wer weiß, vielleicht sogar für weitere Bereiche.«

»Du und Maisie seid wie aktuelle Tagesticker, die man nicht ausschalten kann.«

»Ich nehme das als Kompliment.« Er streicht sich betont lässig durch sein Haar, bevor er an mir vorbeischaut – und mich ignoriert. Ich folge seinem Blick und entdecke Maisie und Zeenah, die ihre Schicht auf Station beginnen und sich ein paar Meter weiter unterhalten.

»Rot steht ihr«, murmelt er, und ich drehe mich grinsend zurück zu ihm.

»Maisie also«, meine ich, doch er verzieht keine Miene.

»Keine Ahnung, was du meinst.«

»Datet ihr schon? Redet ihr überhaupt miteinander? Oder stalkst du sie einfach nur?«, frage ich gelassen, weil es mich eigentlich nicht interessiert. Aber zu sehen, wie eine zarte Röte plötzlich Grants Wangen überzieht, macht das Ganze doch recht spannend. »Dich hat es echt erwischt. Das Whitestone ist bald eine Partnerbörse und kein Krankenhaus mehr.«

»Das musst du gerade sagen«, kontert Grant und lehnt sich neben mich an den Tresen. »Was ist mit dir und Mr Charmant?«

Ich lache. »Wer soll das denn sein? Kenne ich den schon? Ist das einer von den angeblich neuen Ärzten?«

»Ich rede von Rivera.«

»Mr Charmant? Ernsthaft? So nennst du unser Dienstbaby?«

Grant grinst frech. »Oh, Bambina. Wir wissen beide, dass der Typ es draufhat.«

»Er hat es drauf, seine Klappe aufzureißen und mich zu nerven«, nuschle ich. »Wo ist Bella hin? Und hast du nichts zu tun?«

»Warst du schon bei ihm?«

»Nein.« Lüge. Und irgendwie nicht. Oder? »Hast du schon mit Maisie geredet?«, lenke ich ab und atme erleichtert auf, als Bella mit einem Stapel Akten zurückkommt.

»Noch nicht richtig. Irgendwelche Ratschläge?«, fragt Grant, und zu meiner großen Verwunderung meint er es ernst. Da ist kein Spott in seiner Stimme, ich höre kein Lachen heraus oder Selbstsicherheit.

»Sei du selbst. Auch wenn es schwerfällt. Alles andere macht es kaputt, bevor es begonnen hat.«

»Ich …«, setzt Grant zu einer Antwort an und wird zum Glück von Bella unterbrochen, die in dieser Sekunde die Akten mit einem lauten Knall vor mir ablegt.

Wieso habe ich ihm überhaupt geantwortet? Was geht mich der ganze Liebesquatsch an? Meine Erfahrung mit so was beschränkt sich auf unverbindlichen Sex, nicht auf tiefgründige Beziehungen. Ich brauche so was nicht. Ich bin für so etwas nicht geschaffen. Ich bin nicht gut genug. Keine Ahnung, wo dieser kitschige Satz überhaupt herkam. Ich verbringe wirklich zu viel Zeit mit Laura …

»Tut mir leid, es herrscht gerade etwas Chaos.« Bella pustet sich eine Strähne aus dem Gesicht, bevor sie finster dreinblickt. »Hoffentlich stellen sie auch ein paar zusätzliche Pflegekräfte ein.«

»Jetzt kommen erst die Ärztinnen und Ärzte«, erwidert Grant. »Wer braucht schon ausreichend gutes Pflegepersonal?«, spottet er, und Bella seufzt. »Außerdem ist auch das Whitestone in erster Linie ein Wirtschaftsunternehmen, und die letzten zwei Jahre liefen wohl nicht gut. Dr. Gardner gibt für unsere Abteilung alles, aber … Was soll ich sagen? Er ist nicht der Chef der Chefs.«

»Das alles hat sich doch schon länger abgezeichnet. Wir haben keine Kapazitäten, wenn zu viele ausfallen. Wenn so etwas passiert wie …« Sie bricht ab, ich weiche ihrem Blick aus. »Ich meine, ich rede mit Nash, sobald es geht. Sobald er wieder auf den Beinen ist. Vielleicht hat er eine Lösung oder kann etwas tun«, meint Bella zuversichtlich, und Grant nickt. Danach lächelt sie mich an. »Hier findest du alles, was du brauchst. Die Schichten sind im Moment etwas durcheinander, es müssen Überstunden gemacht werden.«

»Schon okay. Danke dir.« Ich schnappe mir die Akten, verziehe mich in eine andere Ecke und verschaffe mir einen Überblick. Dann lege ich los.

Ich kann das hier. Ich werde alles geben, und ich werde mich von nichts ablenken lassen.

Von nichts … und niemandem.

7. Kapitel
Mitch

»Und? Wie fühlen wir uns heute?«

»Keine Ahnung, wie Sie sich fühlen, aber mir ging es schon mal besser«, antworte ich und verstehe das erste Mal, warum Menschen, die in so einem Bett liegen müssen, diesen Spruch hassen.

»Wenn die Antwort so ausfällt, muss ich mir weniger Sorgen machen als gedacht. Sehr gut. Auch, dass Sie heute bereits etwas länger am Stück wach sind, ist ein gutes Zeichen.« Dr. Thomas notiert etwas, bevor er die Akte schwungvoll schließt und sich unter den Arm klemmt. Er steht am Bettende, mustert mich, und ich hasse das. »Da Ihnen nach dieser OP vermutlich niemand außer Ihrer Mom näher gekommen ist als ich, was halten Sie davon, wenn wir diesen Quatsch lassen und uns duzen?«

Ich grinse. »Netter Spruch. Wie oft hast du den schon gebracht?«

Sein Kopf wiegt leicht von links nach rechts. »Ein- oder zweimal«, sagt er, bevor er mein Grinsen erwidert, was ich trotz Mundschutz erkennen kann. »Ich bin Ethan.«

»Mitch.«

»Ich weiß.« Er zwinkert und wedelt mit der Akte herum, die er bis eben studiert hat.

Es klopft an der Tür, nur eine Sekunde später springt sie bereits auf, und eine Pflegerin sowie ein Pfleger treten ein, begrüßen mich und stellen sich zu uns.

»Na dann, Mitch. Das sind Kaya und Sam, die dir gleich an die Wäsche gehen werden, um deinen Verband zu wechseln.« Während er das sagt, verdreht die Pflegerin lächelnd die Augen und bereitet sich mit ihrem Kollegen vor. Sie alle tragen bereits Schutzkleidung, um meine Wunden nicht zu kontaminieren. Ethan legt derweil die Akte hin, desinfiziert sich die Hände und zieht sich ebenfalls Handschuhe über, bevor er sich direkt neben mich stellt und sich vorbeugt. »Ich werde auch einen Blick drauf werfen. Gestern sah bereits alles gut aus. Sowohl die Bereiche, die weniger stark betroffen waren, als auch die Stellen, an denen die Haut tiefergehend verletzt wurde.« Ich setze mich etwas aufrechter hin, und er hilft mir, das Krankenhemd abzustreifen. Danach schaue ich weg, während Kaya zu ihm tritt und sie beide an den Verbänden herumnesteln. Sam positioniert sich währenddessen auf der anderen Seite des Bettes.

Ich kann nicht hinsehen. Dabei ist das mein Körper. Meine Verletzung. Und ich bin selbst Arzt.

»Deine Mutter hat wieder angerufen. Ich habe ihr gesagt, du seist erschöpft, bräuchtest Ruhe und würdest dich melden, sobald es geht. Außerdem habe ich sie etwas beruhigen können«, höre ich Ethan sagen und presse die Lippen leicht zusammen. »Wir haben dir das Telefon hier freigeschaltet und ihr die Nummer gegeben. Ich hoffe, das war okay. Sie meldet sich noch mal, falls du sie nicht vorher anrufst.«

»Danke.« Ich fühle mich mies, dass ich bisher keinen ihrer Anrufe entgegennehmen konnte.

Mierda.

Sie macht sich Sorgen um mich. Sie macht sich Sorgen *wegen* mir … »Ich melde mich gleich bei ihr, sobald das hier rum ist.«

»Gut, denn sie ist wirklich hartnäckig«, murmelt er, und ich spüre einen ersten kühleren Hauch an der Stelle, an der mein Verband zuerst abgenommen wird. Sie sind vorsichtig, gehen behutsam vor, und es dauert seine Zeit, bis der Verband ganz gelöst ist. »Die Wundheilung am Oberarm ist hervorragend. Trotzdem muss ich betonen, dass wir uns erst am Anfang des Heilungsprozesses befinden.« Ich registriere, dass Ethan sich dem großen Verband, der einmal um meine Mitte reicht, zuwendet und sich daran zu schaffen macht. Dabei helfe ich ihm, indem ich mich, so gut es eben geht, nach vorne beuge.

Dann schließe ich die Augen. Vielleicht, weil ich Angst habe. Angst, mich ansehen, aber nicht ertragen zu können. Angst, mich selbst nicht wiederzuerkennen. Und weil es wehtut.

»Das hier im Auge behalten und morgen direkt prüfen«, sagt er mit ruhiger Stimme, vermutlich an Kaya gerichtet, die mich nun zusammen mit Sam stützt, weil ich kaum Kraft habe, eigenständig zu sitzen. Ziemlich erbärmlich.

»Nicht nur dein Arm, sondern vor allem ein Großteil deines linken Oberkörpers, deiner Schulter und auch deiner Hüfte sind verbrannt, Mitch. Die OP verlief mustergültig, keine Komplikationen, keine Überraschungen, und wir tun alles, damit sich das Narbengewebe gut entwickelt und die restliche Haut ohne Probleme verheilt. Bis dahin sind wir vorsichtig. Die Durchblutung der verbrannten Haut ist geschädigt oder zerstört, und dein Körper ist aufgrund deiner geschwächten Immunabwehr anfälliger für Infektionen. Besonders der Wundschorf bildet einen idealen Nährboden für Wundinfektionen. Das ist der Grund, warum mich das bisherige Ergebnis wirklich sehr glücklich macht. Einige Bereiche werden voraussichtlich in sechs bis zehn Tagen vollständig abgeheilt sein, dort werden keine Narben zurückbleiben. Andere …«

Ich mache die Augen auf, blicke ihn direkt an und warte ab, obwohl ich längst weiß, was kommt.

»Andere werden bis zu fünf Wochen für eine Heilung benötigen und es bildet sich definitiv Narbengewebe. Erfreulicherweise gingen deine Verbrennungen nicht über Grad IIb hinaus, das war Glück im Unglück.« Er deutet auf mich. »Deine Prellungen sind weniger schlimm und machen uns keine Sorgen. Hast du starke Schmerzen? Sollen wir die Medikamentengabe anpassen? Möchtest du mit jemandem über alles reden? Soll ich jemanden hinzuziehen?«

Ich schüttle den Kopf und zische zeitgleich, weil der Verband um meinen Oberkörper fast weg ist und es sich an der linken Seite so seltsam anfühlt. Roh und kalt und warm. Und gleichzeitig … nach nichts. Als wären einige Stellen taub. Nicht da. Als würden Teile von mir fehlen.

»Nein, es ist okay. Es ist auszuhalten. Ich bin einfach nur müde.« Während ich das sage, starre ich zwischen Ethans Kopf und Kaya hindurch auf die weiße Wand gegenüber und schlucke schwer.

»Gut. Die beiden machen das hier fertig, danach gibt es die üblichen Untersuchungen, um zu schauen, ob deine Werte in Ordnung sind. Wenn was ist, ruf einfach.«

Ich schaffe es, zu nicken und mich zu verabschieden, doch Ethan dreht sich noch mal um.

»Ach, und Mitch?« Ich schaue zu ihm. »Kennst du zufällig eine Frau, so groß …« Er hebt seine Hand und hält sie neben sich auf Schulterhöhe. »… schwarzes Haar, feuriger Blick und freches Mundwerk?«

Die Erste, die mir bei der Beschreibung in den Sinn kommt, ist Sierra, und das lässt mich kurz lachen.

»Wieso fragst du?«

»Sie stand vorhin vor deinem Zimmer, hat mir nicht verraten, wer sie ist, und wollte nicht reingehen. Ich war neugierig, weil sie …«

»… so viel Temperament hat?«

»… so vorlaut war«, vervollständigt er stattdessen seinen Satz, und spätestens jetzt weiß ich, dass es Sierra war. Sie war hier. Wieder. Ich habe es mir beim ersten Mal also nicht eingebildet …

»Danke für die Info. Sie ist … eine Kollegin.«

Ethans Augenbrauen wandern nach oben. »Sie scheint sich zu sorgen. Auf ihre Art.« Die letzten Worte höre ich kaum, weil sie ihm eher nuschelnd über die Lippen kommen und die Maske, die er trägt, ihren Teil dazu beisteuert.

»Ja«, murmle ich leicht lächelnd und ergänze danach lauter: »Lass sie das bloß nicht hören.«

»Wenn du meinst. Ruh dich aus.« Er verlässt den Raum, und ich bin zu erschöpft, um etwas zu erwidern.

Sierra war hier.

Ich lächle weiter, nur um eine Sekunde später das Gesicht zu verziehen, weil man meine Wunden behandelt und die Bewegungen doch mehr schmerzen als gedacht. Und weil ich mich frage, warum sie hier war. Warum sie nicht reingekommen ist. Wie es ihr geht. Sie war nicht im oder vorm Fahrstuhl, als es passiert ist, da bin ich mir sicher. War sie danach da?

Hat sie … hat sie mich gesehen?

8. Kapitel

Sierra

Schichtende. Ich kann es selbst kaum glauben, aber ich habe gleich Feierabend. Meine Glieder sind bleischwer, meine Augen geschwollen und rot. Ich bin leer und erschöpft, und es fühlt sich verdammt gut an. Ja, meine Gedanken sind leer …

»Wenn Sie noch etwas brauchen, klingeln Sie, Mr Wolff. Und ich flehe Sie an, hören Sie damit auf, sich andauernd nackt auszuziehen. Wir sind hier in einem Krankenhaus.« Abgesehen davon will niemand seinen umherschwingenden Penis sehen, der wie ein Pendel an die tief hängenden Glocken daneben prallt. Nicht, dass vielen von uns das erspart geblieben wäre. Aber das spreche ich nicht aus.

»So hat Gott mich geschaffen«, erwidert er empört und verschränkt die Arme über seinem Bauch.

Ich glaube nicht an einen Gott. Aber auch das behalte ich für mich und antworte stattdessen: »So Gott will – oder Dr. Pine –, werden Sie morgen nach der letzten Untersuchung entlassen. Ihr Stent ist gesetzt, die OP ist gut verlaufen, und die Wunde sieht bestens aus. Es spricht also nichts dagegen. Doch bis dahin lassen Sie das Nachthemd an – oder zumindest Ihre Hosen.«

Sofie meinte, sie wird den Anblick des siebzigjährigen Patienten, der beschlossen hat, nackt Yoga zu machen, nicht so schnell vergessen. Er hat ihr den Hintern entgegengestreckt und ihr durch seine Beine hindurch strahlend einen Guten Morgen gewünscht.

Mr Wolff verzieht grummelnd das Gesicht, und ich werte das als Zustimmung. Also verabschiede ich mich und verlasse den Raum.

Die letzten Stunden habe ich nicht über all die Dinge, die mich belasten, nachdenken können, sondern musste mich konzentrieren und voll bei der Sache sein. Selbst die OP vorhin hat mich gefordert und begeistert – und das, obwohl es keine Herz-OP war.

Alle unter meiner Obhut sind vorerst versorgt, die Pflegekräfte instruiert. Bella hat nicht übertrieben, ich habe die Mehrarbeit deutlich gespürt, dabei haben auf unserer Station heute lediglich drei Leute außerplanmäßig gefehlt. Aber es war nicht nur hier so, auf der Inneren und der Thorax war es nicht anders. Mehr Patientinnen und Patienten, jedoch weniger Personal – puh.

Mein Spind ist offen, der Kittel, das Stethoskop und alles andere verstaut. Ich bin fertig. Trotzdem bewege ich mich nicht.

Erst duschen und danach ins Hotel? Hierbleiben? Oder doch nach Hause? Nichts davon fühlt sich richtig an, also schließe ich die Spindtür, gehe zu dem halbrunden Tisch vorne an der Wand neben der Tür und setze mich. Ich krame mein Handy raus und suche nach Wohnungen in der Umgebung. Nein, ich korrigiere: Ich suche nach bezahlbaren Wohnungen in der Umgebung. Und bereits nach zehn Minuten will ich vor Verzweiflung gleichzeitig schreien und weinen.

Als die Tür aufgeht und Maisie gähnend reinstolpert, bin ich kurz davor, mein Handy an die Wand zu schmeißen.

»Hey«, nuschelt sie und setzt sich zu mir. Sie kann ihre Augen kaum noch offen halten.

»Du siehst so aus, wie ich mich fühle«, sage ich und lehne mich zurück.

»Danke. Gleichfalls.«

»Hör auf zu gähnen, sonst machen wir den Rest des Abends nichts anderes mehr.«

»Ich kann nicht«, meint sie und gähnt gleich noch einmal. »Ich bin fertig. Fix und alle. Ich musste noch in die Notaufnahme, weil sich eine Ärztin krankgemeldet hat und eine weitere nicht rechtzeitig aus dem Urlaub heimgekommen ist. Sie ist auf einem Flughafen in Alaska gestrandet.«

»Urlaub in Alaska?«

»Klar. Sonne und Hitze haben wir hier genug.«

»Auch wieder wahr«, entgegne ich und reibe mir über die Augen.

»Was machst du noch hier?«

»Ehrlich gesagt, ich hab nach Wohnungen gesucht.«

Maisie horcht auf und wirkt plötzlich hellwach. »Wirklich?«

»Ja?« Irritiert begegne ich ihrem freudigen Blick.

»Ich suche momentan auch.«

»Wieso freut dich das? Hast du dir die Preise in der Innenstadt angesehen? Dafür, dass wir nur in der Wohnung schlafen und essen, wenn überhaupt, ist das utopisch.«

Sofort verzieht sie das Gesicht. »Ich weiß. Aber mein Arbeitsweg jeden Tag ist momentan genauso utopisch.« Sie beißt sich auf die Unterlippe, verengt die Augen zu Schlitzen. Das gefällt mir nicht. Sie hat einen Plan.

»Warum siehst du mich so an?«

»Bist du gern allein?«

»Ja. Ich mag keine Menschen«, sage ich trocken und verschränke die Arme vor der Brust, was Maisie zum Lachen bringt.

»Da hast du dir ja den perfekten Job ausgesucht.«

»Das ist etwas anderes.«

»Ich glaube, du findest Menschen ganz okay. Und mich auch. Wollen wir einfach zusammenziehen?«, fragt sie euphorisch und geradeheraus, während ich ihre Worte auf mich wirken lasse.

Ich zeige auf sie, dann wieder auf mich. »Du willst mit mir in eine Wohnung ziehen? Eine WG gründen?«

Sie nickt. »Ganz genau. Das wäre weniger Miete für jeden von uns, und wenn wir gemeinsame Schichten haben, könnten wir zusammen herfahren.«

Ich denke an die Preise von eben, an meinen Kredit, an meinen Kontostand und an meine Mom, die mir den letzten Nerv raubt. Danach fixiere ich Maisie.

»Welche Farbe magst du?«

»Jede! Ich liebe bunte Sachen. Daher die ganzen verschiedenen Brillengestelle. Das weißt du doch.«

»Schwarz wäre die richtige Antwort gewesen«, erwidere ich seufzend.

»Pff! Das ist keine Farbe. Was ist mit dir? Musik mit oder ohne Kopfhörer?«

»Mit. Immer.«

»Sehr gut, ich auch. Siehst du, wie kompatibel wir sind?«

»Nein, nicht unbedingt.« Trotzdem zupft ein Lächeln an meinen Lippen.

»Ich bin wirklich pflegeleicht. Ich bin nie allzu lange im Bad, es sei denn, ich bade, und ich koche gern.«

»Wo ist der Haken?« Ich beuge mich nach vorn, stütze die Arme auf dem Tisch ab.

»Ich singe unter der Dusche? Und in der Badewanne. Ich singe generell gern. Äh … und ich … Keine Ahnung?«

»Und du redest gern.«

»Du nicht?«

»Okay, das wird nichts.« Ich will aufstehen, aber Maisie springt auf und streckt die Hände aus.

»Warte! Ich kann auch schweigen. Ich werde superkrass still sein. Die meiste Zeit. Manchmal.«

»Oh Mann.« Habe ich eine Wahl? Und wenn ich ehrlich bin, ist Maisie total okay. Sie ist nett, vielleicht etwas zu quirlig für mich, aber nett. »In Ordnung.«

»Was?«, quietscht sie viel zu laut, und ich starre sie an.

»Eben warst du noch todmüde.«

»Also suchen wir zusammen eine Wohnung?«

»Ja. Nur, wenn ich das richtig im Kopf habe, wird es auch so teuer genug.« Ich stöhne auf, schließe kurz die Augen und murmle: »Ich kann nicht fassen, dass ich das sage, aber … womöglich müssen wir uns eine weitere Mitbewohnerin oder einen Mitbewohner suchen.«

»Kein Problem! Ich kümmere mich darum. Ich könnte Jane fragen? Ich suche auch die Tage ein paar Wohnungen raus. Überlass das alles mir.« Sie ist so aufgeregt, dass ich glaube, sie müsste gleich platzen.

»Sicher?«

»So was von. Ich mache das. Danke, Sierra. Das wird toll. Ich kann es fühlen.«

Na, wenigstens eine von uns ist da optimistisch.

Dieses Mal gibt es kein Warum und keine Ausreden. Dieses Mal bin ich hier, weil ich mich dazu entschieden habe. Und irgendwie auch, weil ich nicht wusste, wohin.

»Die Besuchszeit ist vorbei«, meint eine Pflegerin, der ich natürlich sofort in die Arme laufe, und begutachtet mich missmutig.

Meine von der Dusche eben noch feuchten Haarspitzen fühlen sich unter der Schutzhaube seltsam an, meine Hände schwitzen unter den Handschuhen, und mein Atem geht bereits unregelmäßig. Dabei bin ich gerade erst durch die Türen der Intensiv getreten.

»Ich weiß. Entschuldigen Sie die Störung, aber meine Schicht ist gerade erst zu Ende, und ich …« Mein Blick gleitet in Richtung Mitchs Zimmer, in die ich nun einen Moment ohne Grund starre, bevor ich mich räuspere. »Ich wollte zu meinem Kollegen und fragen, wie es ihm geht. Dr. Mitch Rivera«, sage ich, und der Blick der Pflegerin wird weicher. »Ich bin Assistenzärztin. Herzchirurgie. Mein Name ist Dr. Sierra Harris.«

»Verstehe«, meint sie nur.

»Ich gehe, wenn Sie das wünschen, aber ich würde … ich würde gern …« Scheiße, warum bricht meine Stimme ausgerechnet jetzt? Was ist los mit mir?

Einatmen. Ausatmen.

Es ist wie ein Mantra, und ich sage es mir stumm immer wieder vor. *Einatmen. Ausatmen.*

»Dr. Rivera schläft, es ist gleich elf.«

»Geht es ihm gut?«

Sie zögert einen Moment. »Waren Sie dabei?«, fragt sie schließlich mitfühlend, und mir ist klar, worauf sie anspielt.

Ich nicke. »Ich habe ihn gefunden«, erkläre ich erstickt und senke den Blick, danach höre ich sie leise seufzen.

»Gehen Sie. Wenn mich jemand fragt, werde ich nicht wissen, wer Sie sind und was Sie in seinem Zimmer tun. Schutzkleidung tragen Sie ja bereits.« Dabei schmunzelt sie und nickt in seine Richtung.

»Danke«, hauche ich und habe ein Danke selten so ernst gemeint.

Keine Ahnung, was bei mir gerade los ist und was mich geritten hat, herzukommen, aber ich denke nicht darüber nach, während mich meine Füße zu Mitch tragen. Dabei schweifen meine Gedanken für einen Augenblick zu Laura. Ich weiß, dass es ihr gut geht und Nash so weit auch. Sie hat vorhin geschrieben, mich auf den neuesten Stand gebracht. Ich habe ihre Nachrichten nach dem Gespräch mit Maisie gelesen und schnell geantwortet. Ian bin ich nicht mehr begegnet, aber um den Holzkopf mache ich mir keine Sorgen. Dem geht's gut.

Und auf einmal bin ich da. Stehe vor Mitchs Zimmertür.

Ich lege meine Hand auf den Knauf, und als ich eintrete, hämmert mein Herz so heftig und laut in meiner Brust, dass ich glaube, es könne Mitch wecken, wenn es so weitermacht.

Das kleine Nachtlicht über seinem Bett brennt, beleuchtet den Raum aber nur spärlich. Genau wie der Monitor daneben. Mitch bekommt Flüssigkeit und Schmerzmittel, liegt in einer für Verbrennungsopfer ausgelegten Matratze und auf speziellen Laken. Ich höre ihn atmen, sein leises Schnarchen dringt zu mir, während ich auf Zehenspitzen durchs Zimmer schleiche und den Stuhl an der Wand hochhebe, um ihn vorsichtig vor Mitchs Bett abzustellen. Meine Tasche platziere ich direkt daneben auf dem Boden, bevor ich mich hinsetze und Mitch anstarre.

Die Hälfte seines Gesichts liegt im Schatten. Er wirkt zuerst friedlich, wie er da schläft, doch einen Moment später erkenne ich Schweißtropfen auf seiner Stirn. Seine Lippen teilen sich, er atmet plötzlich schwerer, und seine Lider sind in Bewegung, als hätte er einen Albtraum. Er ist angespannt. Also schleiche ich ins Bad, um ein feuchtes Tuch zu holen und den Schweiß abzuwischen, seine Haut etwas zu kühlen. Sanft tupfe ich seine Stirn, seine Schläfen und Wangen ab und bete, dass er davon nicht wach wird.

Nachdem ich fertig bin und das Tuch zur Seite gelegt habe, setze ich mich wieder und stütze die Ellbogen auf der Bettkante ab. Mitchs gesunde Seite.

Ich werde nicht lange bleiben. Aber einen Moment schon. Vermutlich wird es das erste und letzte Mal sein, dass ich dieses Zimmer betrete. Doch ich denke, diesen einen Besuch bin ich ihm schuldig. Und irgendwie auch mir.

Ich weiß nicht, ob der Tag heute wirklich anstrengender war als all die anderen vor diesem einen, den ich gerne vergessen würde, oder ob es mir nur so vorkommt. Eigentlich ist es egal, denn die Erschöpfung ist da, liegt auf mir wie eine warme Decke und drückt mich nieder.

Ich bin müde, ich bin ausgelaugt. Wieder. Immer noch.

Ich bin traurig, auch wenn ich es nicht sein will.

Und als mir plötzlich Tränen in die Augen schießen, frage ich mich, wieso das auf einmal immer wieder passiert? Werde ich ab heute plötzlich bei allem heulen müssen, nur weil ich einmal damit angefangen habe?

Einen Atemzug später bahnt sich auch noch ein Schluchzer seinen Weg nach oben, und ich halte mir sofort die Hand vor den Mund, um ihn abzufangen, während ich in Gedanken fluche. Ich verfluche die Tränen, die Schluchzer und dieses Gefühl, das mir auf der Brust sitzt und im Magen.

Ich darf keinen Mucks machen. Ich darf Mitch nicht wecken.

Selbst wenn das gerade verdammt schwer ist, weil ihn anzusehen so wehtut.

Ich hätte in diesem Fahrstuhl sein müssen. Warum war meine Schicht zu Ende? Warum war ich nicht da und habe den Patienten entgegengenommen? Wieso musste es ausgerechnet Mitch treffen – und Nash und Ian? Wieso George und Lisha?

Wieso zum Teufel nicht mich?

Diese absolut irrationalen Gedanken werde ich nicht los, ich kann sie nicht abschütteln, und ich frage mich weiter verzweifelt, warum, während ich mir mit dem Handrücken Tränen aus dem Gesicht wische.

Ich habe hart für das Medizinstudium kämpfen müssen, für meinen Abschluss und auch für den Platz an diesem Krankenhaus. Ich musste für mich einstehen, meiner Mom standhalten und gleichzeitig um ein gutes Verhältnis mit ihr ringen, das ich mir viel zu sehr gewünscht habe. Meine Noten waren zuvor nicht die besten, ich musste mich reinknien, weil ich länger brauchte als andere, um mir all das theoretische Zeug einzuprägen, und das war schlimm für mich. Das ist es noch, weil ich die Beste sein will. Ich will für mich selbst gut genug sein. Ich will mich irgendwann im Spiegel ansehen und sagen können: Ich bin Dr. Sierra Harris. Ich habe alles gegeben, ich bin genug, und ich mag mich, wie ich bin.

Bevor ich ans Whitestone gekommen bin, habe ich mir geschworen, mich von nichts ablenken zu lassen. Ich wollte nicht emotional werden und keine Freunde finden – ich wollte einfach nur in Ruhe meine Arbeit machen, und das verdammt gut. Alles andere würde mich nur ablenken, Zeit kosten oder schmerzen, und alles würde mich von meinem Ziel abbringen.

Bei diesen Gedanken lache ich leise und verheult auf, viel zu leise, als dass es Mitch hören könnte. Denn wenige Monate später sitze ich hier, weinend am Bett eines Kollegen, der vielleicht ein wenig zu einem Freund geworden ist, und verstehe nicht, wie alles dermaßen aus dem Ruder hat laufen können. Meine Pläne haben wirklich ganz hervorragend funktioniert.

Nicht.

Dieser Wecker macht mich verrückt. Seit wann klingelt der so laut?

Ich stöhne auf und greife mit geschlossenen Augen nach links, um ihn auszuschalten. Dabei spüre ich, wie verspannt mein Nacken ist und wie stark mein Rücken schmerzt. Einfach alles tut weh.

»Schon gut, schon gut, hör auf zu klingeln, um Gottes willen«, murmle ich.

Wo ist dieser blöde Wecker? Ich ertaste nichts und werde langsam richtig wütend. Meine Lider öffnen sich Stück für Stück, ich hebe meinen Kopf, der Stuhl unter mir knarzt, und meine Kleidung raschelt.

Moment. Ruckartig halte ich inne. Welcher Stuhl? Wo ist mein Bett? Und welcher Wecker? Ich habe keinen Wecker. Nur mein Handy. Was habe ich da an? Ist das …

Schlagartig bin ich hellwach.

»Scheiße.« Ich sitze noch bei Mitch, muss eingeschlafen sein – und der vermeintliche Wecker ist das Telefon auf dem Nachttisch, dessen Klingeln durch das Zimmer dröhnt. Wenn Mitch jetzt aufwacht, wird er viele Fragen haben, und ich kann vermutlich nicht mal die Hälfte davon beantworten.

Aus einem Reflex heraus und aufgrund purer Panik greife ich nach dem Telefon und hebe ab, damit dieser ekelhafte Ton endlich endet.

Mitch schläft weiter, er hat sich nicht gerührt, aber als ich den Hörer in meiner Hand anstarre, wird mir klar, dass ich ein Problem nur durch ein anderes ersetzt habe. Ich hätte einfach versuchen sollen, so schnell wie möglich abzuhauen.

Lautlos fluchend atme ich tief ein, bevor ich den Hörer an mein Ohr halte und »Hallo?« flüstere, wobei ich die andere Hand noch halb vor den Mund hebe, mich der Illusion hingebend, das würde irgendwas ausmachen.

»¡Dios mío! Mira que hiciste. Estaba muy preocupado. ¿Oyes?« Die Frau fängt an zu weinen, und ich weiß nicht, was ich sagen soll, nachdem ich ihre traurige und gehetzte Stimme gehört und kein Wort von dem verstanden habe, was sie eben gesagt hat. Ich blicke Mitch an, der an diesem Morgen, im Gegensatz zu gestern Abend, wirklich friedlich aussieht, und verziehe verzweifelt das Gesicht. »¿Mitch, eres tú?«, hakt sie mit belegter Stimme nach, und so langsam muss ich mich entscheiden: auflegen oder etwas sagen.

»Mitch schläft. Ich bin eine Kollegin. Können Sie später noch einmal anrufen?«

»Oh, hallo. Es tut mir leid«, antwortet sie mit starkem spanischen Akzent in Englisch. Ich höre, wie sie ihre Nase putzt. »Ich weiß, es ist noch sehr früh, aber ich mache mir Sorgen. Ich bin seine mamá.« Seine Mutter. Na großartig.

Ich schaue auf die Uhr am Monitor neben dem Bett – nicht mal halb sechs. Zumindest hier in Phoenix.

»Es geht ihm so weit gut, er wird hier sehr gut versorgt«, flüstere ich gerade so laut, dass sie mich hören kann. Mitch regt sich kein Stück, aber ich fange vor Nervosität an zu schwitzen. Sollte er jetzt seine Augen aufschlagen, sitze ich verschlafen an seinem Bett und habe seine Mutter am Telefon.

»Gracias«, sagt sie, und ich kann förmlich spüren, wie dankbar sie ist. Obwohl mein Vater aus Mexiko stammt, spreche ich die Sprache nicht. Ich kenne kaum ein Wort und hatte ehrlich gesagt nie das Bedürfnis, mehr zu lernen. Zuerst, weil ich keinen Bezug zu meinem Dad habe, er uns nicht in seinem Leben will, danach, weil meine Mom verboten hat, je wieder über ihn zu reden, und das spanische Wörterbuch, das ich mir in der Middle School gekauft hatte, zerrissen und weggeworfen hat. Doch irgendwie enttäuscht mich das alles in diesem Moment. Es ist, als würde ich plötzlich merken, dass ich stets versucht habe, einen Teil von mir zu ignorieren oder wegzuwünschen. Dabei würde ich ihr jetzt gerne ein gutes Gefühl geben und auf Spanisch antworten.

»Sie sind also eine Kollegin?«, hakt sie nun mit klarerer Stimme nach.

»Ja.«

»Wie heißen Sie? Kennen Sie meinen Sohn gut?«

Was soll ich da bitte antworten? Wenn ich ihr meinen Namen nenne, wird Mitch wissen, dass ich hier war.

Ich fahre mir hastig über die Stirn, schiebe eine dünne Strähne aus dem Gesicht, zurück unter die Haube, und verfluche mich dafür, hergekommen und eingeschlafen zu sein.

»Ich bin angehende Herzchirurgin, daher kennen wir uns«, antworte ich wahrheitsgemäß und übergehe ihre Frage nach meinem Namen. Doch das scheint sie wenig zu stören, denn sie redet sofort weiter.

»Man hat mir gesagt, wie es passiert ist.« Ich höre sie durchatmen und wie viel Kraft sie das kostet. »Waren Sie dabei?«

Ich möchte auflegen. Meine Finger umklammern den Hörer so fest, dass es wehtut. Ich will nicht daran denken. Wieso kann sie nicht sagen, dass sie später wieder anruft. Warum muss sie mich das jetzt fragen? Ich will nicht unhöflich sein, ich will nicht lügen, aber wie kann ich hier sitzen und mit ihr darüber reden, wenn alles ein einziges Chaos ist? Wenn Mitch verletzt neben mir liegt und das verdammt wehtut?

»Ja. Ich war dabei«, sage ich erstickt und kann die viel zu leisen Worte, die auf einmal aus meinem Mund purzeln, nicht mehr aufhalten. Meine Augen brennen erneut verräterisch, wie gestern Abend schon, und ein Kloß bildet sich in meinem Hals. »Ich war dabei«, wiederhole ich und schlucke schwer. »Ich habe ihn gefunden.« Sofort schlage ich die Hand vor meinen Mund. Das wollte ich nicht sagen. Was ist nur los mit mir? Doch meine Stimme war kaum hörbar, meine Worte so unglaublich leise.

»Danke, dass Sie sich um ihn kümmern.« Sie beginnt erneut zu schluchzen, und ich muss die Augen schließen, an etwas anderes denken, um nicht mitzumachen.

Eine gefühlte Ewigkeit sitze ich stumm da und habe sie an der anderen Leitung. Bis sie sich wieder fängt, ich ihr Seufzen höre und das Zittern in ihrer Stimme, als sie weiterspricht. »Danke. Ich will Sie nicht länger aufhalten. Ich rufe später noch einmal an. Machen Sie es gut.«

»Sie auch«, erwidere ich und lege auf.

Ich schnappe meine Tasche und verschwinde, so schnell es geht und nahezu lautlos, aus dem Zimmer, halte dabei den Kopf gesenkt, in der Hoffnung, dass mich niemand sieht oder erkennt. Meine Füße tragen mich weg von Mitch, weg von dieser Station, und ich dachte, mit jedem Schritt würde es mir besser gehen. Aber das tut es nicht. Es bleibt schlimm. Es tut weiterhin weh. Und ich kann das Weinen seiner Mom nicht vergessen oder das Bild von ihm im Krankenbett.

Wenige Augenblicke später stehe ich draußen vor dem Eingang. Die Sonne scheint, und mit jeder Minute wird es wärmer werden. Jetzt im September nicht mehr ganz so heiß wie im Juli, aber immer noch warm genug, auch am frühen Morgen. Das macht mir nichts, denn ich liebe diese Wärme. Diese Hitze und die Sonne. Den Staub der Wüste und die wenigen Regentage. Ich liebe diese Stadt.

Das Vibrieren meines Handys reißt mich aus meinen Gedanken.

Unsere Schicht beginnt erst um zwölf, aber um elf ist Visite. Vorher Lust auf Frühstück?

Laura weiß es vermutlich nicht, aber ihre Nachricht rettet mich, denn ich habe keine Ahnung, wie ich die lange Zeit bis zum Dienstbeginn sonst hätte überbrücken sollen.

Gerne. Dann kannst du mir direkt erzählen, warum du schon wach bist. Wo treffen wir uns?, schreibe ich zurück und lächle, als ich die Adresse bekomme. Eines der besten Cafés in Phoenix mit den leckersten Pancakes. Noch dazu nicht weit weg von hier. Hätte nicht gedacht, dass der Tag nach diesem Start vielleicht doch noch gut werden könnte.

9. Kapitel

Mitch

Als ich heute Nacht kurz aufgewacht bin und jemanden an meinem Bett habe schlafen sehen, glaubte ich, zu träumen oder mir das Ganze einzubilden, und bin sofort wieder weggedriftet. Doch jetzt ist mir klar, dass es kein Traum war.

Sierra war hier. Vor einer Minute ist sie aus dem Zimmer gestürmt, als wäre jemand mit einem Haufen Papierkram hinter ihr her. Nicht, dass sie sonderlich laut gewesen wäre, sie war eher verdammt gut darin, keine Geräusche zu machen. Aber ich habe gesehen, wie sie rausgeflitzt ist, nachdem ich gehört habe, wie die Tür aufging, und ich meine Augen vorsichtig geöffnet habe. Nur einen Spalt.

Bei dem Gedanken daran, dass Sierra anscheinend die ganze Nacht an meiner Seite war, lächle ich. Noch mehr darüber, dass sie auf keinen Fall wollte, dass ich das mitbekomme. Hätte das Telefon nicht so laut geklingelt, hätte der Plan garantiert funktioniert, weil ich, seit ich aus dem OP raus bin, dauermüde bin. Nein, ich fühl mich, als hätte man mich an ein Quad gebunden und daran einmal nackt durch die Wüste Arizonas gezogen.

Ich reibe mir ein, zwei Mal mit der rechten Hand übers Gesicht und zucke bei der Bewegung vor Schmerz zusammen. Etwas vorsichtiger schnappe ich mir die Fernbedienung fürs Bett und lasse das Kopfteil nach oben fahren, sodass ich mich ohne Anstrengung aufrecht hinsetzen kann. Danach beuge ich mich rüber zum Telefon und wähle die Nummer meiner Mom, die eben gerade erst mit Sierra gesprochen hat. Noch so eine verrückte Sache. Wieso ist sie überhaupt rangegangen? Allerdings könnte ich mir genauso gut die Frage stellen, warum ich weiterhin so getan habe, als würde ich schlafen, obwohl ich längst alles mitgekriegt habe. Okay, fast alles. Einmal hat Sierra tatsächlich so leise gesprochen, dass ich kein Wort verstehen konnte.

»Sierra ist verdammt süß, wenn sie so verschlafen ist«, murmle ich, während es an meinem Ohr tutet.

»¿Sí?«

»Hola, mamá.«

»Mitch?« Ich höre sie erleichtert aufatmen. »¡Corazón mío!«, schluchzt sie, und mein Herz wird ganz schwer, weil ich es hasse, meine Mom traurig zu machen.

»Lo siento, mamá. Perdóname«, bringe ich hervor und kann nicht anders, als mit ihr mitzuweinen. Weil es mir zu viel wird, weil da nicht *irgendwer* am Telefon ist, sondern meine Mom, und sie viel zu weit weg ist, als dass ich sie persönlich trösten könnte. Und sie mir beigebracht hat, dass Weinen okay ist. *Llorar limpia el alma*, hat sie stets gesagt – *Weinen reinigt die Seele* –, und dass es einen Kerl nicht weniger männlich macht. Egal, was andere dazu sagen.

»¡No manches!«

»Ich erzähle keinen Scheiß, claro? Es tut mir leid.« Meine Stimme klingt zu rau, zu tief, zu aufgewühlt.

»¡Ya! Ich verstehe schon. Aber was gibt es da zu verzeihen, eh? Es war ein Unfall.«

»Mir geht es gut.«

»¡Mitch Emiliano José Rivera! No me lo creo. Sie haben dich operiert, und sie sagen, du hast … quemaduras. Brandwunden, no? Ich kann froh sein, dass du noch lebst, wie kann es dir da gut gehen?«, ruft meine Mom empört durch das Telefon, und ich muss für ein paar Sekunden den Hörer ein Stück weghalten, weil sie so laut wird. Sie weint längst nicht mehr, sondern ist vor lauter Sorgen nur noch wütend. Ihr Temperament schlägt nun durch.

»Bien, du hast recht, okay? Es geht mir nicht besonders gut. Aber …« Ich fahre mir schnell durchs Haar und schließe kurz die Augen. »Es wird wieder gut. Die Verletzungen sind nicht der Rede wert.«

Oder? Es bleiben Narben, aber das Gewebe ist nicht bis in die tiefste Schicht abgestorben. Das ist etwas Gutes. Daran halte ich mich fest.

Ich höre sie tief ein- und ausatmen. »Ich weiß nicht, ob ich das glauben kann, aber ich muss. Deine Geschwister machen sich auch viel zu große Sorgen. Es tut mir so leid, dass ich nicht bei dir sein kann. Camila ist krank, und Juan hat sich angesteckt. Ich kann María nicht mit den beiden alleine lassen. Dein Vater arbeitet viel und …«

»Mamá«, unterbreche ich sie. »Ich weiß. Es ist kein Problem. Ich hoffe, die beiden haben nichts Ernstes?«

»No.« Ich kann förmlich sehen, wie sie abwinkt. »Eine Erkältung, aber das Fieber geht nicht runter.«

»Verstehe. Grüß sie von mir und wünsch ihnen gute Besserung.«

»Mache ich. Ich soll dich auch grüßen und fragen, wann du das nächste Mal heimkommst.«

Die Frage bringt mich zum Lächeln. »Ich werde noch ein paar Wochen brauchen, bis ich wieder fit bin und die Wunden entsprechend verheilt sind. Wäre es okay, wenn ich über Neujahr ein paar Tage nach Hause komme?«

»Ah! Das wäre wundervoll. Dein Vater und deine Geschwister werden sich sehr freuen. Natürlich erholst du dich zuerst. Vergiss nicht, gut zu essen.«

»Ich werde versuchen, ein paar Tage freizukriegen. Und, mamá? Mach dir keine Sorgen mehr. Alles wird gut.«

Sie murmelt etwas Unverständliches, bevor sie deutlicher weiterredet. »Ich habe vor ein paar Minuten angerufen, aber du hast noch geschlafen. Hat dich deine Kollegin geweckt? Oder war es mein Anruf?«

»Nein, ich war schon vorher wach.«

»¿De verdad? Warum hat sie gesagt, du würdest schlafen?«

»Also … es ist so … Ich …« Wie soll ich das jetzt bitte erklären?

»Mitch, ich hoffe, du machst keinen Blödsinn und benimmst dich!«, warnt sie mich, weil sie mich einfach zu gut kennt.

»Ich gebe mein Bestes.« Ich grinse.

»Sie sagte, sie sei deine Kollegin. Das ist sie doch, oder? Sie klang nett und … Geht es ihr auch gut?«

Mein Grinsen verschwindet, mir wird flau im Magen. »Das konnte ich sie noch nicht fragen, aber ich denke schon.«

Vor allem frage ich mich nach wie vor: War sie danach auch da? Ist sie zum Aufzug gekommen? Hat sie uns etwa gesehen? Oh mein Gott, hat sie mich gesehen? Meine Kehle schnürt sich zu. Ich hoffe nicht. Ich hoffe, sie musste in der Notaufnahme bleiben und dort helfen oder war bereits mit Laura auf dem Weg nach oben gewesen. Wenn sie es nicht war, wenn sie vor Ort war, während ich mit den anderen in diesem Fahrstuhl hing … Ich hoffe, dass ihr das erspart blieb.

Mich verfolgt dieser Unfall, dieser Moment, obwohl ich nichts mitbekommen habe, wie muss es erst sein, wenn man bei Bewusstsein war? Ich schüttle den Kopf. Nein, das soll Sierra nicht erlebt haben. Außerdem will ich nicht, dass sie mich so gesehen hat, weil ich mit Sicherheit ein erbärmliches Bild abgegeben habe, so verwundet. Vor allem aber, weil dieses Bild dafür sorgen könnte, dass Sierra sich weiter von mir distanziert.

Weil es zu viel ist. Weil sie meinen Anblick nicht mehr ertragen könnte.

Nein, sie darf mich nicht im Fahrstuhl liegend gesehen haben …

»Ist sie schön?«

»¡Mamá!«

»Was denn? Sie ist Ärztin, also ist sie klug. Sie klang freundlich und als würde sie sich um dich sorgen. Jetzt frage ich mich, ob du sie hübsch findest. Was ist daran falsch?«

»Dios mío, ja, Sierra ist schön. Und launisch, sarkastisch, frech, witzig«, zähle ich immer weiter ihre Eigenschaften auf und denke dabei an sie. So lange, bis meine Mom anfängt, laut zu lachen.

»Klingt, als würde sie dir deine Grenzen aufzeigen. Gib nicht auf.«

»Ich habe keine Ahnung, wovon du redest«, lüge ich.

»Du machst mir nichts als Kummer«, meint sie plötzlich, aber ich höre das Lächeln in ihrer Stimme. »Ya sabes que te quiero.«

»Ich liebe dich auch.«

»Pass auf dich auf. Melde dich, wenn du etwas brauchst oder etwas nicht stimmt, in Ordnung? Ich bin so froh, dass nichts Schlimmeres passiert ist.«

»Ich auch«, entgegne ich. Dabei weiß ich nicht, ob das, was mir passiert ist, nicht bereits schlimm genug ist für mich. Ich hab ja nicht mal den Mut, mich anzusehen. Verflucht, ich habe Albträume und wache viel zu oft schweißgebadet auf, dabei kann ich mich an nichts erinnern. An nichts außer an diesen Knall, an diesen Druck, an etwas, das mich von den Füßen gerissen hat. Danach ist da nichts weiter als Dunkelheit.

Nachdem das Gespräch beendet ist, denke ich über all das nach, was meine Mom gesagt hat. Ich wünschte, ich könnte sie in den Arm nehmen, aber das ist nicht möglich. Damit muss ich leben. Ich habe mich damals bewusst dafür entschieden, hier in den USA zu bleiben, um die Med School zu absolvieren und ebenso die Assistenzzeit, statt mit meiner Familie zurückzugehen. Es war meine Entscheidung, und dass ich meine Eltern und meine Geschwister kaum noch sehe, ist eine der Konsequenzen. Das macht es nicht leichter, aber ich habe ein Ziel – einer der besten Herzchirurgen zu werden. Vielleicht kehre ich danach zurück nach México. Wer weiß?

Erschöpft schließe ich die Augen und spüre den Verband auf meiner Haut plötzlich sehr deutlich, besonders auf der Brust und am Bauch. Ich fühle die empfindliche Haut darunter und bin froh, dass sich die Schmerzen bisher aushalten lassen. Es ist eher ein Ziehen und Drücken – so widersprüchlich das klingen mag –, ein dumpfer, kein stechender Schmerz.

Doch weder meine Mom, meine Ziele, noch meine Verletzungen lenken mich von dem ab, was ständig in meinem Kopf herumgeistert und mich nicht loslässt.

Sierra.

Ich müsste lügen, wenn ich behaupten wollte, dass sie mir nicht direkt am ersten Tag am Whitestone aufgefallen ist und sie mich nicht mit jeder weiteren Minute, in der ich in ihrer Nähe war und sie beobachtet habe, mehr fasziniert und beeindruckt hat. Laura ist die Einzige, die sie an sich ranlässt, und nach meiner Aktion von vor ein paar Wochen, in die Laura involviert war, bin ich bei ihr auf der Beliebtheitsskala wohl ziemlich weit abgerutscht.

¡Mierda! Ich hab da echt Scheiße gebaut, auch wenn es gut gemeint war.

Umso mehr überrascht es mich, dass sie heute Nacht hier war. Ihr Besuch wäre das eine gewesen, aber sie ist mit dem Kopf auf meinem Bett eingepennt und geblieben.

Sie hat sogar aus Versehen mit meiner Mom geredet, was ziemlich witzig ist. Ich hätte zu gern ihren Gesichtsausdruck gesehen. Hätte gern die Augen geöffnet und sie angeschaut. Was wäre dann wohl passiert? Wäre sie genauso schnell abgehauen? Wäre sie geblieben?

Gott, wieso hab ich so getan, als würde ich schlafen?

»Idiota«, sage ich leise zu mir selbst und seufze. Weil ich nur noch dumme Sachen mache, sage und denke, sobald Sierra in der Nähe ist oder es um sie geht. Und weil dieser Job verflucht anstrengend ist und ich kaum Zeit habe.

Weil ich die Zeit, die bleibt, mit ihr verbringen will … und dafür würde ich hierbleiben. Ich würde nicht zurück in die Heimat gehen. Nicht ohne sie.

Ich will herausfinden, was das zwischen uns ist. Was daraus werden kann.

10. Kapitel

Sierra

»Entschuldige, dass ich mich nicht sofort gemeldet habe«, sagt Laura, nachdem wir uns hingesetzt und unsere Bestellung aufgegeben haben. Während sie redet, stütze ich meinen Kopf auf der rechten Hand ab und versuche, der erneut aufkommenden Erschöpfung nicht nachzugeben. Verdammt, haben mich die letzten Tage fertiggemacht. Mehr als die ganze bisherige Assistenzzeit, wenn ich ehrlich bin.

»Keine große Sache. Wir waren alle ziemlich im Eimer, und du warst bestimmt bei Nash.«

»Ja. Ich bin nur ein paarmal zu ihm nach Hause gefahren, um Jax zu füttern, oder raus aus dem Whitestone, um mal was zu essen und frische Luft zu schnappen. Die Neuro war so freundlich und hat mir ein Bett bereitgestellt, sodass ich bei ihm bleiben konnte.« Über den Gedanken lächelt sie.

»Das freut mich für dich. Wie geht es ihm denn inzwischen?« Ich unterdrücke ein Gähnen und blinzle mehrmals. Gott, diese Nacht an Mitchs Bett hat mich kein bisschen entspannt. Ich habe sogar das Gefühl, gar nicht geschlafen zu haben, spüre jeden Muskel in meinem Nacken, den ich mir anscheinend irgendwie verrenkt habe, und im oberen Rückenbereich. Ich sollte mir 'ne Massage gönnen. Bei dem Gedanken fange ich fast an zu lachen – wegen des Jobs und der Arbeitszeiten bin ich einem Burn-out näher als einem Massagetisch.

Ich könnte mal die Physio drüben fragen, die bieten so was bestimmt an.

Ein Mal Massage in der Pause zwischen zwei OPs, bitte …

»Vielleicht sollten wir eher darüber reden, wie es dir geht? Oder was bei dir gerade los ist?«, meint Laura stattdessen und hebt dabei gekonnt die linke Augenbraue, während sie mich argwöhnisch mustert.

»Nein, glaub mir, das sollten wir nicht. Da gibt es nicht viel zu erzählen. Also, Nash?«

Laura wirkt nicht überzeugt – so, wie sie ihre Lippen kräuselt. Wie auch? Ich klinge schließlich kein bisschen überzeugend und sehe wohl auch nicht so aus – trotzdem streicht sie sich eine blonde Strähne hinters Ohr und beginnt zu erzählen.

»Es geht ihm viel besser. Und das schneller als gedacht. Dr. Folkes, seine behandelnde Ärztin auf der Neuro, ist guter Dinge und zuversichtlich, dass keine bleibenden Schäden entstanden sind. Inzwischen können sie ein schweres Schädel-Hirn-Trauma endgültig ausschließen. Innerhalb der nächsten Wochen sollten sämtliche Symptome nach und nach abklingen, wie seine Kopfschmerzen, die retrograde Amnesie und die zwischenzeitlich auftretenden Kreislauf- und Atemstörungen. Bis auf die Kopfschmerzen zeigt er keinerlei vegetative Störungen, und er fühlt sich bereits so gut, dass er gestern ganze drei Sekunden lang darüber nachgedacht hat, sich selbst zu entlassen.« Darüber lacht sie nur, um einen Moment später leicht verzweifelt zu seufzen. »Natürlich würde er das nie tun, im Gegensatz zu Ian. Nash liebt das Krankenhaus, es sei denn, er muss selbst in einem der Betten liegen. Dann ist er wie ein nörgeliges Kind. Deshalb musste er mir versprechen, noch bis zum Wochenende zur Beobachtung auf Station zu bleiben, bevor ich ihn heimbringe. Er wird noch einmal zur Untersuchung und Kontrolle herkommen müssen, bevor er seinen

Dienst antritt, und erst im Laufe des nächsten Monats wieder mit der Arbeit beginnen. Eben, sobald er wieder gesund ist. Auch wenn es ihm schwerfällt, warten zu müssen.«

»Ein nörgeliges Kind, also?«, hake ich amüsiert nach.

»Verrate es ihm nicht«, grummelt Laura.

»Aber der Rest klingt doch gut. Ich bin erleichtert.«

»Ich auch. Und wie. Ich …« Sie stockt, weicht meinem Blick aus und presst die Lippen zusammen. »Ich hatte wirklich Angst, Sierra. Ich hatte sehr lange nicht mehr solche Angst«, bringt sie leise hervor und schließt für einen Moment die Augen. Ich weiß genau, wovon sie redet. Was sie meint. Diese Angst – ich kenne sie. Ich habe sie gespürt, als wir den ersten Blick auf die anderen werfen konnten, direkt nach der Explosion. Als ich Mitch gefunden habe …

Ich hebe den Kopf und setze mich aufrechter hin. »Ich weiß. Ich auch«, gebe ich zu, auch wenn es mir schwerfällt. »Aber Nash geht es gut. Er hat es geschafft und wird wieder gesund. In einem Monat ist er zurück auf Station und nervt uns, bis Ian seinen Part im Frühjahr nächstes Jahr übernimmt.«

»Lisha ist noch auf der Inneren, aber sie wird bald wieder. Ian geht es auch viel besser, er hat sich schon entlassen, dieser Sturkopf.« Laura verdreht die Augen, bevor sie breit grinst. »Allerdings nimmt er die Woche noch unfreiwillig Urlaub. Er wurde aus dem Plan ausgetragen, nachdem er sich selbst wieder Schichten zugeteilt hat. Ich glaube, Dr. Gardner hat das angeordnet und seinem Wahnsinn Einhalt geboten. Zum Glück!«

»Der Typ ist eine Nervensäge«, murmle ich unverständlich, weil mir das Gespräch mit unserem Chef wieder einfällt und er mich zu einem freien Tag genötigt hat.

»Was?«

»Ach nichts.« Ich winke ab.

»Es war wohl die Sauerstoffflasche«, spricht Laura unvermittelt dieselbe Vermutung aus wie Ian. Ich nicke. »Hätte nie gedacht, dass wir so etwas mal sehen oder erleben müssen.«

Ich auch nicht.

»Ich muss immerzu an George denken«, fügt Laura an, und in dem Moment werden unser Kaffee und unser Frühstück gebracht, und ich bin froh, dadurch nicht darauf reagieren zu müssen. Ich wünschte, wir müssten überhaupt nicht darüber reden. Ich wünschte, das alles wäre nie passiert.

Laura bedankt sich freundlich bei der Kellnerin, ich schließe mich deutlich unmotivierter, aber nicht weniger dankbar an. Laura hat Pancakes und einen Bagel mit Käse bestellt, dazu etwas Müsli und Obst, ich nur den Teller mit Pancakes, weil sich mein Hunger in Grenzen hält. Der Kaffee, an dem ich nippe, ist hervorragend. Gar nicht vergleichbar mit dem Schnodder, den wir im Krankenhaus von Edith bekommen und in uns reinkippen. Ich würde es ihr gern sagen, aber die Frau macht es echt glücklich, dieses Zeug zu kochen und uns damit zu versorgen, also haben wir alle wohl beschlossen, lieber ein Magengeschwür in Kauf zu nehmen, als sie zum Weinen zu bringen.

»Warst du bei Mitch?« Augenblicklich verschlucke ich mich und fange an zu husten. Aus einem Reflex heraus will ich Nein sagen, aber was nützt es mir, meine einzige richtige Freundin anzulügen? Abgesehen davon, dass sie mir ohnehin nicht glauben würde. Dafür kennt sie mich leider schon zu gut.

Ich huste und räuspere mich. »Ja.«

»Das war's? Mehr Infos kriege ich nicht?«

Ich fange an zu essen und kaue länger als nötig auf dem Stück in meinem Mund herum, um nicht sofort antworten zu müssen.

»Was willst du denn hören?«, nuschle ich zwischen zwei Bissen.

»Wann warst du da, wie geht es ihm, wie geht es dir? Solche Dinge eben.«

Ich stochere in meinen Pancakes herum und werde mürrisch. »Es geht ihm wohl gut.«

»Hast du nicht mit ihm gesprochen?«, fragt Laura verwundert, und ich erwidere ihren Blick.

»Nein. Er hat geschlafen.«

»Okay«, sagt sie gedehnt, und ich weiß, dass ihr gerade noch viel mehr Fragen durch den Kopf gehen, die ich momentan nicht beantworten möchte, weil ich mich dann wieder mit dem Thema auseinandersetzen muss.

»Deshalb ist es einfacher, keine gute Freundin zu haben, der man alles erzählen muss«, sage ich und zeige anklagend mit der Gabel auf sie, was sie nur mit einem fetten Grinsen erwidert, bei dem ihr beinahe ein Stück ihres Bagels aus dem Mund fällt. »Dann muss man nicht so viel Zeug erklären und bekommt eindeutig weniger nervige Fragen gestellt.«

»Du magst das doch«, entgegnet sie selbstsicher.

Ich schnaube heftig, nur um danach zu sagen: »Ich war bei ihm, er hat geschlafen, das Telefon hat geklingelt, ich bin ran, dann bin ich gegangen.«

»Was?«

Stöhnend lasse ich die Gabel sinken und erkenne, dass ich wohl doch ausholen muss, weil Laura vorher nicht lockerlassen wird. »Ich war bereits bei ihm, als du das erste Mal zu Nash konntest, aber ich bin nicht ins Zimmer gegangen. Ich stand nur wie eine Idiotin davor, zufrieden? Gestern früh auch, nur hat mich da sein behandelnder Arzt erwischt und mir seltsame Fragen gestellt, als ich einfach wieder gehen wollte.« Ich hole tief Luft und ahme Dr. Thomas nach: »*Wollen Sie nicht wissen, wie es ihm geht? Deshalb waren Sie doch hier, oder?* … Wichtigtuer, sag ich dir! Was weiß der schon?«

»Sierra.« Ich kenne diesen Ton, ich weiß, was jetzt kommt.

»Oh nein, sieh mich nicht so an, und sag meinen Namen nicht so … so mitleidig und mitfühlend und traurig. Es ist alles okay, klar?«

»Wir wissen beide, dass das nicht stimmt.«

Ich schweige, weil es mir wieder so geht wie kurz nach meinem ersten Besuch bei Mitch. Weil mich das alles mitnimmt – viel zu sehr. Weil es mehr schmerzt und mich mehr einnimmt, als es sollte oder ich das will. Und ich es einfach nicht verstehe.

»Warum konntest du nicht zu ihm rein?«, hakt sie nach, und ich würde ihr gerne den restlichen Bagel in den Mund stecken, damit sie damit aufhört.

»Wenn ich es wüsste, würde ich es dir sagen«, gebe ich trotzdem ehrlich zu. Ehrlich zu sein fällt mir bei Laura so leicht, dass es mich jedes Mal wieder erschreckt. »Ich wollte zuerst nicht zu ihm, aber das hat sich genauso falsch angefühlt, wie doch hinzugehen.« Während ich das Essen auf dem Teller hin und her schiebe, zucke ich mit den Schultern. »Ich träume schlecht und kann immer noch nicht begreifen, dass das alles passiert ist.«

»Das kenne ich.« Sie lacht nicht. Sie redet es nicht schön. Das tut gut.

»Ich bin eingeschlafen«, erzähle ich weiter und fluche. Jetzt lasse ich einfach alles raus. »Ich bin bei Mitch eingepennt, weil ich zu lange gearbeitet habe und mir das alles in den Knochen steckt, und morgens hat mich das Klingeln seines Telefons geweckt. Rate mal, wer dran gewesen ist. Seine Mutter!« Mittlerweile habe ich mich komplett in Rage geredet, während Lauras Augen immer größer werden. »Sie hat Spanisch mit mir gesprochen, bis sie verstanden hat, dass nicht ihr Sohn dran ist, sondern irgendeine Kollegin. Zum Glück hat Mitch noch gepennt, und sie weiß meinen Namen nicht, also wird er es nicht rauskriegen.« Nachdem ich geendet habe, fängt Laura so laut an zu lachen, dass der Typ am Tisch neben uns, der nur in Ruhe seine Zeitung lesen will, sich genervt umdreht, um uns kurz anklagend niederzustarren.

»Was ist daran jetzt so witzig?«, hake ich irritiert nach.

»Du hast es geschafft, mit deiner Schwiegermutter zu reden, bevor du mit dem Typen zusammen bist.«

Ich bin so schockiert, dass mir die Kinnlade runterklappt.

»Hast du dir den Kopf angeschlagen? Sind das noch Nachwirkungen vom Kammerflimmern? Oder was passiert hier gerade?«

»Jaja, du kannst Mitch nicht mal leiden«, erwidert Laura. »Eigentlich denke ich, ärgert es dich, dass genau das nicht der Fall ist. Du hast unser Nesthäkchen doch ganz gern und machst dir Sorgen. Mehr als das.«

»Er ist so nervig«, zische ich und trinke mürrisch einen Schluck Kaffee. Nesthäkchen, von wegen. Mitch ist genauso alt wie ich.

»Er ist vernarrt in dich, querida.« Sie wackelt mit den Augenbrauen.

»Lass das, du siehst gruselig aus. Und Mitch ist einfach …« Ich seufze und suche nach einer passenden Beschreibung. »… eben Mitch. Er macht, was er will, und denkt dabei nicht um die Ecke.«

»Er meint es aber immer nur gut«, verteidigt Laura ihn und weiß sofort, dass ich von dem Vorfall mit ihr und Nash gesprochen habe und diesen Vorwürfen, die es wegen ihm gab.

»Ich weiß. Er ist in Ordnung.« Ich zeige mit dem Finger auf sie. »Wehe, du verrätst ihm das.«

Laura hebt abwehrend die Hände. »Keine Panik. Aber erzähl mir lieber, wie das Telefonat mit seiner Mom ausgegangen ist.«

»Das war nicht spannend. Sie hat sich Sorgen gemacht, ich habe sie beruhigt. Mehr nicht. Danach bin ich abgehauen.«

»Okay. Und wäre es wirklich so schlimm, wenn Mitch mitbekommen hätte, dass du ihn besuchst? Ihr seid Kollegen. Komm doch heute nach der Schicht mit, da wollte ich mit Grant bei ihm vorbeischauen.«

»Nein, ist schon gut. So ist es besser.«

Das ist mir alles zu viel, denke ich, aber ich sage es nicht laut.

»Wovor hast du Angst?«, fragt Laura, und dass sie es dabei schafft, den Finger immer genau in die offene Wunde zu legen, muss eine Gabe sein. Das geht nicht anders.

Ich schweige, denke darüber nach, was und wie ich antworten kann, aber Laura kommt mir zuvor.

»Weiß er, dass du ihn gefunden und behandelt hast?« Und *bam!* Da ist er. Der Grund. Die offene Wunde. Der Schmerz. Die Angst.

»Nein«, wispere ich und schlucke schwer. »Und ich will nicht ... ich kann nicht ...«

»Verstehe«, sagt sie nur.

Ich will nicht, dass er fragt. Ich will ihm nicht antworten und sagen müssen, dass ich es war. Denn dann folgen unweigerlich mehr Fragen, die ich nicht hören will. *Wie schlimm war es? Was ist passiert? Was war mit den anderen? Wer war alles da? Wie beschissen sah ich aus? Wie sahen die Verletzungen aus? Wie geht es dir damit?* Und was nach den Fragen kommt, ist meist nicht besser. Schuldgefühle, Mitleid, Dankbarkeit, Flashbacks und Schmerz. Immer wieder Schmerz. Ich habe genug davon.

Ich brauche dieses letzte bisschen Distanz, weil ich sonst meine Selbstbeherrschung verliere.

Weil ich sonst zusammenbreche.

»Komm, lass uns weiteressen. Wir müssen bald rüber zur Visite. Bin gespannt, was Dr. Pine heute mit uns durchgeht.«

»Ich auch.« Mit meinen Gedanken bin ich aber ganz woanders. Nicht nur bei Mitch, sondern auch bei der Zukunft. »Der letzte Test der USMLE steht noch aus, Step 3. Ich hab bisher nicht allzu viel gelernt, und das Ding müssen wir vor Ende des ersten Assistenzjahres im Sack haben. Keine Ahnung, wie ich mich momentan darauf konzentrieren soll.«

»Erinnere mich nicht daran«, meint Laura und verzieht das Gesicht. »Ich will meinen erst im Frühjahr machen. Dann habe ich noch etwas Zeit zum Lernen.«

»Gute Idee.« Ich sollte es auch so machen, entscheide ich mich. Im Moment könnte ich mich ohnehin nicht darauf konzentrieren.

Ich esse meine Pfannkuchen auf, auch wenn ich längst keinen Hunger mehr habe. Ich brauche Energie für den Tag. Wenn du in diesem Job nicht wenigstens ein wenig auf dich achtest, hast du verloren. Niemand kann für andere sorgen, wenn er das nicht auch bei sich selbst schafft.

»Soweit ich das überblicken kann, sind alle anwesend. Sehr gut. Dann beginnen wir mit der Visite.« Dr. Pine notiert sich etwas in der Akte in ihrer Hand, bevor sie uns alle nacheinander mustert.

Unsere Visite findet heute auf der Thoraxstation statt.

»Das ist Mrs Huggins. Sie wurde nach einem Sturz von der Leiter mit atemabhängigen Schmerzen im Thorax eingeliefert. Vitalparameter sind unauffällig.«

Wir begrüßen die Patientin und hören weiter aufmerksam zu.

»Die Schmerzen strahlen eher linksseitig aus, und sie klagt über subjektiv empfundene Atemnot. Das Röntgenbild, das ich veranlasst habe, sehen Sie dort.« Sie zeigt darauf. »Was denken Sie?«

Ich gehe rüber, schaue mir die Aufnahme genau an, so wie die anderen. Alle sind konzentriert.

»Linker Thorax, richtig?«, murmelt Maisie und schiebt ihre Brille zurecht.

»Korrekt«, antwortet Zeenah nachdenklich.

»Seht ihr das?«, fragt Laura. »Das ist der Magen, oder?«

»Lufthaltiges Organ in linker Thoraxhälfte«, bestätigt Zeenah.

Jane ergänzt: »Mit erheblicher Veschiebung ins Mediastinum.« Heißt, das Organ ist in den Brustkorb gerutscht.

»Mrs Huggins, sind Sie direkt auf Ihre Brust gestürzt?«, frage ich, und die Patientin nickt.

»Ja. Es tat furchtbar weh.«

»Thoraxtrauma«, sagt Laura sofort.

»Sehr gut«, erklingt Dr. Pines Stimme, die jedes unserer Worte verfolgt hat. Wir drehen uns zu ihr um, während sie die nächsten Fragen stellt.

»Welche Schritte folgen nun, um Ihre Diagnose zu sichern?«

»Um nachzuweisen, welche abdominellen Organe in den Thorax verlagert sind, sollte ein CT angeordnet werden«, beginne ich. »Damit könnte auch genau ermittelt werden, um welche Art von Trauma es sich handelt.« Zu den abdominellen Organen gehören unter anderem auch Leber, Milz und Darm.

»Mögliche Verletzungen können Rippenfrakturen, Hämatothorax, Pneumothorax oder eine Lungenkontusion sein«, zählt Zeenah beeindruckend schnell auf.

»Damit könnte ebenso festgestellt werden, ob es sich um eine Zwerchfellruptur handelt«, ergänzt Laura, und ich nicke ihr zu.

»Gut. Worin besteht die initiale Therapie eines Thoraxtraumas?« Dr. Pine scheint zufrieden und macht sich noch Notizen, als Maisie schon zu einer Antwort ansetzt.

»Priorität hat die Sicherung der Vitalfunktionen.«

»Die Schmerzmedikation sollte nicht vergessen werden«, gebe ich zu bedenken. Ein Thoraxtrauma kann verdammt wehtun.

»Weitere Maßnahmen hängen von den Begleiterscheinungen sowie den betroffenen Organen ab. Im schlimmsten Fall muss eine OP angeordnet werden, um die Organe zu repositionieren und bei Bedarf eine Thoraxdrainage anzulegen.« Damit hat Laura den perfekten Abschluss gefunden.

Dr. Pine lächelt die Patientin an.

»Mrs Huggins, wie Sie hören, sind Sie in den besten Händen. Gleich wird jemand zu Ihnen kommen und Sie zum CT bringen, damit wir überprüfen können, welche Organe durch Ihren Sturz in Mitleidenschaft gezogen wurden. Außerdem wird Ihre Medikation neu eingestellt. Haben Sie noch Fragen?«

Die Patientin erwidert das Lächeln und atmet schwer. Ein paar braune Haarsträhnen kleben an ihrer blassen Wange, auf ihrer Stirn glänzen Schweißperlen. »Nein. Ich danke Ihnen.«

Dr. Pine bittet uns vor die Tür, und wir verabschieden uns von der Patientin. Draußen auf dem Gang erklärt sie die Visite für beendet.

»Wie Sie mitbekommen haben, sind wir die Tage unterbesetzt, und gleichzeitig herrscht ein hohes Aufkommen an Patientinnen und Patienten. Daher wird die Gruppenvisite in den kommenden Wochen etwas knapper ausfallen, und wir hoffen in dieser Angelegenheit auf Ihr Verständnis. Die Dienstpläne wurden aktualisiert, Ihre Einsätze mit dem Rettungswagen wurden vorerst ausgesetzt, weil wir Sie hier vor Ort benötigen. Da Dr. Brooks noch einen Monat ausfällt, werde ich Ihre direkte Ansprechpartnerin sein. Sobald Dr. Brooks wieder im Dienst ist, wird sich das ändern, Sie werden dann natürlich sofort benachrichtigt. Außerdem darf ich Ihnen mitteilen, dass sich sowohl Dr. Brooks als auch Dr. Rice, Ms Chibudem und Dr. Rivera auf dem Weg der Besserung befinden.«

»Gott sei Dank«, höre ich Maisie leise murmeln, und Zeenah atmet merklich auf. Ich hingegen halte einen Moment die Luft an und weiß nicht einmal, warum ich das tue. Vielleicht, weil ich ahne, was jetzt kommt.

»Die interne Trauerfeier für George findet kommenden Sonntag in der kleinen Kapelle in Gebäude C statt. Wenn Sie Zeit haben, keine Notfälle oder wichtigen OPs anstehen, schauen Sie bitte vorbei«, fügt Dr. Pine mit belegter Stimme an, und keiner von uns traut sich, etwas zu sagen. Sie räuspert sich und drückt die Akte an ihre Brust. »Das ist keine einfache Situation. Bitte scheuen Sie sich nicht davor, Hilfe anzunehmen, wenn Sie das Gefühl haben, damit nicht allein klarzukommen. Sie sind nicht unbesiegbar. Dieser Job ist hart. Noch härter, wenn man ohne Unterbrechung an seine Grenzen kommt und dies nicht wahrhaben will. Wenn man keine Hilfe annimmt, vor allem auf psychischer Ebene. Und glauben Sie mir, Sie werden noch oft an diese Grenze kommen«, betont sie und nickt uns einzeln zu, bevor sie sich umdreht und geht und uns mit einem mulmigen Gefühl zurücklässt.

Unsere Gruppe löst sich langsam auf, einige fangen an, zu arbeiten, andere machen Feierabend und haben Schichtübergabe. Laura geht mit mir zusammen in die Notaufnahme runter.

»Gehst du hin?«, fragt sie beiläufig, als wir in den Fahrstuhl steigen.

»Gehst du?«, frage ich direkt zurück. Keine von uns gibt der anderen eine Antwort. Stattdessen fahren wir schweigend weiter, bis das viel zu laute *Ping* in unseren Ohren dröhnt.

Mein Herz springt mir fast aus der Brust, als die Türen aufgehen und wir aussteigen. Ich will nicht nach rechts schauen, ich will mich nicht drehen und es mir ansehen, aber ich tue es. Ich stelle mich vor den anderen Fahrstuhl, starre auf das Metall, auf die Absperrbänder und den Hinweis »Außer Betrieb« und kann förmlich spüren, wie etwas in mir bricht. Er ist der einzige Fahrstuhl, der noch nicht fährt, die anderen wurden geprüft und wieder freigegeben.

Leicht zitternd atme ich ein und schaue mich um. Man sieht nichts mehr. Die Türen sind zu, der Dreck ist verschwunden, und der Gang ist so sauber wie eh und je. Es ist, als wäre nichts passiert. Als wäre dieser Fahrstuhl einfach nur defekt.

Ich spüre Lauras Berührung an meiner Hand, wie sie meine Finger umklammert und hält, und ich zucke zusammen, weil ich darauf nicht vorbereitet war.

»Komm. Tun wir uns das nicht an«, flüstert sie und zieht mich sanft weiter. »Es nützt keinem was, wenn wir uns kaputtmachen.«

»Nein«, murmle ich und folge ihr. »Aber ist ja nicht so, als würden wir das mit Absicht tun.«

»Wir schaffen das.« Sie drückt meine Hand erneut, sie umklammert sie regelrecht, bis sich die Türen zur Notaufnahme öffnen. Die vertrauten Gerüche, das Desinfektionsmittel und das Parfum der Pflegerin, die an uns vorbeigeht, schlagen mir entgegen. Ich schaue mich um, sehe die Menschen, die in dieser Sekunde behandelt werden oder bereits behandelt wurden und nun auf ihre Entlassung warten oder auf Station kommen, und atme tief ein.

Ich möchte Laura so gern glauben.

Ich möchte es schaffen.

Aber gerade weiß ich nicht, ob ich es kann.

11. Kapitel

Sierra

»Baustellenunfall mit schweren Geräten, mehrere Rettungswagen sind auf dem Weg!«, dringt es zu uns.

»Los, an die Arbeit, *querida*«, sagt Laura und zaubert damit ein Lächeln auf mein Gesicht, auch wenn ich darüber gleichzeitig die Augen verdrehen muss.

Wir treffen auf Grant, der schon wieder viel zu gut gelaunt ist. »Bambini!«, ruft er und strahlt. »Gut, dass ihr hier seid. Auf einer Baustelle ist ein Gerüst eingestürzt. Mehrere Arbeiter wurden verletzt. Entweder durch den Sturz selbst, das Gerüst oder andere Gerätschaften. Wir haben einen Patienten mit offener Oberschenkelfraktur, vermutlich auch einer Hüftfraktur und Quetschungen, und einen mit Verdacht auf eine Wirbelverletzung sowie Nervenquetschung. Es wurde eine Person mit Schädel-Hirn-Trauma gemeldet, und außerdem …«, erzählt er weiter und holt tief Luft, »… stecken in einem der Bauarbeiter zwei recht massive Stahlstangen.«

»Was?«, frage ich perplex, und Grant verzieht sorgenvoll das Gesicht.

»Wir wissen nicht, ob er es schafft. Laut aktueller Angaben ist er gestürzt und hat sich selbst damit aufgespießt. Die Stangen mussten bereits gekürzt werden, sonst hätte er nicht transportiert werden können. Weitere Infos zu anderen Verletzten kamen noch nicht rein.«

»Scheiße!«, fluche ich.

»Wer hat Schicht?«, fragt Laura im selben Moment. Grant nickt nach rechts.

»Dr. Colbie. Sie ist gerade in Kabine zwölf.«

»Kennst du sie, Sierra?«

»Ja, ich hatte schon zwei, drei Schichten mit ihr, kann sie aber nur schlecht einschätzen. Unfallchirurgin, recht jung, hat wohl früh den Abschluss gemacht, wirkte auf mich sehr ehrgeizig, aber nicht unsympathisch – und sie ist gut in dem, was sie tut.«

»Unterschreibe ich«, meint Grant. »Außerdem ist sie erst seit einem Jahr am Whitestone und eher eine Einzelgängerin.«

»Alles klar.« Laura nickt. Sie weiß immer gern etwas mehr über die Menschen, mit denen sie arbeitet, beobachtet sie, schätzt sie ein. Mir ist es egal, Hauptsache, wir machen den Job, für den wir hier sind.

»Der Schockraum wird vorbereitet«, informiert Grant uns, als am anderen Ende der Notaufnahme die Geräuschkulisse lauter wird.

Jemand ruft: »Sie sind da!«

Ohne Zeit zu verlieren, eilen wir hin, und für den Moment rückt mein Leben, das gerade in Chaos und ungewollten Emotionen ertrinkt, ganz nach hinten.

»Ich nehme den Ersten«, rufe ich Laura zu und ziehe mir die Handschuhe über.

»Ich helfe dir.« Susie, eine der Pflegerinnen, die ich neulich erst kennenlernen durfte, tritt an meine Seite.

»Grant und ich nehmen den nächsten Patienten!«, ruft Laura, weil der Geräuschpegel steigt.

Die Luft lädt sich auf, wie kurz vor einem Sturm. Da ist Adrenalin, da sind Angst und Nervosität und Nervenkitzel.

»Mann, Ende vierzig, ist von dem Gerüst gestürzt und auf den Asphalt gekracht. Nicht bei Bewusstsein und keinerlei Reaktionen, Kreislauf ist jedoch stabil, zeigt kein Atemproblem.« Die Notfallsanitäterin hilft uns beim Schieben der Vakuummatratze und gibt uns einen Überblick, während ich mir weitere Eindrücke verschaffe. »Am Hinterkopf hat er eine Platzwunde, nicht allzu groß, blutet aber stark.«

»Sonstige Auffälligkeiten?«, frage ich, während Susie die Werte checkt.

»Er weist einen Herdblick auf – und lag mit dem Rücken auf der Bordsteinkante.«

Ich fluche leise. Könnte sein, dass seine Wirbelsäule dabei stark beschädigt wurde. Ich versuche, den Patellarsehnenreflex auszulösen, indem ich gezielt mit dem Reflexhammer auf die Sehne unterhalb der Kniescheibe klopfe. Nicht auslösbar. Normalerweise würde mir das Knie entgegenschnellen oder wenigstens zucken, aber hier? Nichts. Ich mache mit dem Achillessehnenreflex weiter, der – entgegen meiner Hoffnung – auch nicht auslösbar ist. Verfluchte Scheiße. Ich bewege seinen Fuß samt Gelenk, danach das Bein, das Kniegelenk, die Hüfte, aber der Muskeltonus ist vermindert. Und als ich den Blick nach oben richte, bemerke ich noch etwas ganz anderes. Die Hose ist nass. Vorsichtig, aber effizient versuche ich, den Reißverschluss zu öffnen, um meinen Verdacht zu bestätigen. Am liebsten würde ich gar nicht mehr mit dem Fluchen aufhören. Eindeutig Priapismus, und zudem hat er seine Blase entleert. Heißt, irgendwo an der Wirbelsäule sind Nerven betroffen und mit Sicherheit geschädigt worden. Das kann eine Querschnittslähmung zur Folge haben.

»Susie, wir brauchen Etilefrin. Sofort.« Ich gebe ihr die zu verabreichende Menge durch und weise sie an, den Blutdruck im Auge zu behalten. Außerdem rufe ich einen weiteren Pfleger hinzu, weil wir Unterstützung benötigen. Ich glaube, sein Name ist Hendrik.

Eine Dauererektion des Penis sollte zügig behandelt werden, Etilefrin ist momentan das beste Mittel dafür und um mir die Möglichkeit zu geben, mich den ernsthafteren Verletzungen zuzuwenden. Denn weiterhin gilt: *Treat first what kills first.* Und das könnten neben der Wirbelsäulenverletzung auch innere Blutungen oder das Schädel-Hirn-Trauma, sein.

»Wir brauchen ein FAST-Sono, wir müssen wissen, ob er innere Blutungen hat, danach muss er umgehend zum CT, wir brauchen eine Übersicht über das Schädel-Hirn-Trauma und die Wirbelsäule, außerdem ein großes Blutbild und eine Blutgasanalyse. Bis dahin die Wirbelsäule stabilisieren.« Wir müssen zuerst das ausschließen, was ihn das Leben kosten kann, und das bedeutet für mich: besser querschnittgelähmt, als zu verbluten.

»Alles klar«, sagt Susie, und sie und Hendrik machen sich ans Werk.

Ich will mich umdrehen, um Laura und Grant zu helfen, doch plötzlich beginnt der Patient zu krampfen.

»Stabilisieren!«, ruft Hendrik, und sofort werden Maßnahmen eingeleitet, damit der Patient weder sich noch andere verletzt oder sich am Ende die Zunge abbeißt. Ich kann mir zuerst nicht erklären, was hier passiert. Bis es klick macht. Das Hirntrauma kann zu dieser Art von Anfällen führen.

Ich checke die Pupillenreaktion und die Atmung, warte ab, weil die Anfälle auch von allein aufhören können, aber nach fünf endlosen Minuten ist es genug.

»Verabreicht Lorazepam.« Die Injektion wird vorgenommen, und einen Moment später klingen die Anfälle zum Glück ab. Ich bin erleichtert …

»Gut«, bringe ich schwer atmend hervor. »Sofort ins CT! Wir müssen sub- und epidurale sowie intrazerebrale Blutungen ausschließen.« Hoffentlich hat er nichts davon, es reicht, dass er höchstwahrscheinlich querschnittsgelähmt sein wird. Aber auch das muss erst durch das CT und weitere Tests abgeklärt werden. Sollte bei einer Lähmung und Verletzung der Nerven innerhalb der nächsten vierundzwanzig bis achtundvierzig Stunden keine Besserung eintreten, wird nicht mit einer vollständigen Genesung gerechnet.

Ich schlucke schwer, befeuchte meine trockenen Lippen, und für einen Moment vermisse ich Mitch. Wenn wir zusammengearbeitet haben, hat er genervt, blöde Sprüche gerissen, mich abgelenkt und gleichzeitig dafür gesorgt, dass mir nicht die Puste ausging. Ich war dadurch konzentrierter, so widersprüchlich es klingen mag. Er hat meinen Ehrgeiz geweckt – und er fehlt. So sehr.

»Sierra!«, höre ich Lauras Stimme und eile direkt zu ihr. »Ich brauche deine Hilfe.« Als ich ankomme, weiß ich, was sie meint.

Verfluchte Scheiße!

»Er kam eben rein, war stabil, hat kaum geblutet, aber dann …« Ihre Stimme zittert, während sie beide Hände auf die große Wunde drückt und man sie vor lauter Blut kaum noch sehen kann. So wie das Blut pulsierend zwischen Lauras Händen hervorschießt, hat die Bauchschlagader mit Sicherheit etwas abbekommen.

Grant hilft mit, drückt mit zu, steht wie Laura vor dem Patienten, der beatmet wird – und jetzt auch noch Blut spuckt. Der Monitor des EKG piept, und ich fange mit der Herzdruckmassage an, knie mich auf die Trage, sodass meine Knie schmerzen. Weil wir erst aufgeben, wenn es wirklich vorbei ist. Auch wenn der logische Teil in mir weiß, dass es das längst ist. Vorbei. Da ist so viel Blut in seinem Bauchraum, die Ruptur lässt sich nicht so schnell schließen. Er wird verbluten, bevor er überhaupt in die Nähe eines OPs kommt. Ich rutsche von der

Trage, schnappe mir den Defi und will sie gerade anschreien, dass sie da jetzt alle wegmüssen, weil wir das verfluchte Kammerflimmern in den Griff kriegen müssen, als es erneut alarmierend piept. Das EKG zeigt eine Nulllinie.

Scheiße, Scheiße, Scheiße.

Wenn ihn der Herzstillstand nicht umbringt, dann der Blutverlust und die tiefe Wunde am Bauch. »Die Aorta muss angerissen gewesen sein und beim Transport ganz nachgegeben haben«, meint Grant mit zusammengepressten Zähnen.

»Komm schon«, sagt Laura immer wieder, unnachgiebig und willensstark. Doch die Nulllinie bleibt. Das Blut hört nicht auf, wellenartig in seinen Bauchraum und aus ihm heraus zu fließen.

Dr. Colbie ist da, verschafft sich einen Überblick und kann nichts anderes tun, als den Tod des Patienten festzustellen. Ich gebe den Todeszeitpunkt bekannt, während sich mein Magen zusammenzieht und ich zurücktrete. Grant hat seine Hände ebenfalls gelöst und ist von der Trage weggetreten, doch Laura lässt nicht von dem Patienten ab. Sie presst die Handflächen auf die Wunde, nimmt immer wieder Tücher zu Hilfe, die jedoch nicht einmal einen Bruchteil des Blutes auffangen können.

Grant redet mit ihr, aber sie schüttelt nur den Kopf, also schiebe ich ihn zur Seite, nehme Lauras Gesicht, auf dem ich einige Blutspritzer erkenne, in meine Hände und zwinge sie, mich anzusehen.

»Laura«, sage ich eindringlich und doch verständnisvoll. »Lass los.« Meine Stimme wird ruhiger, sie blickt mich an – und sie so zu sehen tut echt weh. Nach Rias Tod ist sie anfälliger, was Verluste angeht. Das war sie vorher schon, doch dieser Vorfall hat sie so stark geprägt, dass sie es nur noch schwer ertragen kann. Ein paar Tränen rinnen ihr über die Wangen, und meine Stimme zittert, als ich weiterspreche: »Er hat es nicht geschafft. Es ist nicht deine Schuld, okay? Du konntest nichts für ihn tun.«

»Dr. Harris, die Lage beruhigt sich gerade, begleiten Sie Dr. Collins zu den Waschräumen und kommen danach wieder.«

»Danke, Dr. Colbie«, erwidere ich und nicke Laura zu. »Gehen wir.« Laura ist voller Blut, nicht nur ihre Hände, sondern auch ihre Arme. Ihr ganzer Kittel ist voll damit, und von dem weißen Stoff ist kaum etwas erkennbar. Sogar der Kasack hat sich vollgesogen.

Ich lege meinen Arm um ihre Mitte und schiebe sie sanft aus der Notaufnahme bis zu den Waschräumen, wo sie sofort anfängt, sich fieberhaft alles von der Haut zu schrubben, und sich danach am Rand des Waschbeckens abstützt. Laura lässt den Kopf hängen, und bisher habe ich kein Wort gesagt, weil ich denke, dass sie sich erst sammeln muss. Deshalb besorge ich ihr am Automaten schnell einen neuen Kasack und reiche ihr diesen wenige Minuten später wortlos.

»Danke«, murmelt sie und zieht sich um. Danach sieht sie sich im Spiegel an und atmet tief durch. »Geht schon wieder. Ich war nur … es war nur …«

»Du musst es nicht erklären«, sage ich und meine es ernst. »Bringt doch nichts. Du hast einen Moment gebraucht, fertig. Da ist nichts dabei.« Ich zucke mit den Schultern. Zu Beginn unserer Assistenzzeit vor wenigen Monaten hätte ich vermutlich noch gedacht, es sei gut, wenn die anderen Schwächen zeigen und Angriffsflächen bieten würden. Es eröffnet mir mehr Chancen, die Beste zu sein. Besser als der Rest. Aber das ist nicht so. Nicht mehr.

Der Ehrgeiz ist zwar nicht verflogen, aber es ist weniger wichtig geworden. Ja, ich will gut sein. Besser. Perfekt. Aber nicht in solchen Augenblicken wie jetzt. Da zählen andere Dinge.

Du wirst nicht die beste Ärztin, nur weil du fachlich kompetent bist. Wenn du kein Herz hast, wenn du dich nicht selbst hintanstellen kannst, bringt es dir nichts.

Plötzlich muss ich an meine Mom denken und unterdrücke ein Fluchen, als mir klar wird, dass ich zwar nicht den Job gelernt habe, den sie mir aufzwingen wollte, aber dass ich dennoch viel zu sehr wie sie war. Ehrgeizig, blind, egoistisch und ignorant. Ich will so nicht sein.

Ich will nicht so ein Mensch sein.

Ehrgeizig, ja, aber nicht um jeden Preis. Weil es nichts bringt. Egoistisch, aber nicht, wenn es denjenigen schadet, die mir etwas bedeuten.

Das ist eines der Dinge, die ich gelernt habe. Die Laura mich gelehrt hat, ohne es zu wissen. Laura, dieser Unfall, dieser Job. Das ist bitter, das schmerzt. Aber ich denke, Schmerz ist besser als Taubheit. Schmerz kann heilen.

Ich muss meine Prioritäten überdenken, meine Ziele und Wünsche, aber das braucht Zeit.

»Okay, lass uns weitermachen«, sagt sie schließlich und lächelt über ihre Sorgen hinweg.

»Ja, lass uns weitermachen.«

12. Kapitel

Mitch

Was machst du nur? Eh? Willst du, dass ich nach Phoenix komme, um dich zu verprügeln?

Über die Nachricht meiner Schwester muss ich lauthals lachen. María ist zwar die Zweitälteste von uns Kindern, aber trotzdem erst achtzehn Jahre alt geworden und so zierlich gebaut, dass ich mir bei einem Kampf gegen sie nicht einmal richtig Mühe geben müsste. Abgesehen davon, dass sie nicht einmal einer Fliege etwas zuleide tun könnte.

Du kannst es gern versuchen, pequeña. Ich freu mich auf den Besuch.

Es dauert nicht lange, dann folgt ihre Antwort.

¡Idiota! Du weißt, ich kann hier nicht weg. Ich verprügle dich, wenn du heimkommst. Mamá und papá waren außer sich, sie haben viel geweint. Ich auch. Bitte, pass auf dich auf, claro? Te quiero, tonto.

Ich liebe euch auch. Seufzend lege ich das Handy zur Seite und schaue mir den Rest der Tagesnachrichten an, bevor ich den Fernseher ausschalte, der schon seit Stunden im Hintergrund läuft. Beim Lesen kann ich mich kaum konzentrieren, aber im

TV läuft auch nichts Gutes. Ich kann nicht mehr liegen, ich werde unruhig, aber ich sollte noch keine Spaziergänge unternehmen, damit die Haut nicht aufreißt. Meine Wanderungen beschränken sich momentan also auf meine Besuche im Bad. Und ganz ehrlich, die reichen mir, weil es trotz Schmerzmittel echt wehtut.

Schlafen ist auch nicht besser. Ich träume entweder davon, in ein schwarzes Loch zu fallen, und wache schweißgebadet daraus auf, oder davon, wie wir den Patienten umbetten und stabilisieren, wie ich die Sauerstoffflasche aufdrehe und wir in den Fahrstuhl steigen. Wie es knallt, bevor da nichts mehr ist. Keine Erinnerung. Kein Schmerz. Einfach nichts.

Es klopft an der Tür, und ich schaue verdutzt hoch, da ich gerade niemanden erwarte.

»Herein!«, rufe ich dennoch, und als Laura ihren Kopf ins Zimmer steckt und breit lächelt, kann ich nicht anders, als das auch zu tun. Grant schubst sie quasi ins Zimmer und breitet die Arme aus.

»Ich bin auch da!«, sagt er, als wäre er eine Gottheit, die sich unter das Volk gemischt hat und nun Anerkennung verdient, während Laura die Hände in die Hüften stemmt und ihn wütend anfunkelt. Durch die Schutzkleidung, die sie tragen, sieht das Ganze noch komischer aus.

»Hey, was soll das?«

»Entschuldigung?« Grant sieht verwirrt aus.

»Ist das eine Frage?«

»Nein?«

Doch, es ist eindeutig eine, und ich lache, weil er eindeutig keinen Plan hat, was er falsch gemacht hat. Verdammt, ich merke erst jetzt, wie sehr ich die ganze Truppe vermisse.

»Was macht ihr denn hier?«

Laura kneift die Augen zusammen und funkelt Grant noch

mal gespielt böse an, bevor sie strahlend auf mich zukommt und mir einmal durch das Haar wuschelt.

»Na, was denkst du denn? Wir besuchen dich.«

»Ja, wir haben Feierabend für heute und haben nix Besseres zu tun«, scherzt Grant und zwinkert mir zu.

»Die anderen lassen dich grüßen«, sagt Laura und zieht sich den Stuhl heran, auf dem Sierra heute Morgen noch gesessen hat. Darüber lächle ich. Schade, dass sie nicht mitgekommen ist. Aber dann könnte man ja denken, sie würde sich um mich sorgen. Schlimmer noch, ihr würde etwas an mir liegen.

»Warum grinst du so? Sollen wir den Arzt rufen?«

»Grant!«, mahnt Laura amüsiert, und ich zeige ihm ungeniert den Mittelfinger.

»Bambini, unter uns bin ich immer noch Dienstältester. Ich bitte um Respekt.«

Laura und ich sehen uns an, fangen jedoch im nächsten Moment an, derart laut loszuprusten, weil Grant das wirklich ernst meint. Mein Lachen erschüttert meinen Körper so sehr, dass es unter dem Verband ziept und schmerzt. Ich spüre die empfindliche Haut deutlich, deshalb verziehe ich kurz das Gesicht.

»Ihr seid ziemlich frech. Wartet ab, bis ihr mal wieder meine Hilfe braucht.«

»Ach, komm schon, sei nicht so«, sagt Laura. »Du weißt, ich habe dich richtig gern, aber wenn du weiter so rummuckst, sitze ich mit dem Kaffee am längeren Hebel.« Sie zwinkert ihm zu, und er schiebt missmutig die Unterlippe vor, weil er weiß, dass sie recht hat. Was wäre Grant ohne die ganzen guten Kaffeekreationen von Laura?

Danach wendet sie sich erneut mir zu.

»Wie fühlst du dich? Geht es dir besser? Hast du Schmerzen?«

»Es wird schon. Die Medikation ist entsprechend eingestellt, und man kümmert sich echt toll um mich. Die OP ist gut verlaufen, es gab keine Komplikationen, und mit etwas Glück muss ich nicht noch mal in den OP, um das Narbengewebe operieren beziehungsweise nachkorrigieren zu lassen. Am Ende wäre es wahrscheinlich ohnehin nur eine ästhetische Sache. Also, drückt mir die Daumen.«

»Klingt nicht übel«, meint Grant. »Wer ist dein behandelnder Arzt?«

»Dr. Thomas«, antworte ich, und Grant nickt, wirkt dabei nachdenklich.

»Der soll fachlich ziemlich gut sein – auch wenn Sofie immer flucht, wenn sie seinen Namen hört.«

»Wieso das?«, fragt Laura verwundert.

»Bin mir nicht sicher. Vielleicht lief mal was zwischen den beiden.«

»Du bist dir nicht sicher?« Laura lacht auf. »Na, wenn du es nicht weißt, dann weiß es wahrscheinlich niemand. Nicht einmal die beiden selbst.«

»Was soll das schon wieder heißen?«

»Sie hat damit nicht unrecht«, bestätige ich und forme mit dem Mund lautlos das Wort *Sorry*.

»Mag wohl sein«, gibt Grant widerwillig zu und lehnt sich unten an das Bett. »Ich bin einfach gerne gut informiert.«

»Du bist eine Tratschtante. Aber eine ganz wundervolle!« Laura zwinkert, Grant verengt die Augen zu Schlitzen.

Amüsiert schüttle ich den Kopf über die beiden, weil Grant ihr die Zunge rausstreckt, als wäre er zehn – und merkt, dass er damit nur seine Maske anleckt. Laura zieht sie stattdessen kurz zur Seite, ganz schnell, während sie sich von mir abwendet – und erwidert die Geste.

»Ist das hier jetzt so ein *Zeigst-du-mir-deins-zeig-ich-dir-*

meins-Ding? Das hätte mir mal jemand sagen müssen, dann hätte ich mich entsprechend vorbereitet.«

»Wenn du in deinem Zustand noch solche Witze reißen kannst, dann muss ich mir keine Sorgen machen. Komm, Laura, wir gehen wieder, der ist gesund.«

»Erzähl keinen Unsinn. Also, es geht dir schon besser, die Medikamente helfen, und du fühlst dich einigermaßen wohl. Das ist wirklich … erleichternd.«

»Habt ihr euch etwa so große Sorgen gemacht?«, feixe ich, und wie aus der Pistole geschossen antwortet Grant mit einem »Nein!« und Laura mit einem »Ja!«.

»Es wird schon. Ich freue mich aber sehr über euren Besuch.«

»Apropos Besuch«, beginnt Grant und wirft einen Blick auf die Uhr. Dabei zieht er die Nase kraus. »Ich muss leider los. Tut mir leid. Ich bin zum Essen verabredet.«

»Ein Date?«, hake ich nach und wackle mit den Augenbrauen.

»Schön wärs. Ist ein Familienessen. Meine Schwester hat Geburtstag.«

»Oh, stimmt. Du hast es vorhin erwähnt. Viel Spaß dabei.« Laura reckt beide Daumen nach oben.

»Spaß ist für gewöhnlich nicht das, was diese Events ausmacht«, murrt Grant und hebt die Hand zum Abschied. »Genieß den Feierabend, Laura, und halt die Ohren steif, Bambino.«

Nachdem die Tür hinter Grant zugefallen ist, verändert sich etwas im Raum. Es ist, als hätte er die lockere und witzige Atmosphäre und ein Stück weit auch die Unbeschwertheit mit sich genommen und stattdessen ein drückendes, düsteres Gefühl zurückgelassen.

»Du siehst müde aus.« Jetzt, da wir allein sind, kann ich Laura etwas genauer mustern und bemerke ihre ernsten Züge, die sie eben einfach nur viel zu gut versteckt hat. Ich sehe die leicht geröteten Augen und die dunklen Schatten darunter. Sie hat geweint.

»Ja, das bin ich auch. Ich war heute mit Sierra in der Notaufnahme eingeteilt. Die Arbeit auf Station, die OPs sind das eine, aber die Notaufnahme ist immer eine ganz andere Nummer. Jedes Mal denke ich, dass mich nichts mehr schocken kann, und dann werde ich eines Besseren belehrt.« Sie schnaubt und fährt sich fahrig über die Stirn. »Aber wem erzähle ich das.«

Ich lasse den Kopf nach hinten sacken, lehne ihn an und denke über ihre Worte nach.

»Ist es komisch, dass ich es vermisse? Und gleichzeitig Angst davor habe?«, gebe ich zu und lege die Stirn in Falten.

»Nein. Ist es nicht. Es war für jeden, der dabei war, schwer. Und das ist es noch. Wäre Nash nicht auf Station, würde ich ihn heute dazu zwingen, mit mir zu Faye zu fahren und mir einen Drink auszugeben.«

»Verstehe, heute ist also einer dieser Tage«, murmle ich.

»Ja. Einer dieser Tage.« Sie macht eine Pause und scheint mit sich zu ringen. »Ich soll dich von Sierra grüßen.«

Das kommt so überraschend, dass ich mich beinahe an meiner eigenen Spucke verschlucke. »Was?«

»Ja, sie kann nicht hier sein, deshalb soll ich dich grüßen.« Sie reckt ihr Kinn, und spätestens jetzt weiß ich, dass sie lügt.

»Du bist eine miserable Lügnerin, Laura Collins. Bevor Sierra das zu dir sagt, damit du es mir ausrichten kannst, bastelt sie sich lieber ihren eigenen Scheiterhaufen und zündet eigenhändig das Feuer an«, sage ich vollkommen überzeugt, und Lauras Reaktion, das Hin-und-her-Wiegen des Kopfes bei verzogenem Mund, zeigt mir, dass ich damit voll ins Schwarze getroffen habe.

»Etwas dramatisch, selbst für Sierra. Aber ja, du hast recht.« Sie verschränkt die Arme vor der Brust.

»Schon okay. Sie hat mich ja schon besucht.« Lauras Augen weiten sich, ihre Kinnlade klappt runter, und sie beugt sich zu mir vor.

»Woher weißt du …« Ruckartig hält sie inne, räuspert sich und ändert die Tonlage. »Keine Ahnung, was du meinst.«

Ich fange an zu lachen und schüttle den Kopf. »Das ist keine Falle. Ich war wach, als sie hier war. Sie ist am Bett eingeschlafen, und das Telefon hat mich geweckt. Anscheinend hat sie unfreiwillig mit meiner Mutter gesprochen.«

»Mitch! Wieso hast du sie glauben lassen, du würdest schlafen? Das ist selbst für dich … Ich weiß auch nicht.«

»Was hätte ich denn machen sollen? Die Augen aufschlagen und *Buh* rufen? Oder: ›Hey, guten Morgen, querida. Du schläfst an meinem Bett? Wieso hast du dich nicht einfach zu mir gelegt?‹«

»Oh Mann«, sagt Laura und schmunzelt.

»Sie wollte offensichtlich nicht, dass ich weiß, dass sie mich besucht. Also dachte ich, es wäre eine gute Idee, das zu respektieren. Außerdem war es witzig, dass sie mit meiner Mutter telefonieren musste.«

»Wenigstens brauche ich jetzt keine Angst mehr zu haben, mich zu verplappern. Ihr geht es nämlich nicht so gut, sie hat Albträume und dieser Unfall … Scheiße. Ich hab mich doch verplappert.« Sie schlägt sich die Hände vors Gesicht und gibt ein genervtes Geräusch von sich.

»Albträume? Wieso? Wart ihr direkt dabei?«

Bitte, sag mir, dass das nicht so war, flehe ich in Gedanken. Sierra soll nicht an diesen Tag denken, wenn sie mich ansieht.

Laura beißt sich auf die Unterlippe, rutscht auf ihrem Stuhl herum, bevor sie schließlich meinen Blick festhält und tief Luft holt. »Wir waren die Ersten vor Ort.«

»Sierra hat …« *Nein …*

»Ja. Nachdem Ian und Lisha versorgt waren, bin ich zu Nash und Sierra … zu dir. Sie war bei dir«, wispert Laura, und mein Herz schlägt so heftig, dass ich glaube, es würde jeden Moment meine Brust sprengen. Es hämmert und hämmert, und mein Atem stockt, während ich versuche, zu begreifen, was Laura eben gesagt hat.

»Hat sie deswegen Albträume?« Ich schaffe es kaum, diese Frage zu stellen. *Hat sie etwa wegen mir Albträume?*

»Mitch …«

»Sag schon«, fordere ich harscher als beabsichtigt.

»Ja … ich denke, das hat sie.« Laura will nach meiner Hand greifen, hält jedoch in der Bewegung inne und legt sie erneut auf ihren Oberschenkel. »Du solltest mit ihr darüber reden.«

In meinen Ohren rauscht es. Sierra war hier. Sierra war dort. Ich hatte gehofft, es wäre nicht so. Hatte gehofft, sie wären in der Notaufnahme gewesen oder schon in der Chirurgie oben. Aber sie war bei mir. Direkt bei mir, nachdem es passiert ist. *Scheiße.*

13. Kapitel

Sierra

Rauch wabert um meine Knöchel, steigt höher und höher, zieht mir in die Nase, bis ich husten muss. Ich sehe kaum etwas, bekomme schlecht Luft. Ich stehe vor dem Fahrstuhl, da sind Lisha und George und Mitch, den ich nicht erreichen kann, und überall sind Feuer, Hitze, Blut. So viel Blut. Der metallische Geruch steigt unablässig in meine Nase. »Warum hast du mir nicht zuerst geholfen?«, tönt es in meinen Ohren. Lisha. »Warum hast du mich liegen lassen? Ich bin jetzt tot.« George. »Warum warst du nicht schneller?« Mitch. Ihre Stimmen werden immer lauter, ich halte mir wimmernd die Ohren zu, aber es hört nicht auf …

Schreiend sitze ich aufrecht im Bett, schweißgebadet und schwer atmend. Wieder ein Albtraum. Wie fast jede Nacht in den letzten vier Wochen. So lange ist der Unfall bereits her. Kommt mir vor, als wäre es gestern gewesen …

Genau wie die interne Trauerfeier für George. Ich war mit Laura da, ich habe es bis zur Tür geschafft – und da habe ich einen Rückzieher gemacht. Mir wurde so schlecht, dass ich sicher war, ich übergebe mich, meine Lunge hat sich zugeschnürt, und ich konnte nicht hineingehen. Falls Laura wusste, was mit mir los war, so hat sie trotzdem keine Fragen gestellt. Sie hat nur gelächelt und gesagt: »Es ist okay, Sierra.«

Die Tür zu meinem Zimmer wird aufgerissen, meine Mutter kommt noch im Halbschlaf herein – in einem Nachthemd, das einmal schön war.

»Was schreist du denn so? Ich dachte schon, jemand wäre eingebrochen.« Sie schiebt eine glatte blonde Strähne über die Schulter, die ganz anders aussieht als mein dickes welliges und dunkles Haar. »Musst du nicht zur Arbeit? Und wieso hast du die Küche noch nicht aufgeräumt? Du weißt, ich mag diese Unordnung nicht.«

»Raus«, sage ich – weil es reicht. Weil es genug ist. Ich halte das nicht mehr aus.

»Wie bitte?«

»Raus!«, wiederhole ich brüllend. »Raus aus diesem Zimmer!« Am liebsten hätte ich noch *Raus aus meinem Leben!* geschrien.

Meine Mutter ist darüber derart schockiert, dass sie kaum einen Ton herausbringt. Nur ein paar empörte Worte finden den Weg aus ihrem Mund. »Also, das ist … das ist … Dieses undankbare Kind!« Dann verschwindet sie und schließt die Tür.

Mir ist kalt, dabei zeigt mir das Thermometer auf dem Nachttisch, dass es keinen Grund gibt, zu frieren.

Zitternd greife ich nach meinem danebenliegenden Handy. Es ist halb sechs. Ich sollte mich fertig machen für die Schicht, aber meine Glieder tun weh und sind angespannt.

Trotzdem quäle ich mich aus dem Bett, ich will nicht zu spät kommen. Außerdem möchte ich wie fast jeden Tag vor meiner Schicht kurz nach Mitch sehen. Er ist nicht mehr auf der Intensiv, das ist gut. Sein Zimmer befindet sich jetzt in einem anderen Gang, aber er liegt immer noch allein, da er weiterhin einen Raum mit passender Temperatur, einer speziellen Belüftung und passender Matratze benötigt. Die Pflegekräfte auf der Verbrennungschirurgie kennen mich schon und berichten mir, wie schnell und gut seine Wunden heilen. Und jedes Mal, wenn er zufällig gerade schläft, wage ich es, kurz ins Zimmer zu huschen, um ihm still Hallo zu sagen.

Keine Ahnung, wann sich diese Routine entwickelt hat. Aber wenn ich bei ihm war und gesehen habe, dass er lebt und atmet und gesund wird, geht es mir besser.

Es ist also eine vollkommen egoistische Entscheidung und hat nichts mit ihm zu tun.

»Überhaupt nichts«, nuschle ich und tapse ins Bad, um mich fertig zu machen. Anschließend schnappe ich mir einen Apfel, lasse das Chaos in der Küche hinter mir und fahre zum Whitestone. Maisie und ich haben nicht mehr über diese Wohnungssache gesprochen, obwohl sie mir diverse Inserate geschickt hat, die gut passen würden. Ich habe mich einfach nicht darum gekümmert, dabei hat sie sich so viel Mühe gegeben. Spätestens seit der Nummer heute Morgen steht jedoch fest: Ich muss da raus, sonst werde ich wahnsinnig. Und ich muss mir die Zeit dafür nehmen, ob ich will oder nicht, weil sich sonst nichts ändert.

Es ist Donnerstag, und der Oktober ist da. Heute ist ein schöner Tag, die Temperaturen sind okay für unsere Verhältnisse, es ist nicht mehr diese Art von Hitze, bei der man regungslos auf dem Boden liegen bleiben will. Obwohl ich auch das sehr genieße, im Gegensatz zu Laura. Vielleicht sollte ich mal Quad fahren oder überhaupt meine Freizeit nutzen.

Ich lache auf.

Welche Freizeit?

Aber es kommen auch wieder andere Tage. Ganz bestimmt …

Seufzend betrachte ich die helle Fassade des Krankenhauses mit den riesigen Lettern, die an der Front angebracht sind und mir förmlich ins Gesicht springen.

Whitestone Hospital steht dort in einem schönen Kupferton, der je nach Sonneneinstrahlung golden oder rot glänzt, und darunter prangt das Jahr, in dem das Krankenhaus von Alistair Whitestone gegründet und erbaut worden ist. Es ist noch immer im Familienbesitz und wird von Graham Whitestone geleitet. Dem Chef aller Chefs. Keine Ahnung, wie er ist oder was er genau für sein Erbe tut, man bekommt ihn nur in Zeitungen zu Gesicht, nie im echten Leben.

Ich trete ein und mache mich bereit für eine weitere Schicht in der Notaufnahme, bevor es morgen wieder auf Station geht. Aber zuerst gehe ich rüber und schaue nach Mitch. Gott, wüsste er, wie oft ich schon bei ihm war, würde er denken, ich wäre besessen von ihm.

In den Gängen herrscht je nach Bereich und Station bereits reger Betrieb, Familien und Bekannte suchen nach ihren Liebsten, Pflegekräfte sorgen dafür, dass alles reibungslos funktioniert, und versuchen dabei, nicht an uns Ärztinnen und Ärzten zu verzweifeln, während wir von einem Zimmer zum nächsten hechten.

Als ich in der Verbrennungschirurgie ankomme, treffe ich auf Kaya. Sie und ein paar andere Pflegekräfte habe ich die letzten Wochen fast genauso oft gesehen wie Grant.

»Guten Morgen, Sierra«, flötet sie. »Praline?« Strahlend hält sie mir eine Schachtel hin. »Ich war gestern in einem süßen Schokoladenhaus, und ich schwöre dir, ich habe noch nie bessere Schokolade gegessen.«

»Trotzdem teilst du sie mit mir?«

»Jetzt, wo du es sagst …« Sie kneift die Augen zusammen und zieht die Packung langsam zurück.

»Genieß sie, ich probiere ein andermal.« Ich winke, während ich an ihr vorbeigehe, denn ich kenne den Weg, und anmelden muss ich mich schon lange nicht mehr. Als ich Kaya und die anderen darum gebeten habe, meine Besuche nicht zu erwähnen oder jemandem davon zu erzählen, haben sie keine Fragen gestellt, auch wenn ich ihnen ansehen konnte, wie gerne sie es tun würden.

Immer, wenn die Jalousien an Mitchs Zimmerfenster geschlossen waren, bin ich wieder gegangen. Das ist mir nur während fünf Besuchen passiert. Ansonsten konnte ich häufig schnell reinschauen, um zu prüfen, ob er schlief oder wach war. Um einen Blick zu erhaschen und zu schauen, ob es ihm gut ging. Oft habe ich auch das Pflegeteam gefragt, wenn ich nicht reinkonnte. Seinem Arzt bin ich nicht mehr begegnet, wir haben uns immer verpasst, und ich für meinen Teil bin dankbar dafür.

Ich drücke mich an die Wand wie eine Verbrecherin, bevor ich mich leicht zur Seite beuge, um durch das Fenster schielen zu können. Schläft er? Oder …

Was? Ich stelle mich direkt davor, schaue jetzt ohne Scheu hinein und presse meine Stirn an das Glas, denn niemand ist da, der mich erwischen könnte. Mitchs Bett ist leer. Leer und gemacht. Der Tisch ist freigeräumt.

Wurde er schon entlassen?

Eilig trete ich ein, stehe in dem aufgeräumten Zimmer, das ohne Mitch darin ganz anders wirkt. Fremd und kalt.

Ist er heimgegangen? Wie lange bleibt er beurlaubt? Hätte Kaya dann nicht etwas erwähnt? Fragen über Fragen überschlagen sich in meinem Kopf.

Die Hände zu Fäusten geballt schnaube ich. Was interessiert es mich? Es macht keinen Unterschied. Irgendwann wird er wieder zur Arbeit kommen und mich nerven, genau wie zuvor. Ob das morgen ist, in einer oder in zwei Wochen, spielt keine Rolle. Wenn er nicht mehr hier ist, ist das ein gutes Zeichen. Es sollte mich beruhigen.

Ich atme schwer aus, blicke mich ein letztes Mal um, bevor ich das Zimmer verlassen will, doch auf einmal höre ich ein leises Klicken, das mich innehalten lässt. Ich lausche aufmerksam. Dann eine Art Poltern. Oder Klopfen?

Ich reiße die Augen auf. Kommt das etwa aus dem Badezimmer?

Bereits einen Wimpernschlag später beantwortet das Universum meine Frage, denn die Tür zu dem angrenzenden kleinen Bad schwingt auf, und ich stehe auf einmal dem Mann gegenüber, dem ich wochenlang – trotz all meiner Besuche – erfolgreich aus dem Weg gegangen bin.

Mitch.

Er lehnt im Türrahmen, trägt die Klamotten, die er am Tag des Unfalls im Spind verstaut hatte, das dunkelrot melierte Shirt, unter dessen Ärmel ein hautfarbener Stoff hervorlugt, und die enge verblichene Jeans. Seine Haut ist noch dabei zu heilen, ich kann nichts erkennen, weil der Stoff bestimmt zu einem Kompressionsshirt gehört, aber wenn ich daran denke, wie er am Tag des Unfalls aussah …

Ich schaue Mitch ins Gesicht, er sieht blass aus, etwas erschöpft, aber nicht mehr krank. Sein Haar steht teils kreuz und quer von seinem Kopf ab oder fällt ihm in die Stirn, bis zu seinen verboten langen schwarzen Wimpern und den dunkelbraunen Augen.

Und anstatt endlich etwas zu sagen oder wenigstens zu verschwinden, stehe ich einfach nur da und starre ihn ohne Unterbrechung an, weil ich nicht wahrhaben kann, dass er vor mir steht. Dass er nicht in dem Bett liegt, sondern anscheinend bereits entlassen wird.

Weil ich verflucht noch mal nicht glauben kann, dass ich hier bin und ihm jetzt erklären muss, warum das so ist. Weil ich nicht glauben kann, wie erleichtert ich tatsächlich bin.

»Mitch«, wispere ich und halte seinen Blick fest, der nicht erkennen lässt, was er denkt oder fühlt.

Er kommt näher, erst einen zögerlichen Schritt, dann einen weiteren und noch einen, bis er direkt vor mir steht und ich den Kopf in den Nacken legen muss.

Seine Lippen verziehen sich zu einem trägen Lächeln und rauben mir einen Moment lang den Atem, weil ich vergessen habe, wie nervtötend schön er ist, wenn er das tut.

»Sierra«, sagt er nur. Meinen Namen. Nicht querida. Dabei rollt er das R so stark, dass er wie ein schnurrender und zufriedener Kater klingt.

Er spricht meinen Namen viel zu selten aus, schießt es mir durch den Kopf.

»Ich glaube, ich hab mich im Zimmer geirrt«, murmle ich verlegen, was ihn dazu bringt, kehlig zu lachen.

»Im Zimmer? Und direkt in einem ganzen Gebäude. Erstaunlich, findest du nicht?«

»Du …«

»… Idiot?«, beendet er meinen Satz, und ich schlucke schwer. »Ich weiß.« Seine Stimme klingt ein wenig heiser, sein Ausdruck ist ernst geworden, sein Blick gleitet jetzt über mein Gesicht wie eine Frage. Wie eine Antwort.

Wenn ich nicht sofort gehe, bekommt er eine Ahnung davon, was das mit mir macht. Dann werde ich ihn nicht nur anlügen und beschimpfen müssen, dann werde ich nicht nur stur und trotzig sein müssen, sondern Schlimmeres: Ich werde ehrlich sein.

»Gut. Ich muss los.« Mein Zögern ist kaum merklich, aber es reicht, dass es überhaupt da ist. Was ist nur passiert? Was ist mit mir los?

Ich mache kehrt und schaffe es genau eine halbe Drehung und einen Schritt weit, bevor ich Mitchs Hand an meinem

Oberarm spüre und zurückgezogen werde. Beinahe verliere ich das Gleichgewicht und kann mich gerade noch so ausbalancieren, sonst wäre ich vollends gegen Mitchs Oberkörper gestolpert. Meine linke Hand krallt sich in sein Shirt, sein Arm umfasst den meinen noch immer, und meine Nase ist plötzlich nur eine unachtsame Bewegung von seinem Kinn entfernt. Würde ich meinen Kopf nur ein Stück weiter heben und nach oben in sein Gesicht schauen …

»Was soll das?« Meine Worte klingen nicht halb so empört, wie sie sollten. Und dass Mitch nicht antwortet, macht es nicht besser.

Ich löse meine Finger aus dem Stoff, lasse den Arm sinken und verlagere mein Gewicht, sodass ich wenigstens ein bisschen Abstand zu ihm wahren kann. In der Hoffnung, dass mich auf diese Art weder seine Wärme noch sein frischer, herber Duft weiter einhüllen können.

Gott, bin ich naiv.

Mitchs Griff lockert sich, und ich warte nur darauf, dass er ganz von mir ablässt, damit ich verschwinden kann, doch selbst, als nur noch seine Fingerspitzen über meine Haut bis hinauf zu meiner Schulter und nach hinten zum Schulterblatt tanzen, bewege ich mich nicht. Und plötzlich wird aus diesem Hauch einer Berührung, aus dieser Unentschlossenheit eine bewusste Entscheidung. Mitch drückt mich fest an sich, legt seinen rechten Arm um mich, und ich atme vor Überraschung laut ein, als meine Wange sein Schlüsselbein berührt und ich sein Kinn auf meinem Kopf spüre. Schon wieder halte ich mich an ihm fest, dabei habe ich ihn eben erst losgelassen.

Dass ich den Drang verspüre, meine Augen zu schließen und das hier einfach zu genießen, jagt mir eine Scheißangst ein.

Er umarmt mich. Trotz seiner Verletzungen und …

»Oh nein!«, keuche ich und will von ihm abrücken, weil ich ihm keine Schmerzen bereiten möchte, doch Mitchs Griff ist unnachgiebig. »Mitch, im Ernst, lass mich los. Ich will dir nicht wehtun! Du wurdest operiert, hattest großflächige Verbrennungen, und die Narben sind noch frisch.« Doch er umarmt mich noch ein bisschen fester und lacht leise.

»Und ich dachte schon, du willst weg, weil du mich nicht umarmen willst. Aber das ist anscheinend nicht das Problem.«

»Was redest du für einen Unsinn?«, murre ich und versteife mich ein wenig.

»Keine Sorge, du bist an meiner rechten Seite, nicht an der linken.«

»Mitch.«

»Nur noch einen Moment«, murmelt er. Seine Hand fährt über den Stoff meines Oberteils, über meine Rippen, mein Schulterblatt, den Oberarm. Hier und da berührt sie meine Haut und jagt mir damit kleine Schauer über den Körper. »Danke«, sagt er plötzlich, und ich gebe meine verkrampfte Haltung auf.

»Dafür, dass ich dir noch keine runtergehauen habe?«

»Dafür auch.« Ich höre das Lächeln in seiner Stimme. Mein Hals schnürt sich zu, mein Herz schlägt schneller und schneller, als würde es wegrennen wollen. Vor was?

»Aber vor allem dafür, dass du mich gefunden hast.«

14. Kapitel
Mitch

Sierra im Arm zu halten fühlt sich an wie ein Traum. Ein verdammt guter Traum. Etwas, mit dem ich heute definitiv nicht mehr gerechnet hätte.

Es ist mein offiziell letzter Tag als Patient im Whitestone. Heute früh gab es ein letztes Check-up, alles sieht gut aus. Als ich eben ins Bad ging, um mir noch mal Wasser ins Gesicht zu spritzen und wacher zu werden, habe ich nicht erwartet, beim Rausgehen auf Sierra zu treffen. Aber da stand sie. Mitten im Raum. Sie hat mich so schockiert angesehen, dass ich zuerst dachte, es wäre etwas passiert oder ich hätte was im Gesicht kleben. Bis ich verstanden habe, dass sie so wenig mit mir gerechnet hat wie ich mit ihr.

Das, was danach passiert ist – ist einfach passiert. Ich hatte das Bedürfnis, sie zu umarmen und mich zu bedanken, nach allem, was sie für mich getan hat. Für manche mag es nicht viel gewesen sein, aber wer Sierra ein wenig kennt, weiß, dass die kleinen Dinge bei ihr oft eine verdammt große Sache sind.

»Danke«, wiederhole ich, weil sie sich nicht regt und nichts erwidert. Ich will diesem Erlebnis etwas Positives hinzufügen. Ich kann es nicht ändern, dass sie da war, dass sie mich gefunden und versorgt hat oder dieses Bild von mir im Kopf hat. Ich kann nur versuchen, es uns leichter zu machen.

Mierda.

Vielleicht ist das zu viel für sie. Zuerst dachte ich, sie würde mich meiden, weil sie nicht möchte, man könnte denken, sie würde mich mögen. Und weil Sierra eben Sierra ist – sie hat wahrscheinlich noch abgestritten, dass sie sich sorgt, während sie mich aus dem Fahrstuhl gekarrt hat. Doch nach dem kurzen, aber durchaus ernsten Gespräch mit Laura denke ich, Sierra meidet mich und umgeht das Ganze, weil ihr das Thema und das, was passiert ist, zu schaffen machen. Ich weiß nicht, ob sie noch Albträume hat, aber ich bin mir sicher, dass sie ungeachtet aller Dinge fast jeden Tag hier war, seit ich auf Station gekommen bin. Manchmal nur vor der Tür, manchmal im Raum. Ich habe es fast immer mitgekriegt, es sei denn, ich habe tief geschlafen oder die Jalousien waren unten. Doch das war die Ausnahme.

»Ich kann mich nicht erinnern, was passiert ist, nachdem die beschissene Flasche explodiert ist, aber … ich kann mich genau erinnern, wie sich dieser Moment angefühlt hat. Ich träume davon. Und davon, zu sterben oder gestorben zu sein«, gebe ich zu. »Dank dir und den anderen ist das nicht passiert.« Ich hatte so viel Glück. Auch, wenn ich alles dafür getan hätte, Sierra dieses Erlebnis zu ersparen, bin ich dankbar für ihre Hilfe.

Behutsam löse ich meinen Arm von Sierra und bringe sie dazu, den Kopf zu heben und mich anzusehen. Sorgenvoll mustere ich sie, weil ich Angst habe, zu viel gesagt zu haben oder sogar das Falsche. Sie gibt sich verflucht viel Mühe, ihre Gefühle zu verstecken.

»Und es tut mir leid.« Ich lege meine Hand an ihre linke Wange und kann kaum atmen, weil sie es zulässt. Weil sie mich abwartend aus ihren wunderschönen rehbraunen Augen anblickt und mir für diesen einen Moment nicht ausweicht. Nicht wegrennt. Nicht dichtmacht. »Es tut mir leid, dass du das alles hast mit ansehen müssen. Ich hoffe, dass du all den Scheiß danach nicht mit dir selbst ausgemacht hast.«

Sie schnaubt leise und rollt halbherzig mit den Augen, vermutlich, weil es ihr gerade zu viel wird. Das ist okay.

»Mir geht es gut, Mitch. Ich war nur zufällig da, und ich bin Ärztin, es ist klar, dass ich mich um dich kümmere, wenn du verletzt bist.«

»Natürlich«, erwidere ich schmunzelnd. »Übrigens, ich soll dich von meiner mamá grüßen. Danke, dass du rangegangen bist, um mich nicht zu wecken.«

Ihr Mund steht offen, ihre Augen werden groß, und sie sieht schockiert genauso süß aus wie wütend.

»Was?«, fragt sie und drückt sich von mir ab, um Abstand zu gewinnen. Jetzt bereue ich es, das erwähnt zu haben. »Woher …« Sie bemerkt ihren Fehler zu spät und presst Augen und Lippen zusammen, bevor sie tief durchatmet. »Das ist kein großes Ding, Rivera. Verstanden?«

Ah, jetzt bin ich wieder Rivera, bien.

Ich überbrücke den Abstand, den sie eben zwischen uns gebracht hat, mit einem einzigen Schritt und lege meine Hand so schnell auf ihre Taille, dass sie nicht ausweichen kann. Dios mío, sie riecht fantastisch, ihr Parfum ist nicht zu blumig oder süß, nicht zu aufdringlich. Das würde auch nicht zu ihr passen. Es riecht eher nach … einem Sommerregen.

»Was ist so schlimm daran, dass ich mitbekommen habe, dass du mich besucht hast?« Es steht ihr förmlich auf der Stirn geschrieben, dass sie es selbst nicht vernünftig erklären kann, und es ist offensichtlich, wie es in ihrem Kopf arbeitet, damit sie mir eine halbwegs vernünftige Antwort geben kann.

Ich rücke noch ein Stück näher, und mir ist klar, dass ich aufhören sollte. Weil Sierra laut ist, klug und witzig, aber auch stolz und viel zu oft unsicher. Sie ist ambitioniert und egal, wie oft ich mit ihr geflirtet habe, sie hat es jedes Mal geschafft, mir das Gefühl zu geben, nicht zu wissen, was ich tue.

»Damit eins klar ist«, zischt sie, und ich spüre ihren Atem auf meinem Gesicht. »Ich habe dich nicht besucht. Wenn man jemanden besucht, bringt man was mit – und ich hab dir nie was mitgebracht, verdammt. Keine Geschenke, kein Besuch. Und willst du noch was wissen? Es war ziemlich toll, dass du nicht da warst. Niemand hat mich querida genannt, dauernd mit den Augenbrauen gewackelt oder sich zu nah neben mich gestellt. Niemand hat mich genervt, ständig was gefaselt von irgendwelchen Schwingungen, die es definitiv nicht gibt, hat mir blöde Sprüche reingedrückt oder einen auf Klugscheißer gemacht. Es war fantastisch.« Ihre Augen funkeln förmlich, sie hat sich richtig in Rage geredet.

»Du hast mich also vermisst.«

»Rivera, du kleiner …«

»Ich dich auch«, unterbreche ich sie und genieße ihren leicht überraschten und zugleich wütend verzweifelten Gesichtsausdruck.

»Ich muss jetzt in die Notaufnahme, auch wenn meine Laune eher dafür gemacht ist, Menschen wehzutun, als sie zu retten. Wenn ich heute jemandem Schmerzen zufüge, geht das auf dein Konto.« Und das ist der Augenblick, in dem sie sich von mir löst, sich umdreht und geht und ich dümmlich grinsend zurückbleibe.

Meine Haut kribbelt von der Berührung mit ihrer, und ich habe vor, das zu wiederholen. So unbedingt.

Doch dieses berauschende Gefühl hält leider nicht lange an. Kurz nachdem Sierra um die Ecke verschwunden ist, vereinnahmt mich bereits ein anderes. Ein weniger schönes.

Ich werfe einen Blick zurück ins Bad, in dem ich stand, bevor Sierra ins Zimmer kam, und beiße die Zähne zusammen.

Ich war auch nicht ganz ehrlich, denn ich wollte mich nicht nur erfrischen, ich habe das erste Mal versucht, die Arschbacken zusammenzukneifen und mich anzusehen. Und damit meine ich meinen ganzen Körper. Die Narben. Das, was nie mehr weggehen und mich für immer an diesen beschissenen Tag erinnern wird.

Die Narben sind das eine, doch was mir richtig zu schaffen macht, ist der Gedanke daran, dass es echt knapp war. Wäre ich ein Stück näher an der Flasche gewesen, in einem anderen Winkel, oder wäre das Bett anders auf mich gefallen, hätte das Feuer mich mehr verbrannt, dann wäre ich jetzt nicht mehr hier.

Schnell und hektisch fahre ich mir durch mein Haar, bevor ich den Kopf in den Nacken lege und ein paar Sekunden die Augen schließe.

Es ist alles okay. Ich lebe. Ich bin gesund.

Manchmal hilft es, mir das zu sagen.

Manchmal nicht.

So oder so, ich kann nicht ewig vor mir selbst davonlaufen. Irgendwann werde ich mich wohl oder übel im Spiegel ansehen müssen. Eben wollte ich es. Ich wollte es versuchen, ganz ehrlich. Denn es ist immer noch mein Körper. Mein Zuhause. Egal, wie, ich sollte lernen, damit klarzukommen.

»Que desastre«, murmle ich und öffne die Augen, bevor ich meinen Kopf senke, weil die Haut meines Nackens zu ziehen beginnt.

Morgen ist auch noch ein Tag. Ich werde es mir morgen ansehen …

Mit einem lauten Klicken fällt die Tür hinter mir ins Schloss, und ich stehe einen Moment in meiner viel zu stillen Wohnung, in der ich seit ungefähr einem Monat nicht war. Ich atme die abgestandene Luft ein und starre in die Dunkelheit, bevor ich das Licht einschalte und ein paarmal blinzle, bis ich meine Umgebung richtig wahrnehmen kann. Dieser Ort, der mir vertraut ist und gerade doch so fremd wirkt. So erdrückend und schwer.

Ich stelle meine Tasche in die Ecke, gehe ein paar unsichere Schritte. Alles ist so, wie ich es zurückgelassen habe. Meine Schuhe stehen chaotisch neben der Haustür, in meinem Wohn- und Schlafbereich liegen ein paar Klamotten verstreut. In der kleinen Küche finden sich benutzte Gläser und Teller, eine offene Packung Toast, das bereits Schimmel gebildet hat. Die Fensterläden sind alle unten, und ich habe nicht vor, das zu ändern und die Sonne oder die Welt reinzulassen. Ich stehe da, zwischen den beiden Räumen, und obwohl alles so ist wie vorher, ist es anders.

Schnaubend reibe ich mir über die Stirn. Nein, das ist es nicht, wird mir klar. Ich habe mich verändert. Ich bin es – ich bin nicht derselbe, der diese Wohnung verlassen hat.

Mit Kopfschmerzen schleppe ich mich in mein viel zu kleines Bad, gehe auf die Toilette und werfe einen Blick in den Spiegel über dem Waschbecken. Genau wie im Whitestone. Die Haut, die mit dem Feuer in Berührung kam, ist nach wie vor empfindlich und zieht. Es schmerzt nicht wirklich, vielleicht ist es ab und an Phantomschmerz, das ist wohl am realistischsten, denn die Medikamente wirken, da bin ich sicher.

Morgen werde ich sie mir ansehen. Sie alle. Die Narben. Jede einzelne. Morgen werde ich bewusst in den Spiegel schauen und an meinem Körper herunter.

Ich lasse das Bad hinter mir, und mir wird klar, dass die Atmosphäre in meiner Wohnung fast beschissener ist als in diesem Krankenhauszimmer auf einer mir fremden Station.

Sierra ist nicht hier. Sie kommt mich hier nicht heimlich besuchen. Ich bin allein. Ich kann abends nicht einschlafen und hoffen, dass sie am nächsten Tag da ist. Wie frustrierend.

Genauso frustrierend, wie nichts zu tun zu haben. Ich habe noch Urlaub, kann nicht zur Arbeit, und mir ist nicht nach Lesen, Fernsehen gucken oder Im-Bett-Liegen zumute. Letzteres habe ich die letzten Wochen ohnehin zur Genüge getan. Aber diese Stille halte ich auch nicht aus.

»Scheiße.« Ich schnappe mir mein Portemonnaie und meinen Schlüssel und verlasse die Wohnung wieder, um einkaufen zu gehen. Ein paar Meter von hier gibt es einen guten Gemüsehändler, zwei Straßen weiter sogar einen Supermarkt. Aufräumen kann ich später, also lasse ich mir Zeit, ist ja nicht so, dass mich jemand erwartet oder ich mich darauf freue, nachher schlafen zu müssen. Das würde ich, wenn ich nicht immer wieder von Albträumen geplagt werden würde. Manchmal bekomme ich sie nicht mit, wache aber schweißgebadet und schwer atmend auf – mit diesem beklemmenden Gefühl, das einen nicht loslassen will. Egal, ob sich nur der Kopf oder der Körper daran erinnert, beides ist auf seine Weise ein Albtraum.

Die Sonne scheint unerbittlich, doch jetzt im Oktober ist es nicht mehr glühend heiß – nur noch heiß. Wenigstens etwas.

Ich nutze die Zeit und rufe meine Mom an. Ich habe ein paarmal mit ihr gesprochen, aber das ist schon ein paar Tage her.

»Mitch?«, fragt sie hoffnungsvoll, und ich grinse.

»Sí.«

»Es ist so schön, deine Stimme zu hören.« Sie stutzt. »Warum ist es bei dir so laut? ¿Todo bien?«

»Ich bin heute entlassen worden.« Ihr Schrei dröhnt in meinen Ohren. Sie freut sich, sie lacht. Jedoch nicht lange. »Warum weinst du? Es ist alles gut.«

Ihr Seufzen lässt mich schwer schlucken und selbst mit den

Tränen kämpfen. »Ich bin so dankbar, dass jetzt wieder alles gut ist.« Das bin ich auch. Dabei ist mir klar, dass längst nicht alles wieder gut ist …

»Dein Vater arbeitet. Lo siento«, sagt sie, und ich weiß, ihm tut es auch leid.

»Grüß ihn von mir, ja?«

»¡Claro! Deine Geschwister sind gesund und munter und freuen sich schon darauf, dich wiederzusehen.«

»Nicht mehr lange, dann komme ich heim.«

»Dir geht es sicher gut?«, hakt sie nach.

»Ja, tut es.« Aber diese Antwort ist nur die halbe Wahrheit, und es tut weh, dass ich ihr keine andere geben kann, weil ich das alles erst noch verarbeiten muss.

»Bis bald, okay?«

»Bis bald, cariño. Schreib, wenn du was brauchst. ¡Te quiero!«

»Ich dich auch.« Wir legen auf, und ich brauche einen Moment, um dieses schwere Gefühl, das ich kaum benennen kann, das sich aber auf meinen Brustkorb gesetzt hat, zu vertreiben. Es ist seltsam, nicht mehr im Krankenhausbett zu liegen. Seltsam, nicht mehr derselbe zu sein …

Während ich wenig später mit meinen Einkäufen heimgehe und die Straßen entlangschlendere, versuche ich, an genau eines nicht zu denken: Sierra. Und es gelingt mir absolut nicht, denn ich sehe plötzlich überall verliebte Gesichter, muss Leuten beim Küssen zusehen, beim Sich-Anlächeln und Flirten. Es ist grauenvoll. Waren das schon immer so viele?

Mierda, ist das anstrengend.

Mit gesenktem Kopf schaffe ich es bis zu meiner Wohnung und sacke einen Moment, nachdem ich eingetreten bin, erschöpft gegen die Tür. Dann atme ich ein paarmal tief durch, schlüpfe aus meinen Schuhen und mache mich in der Küche direkt an die Arbeit. Kochen wird mir guttun. Hat es schon immer. Zu kochen und zu essen, besonders Gerichte aus der Heimat, ist eine Art Anker, eine Form, mich zu erden. Und wenn mich das Kochen von mexikanischem Essen nicht ablenken kann, bin ich definitiv verloren.

Ich habe alles, was ich für leckere hausgemachte Enchiladas und Tacos brauche, und mache mich direkt an die Arbeit.

Zuerst putze ich, danach bereite ich die Salsa Roja zu, die ich später für die Enchiladas benötige. Nachdem die Soße fertig ist, schneide ich die Zwiebel, und weil mein Messer viel zu stumpf ist, weine ich, als hätte ich mir damit einen Finger abgehackt. Danach folgen der Knoblauch und die Hähnchenbrust, was ich beides mit der Zwiebel scharf anbrate und anschließend mit Salz, Pfeffer, mildem Paprikapulver und etwas Chili würze. Die Maistortillas bestreiche ich mit der Salsa, lege Jalapeños, die abgetropften Bohnen, den Mais und das Hühnchen darauf und toppe das Ganze mit einer Portion geriebenem Käse. Während ich mir das Ergebnis ansehe, denke ich mir, dass eine weitere Portion Käse nicht schaden kann, und schütte noch mehr drüber. Konzentriert rolle ich die Tortilla zusammen und lege sie in eine Auflaufform, bevor ich das Gleiche mit den anderen wiederhole. Am Ende gebe ich den Rest der Soße und des Käses darüber und schiebe sie für eine halbe Stunde in den Ofen. Weil ich noch zu viel Zeug überhabe, mache ich das Ganze noch mal, dieses Mal kommt etwas selbst gemachte Guacamole dazu. Fertig – jetzt folgen die Tacos.

Das Einkaufen und Kochen hat Spaß gemacht, auch wenn es anstrengend war. Hätte es nicht gedacht, aber ich kann mich kaum noch auf den Beinen halten. Meine Glieder werden immer schwerer, ich gähne immer öfter. Es waren nur wenige Stunden, doch dieser Morgen war womöglich etwas viel für den ersten Tag außerhalb des Krankenbettes. Auch wenn ich das nur ungern zugebe.

Nur kurz ausruhen, denke ich mir, nachdem alles fertig aufgeräumt und das Essen verstaut ist, und lege meinen Kopf auf meinen Unterarmen ab.

Ich fühle mich erschöpft, aber gut. Meine Gedanken sind für einen Augenblick vollkommen leer, da ist nur der Geruch des mexikanischen Essens, das ich in Unmengen zubereitet habe und von dem ich mich die nächsten Tage ernähren kann. Doch plötzlich verändert sich dieser Geruch. Er wird beißender, stärker, er zieht in meiner Nase. Mir wird übel. Überall sind Rauch und Feuer. Sonst nichts. Nur das und die Hitze. Ich kann mich nicht bewegen, kann hier nicht weg und auch nicht schreien. Ich bin gefangen und muss zusehen, wie die Flammen immer näher kommen. Sie züngeln neben mir, an meiner Hose entlang, es wirkt, als würden sie nur freundlich Hallo sagen wollen. Bis sie auf mich überspringen, ich stumm schreiend in ihnen ertrinke – und aufwache.

Schweißgebadet und keuchend schlage ich die Augen auf und stolpere von der Theke zurück. Es dauert eine Minute, bis ich verstehe, dass ich in meiner Küche stehe und in diesem Moment nicht verbrenne. Dass ich nicht sterbe.

Fahrig reibe ich mir übers Gesicht, schlucke den faden Beigeschmack, den dieser Tagalbtraum hinterlassen hat, herunter und gebe alles, um mich zu beruhigen. Meine Herzfrequenz ist viel zu hoch, meine Beine zittern leicht.

Es war nur ein Albtraum. Einer von vielen. Aber diesen verstehe ich am wenigsten, denn ich war nicht bei Bewusstsein, als es passiert ist. Ich kann mich weder an den Rauch noch an das Feuer erinnern, trotzdem träume ich davon. Trotzdem sucht es mich heim.

Ich muss an die frische Luft, einfach raus hier. Ich würde gern mit Sierra über alles reden, doch dafür ist sie noch nicht bereit, da bin ich sicher.

Sierra … sie war für mich da, obwohl es für sie vermutlich genauso schlimm war. Ich werde sie aufmuntern, versuchen, sie zum Lachen zu bringen, oder ihr so lange auf die Nerven gehen, bis sie alles andere vergisst. Ich werde auf meine Art und Weise für sie da sein. Wenn auch nur ein wenig.

15. Kapitel

Sierra

»Okay, Mr Shaw, schauen Sie mich bitte an. Es wird alles wieder gut, aber Sie müssen sich hinlegen, sonst komme ich nicht an Ihren Bauch.« Der Patient ist Mitte dreißig und wurde eben in der Notaufnahme vorstellig, er klagt über starke Magenkrämpfe, Völlegefühl und andauernde Übelkeit.

Er ist mein letzter Patient, ich habe seit einer Stunde Feierabend.

»Ich kann nicht, es tut so weh!« Klagend rollt er sich im Sitzen noch ein bisschen mehr zusammen, während der nächste Krampf ihn übermannt. Eine natürliche Reaktion, aber dennoch nicht immer die beste. »Doch, Sie können. Wir sind hier und helfen Ihnen.« Sobald er etwas besser atmen kann, stützen Freya und ich ihn und unterstützen ihn dabei, sich auf den Rücken zu legen. »Wo ist Harry?«, fragt er angestrengt. Überhaupt zu sprechen kostet ihn viel Kraft. Schweiß klebt auf seiner Stirn, und seine Haut ist fahl.

»Ihr Partner ist auf dem Weg«, beruhigt Freya ihn und hält seine Hand, während ich Mr Shaws Hemd anhebe, um seinen Bauch in Augenschein zu nehmen.

»So ist es gut. Schön ruhig atmen. Ich höre und taste Sie jetzt ab.« Ich höre nichts. Das ist gar nicht gut. Und sein Bauch ist aufgebläht, fühlt sich hart an. Viel zu hart. »Wann hatten Sie das letzte Mal Stuhlgang?«, frage ich, während mein Patient das Gesicht verzieht. Er ist wirklich ziemlich blass geworden in den letzten zwei Minuten.

»Ist eine Weile her«, murmelt er, und es klingt angespannt.

Ich gehe ein Stück nach vorne, beuge mich zu ihm, damit er mich besser verstehen kann, und erkläre: »Ich gehe davon aus, dass Sie unter Verstopfung leiden. Wir werden …« Daran, den Satz zu beenden, muss ich nicht mal denken. Ich keuche auf und hebe reflexartig die Hände.

Mein Patient hat mich soeben vollgekotzt. Großartig. Ich hasse diesen Geruch und versuche, nicht zu tief einzuatmen.

Während er versucht, sich das Zeug vom Kinn zu wischen, und Freya ihm ein paar Tücher reicht, blicke ich an mir herab.

Ist das etwa …? Shit. Ich muss ein Würgen unterdrücken.

»Freya, gib oben Bescheid, wir haben einen Patienten mit einem akuten Darmverschluss und Koliken.«

»Bist du sicher?«, fragt sie, und ich nehme es ihr nicht übel. Ein Ileus ist eher selten, aber die Anzeichen dafür kann ich unmöglich ignorieren. Ich drehe mich zu ihr und zeige auf meinen Kasack. »Miserere«, sage ich und verziehe das Gesicht.

»Oh.«

»Ja, oh.« Mr Shaw hat Scheiße gekotzt. Direkt auf mich drauf. Das nennt man Miserere oder im allgemeinen Sprachgebrauch Koterbrechen. Es gibt nicht viele Dinge, die ich eklig finde, aber das bringt mich an meine Grenzen.

»Es tut mir so leid«, murmelt er mehrmals und ist sichtlich peinlich berührt, aber das muss er nicht sein. Wenn man krank ist, ist man krank. Ich bin hier, um genau das zu ändern. Trotzdem fällt es mir ob des Gestanks schwer, passende Worte zu finden.

»Machen Sie sich keine Gedanken, konzentrieren Sie sich auf sich. Es folgen jetzt weitere Untersuchungen, danach werden wir Sie entsprechend behandeln. Mit hoher Wahrscheinlichkeit kam es zu einem Darmverschluss, daher die Schmerzen und die Koliken. Wir kriegen das wieder hin«, versuche ich, ihn zu beruhigen.

»Ihr Partner ist bestimmt auch jeden Moment da, und wir schicken ihn dann direkt zu Ihnen«, ergänzt Freya, und unser Patient nickt dankbar.

Nachdem der Ultraschall den Darmverschluss bestätigt hat, wurde ein CT angeordnet und Mr Shaw danach umgehend der Chirurgie überstellt, damit er operiert werden kann. Ich habe mich nicht vor dem Patienten übergeben und schaffe es, für heute endlich Schluss und mich wenigsten etwas frisch zu machen, damit ich nicht mit all dem Glibber auf mir bis nach oben auf Station muss. Letzten Endes ist es egal. Die Flecken bleiben, und ich rieche noch immer sehr eindeutig nach so ziemlich allem, was aus einem Menschen herauskommen kann. Es wird wohl noch eine Weile dauern, bis ich den Gestank von Kot und Erbrochenem aus der Nase bekomme. Habe mich selten so sehr auf eine heiße Dusche gefreut wie heute …

»Das ist einfach nicht mein Tag«, murre ich, während ich mich für einen Moment an die Wand lehne, um mich auszuruhen. Zumindest so lange, bis der Fahrstuhl kommt. »Er ist scheiße. Wortwörtlich.«

Angefangen bei dem Besuch bei Mitch heute früh, als alles irgendwie aus dem Ruder gelaufen ist.

Ich bin so naiv. Wie habe ich denken können, dass er es nicht bemerkt oder nicht herausfindet, dass ich ihn besuche? Vor allem: Wie habe ich nicht merken können, dass er an dem einen Tag nicht geschlafen, sondern alles mitbekommen hat? Ich weiß immer noch nicht, ob es mir peinlich sein oder ich einfach nur wütend auf Mitch sein soll. Oder auf mich.

Erschöpft steige ich in den Fahrstuhl, dessen Türen sich in

dieser Sekunde vor mir öffnen, und eins muss man Dr. Ortiz lassen, der plötzlich hinter mir auftaucht und mir folgt: Er verzieht keine Miene, als er einsteigt.

»Beschissener Tag?«, fragt er stattdessen und meidet meinen Blick.

»Witzig«, murmle ich, und es sieht schmerzhaft aus, wie er sich bemüht, nicht in schallendes Gelächter auszubrechen.

Herzchirurgie, bemerke ich zum Glück wenige Sekunden später. Hier muss ich raus. Ich hebe die Hand zum Abschied und höre noch, wie er ruft: »Keine Sorge, Dr. Harris. Shit happens.«

Gott, er ist so lustig wie ein Kaktus in der Wüste.

Genervt und stinkend marschiere ich in Richtung Spind. Als ich Grant und Bella passiere und er den Mund aufmacht, komme ich ihm zuvor. »Wehe, du sagst etwas oder machst einen beschissenen Witz.«

»Scheiße, das würde mir nie einfallen!«, ruft er mir nach, und ob ich will oder nicht, ich muss schmunzeln. Wäre Mitch hier, würde er vermutlich so was Bescheuertes sagen wie: *Das hast du verkackt.* Oder: *Jeder wird mal angeschissen.* Es müsste nicht einmal Sinn machen.

Verdammt, wieso denke ich überhaupt schon wieder an ihn?

Ich stapfe in den Raum, will mir Zeug zum Duschen aus dem Spind nehmen und meine Klamotten gleich mit, da fällt mir die Box auf der Bank auf. Mein Name steht in schlichter, aber durchaus schöner Schrift darauf.

Seltsam.

Ist das von Laura?, frage ich mich. *Von Maisie oder Zeenah?* Jane würde mir nichts hinstellen, dafür kennen wir uns nicht gut genug. Grant hätte es selbst gegessen.

Neugierig hebe ich die Box hoch und öffne sie. Der Duft, der mir entgegenschlägt, ist nicht nur köstlich, sondern bringt meinen Magen lauthals zum Knurren. Und ich kenne ihn. Ich kenne ihn sehr gut.

»Enchiladas«, sage ich laut zu mir selbst und fluche danach. Die Box ist von Mitch. Ist er etwa nach Hause gefahren, hat die zubereitet und mir danach extra hergebracht? Was hat er sich dabei gedacht? Er sollte sich ausruhen und nicht so einen Quatsch machen. Wieso ist er so eine Nervensäge?

Statt jetzt duschen zu gehen, schnappe ich mir die Schachtel, stapfe damit raus auf Station und knalle sie Grant vor die Nase.

»Hier. Nimm das und iss es.« Er schnüffelt. Dann verengt er die Augen zu Schlitzen.

»Wo ist der Haken?«

»Es gibt keinen. Iss es einfach.« Grant zieht es zu sich heran, riecht noch einmal und grinst.

»Ist das von Mitch? Das sind doch Enchiladas, oder nicht?«

Genervt lege ich die Hände an meine Wangen und drücke etwas zu, sodass mein Mund wahrscheinlich wie ein Luftballon aussieht, der zu platzen droht, danach greife ich mir das Essen wieder.

»Du willst es nicht? Fein. Bella!«, rufe ich, doch er hält dagegen, zieht die Box direkt wieder zu sich.

»Vergiss es. Ich nehme es.«

Wortlos drehe ich mich um, aber natürlich kann Grant sich einen weiteren Kommentar nicht verkneifen. »Ich sag Mitch dann, dass das Essen, das er am Tag seiner Entlassung extra für dich gekocht hat, echt lecker war, okay?«

»Mach, was du willst!«, rufe ich zurück. Was soll ich auch sonst sagen? Ich hab mich, ohne nachzudenken, selbst in diese Situation gebracht. Ich renne bestimmt nicht zurück und entreiße Grant das Essen, das ich wirklich gerne wiederhaben möchte, kurz nachdem ich es ihm genervt und vollkommen überstürzt vor den Latz geknallt habe.

Warum mache ich alles nur so kompliziert? Wieso ist alles plötzlich so chaotisch?

Es ist, als würde mein Leben an allen Ecken und Enden aus losen Fäden bestehen. Und es wird wirklich langsam Zeit, dass ich damit anfange, ein paar davon wieder zu befestigen.

Also schnappe ich mir mein Handy und schreibe Maisie.

> Hey. Sorry, dass ich so gestresst war. Können wir die Tage ein, zwei Wohnungen besichtigen? Haben wir noch was in Aussicht?

Gesendet. Nur eine einzige Nachricht, und es ist nichts geklärt, aber ich habe etwas in Angriff genommen, und das tut gerade sehr gut. Schritt für Schritt regle ich jetzt alles, damit ich meinen Fokus wiederfinde. Die Beziehung zu meiner Mom wird immer toxischer. Ich dachte sehr lange, das sei auch eine Form von Liebe. Eine Form, sich um seine eigene Tochter zu sorgen. Aber das ist Schwachsinn. Meine Mom hat ein Problem, und sie sollte sich Hilfe suchen. Sie macht sich Sorgen – um sich, nicht um mich. Und ich weiß nicht, ob sie mich liebt oder hasst, aber ich weiß, sie hasst es, dass ihr Leben wegen mir so ist, wie es eben ist. Auch wenn ich nichts dafür kann. Ich wollte das nicht einsehen, auch wenn es mir schon seit vielen Jahren klar ist.

Jetzt ist der Punkt erreicht, ab dem ich das nicht mehr aushalte und ich mich frage, warum ich bisher das Gefühl hatte, das überhaupt je tun zu müssen. Das hier ist mein Leben. Ich habe das lange genug mitgemacht, durchgehalten.

Ich ziehe aus. Ich werde meine Ruhe haben. Ich brauche meine Mutter nicht – weder ihre Liebe noch ihren Zuspruch. Beides ohnehin Dinge, die ich auch nicht bekomme, wenn ich bei ihr bin.

Und weil sich dieser Entschluss und irgendwie Schlussstrich

besser anfühlen als erwartet, greife ich mir einen anderen losen Lebensfaden und tippe eine zweite Nachricht.

Bist du verrückt? Du bist gerade erst entlassen worden und hast nichts Besseres zu tun, als mir Essen zu kochen und es ins Krankenhaus zu bringen? Leg dich hin. Und hör auf damit, mich zu nerven.

Mein Handy vibriert einen Moment später. Eine neue Nachricht von Mitch. War ja klar.

Gern geschehen, querida.

»Ahhh!«, knurre ich frustriert, schmeiße das Handy achtlos in den Spind und gehe endlich duschen. Gott, dieser lose Faden sollte vielleicht nicht befestigt, sondern entfernt werden. Ein sauberer Schnitt, eine ganz simple OP.

Zack. Weg damit.

Ich sinke mit der Stirn gegen den Spind und fluche.

Wie soll ich Mitch nur erklären, dass es wehtut, ihn anzusehen?

16. Kapitel

Mitch

Es ist Abend. Der erste in meiner Wohnung seit Wochen. Es sind dieselben vier Wände, nur ich bin ein anderer.

Ich war einkaufen, habe gekocht, Sierra heimlich Essen gebracht, mit meiner mamá telefoniert und aufgeräumt. Nichts davon konnte mich dauerhaft ablenken oder aufmuntern.

Meine Augen wirken dunkler als sonst, mein Gesicht sieht schmaler aus, mein Mund angespannter. Seit gefühlt einer halben Ewigkeit stehe ich in meinem Bad und schaue in den Spiegel, während ich mich daran erinnere, dass ich es eigentlich erst morgen versuchen wollte. Trotzdem bin ich hier, starre mich selbst nieder und will mit aller Macht den Mut aufbringen, mein Shirt, meine Jeans und die Kompressionskleidung allein auszuziehen und mich anzusehen. Bewusst. Ganz. Alles von mir. Jede Narbe, jede Rötung, jedes bisschen Haut, das übriggeblieben ist.

Schließlich bin ich wieder daheim, nicht mehr im Krankenhaus, teils gefesselt an ein Bett mit besonderer Matratze, in einem Zimmer mit spezieller Belüftung und Raumtemperatur. Ich muss nicht regelmäßig ein bis zwei Stunden einen Verbandswechsel über mich ergehen lassen. Mit der Zeit ging es schneller, wurde weniger, die Wunden sind gut verheilt. Nicht, dass ich mich selbst davon überzeugt habe.

»Los, fang einfach an«, sage ich zu mir, bevor ich die Zähne zusammenbeiße und den Rand des Waschbeckens, den ich mit den Händen umklammere, loslasse. Ich ziehe das Shirt aus, langsamer und weniger geschmeidig als gewohnt, weil meine Haut trotz der guten und recht schnellen Wundheilung noch etwas Zeit und Pflege benötigt. Das Problem ist, je länger es dauert, umso mehr Zweifel werden sich einschleichen können. *Einfach nicht dran denken … und weitermachen.*

Das Shirt fällt zu Boden, ein Typ in beigefarbener Kompressionskleidung starrt mich nun aus dem Spiegel an, während sein Brustkorb sich hebt und senkt, als wäre er gerade einen Marathon gelaufen.

Ich schwitze. Mein Magen rumort. Meine Finger zittern, auch dann noch, als sie den Stoff berühren und die Kompressionskleidung öffnen. Das erste Stück Haut blitzt hervor, rötlich, aber ich komme damit klar. Zuerst beobachte ich meine Bewegungen im Spiegel, vielleicht, weil ich mir dann besser einreden kann, dass ich jemand anderem zuschaue und nicht mir selbst. Doch irgendwann senke ich den Blick. Und zwar, als meine linke Schulter ganz freiliegt und ich den Stoff bis hinunter zum Ellenbogen geschoben habe.

Das Zittern verstärkt sich, ich kann spüren, wie mein Herz rast, wie es gegen meine Rippen trommelt.

Viele Rötungen sind bereits zurückgegangen, hat man mir bei der Entlassung gesagt, und die Bereiche, an denen ich Verbrennungen ersten Grades hatte, sind abgeheilt. Lediglich die Bereiche, die stärkere Verbrennungen erlitten haben, sind die, die noch heilen müssen und die an vielen Stellen Narben hinterlassen haben. Am Oberarm, an der linken Brusthälfte, besonders an der Hüfte und seitlich am Oberschenkel.

Doch bis dahin komme ich erst gar nicht. Als ich die erste frische Narbe sehe, die leichte Wulst, die sie bildet, presse ich die Augen zusammen und schaffe es nicht, weiterzumachen.

Am liebsten würde ich den Anzug wieder hochziehen und alles vergessen, aber das ist nicht möglich. Spätestens morgen werde ich duschen und meine Haut eincremen müssen. Spätestens morgen muss ich den Kompressionsanzug wechseln.

Also schlucke ich die Übelkeit hinunter und ziehe mich aus. Ich schaue nicht hin, ich bin wie in Trance. Und als ich nackt in meinem Bad stehe, fühle ich mich so verletzlich wie nie.

Ich wasche meine Hände, trete einen Schritt zurück, und ohne meinen Blick von den hellen Fliesen abzuwenden, lege ich meine rechte Hand auf meine linke Schulter. Langsam fahre ich an meinem Arm hinunter. Ohne Druck auszuüben.

Ich muss nicht hinsehen, um zu wissen, dass sie da sind. Dass sie nie wieder verschwinden werden.

Ich spüre sie.

Jede einzelne Narbe.

Jede Unebenheit.

Dutzende Albträume verewigt auf meiner Haut …

17. Kapitel

Sierra

Am darauffolgenden Tag erwartete mich vor meinem Spind eine Box mit Tacos, Quesadillas, danach Tortillas mit Käse und Salsa, und an den sich anschließenden Tagen unter anderem Chili, Fajitas und Burritos. Mitch hat das fast eine ganze Woche durchgezogen. Und ich habe jedes einzelne Gericht verschenkt. Okay, von einem habe ich ein wenig genascht, aber das zählt nicht. Auch wenn es unfassbar lecker war.

Wie auch immer, heute ist Mittwoch, und bisher habe ich kein Essen von ihm vor meinem Spind gesehen. Das beschäftigt mich mehr, als es sollte. Es kommt mir einfach seltsam vor. *Ich meine, kommt da noch was? Hat er aufgehört?* Mein Kopf ist voller Fragen.

»Dr. Harris, geht es Ihnen heute nicht gut?« Mrs Decker blickt mich besorgt aus ihrem Krankenbett an. Obwohl sie bereits sechzig Jahre alt ist, sieht sie kein Jahr älter aus als vierzig. Wie macht sie das nur?

»Haben Sie Kummer?«, fragt nun auch Mrs Bottom neugierig, die sich in ihrem Bett aufsetzt, und ich lasse seufzend die Akte sinken und schürze die Lippen.

»Mrs Bottom, Ihre OP für den Stent steht morgen früh an. Dr. Pine wird diese leiten und vorher noch mal nach Ihnen schauen«, erkläre ich und gehe nicht auf die Fragen der beiden ein. »Mrs Decker, Ihre OP verlief großartig, die Wunde sieht ebenfalls gut aus, und der Herzschrittmacher tut, was er tun soll.« Ich lächle übertrieben, doch das scheint meine beiden Patientinnen nicht zu überzeugen, also schiebe ich ein »Es geht mir hervorragend!« hinterher, was Mrs Decker ein mitleidiges Seufzen entlockt, wohingegen Mrs Bottom mit den Augen rollt.

Die zwei sind unverbesserlich.

»Herzchen, ich bin alt, aber noch nicht tot.«

»Was soll das denn heißen?«, fragt Mrs Decker irritiert, während ich mir über die Stirn reibe.

»Heißt, ich erkenne noch, wenn jemand lügt.«

»Ah, natürlich, natürlich.«

»Wenn es Ihnen nicht gut geht, zögern Sie nicht, das Pflegepersonal zu rufen. Ich muss leider weiter.«

»So ernst ist es also?«

»Nein, Mrs Bottom«, zische ich, mühsam um Beherrschung ringend.

»Sie sind gereizt, leicht abgelenkt, nachdenklich, und dann ist da diese Falte auf Ihrer Stirn.« Sie zeigt vage auf mein Gesicht und schnalzt mit der Zunge. »Es geht um die Liebe, nicht wahr? Nur die Liebe bringt diese Falte zum Vorschein.«

Ich möchte schreien und weinen zugleich, stattdessen entschlüpft mir ein undefinierbares Seufzen. Na super.

»Fein, Sie haben recht. Da ist ein Mann, und er nervt mich. Und jetzt muss ich los.«

»Mögen Sie ihn denn nicht?«, fragt Mrs Decker fast schüchtern, während ich mich bereits zum Gehen wende.

»Ich weiß es nicht«, antworte ich ehrlich und schlage mir im nächsten Moment die Hand vor den Mund. Verdammt, das ist alles so schräg und kaum auszuhalten.

»Nur Mut, Dr. Harris«, sagt sie. »Liebe braucht keinen Stolz, keinen Verstand und auch keinen Plan. Sie braucht vor allem

Mut. Denken Sie an meine Worte, wenn Sie nicht weiterwissen.«

Weil ich nicht unhöflich sein möchte und die beiden es sicher nur gut meinen, bedanke ich mich, bevor ich das Zimmer verlasse, anstatt zu sagen, dass ich das anders sehe. Wenn man mutig sein muss, um zu lieben, ist es dann wirklich Liebe?

Fluchend knalle ich die Akte in die entsprechende Halterung, weil ich mir über so was überhaupt keine Gedanken machen will. Bevor ich Mitch auf diese Art sehe, werde ich meinen Job kündigen und doch damit anfangen, Jura zu studieren. Kurzum, das wird nie passieren …

»Sierra?«, passt Sofie mich ab und reicht mir im Gehen eine Akte. »Ein neuer Patient, auf der Unfall und Ortho.«

»Bist du heute Springerin?«

»Jepp. Ist ziemlich viel los. Bin froh, wenn Lisha und die anderen wieder da sind. Und ich bete, dass Dr. Gardner bald neue Pflegekräfte einstellt. Ducky war der Einzige die letzten Wochen, und er kann unsere Überstunden wohl kaum allein kompensieren.«

Ich nicke, tausche ein trauriges Lächeln mit Sofie und erkenne, dass sie den gleichen Gedanken hat. George fehlt.

Einen Moment später blättere ich schon mal durch die Akte und klemme sie mir danach unter den Arm. »Ich gehe direkt zu ihm. Oder ist er noch bei den Untersuchungen?«

»Nein, er hat starke Schmerzen, wollte aber zuerst einen richtigen Doktor sehen, nicht nur eine Pflegerin.« Sie verzieht das Gesicht. Wusste nicht, dass es richtige und falsche gibt – und ich hasse es, wenn Menschen unser Pflegepersonal nicht respektieren. Da hat man gleich etwas weniger Lust, sich um seine Gesundheit zu kümmern …

»Okay, danke dir.«

»Kein Problem. Übrigens, bist du Ian schon begegnet?«

»Nein, aber ich war in letzter Zeit auch oft unten in der Notaufnahme eingeteilt und weniger auf Station. Auf der Thorax habe ich momentan auch nur einen Patienten, und Ian treibt sich sowieso rum, wo er will.«

Sofie lacht. »Das stimmt. Er scheint auf jeden Fall wieder topfit zu sein. Ich muss weiter, bis später.« Sie winkt mir noch, eilt aber längst davon, bevor ich mich richtig verabschieden kann.

Der nächste Patient ist Mr Watt, neunundsechzig Jahre alt. Er wurde von seinem Hausarzt überwiesen, da er seit einiger Zeit über starke Schmerzen im rechten Hüftgelenk klagt.

Zimmer 502, lese ich und mache mich auf den Weg.

Dort angekommen klopfe ich kurz an die Tür, bevor ich eintrete und meine Hände desinfiziere. Der Patient ist allein, das Bett neben ihm gerade leer. Vermutlich ist der andere spazieren oder bei einer Untersuchung.

»Mr Watt? Mein Name ist Dr. Sierra Harris, und ich bin Ihre behandelnde Ärztin.«

»Hallo«, sagt er und hält sich die Seite. »Endlich ist jemand da.«

»Warum haben Sie sich nicht bereits untersuchen lassen? Oder direkt den Hausarzt um eine vorläufige Diagnose beziehungsweise eine Erklärung für die Beschwerden gebeten?«, frage ich ruhig, während ich neben ihn ans Bett trete und die Akte zu lesen beginne.

»Mein Hausarzt«, beginnt er und lacht. »Es wundert mich, dass er bis zehn zählen kann. Er meinte, ich hätte mir was gebrochen. Aber ich bin nicht gestürzt, ich hatte keinen Unfall und habe mich nirgends gestoßen. Wie also soll ich mir die Hüfte brechen?«, murrt er, und dabei vertiefen sich die Falten um seine Augen und auf der Stirn. »Ich musste ihn wechseln, weil Dr. Barnes in Rente gegangen ist, seitdem geht es bergab.«

»Okay.« Ich weiß ehrlich gesagt nicht genau, wie ich darauf reagieren soll. »Sie sind also nicht gestürzt. Fallen Ihnen andere Ursachen für die Schmerzen ein? In Ihrer Akte ist nichts vermerkt.«

»Nein, wäre ich sonst hier?« Er wird ungehalten. Ich ebenso. Ich kann nichts für seinen Hausarzt, nichts für seine Schmerzen und auch nichts für seine beschissene Laune. Außerdem sind Hüftgelenke nicht unbedingt mein Steckenpferd. Trotzdem bleibe ich professionell.

»Verstehe. Dann beginnen wir mit einer Röntgenaufnahme, um uns einen ersten Eindruck zu verschaffen. Es wird gleich jemand zu Ihnen kommen und Sie begleiten.«

Er nickt nur, und ich gehe samt Akte wieder raus. Vorne am Schalter der Station begegne ich nicht Sofie, aber einer anderen Pflegerin. Butler steht auf ihrem Schild.

»Hallo«, begrüße ich sie und stelle mich vor.

»Ah, eine der Assistenzärztinnen. Freut mich. Ich bin Lilia Butler.«

»Schön, dich kennenzulernen.« Ich lächle, soweit meine Laune das zulässt, und notiere parallel die Erkenntnisse aus dem Gespräch mit dem Patienten und die nächsten Untersuchungsschritte. »Ich bräuchte jemanden, der Mr Watt zum Röntgen bringt für eine Aufnahme in zwei Ebenen. Die Anordnung liegt bei.«

»Ich übernehme das.« Sie streckt die Hand aus, und ich reiche ihr die Akte.

»Danke. Bitte piep mich an, sobald die Ergebnisse da sind. Es kann meines Erachtens auch gleich ein großes Blutbild gemacht werden, dann haben wir etwas Zeit gespart.«

»Alles klar.«

Ich nicke dankbar und mache mich wieder auf den Weg in die Herzchirurgie, als ich angepiept werde.

Not-OP am Herzen.

Was? Ich bin zwar hundemüde, aber diese Nachricht flutet mich mit Adrenalin. Die letzte Herz-OP ist etwas her, aber genau das, was ich hier tun will. Deswegen bin ich da und mache diesen Beruf. Es ist der Grund, weshalb ich Chirurgin werden wollte.

Also stecke ich den Pager weg und renne los.

18. Kapitel

Sierra

»Dr. Harris, sehr gut. Dann können wir loslegen«, empfängt mich Dr. Pine, während man mich steril anzieht.

Ich begrüße das Team, während ich an den OP-Tisch zu dem bereits abgedeckten und vorbereiteten Patienten trete. Der Oberkörper sowie die Leistenregion wurden rasiert.

»Wir haben hier eine fulminante Lungenembolie. Aufgrund einer Kontraindikation einer Lysetherapie sowie eines langstreckigen Gefäßverschlusses werde ich eine pulmonale Thrombektomie vornehmen. Sie unterstützen mich.« Es handelt sich also um eine Verstopfung eines Blutgefäßes – der Lungenarterie –, das Blut vom Herzen zur Lunge transportiert, und ein minimalinvasiver Eingriff ist nicht mehr möglich aufgrund von Vorerkrankungen, inneren Blutungen oder anderen Indikationen.

»Alles klar.«

»Die Werte?«, fragt Dr. Pine und hebt das Skalpell an.

»Stabil«, kommt es vom Anästhesisten, der eine vollkommen unterschätzte Aufgabe während Operationen übernimmt. Ohne die Anästhesie könnten wir nicht vernünftig arbeiten.

Dr. Pine nickt und schaut ein letztes Mal in die Runde.

»Bereit?«, fragt sie mit ruhiger Stimme.

»Bereit«, antwortet das Team aus einem Mund.

»Schnitt«, sagt sie und beginnt. Der erste Schnitt ist jedes

Mal faszinierend. Nur ein Stück unter diesem Messer schlägt das Herz eines Menschen, da wird Luft in die Lunge gesogen und Blut durch die Gefäße gepumpt. Der erste Schnitt ist so aufregend und besonders, wie er angsteinflößend ist.

»Tupfer.« Ein Pfleger reagiert, danach gibt sie das Skalpell ab, und mir wird auf einmal die Sternumsäge gereicht. Irritiert blicke ich zu meiner Oberärztin. Sie sagt nichts, sie tut nichts. Also nehme ich das Gerät entgegen und spüre, wie mein Herz für wenige Sekunden schneller schlägt als sonst. Aufgeregter. Bisher durfte ich bei solchen OPs nur zuschauen oder minimal assistieren, aber nie selbst eine Sternotomie durchführen.

Mein Zögern dauert nicht lange, ich bekomme Instruktionen von Dr. Pine und setze die Säge am Brustbein an. Fokussiert beginne ich damit, es längs zu durchtrennen. Etwas aufzuschneiden, abzusaugen, etwas zu nähen und zu verbinden – all das sind Dinge, die sich nicht annähernd vergleichen lassen mit dem Gefühl, Knochen zu durchtrennen oder gar einen Brustkorb zu öffnen. Da liegt auf einmal eine ganze Welt in meinen Händen, ein eigenes kleines Universum, das aus den Fugen gerät, sollte ich Fehler machen.

Ein Fehler, und diese fremde Welt zerfällt zu Staub.

Nicht an so was denken, mahne ich mich, weil es mich ablenken könnte, und konzentriere mich auf das letzte Stück.

Geschafft. Puh.

Jetzt, als es vorbei ist, fängt meine Hand an zu zittern, und ich hoffe, dass niemand es bemerkt, als ich die Säge dem Instrumentierenden neben mir reiche.

Die beiden Hälften des Brustbeins werden von uns mithilfe eines Spreizers auseinandergedrängt, damit das Herz und die Gefäße gut zugänglich sind.

Ab jetzt übernimmt Dr. Pine wieder komplett, und ich schaue aufmerksam und interessiert zu, sauge all ihre Handgriffe in mich auf. Ich bin dankbar, hier stehen zu dürfen – und das, obwohl ich mir am Anfang in ein, zwei OPs mit ihr den ein oder anderen Patzer erlaubt habe. Ich war überambitioniert und dachte, die Eingriffe wären zu einfach. Dabei wurde ich unkonzentriert, was mich hat Fehler machen lassen – aber vor allem haben mich diese OPs gelehrt, dass man keinen einzigen Eingriff, egal, wie simpel er scheint, auf die leichte Schulter nehmen darf. Egal, wie gut man ist, egal, was man zu wissen glaubt, es kann immer alles den Bach runtergehen.

Dr. Pine öffnet den Herzbeutel. Nach entsprechender Vorbereitung sowie Absprache mit der Anästhesie folgt der Anschluss an die Herz-Lungen-Maschine. Alles läuft gut, der Patient bleibt stabil.

Ich atme mehrmals tief durch, bevor wir mit der Längsöffnung der rechten und linken Pulmonalarterie starten und nach und nach das thrombotische Material entfernen.

Ich widerstehe dem Drang, mir über die Augen zu fahren, auch wenn ich das verdammt gern tun würde, weil ich müde werde. Doch ich schaffe es, konzentriert zu bleiben und den Fokus zu halten, obwohl der Tag bereits vor der OP lang war und die Pausen zu kurz.

Wir sind so gut wie durch. Ich schaffe das. Dekanülierung, Schrittmacherelektroden, Drainagen – jetzt können wir den Thorax schließen.

»Gut gemacht, Sie waren bis zum Ende bei der Sache und haben nichts überstürzt«, lobt Dr. Pine mich und danach das restliche Team, und neben Stolz spüre ich mittlerweile jeden Muskel meines Körpers. Die Kopfschmerzen brechen nach Abklingen der Konzentration und des Adrenalins durch. Ich brauche dringend eine Schmerztablette, was zu trinken und ein Bett, denn dieses Mal habe ich jede Minute dieser stundenlangen Operation gespürt.

Der Patient hat es geschafft, und das ist am Ende des Tages das Beste, was passieren kann. Niemanden verloren zu haben. Keine falschen Diagnosen gestellt oder falsche Behandlungen angeordnet zu haben. Und jeder Tag beginnt wieder bei null. Verrückt, dass ich das freiwillig mache. Dass überhaupt jemand all das macht. Da ist so viel Verantwortung, und alles, was man sagt oder tut, kann dazu führen, einen Menschen zu verletzen oder nicht retten zu können. Dann dieser Stress, die absurden Arbeitszeiten, der schlechte Kaffee. Am schlimmsten ist jedoch, dass jeder Erfolg genau das sein sollte – ein Erfolg eben – und selbstverständlich ist, aber jeder kleinste Fehler all das, was man richtig gemacht hat, zerstört. Dieser Job erlaubt keine Fehler.

Ich trete aus dem OP, ziehe die Haube runter und gehe auf wackligen Beinen in die Umkleiden. Gehe mich duschen und umziehen und frage mich, wie so oft an solchen Tagen, warum ich das hier will. Ich kann damit etwas bewegen, helfen und lernen. Bei diesem Job geht es nicht um mich und mein Leben, um meine verkorkste Mutter oder meine Schulden. Obwohl ich die Beste sein will, geht es nicht um mein Ego. Ja, ich bin Ärztin geworden, um jemand zu sein. Aber ich bin auch Ärztin geworden, um mich zu vergessen. Keine Ahnung, ob das Sinn ergibt. Zum Glück musste ich es niemandem erklären. Den meisten reicht die Standardantwort: *Ich wollte schon immer Menschen helfen.* Oder: *Ich finde Medizin einfach spannend.*

Trotz der Dusche sind die Kopfschmerzen geblieben. Die Uhr zeigt mir halb zehn an. Abends. Ich bin also längst ein paar Stunden über den Feierabend und ausnahmsweise froh, nach Hause zu kommen. Vielleicht, weil Maisie und ich uns morgen die erste Wohnung ansehen, keine fünf Minuten entfernt vom Whitestone. Ich habe gerade meine Nachrichten gecheckt, und Maisie hat mir alle nötigen Infos geschickt. Die

Miete wäre im Rahmen, die Größe und Ausstattung absolut akzeptabel. Jane denkt sogar darüber nach, mit einzuziehen und ihre eigene Wohnung aufzugeben. Das wäre fantastisch. Wenn Maisie Jane hat, hab ich meine Ruhe.

Gähnend steige ich aus dem Fahrstuhl und mache mich auf den Weg zu meinem Spind. Auf Station ist es recht ruhig, die Besuchszeit ist vorbei, und das Chaos lichtet sich meist um diese Zeit. Oder nimmt Anlauf für den nächsten Tag, wie Laura immer sagt.

»Hey, querida.«

Was zur Hölle …? Vollkommen überrumpelt und mit einem heftigen Pochen hinter der Stirn bleibe ich ruckartig stehen, nachdem ich die Umkleiden betreten habe. Mitch ist da. Er sitzt vor meinem Spind auf der Bank, und wüsste ich es nicht besser, würde ich sagen, er wirkt nervös.

Ich massiere mir die Schläfen und betrachte ihn. Dunkle Chino, helle Sneaker und ein weißes Shirt, unter dem keine Verbände mehr hervorstechen. Es ist immer noch seltsam, ihn ohne seinen Kasack zu sehen.

»Mitch«, murre ich und gehe auf ihn zu. »Es war ein wirklich, wirklich sehr harter Tag, okay?«

Als Erstes schnappe ich mir eine Kopfschmerztablette aus meiner Tasche und schlucke sie mit einem großen Schluck meines Zitronenwassers runter.

»Dafür siehst du fantastisch aus.«

»Erzähl keinen Blödsinn. Oder bist du dafür extra um diese Uhrzeit hergekommen?« Keine Ahnung, warum, aber ich setze mich neben ihn. Vielleicht, weil ich einfach nur einen Moment sitzen möchte, doch sobald ich das tue, merke ich, dass das eine ganz beschissene Idee von mir gewesen ist.

»Ich werde nie wieder aufstehen«, murmle ich und ziehe meine Knie an, um meinen Kopf darauf abzulegen, während

Mitch jede meiner Bewegungen verfolgt. Er sieht wieder fit aus. Gesund und nicht mehr blass.

»Warst du im OP?«

»Ja, bis eben. Fulminante Lungenembolie. Dr. Pine hat mich viel machen lassen, mehr als je zuvor.« Ich lächle bei dem Gedanken stolz und erkenne, dass ich es dieses Mal verdammt gut gemacht habe.

»Nicht schlecht. Ich muss mich also anstrengen, dich wieder einzuholen, wenn ich morgen zurückkomme.«

Ruckartig hebe ich den Kopf und starre Mitch an, als wäre er ein Alien.

»Was hast du da gesagt?«

»Morgen habe ich wieder Dienst.« Er weicht meinem Blick aus und starrt auf die Spinde uns gegenüber. »Nash wohl auch.«

»Ich weiß, Laura hat es mir gesagt«, erwidere ich. *Aber niemand hat mir gesagt, dass du auch wieder da bist*, denke ich. »Wo bist du eingeteilt?«

»Diesen Monat nur auf Station. Nicht in der Notaufnahme oder im OP.« Er schnaubt leise. »Zum Glück ist bereits Mitte Oktober, der Rest wird schon irgendwie vorbeigehen. Ich nehme an, sie wollen mich noch etwas schonen.«

»Dabei hast du erst fünf Wochen Urlaub hinter dir«, scherze ich nuschelnd und fühle mich im nächsten Moment schlecht, weil ich das Gefühl nicht loswerde, Mitch sei nicht aus einer Laune heraus hergekommen. »Warum bist du hier?«, wiederhole ich daher meine Frage, doch dieses Mal weniger hitzig, weniger getrieben.

»Schätze, ich habe nicht bis morgen warten können.« Es soll wie ein Scherz klingen, locker und charmant, und damit genau nach dem scheinbar so sorgenfreien Mitch Rivera, den wir alle kennen. Oder zu kennen glauben. Und es ist das erste Mal, dass er das nicht glaubwürdig rüberbringt.

Ich lasse meine Beine nach unten sinken, lege meine Hände auf meinem Schoß ab und wende mich ihm zu.

»Hast du mir wieder Essen mitgebracht?«

Damit bringe ich ihn zum Lachen und auch dazu, mich wieder anzusehen. »Bist du verrückt? Du hast doch nichts davon gegessen. Reinste Verschwendung also.«

Ich schürze die Lippen. »Wieso hast du das überhaupt gemacht? Du hättest dich schonen sollen.«

»Weil mir langweilig war.«

»Dann kann es ja nicht schlimm gewesen sein, dass ich es verschenkt habe.«

»¡Mierda! Du hast echt nichts davon gegessen?« Seine Augen werden groß.

»Wie kannst du da überrascht sein, du hast es doch eben selbst gesagt.« Dass ich einen Teil der Burritos gegessen habe, verrate ich ihm nicht.

»Ich wusste es von den Enchiladas und dem Chili, aber der Rest auch? Sierra!«

»Hör auf, meinen Namen so zu sagen«, zische ich, und auf einmal ist Mitch mir ganz nah, und wir sind beide still. Wann ist er nur so nah herangerutscht? So nah, dass ich ihn einatme und aus und dass meine Kopfschmerzen für einen Moment keine Rolle mehr spielen, oder meine Müdigkeit und dieser verflucht lange Tag.

Mitch ist hier. Bei mir.

Und ab morgen ist er zurück, arbeitet wieder, und dann ist alles wie vorher. Oder?

»Ich bin auch hier, weil ich mich gefragt habe, wie es dir geht«, gibt er unvermittelt zu und überrumpelt mich damit. Sorgt er sich um mich?

»Es geht mir gut.«

»Du lügst viel besser als Laura. Aber immer noch zu schlecht, als dass ich es nicht bemerken würde.« Er grinst leicht, während er mich weiterhin mustert. Mitch macht mich nervös, und ich hasse es. Ich hasse es, dass er das schafft.

»Wie geht es denn dir?«, schieße ich zurück, um mich selbst zu schützen, weil ich mit allem gerechnet habe, aber sicher nicht mit dieser Antwort.

»Beschissen.« Er grinst weiter, aber jetzt liegt da auch so etwas wie Bedauern in seinem Blick. »Es tut mir leid, Sierra.«

»Was?« Ich komme nicht mehr mit. Meine Kopfschmerzen kehren zurück, die Tablette hilft noch nicht, und Mitchs kryptisches Geblubbere macht es nicht besser. »Dass du mir ungefragt mexikanisches Essen gemacht oder mich einfach in den Arm genommen hast? Wofür genau entschuldigst du dich?«

Mitch senkt den Kopf ein weiteres kleines Stück, und ich schlucke unmerklich.

»Wusste nicht, dass dich das so beschäftigt, querida.« Und bevor ich ihn anmeckern kann, dass er das eindeutig falsch verstanden hat, redet er weiter. »Aber nein, weder das eine noch das andere tut mir leid. Es tut mir leid, dass … es wegen mir war. Oder noch ist. Die Albträume, meine ich.«

Mein Mund steht offen, ich drehe mich weg, schaue überall hin – nur nicht zu Mitch –, und auf einmal spüre ich diesen Kloß im Hals und das verräterische Brennen in meinen Augen. Ich werde jetzt nicht weinen.

Auf keinen Fall.

»Keine Ahnung, was du meinst.« Hätte ich einfach die Klappe gehalten und etwas gewartet. Stattdessen verrät meine belegte Stimme meinen Aufruhr, und mein impulsives Wegdrehen sowie meine Körperhaltung erzählen Mitch den Rest der Geschichte. Woher weiß er das überhaupt? Ich schnaube fast lautlos.

Laura. Ich bringe sie um!

Ich verliere plötzlich das Gleichgewicht, werde zur Seite gezogen und lande – an Mitchs Brust. Er nimmt mich schon wieder in den Arm und drückt mich fest an sich. Dabei wurde er bei der Explosion verletzt und nicht ich.

»Ich wünschte, du hättest das nicht sehen müssen«, murmelt er, und ich kann förmlich hören, wie ihn das belastet. Vielleicht so sehr wie mich. Vielleicht auch einfach anders.

»Ich wünschte, ich könnte wütend auf dich sein«, flüstere ich zurück – weil das schon laut genug ist – und lasse die Umarmung zu. Lasse mich gegen ihn sinken und genieße seine Wärme, seinen Duft und seine Anwesenheit.

»Stimmt es? Ist es so schlimm?«

»Und ich wünschte, du würdest das alles einfach auf sich beruhen lassen. Es ist vorbei, Mitch.« Seine Umarmung bildet eine Art schützenden Kokon, und die Müdigkeit greift plötzlich so stark nach mir, dass ich in Mitchs Armen einzuschlafen drohe, während seine warmen Finger träge über meine Oberarme und Schultern streichen.

Um uns herum ist es ruhig. Es kommt mir unwirklich vor, fast, als würde der Rest der Welt schlafen. Und es ist diese trügerische Stille, die mich hoffen lässt, dass Mitch das Thema endlich fallen lässt. Doch das tut er nicht.

»Ich habe auch Albträume«, gibt er zu, und ich versteife mich, kralle mich an ihm fest, weil mein Atem zu rasen beginnt. »Ich habe sie, und du hast sie. Was genau ist also daran vorbei?« Ich bin ihm so nah, dass ich spüre, wie er atmet, wie er bebt und hadert. »Ich habe Narben.«

Diese Worte sind wie eine kalte Dusche, wie eine saftige Ohrfeige oder wie einer dieser Momente, in denen man sich die Augen reibt, nachdem man beim Kochen eine Chilischote geschnitten und verarbeitet hat. Ich drücke mich von ihm ab, stehe auf und schnappe mir mein Zeug, ohne ihn ein weiteres Mal anzusehen.

»Ich sollte gehen, ich brauche etwas Schlaf.« Meine Stimme klingt distanziert und schroff. Aber das muss sie, weil ich das nur so ertragen kann.

Ich habe Narben. Die Worte sind wie ein Echo in meinem Kopf, und erneut rieche ich, was ich an diesem Tag gerochen habe, während sich kalter Schweiß auf meiner Stirn bildet. Ich schmecke die Übelkeit und lausche dem Blutrauschen in meinen Ohren. Wäre ich nur schneller gewesen … besser … Dann wären die Narben kein Thema. Nicht, dass sie das für mich sind. Mitch bleibt Mitch. Aber für ihn? Ich meine, wie sollte er mir je verzeihen können, dass ich nicht gut genug war? Wie könnte ich das je tun?

»Bis morgen, Mitch«, bringe ich noch irgendwie hervor und hoffe, dass wir uns eine Zeit lang nicht begegnen werden.

Er ist auf Station, ich wegen des Personalmangels wieder öfter in der Notaufnahme. Wir werden uns nicht begegnen …

Daran halte ich fest, als ich durch die Tür schreite.

19. Kapitel

Sierra

Wir begegnen uns. Ich fasse es nicht. Und zwar direkt an seinem ersten Tag.

Es wurde eine Versammlung anberaumt, dreizehn Uhr im Ärztezimmer, statt zur wöchentlichen Visite, die dafür diese Woche entfällt und die ich eh komplett vergessen hätte.

Ich habe eigentlich gerade Pause, was der einzige Grund ist, warum ich es überhaupt aus der Notaufnahme rausgeschafft habe.

Mitch steht neben Laura, die mich freudig zu sich winkt, und ich stelle mich an ihre andere Seite, zwischen sie und Maisie.

»Du hast ihm das mit den Albträumen erzählt?«, zische ich ihr so leise wie möglich zu und kann förmlich beobachten, wie Laura ihre Gesichtsfarbe verliert.

»Es war keine Absicht«, gibt sie geknickt zu, und ich glaube ihr. Sie ist nicht der Typ, der Geheimnisse oder private Gespräche ohne Weiteres ausplaudert. Trotzdem ist es Kacke, dass er das jetzt weiß.

»Schon okay.« Mein Murren hält sie nicht davon ab, mich leicht und liebevoll anzustupsen, anzulächeln und sich nochmals zu entschuldigen. Laura böse zu sein ist nahezu unmöglich. Das ist eine Gabe!

»Denkst du heute an den Termin?«, fragt Maisie von links, und ich merke, dass Laura und Mitch aufmerksam zuhören.

»Klar. Halb sechs, oder?«

Maisie nickt. »Das schaffen wir, Schichtübergabe ist um vier vorbei, dann können wir sogar noch was essen gehen.«

»Ist heute die Besichtigung?« Laura beugt sich zu uns.

»Ja!« Maisie strahlt übers ganze Gesicht, und mit ihrer gelben Brille sieht sie einer Sonnenblume gar nicht so unähnlich. Vor allem dank all der Sommersprossen. »Die Wohnung wäre ein Glücksgriff, also drückt die Daumen.«

»Aber klar.« Laura zwinkert ihr zu.

Neben uns Bambini sind auch andere Kollegen und Kolleginnen der Herz- und Thoraxchirurgie anwesend. Die meisten bekommt man außerhalb dieser Termine eher nicht zu Gesicht, weil sie einen Großteil ihrer Zeit im OP verbringen.

Ich spüre Mitchs Blick auf mir, und das, obwohl Laura als sicherer Schutz zwischen uns steht. Leider ist sie nicht so groß, als dass es eine spürbare Wirkung hätte. *Verdammt.*

Gerade als ich mich zu Mitch drehen und ihn wütend anfunkeln will, geht die Tür auf, und Nash tritt ein. Laura seufzt gerade laut genug, dass ich es hören kann, und sieht dabei so verliebt aus, dass ich glaube, blind zu werden, wenn ich sie länger anschaue. Trotzdem lächle ich, weil ich mich für sie freue. Für sie und für Nash. Er ist vollkommen genesen, das Schädel-Hirn-Trauma auskuriert und Folgeschäden ausgeschlossen. Das war mehr als Glück.

Hinter ihm tritt Ian ein, der längst wieder arbeitet, und hebt kurz seine Arme, als erwarte er tosenden Applaus über seine reine Erscheinung. Dass ihm keiner zujubelt, irritiert ihn dabei kein Stück. Es wundert mich, dass er sein Ego nicht mit einem Bagger in den Raum karren muss. Wenigstens trägt er kein halb offenes Hemdchen mehr, und anscheinend hat er die Tortur von besagter Dämonenpflegerin recht gut überstanden. Er sieht aus wie das blühende Leben.

Alles wirkt gerade so vertraut, dass es schön ist und zugleich ein bisschen ziept und sticht und schmerzt.

Bis noch jemand eintritt und noch jemand. Hinter Nash und Ian kommen fünf weitere Menschen ins Ärztezimmer, und mittlerweile ist jeder von uns verstummt und mustert die Neuankömmlinge gebannt.

Zwei Ärztinnen, drei Ärzte.

»Hallo«, grüßt Nash uns und wirkt das erste Mal, seit ich ihn kenne, ein wenig unsicher. Obwohl ich nicht sicher bin, ob dieses Wort sein Verhalten richtig beschreibt. Ich denke, er braucht einen Moment, um sich daran zu gewöhnen, zurück im Whitestone zu sein. Als Stationsarzt. Wie ein Automotor, der erst mal warmlaufen muss. »Ich bin wieder da, wie ihr seht.« Vielleicht doch etwas unsicher. Aber seine Worte und sein schiefes Grinsen, das Laura regelmäßig an den Rand eines Herzstillstands bringt, lockern die Atmosphäre auf. Lauras Blick hängt an ihm, seinen Lippen, an jeder seiner Bewegungen – und rückblickend war ich eine Idiotin, nicht früher gesehen zu haben, dass sich die beiden wie zwei Magnete unablässig aufeinander zubewegt haben.

»Zuerst möchte ich euch danken. Die letzten Wochen waren anstrengend, es gab unzählige Überstunden und keine Zeit, das Geschehene sacken zu lassen. Danke für euren unermüdlichen Einsatz. Außerdem möchte ich die neuen Ärzte und Ärztinnen vorstellen, die ab heute im Whitestone arbeiten und uns somit unterstützen werden.« Er zeigt in ihre Richtung und stellt sie der Reihe nach vor. »Dr. Christian Wright hat seine Assistenzzeit in Miami absolviert und wird ab heute die Unfallchirurgie unterstützen.« Einen Kopf kleiner als Nash, für Miami eine recht helle Haut, wirkt auf den ersten Blick unscheinbar, aber ihm entgeht nichts, er ist aufmerksam. »Dr. Brynn Davis ist Herzchirurgin und hat mehrere Jahre in Washington gearbeitet und kam aus persönlichen Gründen nach Phoenix zurück, sie ist hier aufgewachsen.« Klein, aber nicht zierlich und scheint voller Tatendrang zu sein. Ihr Lächeln ist recht sympathisch, der weiße Kittel steht in Kontrast zu ihrer warmen sepiafarbenen Haut – besser kann ich es nicht beschreiben – und dem knallroten Lippenstift. »Dr. Beckett Hall wird ebenfalls die Herzchirurgie verstärken, er hat wie Dr. Davis erst vor Kurzem seine Assistenzzeit beendet.« Schwarzes, perfekt gestyltes Haar, sieht ein bisschen wie Cristiano Ronaldo für Arme aus.

Warum grinst der mich so an? Innerlich verdrehe ich die Augen.

»Dr. Owen Walker wird das Krankenhaus in der Inneren bereichern, er hat jahrelang in Los Angeles in einer der besten Kliniken des Landes gearbeitet«, fährt Nash fort, und ich mustere auch diesen Neuankömmling. Brille, groß und schlaksig, Hände in den Taschen, und seine rosafarbene Haut wirkt durch das dunkle Haar und den Kittel besonders blass. »Zu guter Letzt möchte ich Dr. Zara Ellis vorstellen. Sie ist eine der besten Chirurginnen mit Spezialisierung auf Verbrennungen an der Westküste.«

»Ethan wird der Arsch auf Grundeis gehen«, kommentiert Ian das Ganze viel zu laut, aber ich muss breit grinsen, weil mir der Gedanke gefällt. Nash hingegen funkelt ihn grimmig an.

Gott, es ist so schön, dass alle wieder da sind.

»Willkommen im Whitestone Hospital. Auf eine gute Zusammenarbeit«, beendet Nash die Vorstellung, und es wird geklatscht. Ich verspüre allerdings eher das Bedürfnis, Mitch und dem neuen Arzt, der mich immer noch dümmlich angrinst, eine zu klatschen, statt meiner anderen Handfläche …

Da viele wieder zurück an die Arbeit müssen, ist das Ganze auch relativ schnell vorbei. Ich drehe mich zu Maisie.

»Treffen wir uns nachher bei den Spinden?«

»Klar«, sagt sie und zeigt mit dem Daumen nach oben. Ist die Frau jemals nicht gut gelaunt? »Muss jetzt in den OP. Ciao, Leute.« Winkend macht sie sich aus dem Staub, und ich will mich ebenfalls verabschieden, da meine Pause gleich vorbei ist. Zeenah und Jane folgen Maisie direkt.

Laura lächelt mich an – oh nein, ich hasse diesen Blick. »Ich muss zu Nash, viel Erfolg später. Schreib mir, wie die Besichtigung gelaufen ist, okay?« Bevor ich sie aufhalten oder etwas erwidern kann, ist sie schon halb in Nashs Arme gesprungen. Jetzt ist da nichts mehr zwischen mir und Mitch, und das macht mich aus irgendeinem Grund so nervös, dass ich nicht aufhören kann, mit dem Saum meines Kasacks zu spielen. Vielleicht ist es die Art, wie er mich ansieht, mustert, beobachtet, wie er mich umarmt und sich entschuldigt hat. Oder dass ich bei unserer letzten Begegnung einfach gegangen bin.

»Alles okay?«, fragt er und tritt etwas näher. »Gestern Abend, da …«

»Ich war müde, sonst war nichts«, unterbreche ich ihn, bevor ich mich räuspere. »Meine Pause ist fast rum, ich muss runter in die Notaufnahme. Schön, dass du wieder da bist.« Ich gehe, verlasse den Raum und kann regelrecht spüren, dass er mir folgt. Keine fünf Schritte schaffe ich aus dem Ärztezimmer heraus, mitten in den weißen hellen Flur hinein, in dem ein paar bunte Gemälde hängen, die vermutlich fantastische Kunst darstellen sollen und die ich einfach nicht verstehe. Und als ich direkt neben Bild Nummer eins ankomme, hält mich seine Stimme auf.

»Sierra?« Ich drehe mich um und schaue ihn abwartend an. Warum? Warum zum Teufel habe ich mich umgedreht?

»Ich …« Er presst die Lippen zusammen, schließt die Lücke zwischen uns, und ich fühle mich schuldig, weil er sicher denkt, er hätte irgendwas verbrochen. Oder schlimmer noch, weil er denkt, ich würde seine Narben abschreckend finden.

»Ja, ich habe Albträume«, gebe ich zu und will mich im nächsten Augenblick dafür verprügeln. Ich kann nicht glauben, dass ich das gesagt habe. Dass das eben aus mir rausgeplatzt ist, direkt vor Mitch. Was ist nur los mit mir?

Seufzend stemme ich die Hände in die Hüften und rede weiter. »Ich habe sie, aber das ist nicht deine Schuld. Das war alles einfach nur etwas viel, mehr nicht. Also mach dir keinen Kopf.«

»Trotzdem tut es mir leid.«

»Oh Gott, Mitch. Lass das. Sonst denken die anderen noch, wir würden uns um den jeweils anderen Sorgen machen.« Ich will es ernst sagen, kann aber das Lächeln, das sich auf meinem Gesicht bildet, nicht verhindern.

»Querida, ich …« Wir drehen uns um, weil die Tür hinter Mitch aufschwingt, lautes Gerede dringt heraus, und einer der neuen Ärzte tritt zu uns, unterbricht damit unsere Unterhaltung oder was auch immer wir da eben zu tun versucht haben. Unter normalen Umständen wäre ich jetzt dankbar, wäre der Arzt nicht der komische Typ, der ab heute auf unserer Station arbeitet. Großartig.

»Ich hoffe, ich störe nicht.«

»Wenn ich Ja sage, macht es dann einen Unterschied?«, frage ich und könnte mich ohrfeigen. Weil er über mir steht, ob ich das will oder nicht. Doch er lächelt nur, als wäre es ein Scherz gewesen.

»Da ich Sie glücklicherweise hier treffe, stelle ich mich noch mal persönlich vor.« Er bleibt direkt vor uns stehen, mit den Händen in den Hosentaschen und einem viel zu neugierig wirkenden Ausdruck auf dem Gesicht.

»Tun Sie das, aber ich muss in die Notaufnahme.«

Jetzt lacht er richtig auf. »Sie haben Humor.«

Ich lache mit, und Mitch grinst.

»Würden Sie mit mir nach Feierabend etwas trinken gehen? Ich meine, damit ich mich dann anständig vorstellen kann.« Mitch erdolcht ihn mit Blicken, während mein Gehirn dabei ist, verstehen zu wollen, was er da eben gesagt hat. Er ist keine zehn Minuten hier und will schon mit einer der Assistenzärztinnen ausgehen. Wow, Ian hat seinen Meister gefunden.

»Kein Interesse, danke.« Während ich das antworte, bemerke ich nur zu deutlich, wie angespannt Mitch ist.

»Dr. …« Er schaut auf mein Namensschild, danach erwidert er meinen Blick. »… Harris. Nur ein Drink. Wir werden schließlich alle sehr eng zusammenarbeiten.«

Ich revidiere. Ian ist zwar direkt und oft unbeholfen, aber er überschreitet nie bestimmte Grenzen.

Ich atme tief durch, um mein inneres Qi zu finden, obwohl ich nicht glaube, dass jemand wie ich so etwas besitzt.

»Nein.«

»Ach, Süße …«

Mitch knirscht förmlich mit den Zähnen, aber ich bin schneller als er. Meine Wut ist mit Überschall von null auf hundert gestiegen, also fauche ich laut los.

»Süße? Wer sind Sie? Werden Sie erwachsen.« Mit diesen Worten mache ich auf dem Absatz kehrt und lasse die beiden stehen. Die Pause hätte ich mir auch sparen können – doch noch mehr wünschte ich, mir wäre es erspart geblieben, mitanhören zu müssen, was der Arsch danach noch von sich gibt.

»Die hat ja Feuer.« Er pfeift leise, und ich muss beinahe würgen. Hoffentlich geht Mitch auch, bevor er sich noch mehr geistigen Durchfall anhören muss.

»Sie ist vergeben«, höre ich Mitch sagen und stolpere beinahe über meine Füße, während ich um die nächste Ecke biege.

Ich bleibe stehen, lehne mich an die Wand und lausche. Keine Ahnung, warum. Keine Ahnung, warum ich mich verdammt noch mal nicht mehr vom Fleck bewege.

»Wirklich? Ist sie etwa deine Freundin?«

Mitch zögert. Anscheinend kann er auch nicht lügen.

»Nein.«

»Aber sie hat einen Freund?«

Wieder ein Zögern. »Nein, ich denke nicht.«

»Dann ist sie auch nicht vergeben«, meint der Ronaldo-Verschnitt, und ich balle die Hände zu Fäusten. Ich könnte auch eine Freundin haben, aber in sein engstirniges Gehirn passt diese Vorstellung wohl nicht. »Hätte mich auch gewundert, wäre sie mit dir zusammen. Nimm es nicht persönlich, aber du wirkst nicht, als würdest du mit so einer Frau klarkommen. Glaub mir, ich habe eine gute Menschenkenntnis, und die von eben spielt in einer ganz anderen Liga. Konzentrier dich lieber auf den Job hier und deine Assistenzzeit.«

Das ist der Moment, in dem meine Wut zu einem Untier wird und ich mich, ohne weiter darüber nachzudenken, in Bewegung setze. Nicht vorwärts, sondern zurück. Ich meine, was erzählt er da? Aber er und meine Liga? Gute Menschenkenntnis? Dass ich nicht lache! Diese Witzfigur.

Schnellen Schrittes halte ich auf Mitch zu, und als die beiden mich wahrnehmen und Mr Superarsch Luft holt, um etwas mit Sicherheit wenig Geistreiches von sich zu geben, komme ich bei Mitch an. Ich bin nicht langsamer geworden. Ich pralle gegen ihn, lege meine Hände an seine Wangen und küsse ihn.

Ich.

Küsse.

Mitch.

Es war eine Kurzschlussreaktion. Weil der Typ sich scheiße verhalten hat und – ach, keine Ahnung. Jetzt klebe ich an

Mitch Riveras Körper, meine Lippen liegen auf seinen, und ich verfluche mich, weil es mir gefällt. Wie von selbst schließen sich meine Augen, als Mitchs Arme mich umfassen und seine rechte Hand sich auf meinen Nacken legt. Meine Finger wandern seine Kieferpartie hinab, über seinen Hals und seine Schultern. Sie machen, was sie wollen, erkunden Mitchs Körper und prägen sich alles ein. Mir ist heiß und kalt, und die Wut von eben gibt es nicht mehr. In der Sekunde, als der Kuss begann und ich verstand, was ich getan habe, ist sie verflogen und hat viel schlimmeren Dingen Platz gemacht.

Sehnsucht. Wärme. Überraschung. Geborgenheit. Und Lust.

Eine schwindelerregende Kombination. Es fühlt sich an, als hätte ich ein schlafendes, ausgehungertes Ungeheuer geweckt.

Noch verheerender ist jedoch der Gedanke, dass es an Mitch liegen könnte. Denn ich habe genug Sex, wenn ich ihn will oder brauche. Ob mit anderen Menschen oder mit irgendeinem Sextoy. Doch nichts davon hat sich in letzter Zeit so angefühlt wie dieser Kuss.

Eine Stimme in meinem Kopf brüllt mich an, dass das hier eine ganz beschissene Idee ist und ich damit aufhören sollte. Ich höre sie, klar und deutlich, aber ich kann nicht.

Mitchs Hände und Arme sind da, er gibt mir Halt, und trotzdem überlässt er mir die Führung. Ich streiche mit meinen Lippen über seine, fahre mit den Händen durch sein Haar, und als unsere Zungenspitzen sich berühren, krallen meine Finger sich ruckartig hinein. Ich bekomme eine Gänsehaut, in meinem Unterleib kribbelt es, und ich spüre, dass Mitch mich mit sich dreht und rückwärts manövriert, bis wir an der Wand ankommen. Er presst mich dagegen, sein Kuss wird leidenschaftlicher, und ich stelle mich auf die Zehenspitzen, für mehr.

Mehr Mitch.
Mehr Küsse.
Mehr von allem.
Ich küsse Mitch.
Er küsst mich zurück.
Und es gefällt mir.

20. Kapitel

Mitch

Ich bin mir verflucht sicher, dass das hier kein Traum ist, werde aber unter keinen Umständen das Risiko eingehen und mich kneifen, um es herauszufinden.

Dieser neue Arzt ist ein pendejo. Nicht, dass Sierra nicht allein auf sich aufpassen kann, aber trotzdem hatte ich das Bedürfnis, sie in Schutz zu nehmen. Leider muss ich mir eingestehen, dass ich wohl auch mich in Schutz nehmen wollte. Ich mag Sierra. Es gibt nicht viele Dinge, die offensichtlicher sind, selbst für ihn, obwohl er neu ist. Meine Reaktionen auf sein Geschwätz waren mehr als eindeutig. Doch obwohl Sierra Klartext geredet und man mir meine Wut und Eifersucht deutlich angemerkt hat, hat er nicht aufgehört. Selbst dann nicht, als sie gegangen ist.

Da kam so viel Müll aus seinem Mund, dass mir beinahe schlecht geworden ist. Obwohl er mit einer Sache recht hat: Sierra ist nicht meine Freundin.

Was verrückt ist, weil ich sie trotzdem genau in diesem Augenblick halte und küsse, weil ich sie in dieser Sekunde schmecke und ihren Duft einatme.

Sie war weg, und sie kam zurück. Dann lagen ihre Lippen ohne Vorwarnung auf meinen, und ihre Hände umfassten wie aus dem Nichts heraus mein Gesicht. Ich gebe es zu, es hat einen Moment gedauert, bis ich realisiert habe, was passiert.

Dass das Sierra ist. Dass sie sich an mich schmiegt und mich küsst.

Nachdem das endlich in meinen Verstand sickerte, war alles andere egal. Keine Ahnung, was das Arschloch von eben macht, ob er noch da ist oder nicht. Es kümmert mich nicht.

Ich konzentriere mich auf das Hier und Jetzt, auf Sierra, hauche Küsse auf ihre Kieferpartie, auf ihr Kinn und ihren Hals, während sie sich wie eine Ertrinkende an mir festhält. Ich erobere ihre Lippen zurück, ziehe sie auf Höhe ihrer Taille noch näher, noch enger an mich heran, und es ist mir verflucht egal, dass wir auf der Arbeit sind und mich das erregt. Ich will nicht aufhören. Ich kann nicht aufhören. Erst recht nicht, als ich ihr leises Keuchen vernehme, ihren lauten Atem, als sie genauso fieberhaft in ihren Küssen und Bewegungen wird wie ich. Dieser Kuss ist besser als jeder einzelne, den ich mir bereits mit ihr vorgestellt habe, und das waren verdammt viele in letzter Zeit.

Ich stemme mich mit meinem rechten Unterarm gegen die Wand – direkt neben ihr Gesicht –, sauge ihre Unterlippe ein, knabbere daran, und ihr leises Stöhnen fährt einmal durch mich hindurch.

Bis sie stoppt.

Bis sie mich mit einer schnellen Bewegung und mehr Kraft, als ich für möglich gehalten hätte, wegstößt und sich mit den Fingern über ihre geschwollenen roten Lippen fährt.

Bis es endet.

Ihr Blick findet meinen, und wir stehen schwer atmend voreinander, als wären wir zusammen einen Marathon gelaufen. Mein Herz hämmert in meiner Brust, es zieht und pocht in meiner Lendengegend, und jede Stelle, die Sierra bis eben noch berührt hat, kribbelt.

Doch dann schaut sie fort, wendet sich nach rechts, und als

ich es ihr gleichtue, verstehe ich, warum sie es tut und warum sie das Ganze so abrupt beendet hat.

Laura steht vor dem Ärztezimmer und starrt uns vollkommen entsetzt an. Sierra muss sie oder irgendetwas anderes gehört haben. Aber zu spät. So wie Laura aussieht, hat sie genug mitbekommen, um sich ihren Teil zu denken.

Mein Blick findet zurück zu Sierra, und ich warte darauf, dass sie ihn erwidert. Dass sie etwas sagt oder sich rührt, aber das tut sie nicht.

Ich fluche leise, ziehe den Kittel vor meinen Schritt und gehe. Es ist nicht so, dass ich nicht gern bleiben und das mit ihr ausdiskutieren will, aber mein Gefühl und Sierras Reaktion sagen mir, dass jetzt nicht der richtige Zeitpunkt dafür ist. Dass sie das gerade nicht kann. Also ist Gehen vermutlich das Beste, das ich tun kann, auch wenn mir übel wird bei dem Gedanken, dass Sierra sich für unseren Kuss schämen könnte oder ihn bereut.

Denn mit jedem Schritt merke ich, dass ich mehr will als das eben. Ich will mit Sierra zusammen sein.

21. Kapitel

Sierra

»Heilige Scheiße!«, ruft Laura und schlägt sich sofort die Hand vor den Mund.

»Sag es nicht.« Ich reibe mir über die Stirn und schließe kurz die Augen. Was zur Hölle habe ich da eben getan? Was ist da passiert? Bin ich bescheuert?

Laura kommt auf mich zu, lässt die Hand sinken und mustert mich, als wäre ich eine Fata Morgana. »Was … ich meine … Was?«, stottert sie, als sie vor mir stehen bleibt.

»Ich hab doch gesagt, sag es nicht. Egal, was es ist, ich will es nicht hören«, grummle ich. Vermutlich sollte ich verschwinden, denn Laura wird mit Sicherheit diese Situation kommentieren wollen, sobald sie den Kurzschluss in ihrem Kopf gefixt hat.

»Okay«, meint sie, und ich ziehe überrascht die Augenbrauen nach oben.

»Okay?«

»Ja?«

Gott, es ist so offensichtlich, wie sehr sie mit sich kämpft. Sie platzt bestimmt gleich.

Drei …

Zwei …

Eins …

»Oh mein Gott, du hast Mitch geküsst! So richtig!«, platzt

es aus ihr raus. »Sorry, ich wollte das wirklich respektieren, aber das musste raus.«

Unruhig drehe ich mich um, aber kein Mensch hat uns gehört. *Mitch ist weg*, dämmert es mir, und diese Tatsache sorgt dafür, dass sich mein Magen krampfhaft zusammenzieht und ich einen Wimpernschlag lang schlecht atmen kann. Nicht wegen des Kusses, dieses unglaublich guten Kusses, sondern weil er gegangen ist. Wer zur Hölle küsst jemanden und geht danach ohne ein Wort? Wenigstens ist der neue Arzt auch verschwunden und nervt mich nicht mehr.

Ich räuspere mich und schaue mich noch einmal um. Sicher ist sicher. Aber der Gang hat sich inzwischen geleert, ich entdecke nur Nash, der aber erst jetzt aus dem Raum tritt und vermutlich nach Laura sucht. Oder zu einer OP muss.

»Das war keine große Sache. Ich muss auf die Neuro.«

»Du hast wen auf der Neuro?« Verwundert zieht sie die Augenbrauen zusammen.

»Nein«, zische ich. »Ich will mich da untersuchen lassen. In meinem Kopf muss was kaputt sein. Anders kann ich mir den Scheiß von eben nicht erklären.«

Nach zwei Sekunden absoluter Stille prustet Laura los und kann sich kaum noch halten. »Au, oh mein Gott, das tut weh!« Sie hält sich die Rippen, die längst verheilt sind – und ich verspüre das Bedürfnis, ihr die ein oder andere davon wieder zu brechen, so genervt bin ich. Und ja, mir ist klar, dass das nicht fair wäre, weil ich im Grunde nur von mir selbst genervt bin. Und sauer. Sauer bin ich auch, ebenfalls auf mich selbst.

Nash kommt bei uns an, stellt sich neben Laura und schaut zwischen uns hin und her.

»Frag nicht«, sage ich nur und winke ab.

Zu meinem Glück ist Nash der unkomplizierte Typ, zumindest, seit er endlich mit Laura zusammen ist und feststeht, dass er uns nicht mehr betreut, sobald Ian seine Prüfung hinter sich hat. Also zuckt er mit den Schultern, gibt seiner vor Lachen in Tränen ausbrechenden Freundin einen Kuss auf die Wange und sagt: »Bis später, ich hab gleich eine OP.«

Als er außer Sicht ist, haue ich Laura gegen den Oberarm. »Hör auf! Lass das. Was bitte ist daran witzig?«

Sie wischt sich die Tränen weg und schluckt ein paarmal. »Alles. Einfach alles. Ich muss mich echt zusammenreißen, keine dämlichen Witze zu machen.«

»Weißt du, was? Ich kann dich echt nicht leiden.«

»Wir sind Freundinnen!«, sagt sie lächelnd, und ich drehe mich um und gehe. Natürlich folgt sie mir und hält locker mit mir Schritt. »Du hast mal zu mir gesagt, wir würden in diesem Job untergehen, wenn wir keine Freundinnen sind.«

»Hab ich das? Dann habe ich dieses Gehirn-Problem schon länger.«

»Ach, Sierra! Sei nicht so. Es tut mir leid.«

»Tut es nicht. Und soll ich dir was verraten? Das war eine Lüge. Ich wollte hier keine Freundschaften schließen.«

»Bis ich kam«, sagt sie, hakt sich bei mir unter und klimpert verstörend schnell mit ihren Wimpern. Das stimmt, aber das gebe ich jetzt auf keinen Fall zu.

Ja, mit Laura will ich befreundet sein. Auch wenn das absolut nicht der Plan war.

»Möchtest du jetzt darüber reden?«, fragt sie und wird auf einmal ganz ernst.

»Worüber?«

»In Ordnung.« Seufzend schüttelt sie den Kopf, ich kann es aus dem Augenwinkel erkennen. Sie begleitet mich ein Stück. Fragt nichts, sagt nichts, und aus irgendeinem Grund halte ich das nicht mehr aus.

»Ich habe Mitch geküsst«, murmle ich mies drauf, und

sie zwingt mich dazu, anzuhalten, indem sie sich vor mich stellt.

»Ich hab es gesehen. Aber um ehrlich zu sein, glaube ich es erst, seit du es jetzt gesagt hast. Es aus deinem Mund zu hören macht es real.« Sie schmunzelt, und Laura ist die Einzige, bei der es dermaßen ansteckend auf mich wirkt, dass ich Mühe habe, nicht ebenfalls zu lächeln. Weil es so echt ist. Nicht zu viel, nicht zu wenig. Laura passt perfekt in mein Leben, und auch wenn ich richtig gut allein klargekommen wäre, weil ich es nicht anders kenne, bin ich dankbar, dass ich sie in meine chaotische Welt reingelassen habe.

»Verflucht, wie konnte das passieren?«

»Ehrlich gesagt hatte ich gehofft, du könntest mir das erklären? Und vor allem: Warum ist Mitch ohne ein Wort verschwunden? Ich dachte zuerst, ihr hättet da heimlich was am Laufen, aber ... Dann stündest du jetzt nicht kurz vor einem Nervenzusammenbruch.«

»Vermutlich ist er gegangen, weil er genauso überrascht war wie ich. Oder weil es ihm nichts ausgemacht hat? Was weiß ich. Wo warst du eigentlich? Du hättest das verhindern müssen!«

»Schieb das nicht mir in die Schuhe, Sierra«, mahnt sie. »Komm, wir gehen zum Fahrstuhl, damit du zurück in die Notaufnahme kommst. Deine Pause ist ...« Sie wirft einen Blick auf die Uhr. »... genau jetzt vorbei. Shit. Los, beeilen wir uns.«

Sie hat recht.

Verdammt.

Wir gehen los und währenddessen redet sie weiter. »Und jetzt fangen wir von vorne an. Warum waren du und Mitch zusammen draußen?«

»Ich wollte schon runter, er kam hinterher.«

»Hat er etwas gesagt?«

»Das ist alles deine Schuld!«

Verwirrt reißt sie die Augen auf. »Das hat er gesagt?«

»Nein, natürlich nicht. Er hat wieder was von diesen Albträumen gefaselt und dass es ihm leidtut.« Stöhnend greife ich nach hinten in mein Haar, ziehe das Haargummi raus und mache mir einen neuen Zopf. Der ist vermutlich genauso unordentlich wie der davor, aber ich brauche das Gefühl, etwas zu tun zu haben.

Wir kommen beim Fahrstuhl an, und Laura drückt den Knopf. Dann verzieht sie das Gesicht. »Es ist mir wirklich rausgerutscht. Ich konnte nicht ahnen, dass das für ihn so 'ne große Sache wird.«

»Anscheinend ist es das. Es beschäftigt ihn, weil er denkt, er wäre schuld daran.«

»Ist er ja auch.«

»Laura«, zische ich und funkle sie an.

»Du weißt, wie ich das meine. Natürlich ist er nicht schuld, aber er ist der Grund, auch wenn er nichts dafür kann.« Sie zuckt mit den Schultern. »Kacke, ich weiß, aber leider ist es so.« Als der Fahrstuhl bei uns ankommt, die Türen sich öffnen und ich einsteige, schaut sie mich mit zur Seite geneigtem Kopf an. »Was ist dann passiert, dass du ihn geküsst hast?«

»Einer der Neuen hat mich angemacht und Mitch danach gesagt, er sei nicht gut genug für mich.« Gott, das ärgert mich immer noch. Und es ärgert mich, dass es mich ärgert. Ich bin so verkorkst …

Grinsend schüttelt Laura den Kopf, und ich drücke endlich den Knopf, damit ich hier wegkomme.

»Ihr zwei …« Die Türen beginnen, sich zu schließen.

»Hey! Es gibt kein *Ihr zwei*, klar?«

Die Türen sind zu, der Fahrstuhl setzt sich in Bewegung. Ich schließe kurz die Augen, um mich zu sammeln.

Ping.

Notaufnahme.

Dieses Mal bleibe ich nicht stehen, ich werfe keinen Blick auf den Fahrstuhl, in dem das ganze Unglück begonnen hat und der wieder in Betrieb ist, und zwinge mich, nicht an diesen Tag zu denken.

Ich zwinge mich, nicht an Mitch zu denken – auch wenn das richtig schwer ist. Denn dieser Kuss war unglaublich. Wer hätte gedacht, dass unser Medizinerbaby so küssen kann? Dass sich seine Lippen so weich und gleichzeitig unnachgiebig anfühlen? Oder dass er es schafft, mir eine Gänsehaut zu bescheren, sobald seine Haut auf meine trifft?

Shit. Shit. Shit.

Das alles ist gar nicht gut.

Das zarte Echo der Erregung in meinem Unterleib ist noch immer spürbar, und ich bin mir ziemlich sicher, wenn ich jetzt die Augen schließe, würde ich Mitch vor mir sehen, seine dunklen Augen, die von langen schwarzen Wimpern umrahmt werden.

Ich streiche mir mit den Fingerspitzen über die Unterlippe – bis ich merke, was ich da eigentlich tue, und meine Hand ruckartig wegziehe.

»Hör auf mit dem Quatsch, Sierra«, nuschle ich und schüttle ein Mal den Kopf, als könne ich damit die Gedanken an diesen verdammten Kuss einfach herausschütteln.

Natürlich bringt das nichts, doch als ich durch die Türen der Notaufnahme komme, lenkt mich etwas anderes ab. Lisha steht auf einmal vor mir, und ich reiße die Augen auf, weil ich damit nicht gerechnet habe. Sie sieht gut aus, als wäre nichts gewesen, und lächelt mich an.

»Was machst du denn hier?«, frage ich, dabei ist das offensichtlich.

»Arbeiten. Was denkst du?« Sie zwinkert mir zu.

»Seit wann bist du wieder da?«

»Seit ein paar Tagen, aber ich mache nur halbe Schichten im Moment, und das ist die erste hier unten. Ich war vorher in der Gyn, um auszuhelfen. Aber vor allem wohl, weil ich es langsam angehen soll und sie mich nicht direkt hierherschicken wollten.«

Dahin, wo es passiert ist, schießt es mir durch den Kopf, und ich nicke, weil ich das verstehen kann.

Ich kann nicht anders, ich überbrücke den Abstand zwischen uns und umarme sie. Keine Ahnung, woher dieses Bedürfnis kommt, aber es ist wirklich schön, sie zu sehen. Die Truppe ist wieder gesund, und alle sind zurück im Whitestone. Dabei versuche ich, nicht an George zu denken und ein schlechtes Gewissen zu haben, weil ich mich darüber freue, dass es allen anderen wieder gut geht. Ich kann es ohnehin nicht ändern, und ich glaube, am Ende wollen die, die von uns gegangen sind, nicht, dass wir traurig sind.

»Uff«, kommt es von Lisha. »Damit habe ich nicht gerechnet.« Ich lasse sie sofort wieder los und trete einen Schritt zurück.

»Ich auch nicht«, meine ich, und das lässt uns beide grinsen. Maisie und Laura färben immer mehr ab.

»Gleich kommen zwei Rettungswagen, allerdings haben wir keine weiteren Infos erhalten!«, tönt es von rechts, und wir drehen uns genau in dem Moment zur Seite, als ein Pfleger bei uns ankommt. Ich kneife die Augen zusammen.

Wie heißt er noch mal? Ach, verdammt, ich muss auf das Namensschild schauen. Donald Schwab. Stimmt, Grant nennt ihn immer Ducky.

»Hallo«, sagt er kurz darauf und wirkt ein wenig verlegen.

»Was meinst du damit, dass wir keine weiteren Infos haben?«, erkundige ich mich, und Lisha zeigt auf die Monitore.

»Unser System spinnt. Es hat vor einer halben Stunde den Geist aufgegeben. Wir kriegen momentan keine detaillierten Informationen zu Unfallopfern rein, die auf dem Weg sind, müssen uns demnach auf alles vorbereiten.«

»Genau«, bestätigt Donald. »Die sind bereits dabei, es zu fixen, haben den Fehler aber bisher nicht entdeckt.«

»Also sind sie streng genommen noch nicht dabei, es zu fixen«, murre ich, und beide stimmen mir nickend zu. Ganz toll.

»Sie sind da!«, ruft jemand, und hinter Lisha wird es hektischer. Wir machen uns bereit, wappnen uns, und als die erste Patientin reinkommt, scheint es auf den ersten Blick nichts Lebensbedrohliches zu sein.

»Patientin, Mitte zwanzig, hatte einen Autounfall. Klagt über Kopfschmerzen, Schwindel und Sehstörungen. Keine äußeren Verletzungen oder sonstigen Beschwerden. Wir haben trotzdem vorsichtshalber einen Stiffneck angelegt, um die Halswirbelsäule zu schützen.«

»Alles klar, danke. Wir übernehmen.« Ich nicke dem Notfallsanitäter zu und untersuche die Patientin, während Lisha die Vitalzeichen erfasst und wir sie in eine der Kabinen bringen.

»Mein Name ist Dr. Harris«, stelle ich mich vor, während ich ihre Pupillenreaktion teste. »Wie heißen Sie?«

»Diana«, murmelt sie. »Diana Summers.«

»Ms Summers, haben Sie auch Nackenschmerzen?«

»Ein wenig«, gibt sie zu, und ich bin dankbar, dass sie bereits eine Halskrause trägt. Die wird auch dranbleiben, bis das Röntgen Entwarnung zeigt.

»Okay, jemand wird Sie gleich zum Röntgen bringen, damit wir uns Ihren Nacken genauer ansehen können. Außerdem wird es ein paar neurologische Untersuchungen geben. Reine Routinemaßnahme«, füge ich an, nachdem ich ihren verunsicherten Blick gesehen habe. »Zudem werden Sie ein Schmerzmittel bekommen.«

Ich vermerke die Symptome, die Behandlung und die erste Diagnose: *Verdacht auf Schleudertrauma.*

»Die Nächsten kommen rein!«, höre ich Ducky rufen und wende mich meiner Patientin zu.

»Ruhen Sie sich aus, es ist sofort jemand bei Ihnen.«

Sie nickt, und ich mache mich auf den Weg nach vorne, um bei Ankunft der Rettungswagen dabei zu sein und zu helfen.

»Hier.« Auf dem Weg drücke ich Ducky die Akte von Ms Summers in die Hand. »Röntgen und danach in die Neuro. Schmerzmittel sind vermerkt.«

»Alles klar«, sagt er, schnappt sich die Akte und legt los. Währenddessen stelle ich mich neben Lisha, die die beiden Notfallsanitäterinnen beobachtet, die in dieser Sekunde einen Patienten in die Notaufnahme bringen. Sie rennen. Das ist kein gutes Zeichen. Ist es nie.

Scheiße.

Wir eilen ihnen entgegen, ich bin wach, motiviert und konzentriert. Doch als wir beim Patienten ankommen, bin ich mit einem Mal wie gelähmt.

»Patient, Ende vierzig, Koch in einem Restaurant. Da ist etwas schiefgegangen. Öl hat sich in Brand gesetzt, und jemand hat wohl versucht, die Flamme mit Wasser zu löschen«, rattert eine der Notfallsanitäterinnen runter, aber ich kann kaum atmen. Weil dieser Geruch alles überdeckt. Es riecht nach … verbranntem Fleisch.

Bilder von Nash, Laura und den anderen blitzen auf, von dem Aufzug, aber vor allem von Mitch. Es ist alles wieder da.

Mir wird schlecht. Ich zittere, balle die Hände zu Fäusten und beiße mir auf die Innenseite der linken Wange, um den

Fokus zu behalten. Doch es nützt nichts. Mir wird schwindelig, der Flashback ist zu stark.

»Sierra, ist alles okay?«, dringt Lishas Stimme zu mir, und ich kann nicht anders, ich muss hier weg. Ich will weinen und schreien, weil ich Ärztin bin und diesen Patienten behandeln sollte, aber …

»Bringt ihn sofort in die Verbrennungschirurgie«, bringe ich hervor, während sich dabei Schweiß auf meiner Stirn und in meinem Nacken sammelt, ich Herzrasen bekomme und meine Übelkeit förmlich schmecken kann. »Die Klamotten und der Rest müssen im OP runter.« Zum Glück haben die Sanitäterinnen gute Erstversorgung geleistet.

»Alles klar.« Sie nickt, ruft sich einen weiteren Pfleger heran und eilt mit dem Patienten zum Fahrstuhl.

Währenddessen renne ich in Richtung Waschräume, stürze mich regelrecht in die erste Toilettenkabine und übergebe mich. Keine Ahnung, wann ich das letzte Mal gebrochen habe. Ich glaube, vor fünf Jahren, als ich an einer heftigen Magen-Darm-Erkrankung litt.

Ich übergebe mich, klammere mich wie eine Ertrinkende an der Kloschüssel fest, und irgendwann tränen meine Augen. Als es endlich aufhört, spucke ich einmal laut und verziehe das Gesicht, weil es so ekelhaft ist. Danach reibe ich den Mund sauber, spüle ab und lasse mich erschöpft auf die Fliesen sinken, während ich mich mit dem Rücken gegen die Trennwand lehne.

Ich schluchze und kann nicht aufhören.

Dieser Geruch und das, was er in mir auslöst, machen mir Angst. Was, wenn dieses Gefühl, diese Ohnmacht und diese Flashbacks nie wieder verschwinden? Die Albträume immer ein Teil von mir sein werden und in meine Realität finden?

Was dann?

Ich muss zurück. Ich muss rüber in die Notaufnahme, das weiß ich. Auch wenn noch ein anderer Arzt da ist, Dutzende Pflegekräfte, die wissen, was sie tun, muss ich los.

Weil das mein Job ist.

Also hieve ich mich hoch, ignoriere das mulmige Gefühl und das Zittern meiner Hände und mache mich an die Arbeit. Denn dafür bin ich da. Ich helfe anderen – auch wenn ich mir selbst nicht helfen kann. Noch nicht …

22. Kapitel

Sierra

»Es sind drei gut geschnittene Zimmer und eine große Wohnküche, die Geräte sind wie neu, es gibt eine Spülmaschine, und der Kühlschrank wurde erst ausgetauscht«, preist uns der Makler die Wohnung an, während er uns alles zeigt. Maisie ist, wie zu erwarten war, hellauf begeistert, Jane ist zu meiner Überraschung mitgekommen und scheint wirklich interessiert zu sein. Sie ist weiterhin eher still und reserviert, aber sie wirkt stets aufmerksam und so, als würde ihr nichts entgehen. Was gut ist, denn ich kann mich nach diesem absoluten Scheißtag auf nichts mehr richtig konzentrieren. Immer wieder tauchen vor meinem inneren Auge Szenen auf, die ich gern vergessen würde. Wie mein Ausfall vorhin in der Notaufnahme, als der Patient mit den Verbrennungen eingeliefert wurde. Die Flashbacks, dieses Gefühl … ich war wie gelähmt. Scheiße. Ich konnte einem Patienten nicht gerecht werden, und das darf nie wieder passieren. Nicht so. Nicht deswegen. Danach war ich derart neben der Spur, dass ich Dinge vergessen oder durcheinandergebracht habe. Wäre Lisha nicht gewesen, hätte nichts mehr funktioniert, auch ich nicht. Keine Ahnung, wie viel sie mitbekommen hat, ob sie es darauf schiebt, dass ich einen schlechten Tag hatte, oder ob sie geahnt hat, was in mir vorging, sie hat es jedenfalls nicht kommentiert. Jetzt hier zu sein, diese Wohnung besichtigen und hoffentlich bald ausziehen zu können waren mein Lichtblick und Anker während dieser Horror-Schicht.

»Es gibt nur ein Badezimmer, aber zwei Toiletten«, erzählt der Makler weiter und katapultiert mich damit zurück ins Hier und Jetzt, während er uns den Schuhkartonraum zeigt, in den es wirklich nicht mehr geschafft hat als ein Klo und ein winziges Waschbecken.

Aber es ist okay. Es ist ausreichend. Das *richtige* Bad ist dafür recht groß, hat sogar eine Dusche und eine Wanne, und ich bin ein großer Fan davon, dass es schlichte weiße Fliesen sind, ohne seltsame Blumen- oder Rankenmuster oder ersichtlichen Schimmel in den Fugen. Klimaanlage, erster Stock, Aufzug vorhanden, und in fünf bis zehn Minuten ist man zu Fuß am Whitestone, je nachdem, welche Route man nimmt. Bisher gibt es nichts, das gegen diese Wohnung spricht.

Während der Makler die Räumlichkeiten und Lage weiter anpreist, als hätte hier vorher Einstein persönlich gelebt, vibriert mein Handy, und ich werfe einen Blick darauf. Eine Nachricht von Laura.

> Hey, wie war die Besichtigung? Oder läuft sie noch? Wie fühlst du dich? Wegen Mitch und … Lisha meinte vorhin, dir ging es nicht gut. Ist alles okay? Ist etwas passiert?

Ich liebe sie, aber sie macht sich zu viele Sorgen. Und Lisha anscheinend auch.

> Besichtigung läuft. Die Wohnung ist wirklich nicht schlecht. Klebt Nash gerade an dir? Will es eigentlich nicht wissen und weiß nicht, warum ich frage …

Ich will das Handy in dieser Sekunde in meine Tasche stecken, da hat Laura bereits zurückgeschrieben. Verdammt, ist die schnell.

Lenk nicht ab. Mitch? Heute in der Notaufnahme? Es war wegen der Verbrennungen, oder? Kann ich etwas tun? Brauchst du mich?

Lisha hat also ganz genau verstanden, was das Problem war. Oh Mann. Ich seufze und überlege, ob ich antworten soll oder nicht. Doch meine Finger bewegen sich längst über die Tasten. Ich bin ihr das schuldig.

Es war nur ein Kuss. Und was das andere angeht: Ich war ein paar Minuten unpässlich. Wird nicht wieder vorkommen.

Dass ich den ganzen Tag etwas neben der Spur war, muss sie nicht wissen. Es wird nicht mehr passieren. Ich habe mich unter Kontrolle. Ich kann mit allem allein klarkommen.

Damit mache ich das Handy aus und stecke es weg. Ich hoffe, Laura lässt es gut sein. Zumindest vorerst.

»Werden noch Rauchmelder und CO-Melder angebracht?«, fragt Jane und lenkt meine Aufmerksamkeit zurück auf die Wohnung und unsere Besichtigung.

»Das kann auf Wunsch veranlasst werden.«

»Ist die Wohnung nicht großartig?« Maisie strahlt übers ganze Gesicht, während sie sich einmal um die eigene Achse dreht.

»Sie ist okay«, sage ich, was dem Makler weniger gut gefällt. Das erkenne ich daran, wie er mich mustert und verwundert die Augenbrauen hochzieht.

»Das ist für sie ein Kompliment«, übersetzt Maisie, und ich grinse, weil sie nicht unrecht hat. Als sie weiterreden will, verzieht sie plötzlich das Gesicht, legt ihre Hand auf die Brust, hustet, atmet etwas schneller und … irgendwas stimmt nicht. »Bin gleich wieder da«, bringt sie mit schwacher Stimme hervor und verschwindet zügig um die Ecke. Jane und ich schauen ihr nach. Es ist still, selbst der Makler hält inne und fragt, ob alles okay ist.

Gerade als wir nachsehen wollen, kommt Maisie mit einem Lächeln auf den Lippen zurück und winkt ab, als wäre nichts gewesen. »Guckt nicht so, ich hab mich nur kurz komisch gefühlt.«

»Sicher?«, erkundigt Jane sich, während ich Maisie mustere. Sie sieht aus wie immer, aber ich glaube ihr trotzdem nicht.

»Auf jeden Fall.«

Danach schwärmt sie weiter von der Wohnung, und Jane lässt sich noch einmal die Miete bestätigen.

»Es bleibt dabei?«, hakt sie nach.

»So ist es.«

»Wann wäre der nächstmögliche Mietbeginn?« Das ist das Einzige, was mich wirklich interessiert, und die erste Frage, die ich stelle.

»Bezug wäre wohl Anfang November. Bis dahin sollten alle Formalitäten geklärt sein.«

»Wir nehmen sie«, sagt Maisie, bevor sie sich mit hochgezogenen Augenbrauen uns zuwendet. »Wir nehmen sie doch, oder?« Ihr scheint es gut zu gehen. Hm.

Jane lächelt und nickt. Hat sie gerade ernsthaft genickt?

»Hey, Jane, heißt das, du ziehst echt bei uns ein?«

»Ich ziehe mit euch ein. Genau.«

Klugscheißerin.

Das hat mir gerade noch gefehlt. Aber ich erwidere ihr Lächeln, weil der Gedanke, endlich daheim rauszukommen, diesen Tag wirklich rettet. Oder ihm zumindest eine bessere Wendung verleiht. Und weil ich glaube, dass es mit den beiden gar nicht so übel werden könnte.

»Okay.«

»Okay?«, fragt Maisie. »Würden wir die Wohnung denn bekommen?«

»Das müsste ich mit der Vermieterin klären, aber bei Ihren Arbeitsverhältnissen und persönlichen Angaben sollte das kein Problem sein«, meint der Makler und setzt sein bestes Verkaufsgrinsen auf.

»Ich nehme das erste Zimmer rechts, das am weitesten von der Küche und dem Bad weg ist«, sage ich und stecke direkt mein Gebiet ab.

»Wieso das?«, fragt Maisie ehrlich interessiert und rückt ihre Brille zurecht.

»Weil du gesagt hast, du würdest gern singen, und ich das nicht hören will.«

»Haha.« Sie zieht eine Grimasse, und ich glaube, sie würde mir am liebsten die Zunge rausstrecken. Des Maklers wegen tut sie es nicht. Ist auch besser so.

»Ich nehme das daneben«, meint Jane, und Maisie seufzt.

»Fein, ich nehme das, das übrig bleibt. Ich finde alle toll.«

»Haben Sie denn noch Fragen?«, unterbricht uns der Makler freundlich, und wir verneinen. Wir haben alles gesehen. »Sehr schön, dann melde ich mich die Tage bei Ihnen, Ms Jones, sobald die Vermieterin eine Entscheidung getroffen hat.«

»Wir danken Ihnen«, sagt Maisie höflich, und wir setzen uns in Bewegung, um die Wohnung wieder zu verlassen.

Ich schaue mich ein letztes Mal um und merke, wie sehr ich es mir wünsche, dass das hier funktioniert.

Die Woche danach ist bereits die letzte Oktoberwoche, und wir haben bisher keine Nachricht vom Makler erhalten. Jane ist entspannt und meint, wir würden auch etwas anderes finden, doch Maisie und ich werden mit jedem Tag nervöser. Wir wollen die Wohnung unbedingt, zwar aus verschiedenen Gründen – sie, weil sie sich schlicht verliebt hat und die Entfernung von ihrem Elternhaus bis zum Krankenhaus bei unseren Arbeitszeiten einfach zu weit ist; und ich, weil ich es daheim nicht mehr aushalte. Heute Morgen sah die Wohnung meiner Mom wieder wie ein Saustall aus, und ich kann nicht verstehen, wie sie das immer wieder schafft.

Sierra, räum doch mal auf. Sierra, was machst du nur mit deinem Leben? Sierra, wieso bist du so anstrengend und hörst nicht auf mich? Sierra, wieso kannst du nicht dankbarer sein? Sierra, verliebe dich bloß nie, und mach nicht die gleichen Fehler wie ich, tönt es in meinem Kopf. Immer dieselbe Leier.

Kurzum: *Sierra, du bist schuld an allem, und ich hasse mein Leben.*

»So, das sind sie, Bambina«, sagt Grant und drückt mir einen Stapel Akten in die Hand.

»Wo kommen die denn her? Haben wir jetzt nicht Verstärkung?«

Grant lächelt übertrieben. »Na klar, aber drei deiner Patientinnen und Patienten werden heute entlassen, also: viel Spaß mit den neuen.«

»Was? Wieso drei?«

»Mr Decker, Mrs Elliott und Mr Martin.«

»Mr Decker ist doch erst Dienstag dran.«

»Sierra, ich sage es nur ungern, aber es ist Dienstag. Ist alles okay bei dir?«

»Ja, alles bestens. Danke für die Akten«, sage ich genervt von mir selbst und sichte eine nach der anderen. Zwei Patienten und eine Patientin hier auf Station, eine Patientin und ein Patient auf der Thorax.

Doch bevor ich damit weitermache, mache ich mich auf den Weg zu Mr Joon, Zimmer 311. Er wurde heute eingeliefert, und die Ergebnisse seiner Untersuchungen sind jetzt da. Bisher konnte ich keine genaue Diagnose stellen und hoffe, das Blutbild gibt mir einen Hinweis. Außerdem kam er gerade vom CT, der Befund müsste der Akte beiliegen. Mr Joon leidet an mehreren Symptomen wie Herzrhythmusstörungen, Luftnot, Schwäche, unklarem Gewichtsverlust sowie unregelmäßig auftretenden Schmerzen im oberen Bauchbereich. Es könnte etwas mit den Herzklappen nicht stimmen, vielleicht aber auch mit der Lunge oder der Leber, doch das, was ich bisher weiß, reicht maximal für Spekulationen. Das ändert sich gleich hoffentlich.

»Hallo, Mr Joon«, begrüße ich ihn, und der alte Herr lächelt mich freundlich an, während sein Blick mir aus halb geschlossenen Lidern folgt. Sein weißes Haar ist kurz geschnitten, seine Haltung wirkt stolz, obwohl ich ihm die Erschöpfung ansehen kann.

»Hallo, schön, Sie wiederzusehen.«

»Ah, Ihren Humor haben Sie noch. Das freut mich. Dabei bin ich immer noch sehr unglücklich darüber, dass Sie mit diesen Beschwerden erst so spät medizinische Hilfe in Anspruch genommen haben«, murmle ich, während ich neben ihn trete und die Ergebnisse genauer unter die Lupe nehme. Im Blut hohe Entzündungswerte. Ich hab es eben schon gesehen, aber nicht erkannt, dass es so schlimm ist.

Und das CT-Ergebnis lässt mich fast laut fluchen.

Da ist eine Wucherung.

»Es ist also schlimm, ja?« Seine Worte sind leise, sein Lächeln bleibt ihm erhalten, und ich habe auf einmal einen Kloß im Hals.

»Ich würde gerne noch ein paar Untersuchungen anordnen.«

»Nun sagen Sie schon, was los ist, Dr. Harris.«

Mit zusammengepressten Lippen und klopfendem Herzen stehe ich da und starre ihn an. Ich hatte Glück. Hier auf Station bin ich noch niemandem begegnet, bei dem ich tatsächlich Angst hatte, dass er es auf keinen Fall schaffen könnte. Aber heute? Je nachdem, was das für ein Tumor ist und ob er schon gestreut hat, ist das anders …

»Ihre Blutwerte sind nicht optimal, die Entzündungsparameter sind höher, als sie sein sollten. Da Ihre Beschwerden auch mit dem Herzen zusammenhängen, habe ich ein CT angeordnet. Das Ergebnis zeigt …« Ich muss mich räuspern und meine Lippen befeuchten, bevor ich weitermachen kann. »Es zeigt ein Geschwulst an Ihrem Herzen.«

»Ein Tumor also«, sagt er und streicht die Decke über seinem Bauch glatt, dann faltet er die Hände, atmet tief durch und erwidert meinen Blick. »Wie schlimm ist es?«

»Das kann ich noch nicht sagen. Tumore am Herzen sind oft gutartig. Wir müssen jetzt schauen, ob Ihrer das auch ist und ob wir operieren können.«

»Was, wenn er bösartig ist oder wir nicht operieren können?«

»Mr Joon, ich …«

»Bitte, Dr. Harris. Ich bin zu alt, um geschont zu werden.«

Jetzt bin ich es, die tief durchatmet, die Akte schließt und sie vor dem Bauch festhält. »In beiden Fällen sollten wir sichergehen, dass er keine Metastasen gebildet hat.«

»Oder selbst ein Ableger eines anderen Tumors ist«, bringt er hervor, und ich nicke.

»So ist es. Aber glauben Sie mir, die Wahrscheinlichkeit, dass es sich um einen gutartigen Tumor handelt, der operabel ist, ist hoch.«

Er lächelt weiter, während er beinahe verträumt aus dem Fenster schaut. Fast, als würde er meinen Worten glauben wollen, es aber besser wissen. Fast, als würde er stumm erzählen, er habe zu viel von der Welt gesehen, als dass er an diese Art von Glück glauben könne. Trotzdem ertönt seine warme Stimme, als er sagt: »Gut, beginnen wir mit der Suche.« Dafür bewundere ich ihn.

Ich denke, nicht viele Dinge erfordern mehr Mut, als etwas zu wagen, an das man nicht glaubt.

Einige Stunden später steht fest, dass ich es hasse, unrecht zu haben. Ich habe meinem Patienten Hoffnungen gemacht, nur um ihm gleich erklären zu müssen, dass er einen bösartigen Tumor am Herzen hat.

»Es ist ein Ableger«, murmle ich, während ich mir die Ergebnisse ansehe.

»Richtig. Der Herd ist ein anderer und zuständig für die Metastasen«, sagt Dr. Pine, die mir beratend zur Seite steht. Aufgrund der Symptome haben Dr. Pine und ich das CT um ein MRT im ganzen Oberkörperbereich erweitert und weitere Metastasen in der Leber, der Lunge und im Bauchfell gefunden. Der primäre Tumor sitzt jedoch an der Bauchspeicheldrüse.

»Pankreaskarzinom.« Ich kriege dieses Wort kaum über meine Lippen.

Ich werde Mr Joon also ebenso erklären müssen, dass er damit quasi den Jackpot im Krebslotto gewonnen hat. Und als wäre das nicht scheiße genug, spricht Dr. Pine noch etwas an, was ich nicht hören will.

»Ich rate von einer OP ab. Das Risiko – begünstigt durch das hohe Alter des Patienten –, durch die OP selbst oder an den Folgen dieser zu versterben, ist viel zu hoch.« Allerdings wird Mr Joon ohnehin in absehbarer Zeit an all den Krebszellen und was diese mit seinem Körper anrichten, sterben, wenn wir nichts tun.

»Keine OP. Sicher?«, frage ich, und der Blick, der mir von der Oberärztin neben mir zugeworfen wird, ist eindeutig.

»Okay. Ich sage es ihm.«

»Denken Sie an eine Patientenverfügung«, fügt sie an, und ich nicke.

Mit einem fetten Kloß im Hals und schwitzenden Händen verabschiede ich mich von Dr. Pine, trete gedankenverloren den Weg zu meinem Patienten an, und als ich vor seiner Tür stehe, ist mir so übel, dass ich mir einen Moment nehmen muss.

Dann recke ich das Kinn und trete ein …

»Ist das sicher?«, fragt Mr Joon, nachdem ich es ihm erklärt habe, und die Hoffnung in seiner Stimme, dass wir uns geirrt haben könnten, zerstört mich innerlich. Die Hoffnung, die dennoch da war, obwohl er vermutlich von Anfang an kein gutes Ende erwartet hat.

»Ja. Die Metastasen in der Lunge und dem Herzen sind inoperabel, oder das Risiko ist viel zu hoch.«

»Sagen Sie doch gleich, dass es keinen Unterschied macht.« Ich höre sein erschöpftes Seufzen, sehe, wie er einen Moment die Augen schließt, bevor er die einzige Frage stellt, die zu diesem Zeitpunkt relevant ist. »Wie viel Zeit bleibt mir noch?«

Ich umklammere seine Akte so fest, dass es wehtut. »Vielleicht zwei Monate. Eher weniger, würde ich schätzen, aber man weiß nie, was der eigene Körper leisten kann.« Selbst in meinen Ohren klingt das bescheuert.

»Würde eine Chemotherapie etwas ändern?«

»Im besten Fall verschafft sie Ihnen Zeit«, antworte ich ehrlich. »Ein paar Wochen, Monate, vielleicht sogar ein Jahr. Aber eine Chemo in Ihrem Alter mit diesen stark wuchernden Tumoren … Wenn man die Nebenwirkungen bedenkt …« Ich muss den Satz nicht beenden, damit er versteht, was ich meine.

Sein Körper würde dem nicht standhalten können, der Krebs schon. Wir können nur versuchen, ihn so wenig wie möglich leiden zu lassen.

Er nickt nachdenklich.

»Soll ich jemanden für Sie kontaktieren?«

»Meine Frau lebt längst nicht mehr – wir hatten keine Kinder –, meine Schwester ist auch schon tot.« Es gibt also niemanden.

»Verstehe.«

»Aber wir sollten es versuchen«, höre ich mich plötzlich sagen, weil ich nicht aufgeben will und obwohl seine Erfolgschancen gleich null sind. Und weil mehr Zeit wertvoll ist. Immer.

»Nein.« Er schüttelt den Kopf. »Ich hatte fünfundsiebzig wundervolle Jahre mit Höhen und Tiefen. Wenn es Zeit ist, ist es Zeit. Nur … können Sie mir bis dahin Schmerzmittel geben? Es ist bereits jetzt schmerzhaft, und ich habe gehört, dass besonders Bauchspeicheldrüsenkrebs und auch Metastasen in den Lungen nicht schön sein sollen.«

Welcher bösartige Tumor ist schon schön? Aber diesen Gedanken behalte ich für mich.

Seine Züge werden weicher, ein Lächeln deutet sich an, und ich erkenne so etwas wie Resignation und Zufriedenheit auf seinem Gesicht. Er wird nicht kämpfen. Er hat es akzeptiert.

»Natürlich. Ich werde mich mit Ihrer Versicherung in Verbindung setzen. Jemand vom Pflegepersonal wird bald kommen und Ihnen die Medikamente verabreichen.« Es ist nicht selbstverständlich, dass er versichert ist, deshalb bin ich verdammt dankbar dafür. Alles andere hätte es deutlich verkompliziert. Das ist das Letzte, was er jetzt gebrauchen könnte.

»Gut. Danke.« Ein weiteres Lächeln. Wie kann er in dieser Situation lächeln?

Ich zögere, doch schließlich reiche ich ihm die Patientenverfügung. »Füllen Sie es aus, falls Sie es möchten, und fragen Sie, wenn es Unklarheiten gibt.« Wieder ein Lächeln.

»Bis später, Mr Joon«, sage ich, dabei weiß ich nicht, wann dieses Später sein wird.

Ich verlasse das Zimmer, die Tür schließt sich hinter mir wie von selbst, und ich hänge die Akte weg, bevor ich in Richtung Ärztezimmer gehe und mir dabei den Nacken massiere. Ich bin fix und fertig und brauche dringend einen Kaffee und eine Pause …

23. Kapitel

Mitch

Ich stochere wie ein Irrer in dem Essen vor mir herum, das ich mir extra für heute gemacht habe, und denke dabei an Sierra, die ich seit dieser Sache mit dem Kuss nur flüchtig im Fahrstuhl oder auf dem Gang gesehen habe.

Keine Ahnung, ob es Zufall ist oder sie mir aus dem Weg geht. Vielleicht gehe ich ihr auch aus dem Weg.

»Was weiß denn ich!«, schnauze ich und lasse beinah die Gabel fallen.

»Kammerflimmern!«, ruft Laura plötzlich neben mir und schreckt aus dem Schlaf. Verwirrt und mit einer seltsam abstehenden Haarsträhne schaut sie sich um, bis sie bemerkt, dass sie nicht in der Notaufnahme oder auf Station ist.

»Oh.« Sie wischt sich etwas Sabber von der Wange.

»Diese Powernaps sind nichts für dich. Du bist ziemlich unheimlich, wenn du schläfst, ist dir das klar?«, frage ich sie, aber sie lächelt fröhlich, bevor sie heftig anfängt zu gähnen.

»Du bist nur neidisch, weil ich aus zwanzig Minuten Schlaf echt viel rausholen kann. Ich habe Powernapping perfektioniert.«

»Da ist noch Sabber«, informiere ich sie und deute auf ihr Kinn. »Wieso gehst du nicht in den Bereitschaftsraum?«

Laura fängt an zu lachen und bindet sich einen neuen Zopf. »Bist du verrückt? Da ist ein Bett.«

»Ja, genau. Du verrenkst dich hier jedes Mal halb. Dein Nacken macht das nicht mehr lange mit.«

»Meinem Nacken geht es prima, danke der Nachfrage. Und das Bett ist das Problem bei der Sache. Hast du auch nur eine Ahnung, was passiert, wenn ich mich da reinlege?«

»Du kannst bequem 'ne halbe Stunde pennen?«, rate ich, aber sie verdreht die Augen.

»Falsch! Ich werde dann einschlafen – so richtig! – und nicht mehr aufstehen, weil es bequem ist. Ich würde so gern«, jammert sie, »aber dann werde ich arbeitslos und lande auf der Straße.«

»Übertreib es nicht, so bequem ist dieses Bett nicht.«

»Na, dann leg dich mal nach einer langen Schicht mit drei OPs, unzähligen Fällen und nur zwei Pipipausen da rein, und sag mir das noch mal«, erwidert sie völlig ernst und hebt die Augenbrauen, als wäre ich absolut unwissend.

»Bien! Dann sabber halt weiter den Tisch voll.«

»Hey, werd nicht frech. Jeder sabbert mal.« Jemand kommt rein, und augenblicklich hellt sich Lauras Gesicht auf. »Sierra! Wow … war viel los heute?«

Ich brauche einen Moment, um sie ansehen zu können und meine Atmung zu beruhigen, weil mein Körper allein bei ihrem Namen die Kontrolle verliert.

Und dann begegnen sich unsere Blicke. Sierra ist stehen geblieben – mit dem Kaffeebecher in der Hand – und starrt mich an, als würde sie einen Geist sehen. Eine Locke hat sich aus dem Zopf gelöst und fällt an ihrer Wange vorbei bis auf das Schlüsselbein. Sie sieht etwas zerzaust aus, aber wie immer wunderschön. Sie gibt sich gern unnahbar und besonders undurchschaubar, aber wenn man weiß, worauf man achten muss, kann man ziemlich schnell ziemlich gut in ihr lesen. Laura und Sierra sind sich nicht unähnlich, was das angeht, nur unterscheiden sich ihre Temperamente.

»Ja, war viel los«, antwortet sie undeutlich, ohne sich abzuwenden.

»Okay«, meint Laura gedehnt und verabschiedet sich zügiger als nötig. »Ich geh dann mal wieder an die Arbeit. Sag Bescheid, sobald ihr eine Nachricht vom Makler habt.« Danach steht sie auf und winkt kurz zum Abschied, bevor sie mich mit Sierra allein lässt.

»Geht es dir gut?«, frage ich und hoffe, dass sie nicht sofort kehrtmacht und abhaut. Wie … wie ich es nach dem Kuss getan habe. Aber nein, stattdessen setzt sie sich mir gegenüber. Damit habe ich nicht gerechnet.

»Ja. Und dir?« Der Kaffee wird auf dem Tisch abgestellt, und ihre Finger streichen immer wieder über den Rand. Sie denkt über irgendetwas nach.

»Woran denkst du?« Sie schaut auf.

»Ich hasse es, wenn man auf Fragen mit Gegenfragen antwortet.«

»Es geht mir gut. Also? Woran denkst du?«

Seufzend lässt sie sich in dem Stuhl zurücksinken. »Ich wollte dich nicht küssen, klar?«

»Wieso hast du es dann getan, querida?«, frage ich, ein Grinsen unterdrückend, weil ich mir sicher bin, dass diese Aussage nicht stimmt und weil sie es nicht mag, wenn ich sie so nenne.

»Ein Anflug von Wahnsinn? Ein Schlaganfall?«, schießt sie zurück, und ich schiebe mein zermatschtes Essen beiseite und beuge mich vor.

»Wenn du das sagst.«

»Das tue ich.«

»No te creo.« Ich glaube ihr nicht. Egal, was sie sagt, ich erinnere mich an diesen Kuss. An den Ausdruck in ihren Augen, als sie auf mich zugekommen ist. An diese Entschlossenheit, dieses Funkeln in ihrem Blick und danach an den Geschmack ihrer Lippen. Ich erinnere mich, wie sie ihren Körper an mich geschmiegt hat und wie ihre Hände in meine Haare gefahren sind.

Nein, ich glaube ihr nicht …

»Mitch«, knurrt sie. »Hör auf, Spanisch mit mir zu sprechen, nur weil mein Vater Mexikaner ist. Ich verstehe es nicht, und ich habe keine Lust, mir ein Wörterbuch zu kaufen.«

Interessant.

»Ich wusste nicht, dass dein Vater aus Mexiko stammt.« Für einen Moment wirkt sie, als hätte sie das aus Versehen gesagt, als wäre es ihr rausgerutscht. Sierra erzählt nie etwas über ihre Familie, es ist das erste Mal, dass sie ihren Vater mir gegenüber erwähnt.

»Das geht dich nichts an.« Sie macht dicht, das war klar.

»Vielleicht. Trotzdem bringt mich das Ganze nur noch mehr zu der Frage, warum du kein Spanisch sprichst oder verstehst.«

»Wir haben keinen Kontakt«, sagt sie trocken, und ich könnte mir in den Arsch beißen, weil ich schon wieder nicht um die Ecke gedacht habe.

Mierda.

»Entschuldige.«

»Scheiße, wenn du dich noch einmal entschuldigst, werde ich wahnsinnig.« Mit einer fließenden Bewegung steht sie auf und schiebt den Stuhl nach hinten.

Sie will gehen.

Ohne weiter darüber nachzudenken, springe ich ebenfalls auf und stelle mich ihr in den Weg.

»Was soll das?« Sie blickt mich verwundert an.

»Hast du es aus Mitleid getan?«, frage ich, weil ich es wissen muss. Weil die Worte des neuen Kollegen, dieses Schmierlappens, in meinem Kopf herumschwirren und ich sie nicht rausbekomme. Und weil ich wirklich wissen muss, warum Sierra das getan hat. Warum wir seitdem nicht miteinander geredet haben.

»Bist du gegangen, weil es scheiße war?«

»Natürlich nicht!«

»Da hast du deine Antwort«, meint sie und will an mir vorbei, aber ich ziehe sie zurück und drücke sie an mich.

»Gut. Ich kann alles ertragen, aber kein Mitleid.«

»Wieso sollte ich Mitleid haben?«

Ich grinse. »Debido a mis cicatrices.« Wegen allem, was passiert ist. Ich grinse. »Y porque yo me enamoré de ti.« Weil ich ihr verfallen bin und es nicht ändern kann. Nicht ändern will. Und während sich ihre Miene verdüstert, weil ich schon wieder Spanisch spreche, weil ich ihr Dinge sage, die ich ihr noch nicht sagen kann, rede ich weiter.

»Te beso ahora mismo.«

»Was zur Hölle heißt das, Mitch?«

»Ich zeig es dir.« Meine Hand gleitet in ihren Nacken, ich ziehe sie zu mir, senke den Kopf und presse meine Lippen auf ihre.

Ich küsse sie.

24. Kapitel

Sierra

Mitch küsst mich. Dieses Mal ist er es, der seinen Mund auf meinen drückt – und nicht umgekehrt. Dieses Mal bin ich es, die einfach nur dasteht, weil mich diese Situation überfordert.

Er knabbert an meinen Lippen, hält mich nah bei sich, und eine Stimme in meinem Kopf sagt mir, dass das hier keine gute Idee ist. Weil ich seine Kollegin bin. Weil ich keine Ablenkung brauche oder will. Weil ich keine Gewissensbisse haben will, wenn ich besser bin als er. Nur weil es bei Laura und Nash funktioniert, heißt das nicht, dass es bei uns funktionieren kann. Die beiden sind die Ausnahme. Und wie zum Teufel soll ich das hier weiter zulassen, selbst wenn es sich gut anfühlt, wenn die Angst vorm Scheitern zu groß ist. Ich will nicht enden wie meine Mom, die für sich allein nicht mehr richtig existieren kann und fest daran glaubt, jemand anderes wäre für ihr Unglück im Leben verantwortlich. Mein Herz möchte weinen, weil es nicht weiterweiß. Weil es das hier will und genießt, gleichzeitig aber in Schuldgefühlen ertrinkt.

Die Albträume sind nicht Mitchs Schuld, sondern meine. Diese Narben sind es auch, egal wie tief sie sind und wie viele es davon gibt. Jede einzelne Narbe auf Mitchs Körper geht auf mein Konto.

Ich war zu langsam, zu ängstlich, ich war nicht gut genug.

Doch all das wird zu einem Hintergrundrauschen, als

Mitch seine Hand an meine Wange legt und über meine Haut streicht. Sein Daumen fährt an meinem Kiefer und meinem Kinn nach unten über meinen Hals und die Arterie, und ich muss ein Stöhnen unterdrücken, als seine Zunge meine berührt. Langsam, sanft, quälend.

Wenn ich will, kann ich es stoppen. Jederzeit und ohne Probleme. Ich könnte ihm auch einfach eine runterhauen. Doch stattdessen stehe ich regungslos da und ringe innerlich mit mir selbst.

Bis Mitch ohne Vorwarnung stoppt und sich von mir löst. Unser heftiger Atem trifft aufeinander, mein Herz pocht so stark und laut, dass ich glaube, es hören zu können, und mein Blutdruck kann unmöglich im normalen Bereich liegen. Können Küsse zu einem Herzinfarkt führen? Ich sollte das wissen. Verdammt, warum weiß ich das nicht?

Ich schlage die Augen auf, sehe Mitch an und möchte am liebsten schreien, weil ich das hier nie wollte. Weil ich es jetzt will und mich verdammt egoistisch fühle.

»Ein Wort und ich …«

»Halt die Klappe, Rivera!«, rüge ich ihn, und im nächsten Moment stelle ich mich auf die Zehenspitzen und küsse ihn wieder. Schließe die Lücke zwischen uns und schlinge meine Arme um ihn. Wir torkeln zusammen ein paar Schritte, bis Mitch mit dem Rücken gegen die Tür prallt und ihm ein unerwartetes Keuchen entweicht.

Hätte nie gedacht, dass sich etwas Falsches so richtig anfühlen kann.

Seine Hände gleiten über meinen Rücken, über meinen Kasack und unter ihn, jagen eine Gänsehaut nach der anderen über meinen Körper, während sein Mund den meinen erobert und seine Lippen mich in den Wahnsinn treiben. Mitch riecht fantastisch, er hat nie aufdringliches Parfum oder zu viel Deo benutzt, soweit ich das beurteilen kann, und im Gegensatz zu anderen, die bei derartigen Düften in die Knie gehen, liebe ich das. Diesen eher dezenten Eigengeruch gemischt mit Seife, den man erst richtig wahrnimmt, wenn man ihm zu nahe kommt. Frisch und herb, natürlich. Einfach Mitch.

Er schmeckt etwas nach mexikanischem Essen, und ich muss grinsen, weil auch das einfach zu ihm gehört.

Ich höre ein leises Stöhnen und presse mich fester an ihn, lege den Kopf noch ein wenig mehr zur Seite, um den Kuss zu intensivieren.

Bis wir uns gegenseitig beinahe auf die Zunge beißen, weil ein kräftiger Ruck durch uns geht.

»Hallo? Klemmt das Ding etwa? Ist alles in Ordnung? Sierra, bist du dadrin?« Maisie will rein und rüttelt an der Tür, die wir blockieren. Mitch und ich stehen schnell atmend voreinander, seine Lippen sind leicht gerötet von meinen Küssen, und in seinen Augen schimmern Überraschung und Erregung zugleich.

»Mierda«, flucht er leise, als Maisie ihm die Tür ein zweites Mal gegen den Rücken knallt. Doch dieses Mal federt er den Stoß ab, sodass ich ihn nicht bemerke.

»Wir sollten zur Seite gehen«, sage ich und ziehe ihn schnell weg, bevor Maisie etwas kaputtmacht. Sie ist recht klein, aber wenn sie etwas möchte, kann sie sich gut durchsetzen. Und im Augenblick will sie hier rein.

Keine zwei Sekunden später schwingt die Tür so schnell auf, dass Maisie quasi in den Raum fliegt. Ein spitzer Schrei entfährt ihr, und sie kann sich gerade noch so fangen.

»Huch, was war das denn?« Verwundert schiebt sie sich die Haare aus dem Gesicht. »Ach, Mist«, sagt sie, als sie merkt, dass sie den Dutt neu machen muss, weil sie ihn immer viel zu locker bindet. Dafür geht es aber schnell, und im nächsten

Moment schaut sie mich an und lächelt breiter als die Sonne über Phoenix …

»Wir haben die Wohnung!«, quietscht sie und fängt an, vor Freude seltsam auf der Stelle zu tanzen.

»Was?«, rufe ich und kann es nicht glauben. »Wiederhol das.«

»Ich habe eine Mail bekommen. Wir haben die Wohnung. Ist das nicht cool? Und wir können sofort rein.«

In meinem Kopf rauscht es, mein Herz rast, weil in den letzten fünf Minuten ziemlich viel passiert ist, das ich noch nicht mal ansatzweise verarbeiten konnte. Und ich spüre, wie ich anfange zu lächeln. Genau wie Maisie. So richtig.

Ich kann ausziehen.

Ich kann meine Mutter hinter mir lassen. Mit ein paar Schulden mehr, aber dafür ein wenig glücklicher. Vielleicht tut uns Distanz gut, aber eigentlich glaube ich daran nicht. Nicht mehr.

»Oh mein Gott«, wispere ich und bin kurz davor, auch so einen bescheuerten Tanz aufzuführen.

»Ihr zieht zusammen?«, fragt Mitch schräg neben mir, und ich drehe mich zu ihm.

»Ich denke schon.« Ich starre ihn fassungslos an. Wegen der Wohnung und wegen der Sache, die da eben zwischen uns war. Schwer schluckend wende ich mich ab und merke, wie Maisie uns auf einmal mustert. Sie schürzt ihre Lippen und zieht ihre Augenbrauen so zusammen, dass sie hinter dem Brillengestell verschwinden.

»Warum hat die Tür eigentlich geklemmt?« Forschend schaut sie von mir zu Mitch und wieder zurück.

Ich will nicht lügen, aber noch weniger will ich die Wahrheit sagen.

»Türen klemmen eben manchmal«, sagt Mitch kryptisch und gelassen, während ich stumm dastehe und hoffe, dass Maisie keine weiteren Fragen stellt. »Ich muss wieder los.« Mitch geht an uns vorbei, räumt sein Zeug weg und verschwindet. Und ich kann nicht anders, als ihn dabei zu beobachten. Vielleicht muss ich mir eingestehen, dass es noch einen anderen Grund gibt, warum ich Mitch meide. Vielleicht ist es nicht nur wegen der Schuldgefühle, wegen des Jobs und meines Ehrgeizes oder meiner Mom, sondern irgendwie auch, weil er eine Verbindung darstellt zu Wurzeln, die ich nie hatte. Die ich nie wollte. Seine mexikanische Familie scheint so herzlich, Mitch selbst ist es, und im Gegensatz dazu bin ich wie ein Baum, der gefällt wurde – ich liege da, ohne Wurzeln und ohne Blätter, ohne Geschichte, und muss einen Weg finden, trotzdem zu sein. Etwas Ganzes, nicht etwas Halbes. Ich vermisse es nicht, eine Familie zu haben. Ich habe kein Problem mit dem Alleinsein. Aber das war ein langer Prozess, und wenn ich Mitch zu nahe an mich ranlasse, ihn hinter meine Mauern blicken lasse, dann weiß ich nicht, was passiert. Ob ich anfangen könnte, Dinge zu vermissen, die ich nie vermisst habe …

Nachdem Maisie und ich alleine sind, lacht sie. »Läuft da etwa was zwischen euch? Ich dachte, er würde dich nerven?«

»Das tut er auch«, murre ich, und es ist nicht gelogen. Aber ja, anscheinend läuft da auch was, und das macht mich wahnsinnig. Deshalb lenke ich schnell vom Thema ab. »Ich kann nicht fassen, dass es geklappt hat.«

»Ich auch nicht. Ich treffe mich morgen mit dem Makler und kläre alles mit ihm, unterzeichne den Vertrag und so weiter. Er meinte, Anfang nächster Woche können wir rein. Früher leider nicht. Soll ich für uns alle einen Transporter mieten? Ich würde ja mein Auto nehmen, aber da passt kaum was rein.«

»Ich hab nicht so viel Zeug, ich …«

Maisie winkt ab. »Egal, du kannst ihn trotzdem benutzen, okay?«

»Klingt gut. Danke. Und ich hab Montag den ganzen Nachmittag und Abend frei.«

»Jane und ich haben da gegen Mittag Schichtbeginn, heißt, wir könnten uns verpassen. Wir würden morgens dann auch schon ein paar Sachen rüberbringen. Den Rest vermutlich erst Dienstag, aber das ist ja kein Problem. Schaffst du es denn allein, oder soll ich meine Schicht tauschen?«

»Ich komme zurecht. Ich hab wirklich nicht viel und bin schnell fertig«, meine ich, und das ist nicht untertrieben. Meine Medizinbücher, zwei, drei Kisten mit anderen Büchern und Magazinen, ein paar Klamotten, meinen großen Standspiegel – das wars. Ich habe beschlossen, Geld für ein neues Bett und zwei Kommoden auszugeben. Diese Dinge werden nicht die Welt kosten, und ich brauche etwas Unbelastetes für diesen Neuanfang. Außerdem werde ich es wohl eher nicht schaffen, etwas anderes allein zu tragen und zu transportieren. Doch das ist okay. Der Rest wird sich über die Zeit schon finden. »Wenn mein Zeug verstaut ist, kann ich euch aber noch helfen.«

»Das ist lieb.«

Aus einem Impuls heraus greife ich nach meinem Kaffee, der noch auf dem Tisch steht, und würge nach dem ersten Schluck. Kalt schmeckt er, wenn möglich, noch ekelhafter.

»So, ich muss weitermachen. Laura hat mir gesagt, du wärst hier, und ich wollte dir das nur schnell sagen.« Maisie beißt sich auf die Unterlippe und wirkt plötzlich schüchtern.

»Alles okay?«, frage ich und schlucke noch mal kräftig, um den ekelerregenden Geschmack in meinem Mund loszuwerden.

»Ich tu es jetzt einfach, und du musst da durch.« Schneller, als ich reagieren kann, ist Maisie bei mir und umarmt mich. Ich hab in diesem Jahr gefühlt mehr Menschen umarmt als in meinem ganzen Leben … und ich hoffe, es hört wieder auf. Genauso wie diese Sache mit der Heulerei.

Es dauert keine drei Sekunden, dann lässt sie bereits von mir ab und atmet tief durch. »Das musste wirklich sein. Ich glaube, du bist nicht der Typ dafür, aber ich brauchte das jetzt.« Sie zuckt mit den Schultern. »Da wir in ein paar Tagen Mitbewohnerinnen sind und bestimmt auch bald gute Freundinnen, machen wir das vielleicht ab jetzt ab und zu.«

»Sag bitte nie wieder so schlimme Dinge«, flehe ich sie an, doch sie lacht nur und winkt mir zum Abschied zu.

»Bis später, Sierra. Ich schreib dir, wenn es was Neues gibt. Ansonsten sehen wir uns spätestens bei der Visite.«

Plötzlich stehe ich allein im Zimmer und brauche einen Augenblick, um all das zu verarbeiten, was in den letzten fünfzehn Minuten passiert ist.

Fahrig reibe ich mir über die Stirn. Was für ein Chaos.

»So was passiert, wenn man Menschen zu nah an sich ranlässt. Wenn man anfängt, sich mit anderen außer den eigenen Patienten und Patientinnen zu unterhalten. Scheiße«, murmle ich und bin froh, dass mich keiner hören kann.

Mit der Tasse in der Hand verlasse ich ebenfalls den Raum und gehe zurück auf Station. Am Empfang unterhalten sich Laura und Grant, sie winkt mir sofort zu, als sie mich bemerkt.

»Hey, ich hab die tolle Nachricht von Maisie gehört. Glückwunsch«, sagt sie und hebt die Hand für ein High five. Ich starre ihre Hand an, in ihr Gesicht, wieder ihre Hand …

»Komm schon, Sierra. Lass mich nicht hängen.«

Widerwillig schlage ich ein und bin erstaunt, wie sehr man sich über so etwas freuen kann.

»War das so schwer?«

»Du kennst die Antwort. Grant, hast du dir ein Dreirad gekauft?« Ich deute auf den Helm vor ihm. Er steht in Zivil vor mir, scheinbar hat er Feierabend.

»Du bist kein Stück witzig«, entgegnet er in dem Moment, als Laura schon losprustet und über meinen schlechten Witz lacht.

»Ich hab mir ein Motorrad gekauft, und ich liebe es. Und wenn es ein Dreirad wäre, würde ich es auch lieben.«

»Du würdest so niedlich aussehen auf einem Dreirad«, sagt Laura und lacht immer noch.

»Darum kommst du mit Nash klar. Seine Witze sind auch nie witzig, aber du lachst trotzdem.«

»Nash kann richtig witzig sein, oder, Sierra?«

»Ja, klar.« Hinter Laura schüttle ich den Kopf und verneine, was Grant ein Grinsen entlockt. Das nehme ich zum Anlass, auf meine Kaffeetasse zu zeigen.

»Kannst du das hinten bei euch wegkippen?«, frage ich Grant und schiebe ihm die Tasse rüber. »Und die Tasse in die Spülmaschine packen oder so?«

»Kalter Kaffee von Edith?«

»Jepp.«

Er verzieht das Gesicht und tut mir den Gefallen. »Klar. Bin gleich wieder da.«

»Danke«, murmle ich erleichtert und stütze mich neben Laura am Tresen ab.

»Dafür, dass du jetzt in deine eigene Wohnung ziehen kannst, bist du echt miserabel drauf«, stellt sie fest und mustert mich auf ihre typische Laura-Art. »Maisie kam von dahinten, aber vorher …«, setzt sie erneut an und kneift die Augen zusammen, »… war da Mitch. Habt ihr euch wieder gestritten?«

Ich erwidere ihren Blick und merke sofort, dass das ein Fehler war.

»Lief da etwa wieder was?« Sie packt mich an den Oberarmen. »Sierra, bist du mit ihm zusammen? Geht ihr aus? Habt ihr es dort hinten getrieben?«

»Verdammt, Laura. Nur weil du mit Nash an jeder Ecke rummachst, muss das nicht für alle anderen gelten.«

»Du siehst schuldig aus. Sehr schuldig.«

»Ich war es dieses Mal nicht«, verteidige ich mich und merke zu spät, was ich da gesagt habe. Sie lässt mich los, und ich stöhne frustriert auf.

»Ha! Da war also was.«

»Bei Nash wieder alles gut? Wie geht es Jess? Grüß sie mal von mir.«

»Lenk nicht ab. Was ist das mit euch beiden?«

»Das versuche ich auch noch rauszufinden, okay?«, gebe ich zu.

»Was ist denn schlimm daran, Mitch zu mögen?«

»Vermutlich nichts. Seine Burritos sind fantastisch.«

Laura stutzt. »Ist das ein Code? Oder reden wir jetzt übers Essen?«

»Nash hat dich versaut«, sage ich, und sie grinst einen Moment, bevor sie wieder ernst wird.

»Sind es die Albträume? Der Unfall?«

Zögernd starre ich auf meine Hände, bevor ich schließlich antworte. »Wäre möglich.«

»Sierra, wenn es dich so sehr belastet, rede mit ihm.«

Ein trockenes Lachen entweicht mir. »Und was soll ich sagen? Hey, Rivera, ich fühle mich schlecht, weil ich unter Schock stand, weil ich zu spät bei dir und zu langsam war. Weil ich das Feuer zu spät gesehen und gelöscht habe. Weil du wegen mir jetzt diese Narben hast, die ich nicht mal kenne und von denen ich nicht weiß, wie schlimm sie wirklich sind. Aber ja, lass uns doch ausgehen.« Meine Stimme bricht am Ende, und ich muss mich räuspern. Dass es nicht nur das ist, sondern auch, dass wir eben Kollegen sind und ich nicht will, dass so etwas zwischen mir und meinen Zielen steht, verrate ich nicht. Unabhängigkeit, Freiheit, die Beste in meinem Job zu sein. Mitch zu mögen, mit ihm was anzufangen – das würde alles so unendlich kompliziert machen.

»Sieh mich nicht so an, Laura.«

»Du weißt, dass das nicht stimmt. Nichts von dem, was du eben gesagt hast, ist wahr.«

In dem Moment kommt Grant zurück, stellt sich zu uns, und ich bin dankbar dafür. Ich hätte nicht gewusst, was ich Laura darauf antworten soll.

»So, das wäre erledigt. Ich …« Grant hört plötzlich auf zu reden und fixiert irgendeinen Punkt hinter Laura und mir. Wir drehen uns um, und das Einzige, das wir sehen, ist – Maisie? Sie muss gerade aus einem der Zimmer gekommen sein, denn sie notiert etwas in einer Akte.

»Ach, Grant«, meint Laura und tätschelt seinen Arm.

»Maisie.« Ich seufze übertrieben.

»Wovon redet ihr?«, will er ablenken, aber der Versuch ist genauso mies, wie meiner es war.

»Grant hat eben sogar mit ihr geredet. Ganze zwei Sätze«, meint Laura stolz.

»Hab ich was nicht mitgekriegt?« Grant wird rot, und ich schmunzle. »Bist du etwa schüchtern?«

»Nein. Ich gehe das Ganze nur langsam an.«

»Hol dir nur keine Tipps von Nash, auch wenn der das Langsamsein erfunden hat.«

»Hey!« Laura stemmt die Hände in die Hüften.

»Etwa von Mitch?«, fragt er und wirkt wirklich verzweifelt.

»Besser nicht, der weiß auch nicht, was er tut«, murmle ich und ernte einen wissenden Blick von Laura.

»Anderes Thema.« Grant klatscht in die Hände. »Was machen die Patientinnen und Patienten?«

Laura zuckt mit den Schultern. »Ich kann nicht klagen. Zurzeit habe ich eher einfache Fälle auf Station, dafür gab es ein paar härtere OP-Tage. Einen Mann konnten wir nicht retten.« Sie zögert. »Es war das erste Mal, dass ich es der Familie alleine sagen musste. Seiner Frau und seiner zehnjährigen Tochter.«

»Scheiße«, sage ich, weil das der einzig vernünftige Kommentar auf so was ist.

»Ja, oder? Aber es gab mehr gute Tage als schlechte. Das ist alles, was zählt.«

»Bei dir?«, hakt Grant nach und verschränkt die Arme vor der Brust.

»Ähnlich, nur mit der Notaufnahme statt vielen OPs. Und heute musste ich einem Patienten sagen, dass er Krebs hat. Metastasen in der Lunge und am Herzen.«

»Ich hätte nicht fragen sollen«, sagt Grant und flucht. »Mein Fehler.«

»Das ist der Job. Wir kennen es, und wir sind trotzdem hier.« So ist es nun mal.

»Wie war es eigentlich auf der Geburtstagsfeier deiner Schwester?«

»Frag nicht.« Er verzieht das Gesicht.

»Was war denn?«, hake ich nach, und Laura erklärt es mir.

»Grant musste zu irgendeinem Familienessen. Allein hinzumüssen empfand er als … suboptimal.«

»Du untertreibst. Ich hätte mich lieber in einen Vulkan gestürzt, als dorthin zu gehen. Hab es nur für meine Schwester gemacht.«

»Komplizierte Familie?«

»Du hast ja keine Ahnung.«

Ich lache auf. »Glaub mir, die habe ich.«

»Es war auf jeden Fall schlimm. Mein Dad hat sich darüber ausgelassen, was für eine Enttäuschung ich sei, meine Mutter hat sich betrunken, und meine Geschwister waren mal wieder in allem, was sie tun, perfekt.«

»Ich hätte auch nicht fragen sollen«, murmelt Laura und kräuselt die Nase.

Grant nickt. »Stimmt. Und wie geht es Jess und Logan? Kommen die zwei mal wieder her?«

»Logan kommt vermutlich an Weihnachten zu Besuch, Jess ist spätestens Anfang Dezember zurück in den Staaten, eher Ende November, und wird wohl einige Zeit bleiben, bevor sie weitere internationale Jobs annimmt. Beiden geht es gut, auch wenn ich das Gefühl habe, dass Jess vollkommen überarbeitet ist. Irgendetwas macht ihr Sorgen, aber sie sagt mir nicht, was es ist.«

»Du kriegst das schon raus. Jess wird sich irgendwann verplappern.« *Da bin ich sicher*, ergänze ich stumm.

»Ja, vermutlich. Shit«, murrt sie auf einmal, weil es in ihrer Tasche vibriert. »Hab den Vibrationsalarm vergessen.« Sie wirft einen Blick auf ihr Handy. »Wenn man vom Teufel spricht. Was zur Hölle?« Dass ich Laura so wütend gesehen habe, kann ich an einer Hand abzählen.

»Was ist los?«, fragen Grant und ich gleichzeitig, während wir uns zu ihr rüberbeugen.

»Jess hat mir eine Nachricht geschrieben.«

»Und? So schlimm?« Grant versucht, auf das Display zu gucken, aber er schafft es einfach nicht und sieht dabei nur bescheuert aus.

»Ich zitiere: *Ich hoffe, du atmest nicht mehr, denn das wäre der einzig akzeptable Grund, sich seit mehr als vier Wochen nicht bei mir zu melden, wo du mir zuvor so lange auf die Nerven gegangen bist.*«

»Verstehe ich nicht«, sage ich trocken, und über Grants Kopf schweben Dutzende Fragezeichen. Als Laura den Blick hebt und das Kinn reckt, traue ich mich kaum, zu atmen. Ihr Lid zuckt, ihre Nasenlöcher beben, sie kräuselt die Lippen.

Gott, ist sie wütend.

»Wisst ihr, wie der erste Satz lautet?«

»Nein?«, erwidert Grant skeptisch, während ich sage: »Spuck es schon aus, ich muss weitermachen.«

»*Hey, Ian.*«

Stille. Alles ist komplett still.

»Da steht: *Hey, Ian*«, sagt sie ziemlich laut und aufgebracht. Dass besagter Ian in dem Moment um die Ecke kommt und ruft: »Was für ein Empfang! Habt ihr mich vermisst?«, macht es nicht besser.

Laura starrt ihn förmlich nieder. Zuerst ist Ian irritiert, lässt zögerlich seine Hand sinken, mit der er eben noch fröhlich gewunken hat, und seine Schritte werden zunehmend langsamer. Man sieht ihm förmlich an, wie er darüber nachdenkt, was hier falsch läuft.

Lauras Handy vibriert wieder, und sie lacht humorlos auf. »*Hab die Nachricht aus Versehen an meine Schwester geschickt. Renn um dein Leben.*« Es vibriert noch mal. »*Scheiße, schon wieder falsch. Ich kann das erklären, Laura. Wirklich.*« Sie schürzt die Lippen, stellt das Handy auf stumm und steckt es weg. »Das glaube ich kaum«, zischt sie in der Sekunde, als Ian auf sein Handy schaut und seine Augen sich weiten. Er dreht sich um und geht. Vermutlich haben sich seine Eier vor Schreck nach innen gestülpt.

»Hey, bleib stehen. Ian!«, ruft Laura und rennt hinter ihm her.

»Wow. Da soll mal einer behaupten, im Krankenhaus wäre nichts los«, kommentiert Grant das Ganze, und ich schüttle amüsiert den Kopf.

»Sag Maisie doch, dass du mit ihr ausgehen willst.«

»Sag Mitch doch, dass du ihn gar nicht so scheiße findest.«

Grant und ich schauen uns murrend an, bevor ich ohne ein weiteres Wort die erste Akte hole und er heimgeht.

Ich hasse es, dass ich die Menschen hier nicht hassen kann.

Kurz nachdem ich mich wieder an die Arbeit gemacht habe, laufe ich Nash in die Arme.

»Sierra, gut, dass ich dich treffe. Da wir etwas Verstärkung bekommen haben und alle wieder einsatzbereit sind, wurden die Dienstpläne optimiert. Trotzdem hat Mitch noch ein paar Patienten und Patientinnen zu wenig, würdest du zwei oder drei an ihn übergeben?«

»Ich soll Mitch meine Arbeit machen lassen?«

»Wenn du es so nennen möchtest, ja. Du hast zu viele Akten, und er hat noch Kapazitäten. Würde es dir etwas ausmachen?«

»Nein, ich denke nicht.«

»Okay. Danke dir. Ich werde das in die Wege leiten.«

»Alles klar.« Ich will gehen, aber Nash hält mich auf. »Sierra? Danke.«

»Für was?«, frage ich und lege die Stirn in Falten.

»Du warst für Laura da. Und wie ich hörte, habt ihr an dem Tag verdammt gute Arbeit geleistet.«

Ich kann kaum atmen, schaffe es nur, zu nicken. Gute Arbeit … So fühlt es sich nicht an.

25. Kapitel

Mitch

Wetter: sonnig, ab und zu leicht bewölkt, kleinere Sandstürme sind gemeldet, die morgens die Wüste direkt vor die Haustür bringen, lese ich, bevor ich mich dem nächsten Artikel der *Whitestone Hospital News* widme, die heute druckfrisch auslag.

Sind Sie ein Fall für die Notaufnahme? Haben Sie ein gebrochenes Bein? Definitiv. Haben Sie sich an einem Blatt Papier geschnitten? Bitte nehmen Sie einfach ein Pflaster. Sind Sie aus dem zweiten Stock gefallen? Bitte, rufen Sie den Notruf. Besser noch: lassen ihn rufen. Haben Sie sich am Bett den kleinen Zeh gestoßen? Glauben Sie mir, es wird Sie nicht umbringen. Kurz: Grundsätzlich ist Vorsicht besser als Nachsicht, aber bitte: Kommen Sie nicht in die Notaufnahme, weil der Pickel auf Ihrem Rücken wehtut und Sie ihn nicht selbst ausdrücken können. Auch wenn ich Ihr Leid nachempfinden kann …

Grant hat diese Zeitung mit Sicherheit nur ins Leben gerufen, um seinen Frust, seine Freude und all den Klatsch und Tratsch loszuwerden, der ihn gerade beschäftigt.

Ich muss grinsen. Zumindest so lange, bis ich den nächsten Artikel ins Auge fasse.

Küssen macht glücklich und ist gesund. Bei einem Kuss werden bis zu sechzig verschiedene Muskeln betätigt und pro Minute um die sieben Kalorien verbrannt. Dopamin wird ausgeschüttet, und durch den Austausch von ungefähr achtzig Millionen Bakterien in-

nerhalb von zehn Sekunden stärkt es auch noch das Immunsystem. Also, Leute, ran an den Mund und lasst die Lippen tanzen.

Genervt schließe ich die Zeitung und pfeffere sie in den nächstbesten Mülleimer, den ich finden kann.

Blöder, besserwisserischer Grant.

Und jetzt muss ich schon wieder an Sierra denken. An Sierra, an diesen Kuss, an ihre Worte und ihren Gesichtsausdruck. Ich würde sie wirklich gerne richtig kennenlernen. Ich möchte mit ihr ausgehen. Ich will sie wieder küssen. Jeden Tag.

»Oh, hey«, reißt mich eine Stimme aus meinen Grübeleien. Es ist Nash, der gerade um die Ecke gekommen ist und nun vor mir steht. »Gut, dass ich dich treffe.«

»Alles okay?«

»Ja, ich wollte dir nur ein paar weitere Akten zuteilen.«

Meine Augenbrauen wandern wie von selbst nach oben. »Heißt das, ich bin wieder voll dabei? Keine Schonfrist mehr?«

Nash grinst. »Keine Schonfrist mehr, Dr. Rivera.«

»Wird auch Zeit.«

»Wir mussten alle etwas langsamer machen. Die einen mehr, die anderen weniger. Aber langsamer«, sagt er, und ich nicke. Er hat recht, es war für keinen von uns leicht.

»Soll ich die Akten bei Grant abladen und dir 'ne Notiz schreiben, oder hast du einen Moment?«, fragt er und schaut auf die Uhr. »Ich muss in zehn Minuten zur nächsten OP.«

»Nein, ich hab kurz Zeit.«

»Gut, dann komm mit.« Er nickt in Richtung Empfang der Herzchirurgie, und ich folge ihm.

»Wie geht es dir?«

»Bien«, antworte ich und kann aus dem Augenwinkel sehen, wie Nash mich skeptisch mustert. »Es geht mir gut«, betone ich nachdrücklich.

»Okay. Falls etwas ist …«

»Kann ich zu dir kommen?«

»Genau.«

»Ich weiß.«

»Das ist einfach alles scheiße gelaufen«, murrt er und fährt sich durch sein Haar.

»Wem sagst du das.« Ich seufze, zögere, hole Luft. »Ohne dich wäre ich vermutlich nicht hier«, gebe ich zu, und Nash reißt die Augen auf.

»Ohne mich wärst du gar nicht erst in dem beschissenen Fahrstuhl gewesen.«

Ich schüttle den Kopf. »Das ist unser Job, das weißt du besser als ich. Wehe, du machst dir Vorwürfe.«

»Du klingst wie Laura«, murmelt er griesgrämig, und ich wiederhole mich.

»Ich meine das ernst. Ohne dich hätte ich es vielleicht nicht geschafft. Bevor wir in den Fahrstuhl gestiegen sind, hast du mich gebeten, neben dich zu kommen. Du wolltest irgendwas machen und brauchtest dabei Hilfe. Vorher stand ich direkt neben dem Sauerstoffventil. Es hätte mich komplett erwischt.«

»Das war Zufall. Ein wenig Glück zwischen all der Scheiße.«

»Kann sein, sí. Aber trotzdem bin ich dir dankbar. Und Nash? Ich … Es tut mir leid.«

»Was meinst du?«

»Das mit Laura und dir und dieser dämlichen Meldung, ich hätte das nicht tun sollen. Ich …«

»Mitch!«, unterbricht er mich harsch und fixiert mich. »Lass das. Das ist längst geklärt. Du hast einen Fehler gemacht in dem Gedanken, etwas Richtiges zu tun. Hör auf, dich wegen all dieser Sachen fertigzumachen.« Nash sagt nichts mehr, vermutlich habe ich ihn in Verlegenheit gebracht oder einfach nur genervt, aber es war mir wichtig, das loszuwerden. Ich denke manchmal daran, wie das zwischen Nash und Laura hätte laufen können, hätte ich nicht so eine dämliche Entscheidung gefällt. Und ich denke mittlerweile zu oft daran, dass ich hätte sterben können. Dass es von jetzt auf gleich vorbei sein könnte. Wenn ich ehrlich bin, macht mir das eine Scheißangst.

»So, das sind sie.« Nash fischt eine Akte nach der anderen aus dem Aktenständer und reicht sie mir. »Ein paar sind von Laura und Sierra, die beiden waren überlastet, auch wenn sie es nie zugeben würden, die anderen sind neu auf Station, eine ist von mir. Kommst du damit klar?«

»Natürlich. Wann kann ich wieder in die Notaufnahme? Oder in den OP?«

Nash schüttelt grinsend den Kopf. »Bald.«

»Ich brauche keine Sonderbehandlung. Die OPs sind wichtig, und durch den Ausfall hänge ich bereits hinterher.«

Sein Grinsen versiegt. »Okay, du hast recht. Ich teile dir ein, zwei kleinere OPs zu, und ab nächster Woche geht es zurück in die Notaufnahme.«

»Danke dir. Du bist ein guter Kerl, Laura hat recht.«

»Hau bloß ab«, murrt er, dabei ist er derjenige, der sich umdreht und verschwindet.

Ich lege die Akten auf dem Empfang ab und grüße Bella, die gerade am PC arbeitet.

»War das Nash?« Laura kommt neben mir zum Stehen und verdreht sich halb, um an mir vorbeischauen zu können. Dabei hätte sie einfach ein, zwei Schritte mehr machen können, um einen Blick den Gang hinunterzuwerfen.

»Jepp. Er muss in den OP. Hast du Sehnsucht?« Ich klimpere übertrieben mit den Wimpern, und sie zieht einen Schmollmund.

»Nein.«

»Ich kenne keinen Menschen, der schlechter lügen kann als du. Wirklich. Du bist erschreckend mies darin.«

»Wenn man es genau nimmt, ist das ein Kompliment, oder?«

»Ja, ist es«, entgegne ich und lache.

»Na dann. Ist doch super.« Sie zwinkert mir zu, bevor sie Bella grüßt, die noch immer hoch konzentriert auf den Bildschirm starrt. Danach begutachtet sie die Akten, die ich gerade sichte. »Was ist das alles?«

»Neue Fälle. Hat Nash mir gerade gegeben.«

»Oh, das ist Mr Lewis. Der war mein Patient. Wann wollte er mir das denn sagen, bitte?«

Mr Lewis. Mitte fünfzig, Verdacht auf eine koronare Herzkrankheit sowie nachgewiesene Herzinsuffizienz. Letzte Ergebnisse stehen aus. Sieht nicht gut aus.

»Willst du ihn zurück?«, frage ich scherzhaft, obwohl mir übel wird. Die Wahrscheinlichkeit, dass der Patient es nicht in den OP oder nicht aus diesem herausschafft, ist viel zu hoch.

Ich kann das noch nicht.

Mierda.

»Er ist nett. Die OP wird sogar vermutlich von Dr. Gardner selbst durchgeführt, je nachdem, wann sie angesetzt wird. Vorerst fehlen die neuesten Blutergebnisse, und das Stress-MRT ist für heute geplant. Aber wenn du willst, übernehme ich die Betreuung des Patienten weiterhin. Hat mir ja auch niemand gesagt, dass ich das nicht tun soll.« Sie schnappt sich die Akte, und ich war ihr noch nie so dankbar für etwas.

Mein Mund ist trocken, und mein Herz rast. Es wird nicht besser, als ich die nächste Akte aufschlage. Ein Patient mit Krebs. Heilungschance unter zehn Prozent. Metastasen in Lunge und im Herzen.

Ich würde am liebsten schreien.

Ich brauche Patienten und Patientinnen, die ich retten kann, und nicht welche, denen ich beim Sterben zusehen muss.

»Ist das Sierras Patient? Ja, das könnte sein. Sie hat vorhin von ihm erzählt. Weiß sie, dass du ihn jetzt betreust?«

»Keine Ahnung«, murmle ich und schlucke schwer. »Hast du Sierra gesehen?«

»Seit vorhin nicht mehr, aber sie müsste bald Feierabend haben.«

»Okay. Danke.« Ich packe die Akten zusammen und bin so beschissen gelaunt wie lange nicht mehr.

Weil mir dieses Gefühl der Machtlosigkeit und Verletzlichkeit Angst macht. Weil ich zu Sierra muss, um sie zu bitten, mit mir den Patienten zu tauschen. Und das alles, ohne ihr zu verraten, warum ich diesen einen Patienten unmöglich betreuen kann. Vielleicht hat dieser Unfall doch mehr Narben hinterlassen als die auf meinem Oberkörper und meiner Hüfte …

¡Dios mío! Ich fluche lautlos, verabschiede mich von Laura und Bella und mache mich wieder an die Arbeit.

Als Erstes muss ich jetzt zu Mr Joon. Dem Patienten, den ich hoffentlich direkt danach nie wiedersehe. Es ist eine einzige Katastrophe. Ich schwitze, mein Magen rumort, und mein Mund ist pappig.

Trotzdem muss ich jetzt da reingehen, mich vorstellen und professionell sein. Vor allem muss ich schauen, wie es ihm geht, und seine Medikation prüfen. Das ist mein Job.

»Ich schaffe das. Es hat sich nichts geändert«, murmle ich so leise, dass es niemand außer mir hören kann. Dann lache ich trocken auf. Würde es mir anders gehen und hätte ich nicht erst letzte Nacht erneut Albträume gehabt, könnte ich mir das jetzt vielleicht glauben. Doch so kann ich es nicht.

Meine Finger schmerzen, weil ich die Akte zu fest umklammere, aber ich brauche diese Art von Schmerz; er ist etwas, woran ich mich festhalten kann, während ich klopfe und danach die Tür öffne. Während ich eintrete und einen ersten Blick auf den Mann vor mir werfe, auf den längst der Tod wartet.

Die Ruhe, die mir entgegenschlägt, lässt mich beinahe einen Schritt zurückmachen. Und damit meine ich nicht die Stille in diesem Zimmer, während Mr Joon mit gefalteten Händen im Bett liegt und aus dem Fenster blickt, sondern die, die von ihm ausgeht. Die, die auch Akzeptanz bedeutet und Ausgeglichenheit. Diese Ruhe füllt den ganzen Raum und erschüttert mich. Vielleicht, weil ich sie nicht verstehe. Mr Joon wird sterben. Er weiß es. Es ist unausweichlich. Dennoch wirkt er nicht traurig. Nicht wütend. Er wird auch nicht kämpfen. Zumindest steht das in seiner Akte. Fairerweise muss man sagen, dass es wenig gebracht hätte.

Aber das ist egal. Oder? Ich meine …

Ich schlucke schwer, weil mich meine Emotionen überrennen und ich kaum noch klar denken kann. Mir ist klar, dass es viele Gründe dafür gibt, den Tod zu akzeptieren oder gar willkommen zu heißen. Doch dieser Unfall im Fahrstuhl, dieser Moment, der kurz davor war, mich ohne Vorwarnung aus dem Leben zu reißen, hat mir eine Scheißangst gemacht. Weil ich noch nicht bereit war. Und während ich Mr Joon betrachte, frage ich mich, ob ich das je sein werde. Ob ich je an einen Punkt komme, an dem ich diese Ruhe in mir trage. Vielleicht wäre all das dann weniger beängstigend. Vielleicht … gibt es dann aber auch einfach nichts mehr, was einen hier hält.

»Mr Joon«, begrüße ich ihn und muss mich sofort räuspern, weil meine Stimme versagt. »Mein Name ist Dr. Rivera.«

Mit offenem und freundlichem Blick schaut er mich an und sagt Hallo, als ich am Fußende seines Bettes ankomme. »Was ist mit Dr. Harris passiert?« Kurzes weißes Haar, gepflegtes Äußeres, warme Stimme.

»Aufgrund personeller Umstrukturierungen wurden Sie mir zugeteilt. Aber keine Sorge, das ist nur vorübergehend. Dr. Harris wird Sie bald wieder betreuen und freut sich schon darauf.« Das bringt ihn zum Lachen.

»Ich tue mal so, als würde ich Ihnen den letzten Teil abkaufen.« Grinsend nicke ich. »Gibt es Neuigkeiten? Hat man sich geirrt?«

Mir ist klar, dass es ein Scherz sein soll, doch ich kann dem nichts abgewinnen. Seine Worte sacken wie schwere Steine in meinen Magen. Ich beginne zu schwitzen.

»Nein, tut mir leid ... Ich wollte mich nur vorstellen, nach Ihnen sehen und die Schmerzmittelgabe kontrollieren.«

»Verstehe.« Er mustert mich. »Sie fühlen sich unwohl.«

»Ich weiß nicht, was Sie meinen.«

»Wollen Sie mir wie Dr. Harris anbieten, zu kämpfen und etwas zu tun? Oder denken Sie, mit einem Patienten wie mir vergeuden Sie nur Ihre Zeit?« Er sagt die Worte unaufgeregt, tiefenentspannt. Das trifft mich wie ein Schlag ins Gesicht.

Mit zusammengepressten Lippen stehe ich da und atme ein paarmal tief durch. »Weder noch. Sie haben Ihre Entscheidung längst getroffen. Wie gesagt, ich sorge nur dafür, dass Sie sich heute so gut wie möglich fühlen und die Schmerzmitteldosis korrekt ist. Und als Ihr Arzt bin ich für Sie da, falls Sie reden möchten, bis Dr. Harris wieder übernimmt.«

»Ich werde bald sterben. Noch dieses Jahr. Ich habe fast so viele Metastasen wie Organe. Ich denke nicht, dass es da viel zu bereden gibt.«

Meine Atmung beschleunigt sich, mein Puls rast. Mit der Akte in der Hand checke ich seine Infusionen, um so schnell wie möglich zu verschwinden. Ich schäme mich dafür. Und ich hätte nie gedacht, dass der Tod mich einmal so ängstigen würde. Ich hätte nie gedacht, dass ich ihm so früh fast selbst begegnet wäre.

»Okay, Mr Joon, es scheint alles in Ordnung zu sein. Kann ich sonst noch etwas für Sie tun?« Er schüttelt den Kopf, also verabschiede ich mich freundlich und gehe angespannt auf wackeligen Beinen in Richtung Tür.

»Dr. Rivera? Bei mir gibt es nicht mehr viel zu reden, aber ich bin hier, falls *Ihnen* mal danach ist.«

Mr Joons Worte lassen mich beinahe aus der Tür stolpern, so hart treffen sie mich. Mein Atem geht viel zu schnell, und ich wünschte, ich könnte sagen, dass das eben ein Kinderspiel war. Dass es mir bien geht. Aber Scheiße, das tut es nicht. Ich muss mich davon abhalten, mich mitten auf dem Gang hinzulegen, um Atem zu holen. Mein Kreislauf droht zu kollabieren, und ich hangle mich an der Wand entlang, um nicht umzukippen. Meine Sicht verschwimmt, mir ist kotzübel. Ich schaffe es ein paar Meter weiter um die Ecke, in einen der Aufbewahrungsräume hinein, und sacke sofort auf die Knie. Meine Handflächen klatschen auf den Linoleumboden und mein Keuchen hallt von den Wänden wider. Mein Kasack ist von meinem Schweiß getränkt, genau wie mein Haar – und aus meinem heiseren Husten wird ein verzweifeltes Lachen, bevor ich die Stirn auf den kalten Boden drücke und die Augen schließe.

Fuck. Was ist nur aus mir geworden?

Auch wenn es noch lange nicht richtig dunkel wird, ist es bereits später Abend. Mir geht es besser. Nicht, dass es mir beschissener gehen könnte als vorhin. Nach diesem suboptimalen Zusammenbruch habe ich mich in Richtung Klamottenautomat geschlichen, mir einen neuen Kasack besorgt und ihn schnell getauscht. Ein bisschen kaltes Wasser ins Gesicht und es ging wieder.

Jetzt stehe ich im großen Foyer des Whitestones, direkt vorm Haupteingang, und schaue durch die große Glasfront nach draußen. Ich warte auf Sierra. Laut Plan hatte sie bereits Feierabend, aber sie kam noch nicht runter. Habe ich sie verpasst? Möglich. Vielleicht sollte ich einfach heimgehen. Ich bräuchte etwas Ruhe, und das Ganze können wir auch morgen …

»Ich sagte Nein.« Sierra. Ich würde ihre Stimme überall erkennen und drehe mich sofort in ihre Richtung um. Gott sei Dank ist sie noch da. Sie verdreht gerade genervt die Augen, fährt sich über das Gesicht, und neben ihr …

Ist das der pendejo, der Sierra neulich so blöd angemacht hat? Dieser neue Chirurg. Ich habe seinen Namen vergessen. Verflucht, wie hieß er noch gleich? Dr. Hall, kann das sein? Und ich Idiot dachte, der Tag könne nicht beschissener werden.

Ich beobachte, wie sie weiter auf mich zukommen, ohne mich zu bemerken. Der Typ geht für meinen Geschmack viel zu nah bei ihr, und ich frage mich, warum er überhaupt in ihrer Nähe ist.

»Ich kann ein richtiger Gentleman sein«, höre ich ihn sagen und beiße die Zähne zusammen.

»Hören Sie, ich hab 'ne verdammt lange Schicht hinter mir, musste Sie eben mehrere Stunden im OP ertragen und will jetzt einfach nur meine Ruhe.«

»Gehen Sie heim?«, hakt er nach, und ich laufe den beiden ein Stück entgegen. Ich ertrage so einen Scheiß heute nicht, dafür habe ich keine Energie mehr.

»Hey, querida«, begrüße ich sie, dabei fixiere ich weiterhin den Idioten neben ihr. Es kümmert mich nicht, dass er über mir steht und mehr oder weniger mein Chef ist.

Er ist und bleibt ein Arschloch.

»Mitch«, sagt Sierra überrascht und bleibt vor mir stehen, während mich der neue Arzt überheblich angrinst. »Hast du nicht längst Feierabend?«

»So sieht Verzweiflung aus«, flüstert er mir zu, während er mich mustert, aber ich bin sicher, Sierra hat es genau gehört.

»Ich muss etwas mit dir besprechen«, sage ich zu ihr.

»Wir sind gerade beschäftigt«, antwortet er, obwohl ich ihn ignoriere, und fährt Sierra damit über den Mund. Es gibt nicht viele Dinge, die sie mehr ärgern als das, deshalb grinse ich – in Erwartung dessen, was unweigerlich folgen wird.

»Wir«, zischt sie keine Sekunde später, »sind mit nichts beschäftigt. Komm, Mitch, *wir* gehen.« Sie schnappt sich meinen Arm und zieht mich nach draußen. Es ist eine Trotzreaktion, da bin ich sicher, aber es soll mir recht sein. Hauptsache, sie lässt sich nicht von dem Neuen einlullen.

»Wohin willst du denn?«

»Lass uns was trinken. Ich hab es bitter nötig«, entgegnet sie, und wenn ich ehrlich bin, habe ich mit vielem gerechnet, aber nicht damit.

»Okay. Ich kann auch einen Drink gebrauchen.« Einen oder auch zehn. Ob ich Alkohol heute noch vertrage, ist eine andere Sache.

»Wehe, du pennst wieder ein und sabberst auf meine Schulter«, warnt sie mich, und ich fange an zu lachen. Sierra weiß es nicht, aber mit wenigen Sätzen, nein, allein dadurch, dass sie gerade da ist, hat sie meinen Tag ein Stück weit gerettet.

»Laura ist die Einzige, die das macht.«

Sierra schnaubt. »Wenn das stimmt, warum war meine Schulter bei unserem ersten Abend in der Bar dann von deinem Sabber getränkt?«

»Die wichtigere Frage ist doch«, sage ich und beuge mich zu ihr, »warum du mich so nah an dich herangelassen hast.«

26. Kapitel

Sierra

»Ein Wasser, bitte.«

»Du hast mich in die Bar gezerrt, um jetzt ein Wasser zu trinken? Das klang vor wenigen Minuten irgendwie nicht so unschuldig.« Er grinst.

»Ich weiß selbst, wie das geklungen hat«, entgegne ich mürrisch. »Der Tag war lang und anstrengend, und ich bin erledigt. Und fürs Protokoll, ich hab dich nicht nah an mich herangelassen.« *Noch nicht. Nicht allzu nah.*

Während ich das eine sage und das andere denke, schaue ich Mitch nicht an, sondern mustere das zerkratzte dunkle Holz des Tresens vor uns und wippe dabei leicht auf dem alten Hocker vor und zurück. Mitchs Präsenz lässt meine Haut kribbeln und macht mich unnötig hibbelig.

»Ich nehme auch eins«, ergänzt Mitch meine Bestellung und bedankt sich bei Faye. Wenn er selbst nur Wasser trinkt, hätte er sich den Kommentar echt sparen können … Grundsätzlich könnte sich Rivera ziemlich viele Kommentare sparen.

»Kommt sofort«, erwidert sie fröhlich.

»Machst dich über mein Wasser lustig, bestellst aber selbst eins«, murre ich.

»Ja, ist vielleicht besser so.«

Mit jedem Tag länger in diesem Job kann ich verstehen, warum alle regelmäßig hierherkommen – selbst wenn es nur dazu dient, ein schnödes Wasser zu trinken und nicht nach Hause zu müssen.

»Also, was ist los?«, fragt Mitch, aber ich schaffe es immer noch nicht, ihn anzusehen. Stattdessen fange ich an zu lachen. Es klingt ein wenig so, als hätte ich den Verstand verloren.

»Das sollte ich wohl eher dich fragen. Schließlich hast du unten im Foyer auf mich gewartet und mich nach der Arbeit abgefangen.«

»Stimmt, aber du hast mich am Ende mit hergenommen, querida, und meintest, du könntest einen Drink gebrauchen. Der Grund dafür ist für mich momentan etwas interessanter als der, wegen dem ich auf dich gewartet habe. Außerdem weißt du, dass jeder Tag lang und hart ist, wenn man diesen Job macht, das ist also irgendwann keine Ausrede mehr.«

Gott, ich hasse es, wenn er recht hat. Lautlos verfluche ich ihn und mich und diese ganze Situation. Warum habe ich ihn nicht einfach mit dem neuen Chirurgen-Arsch im Foyer stehen lassen? Ich habe keine Ahnung, warum mich der Impuls überkam, mit Mitch in die Bar zu gehen. Ich wollte nur meine Ruhe. Wollte dem Neuen vielleicht eins auswischen, weil er es verdient hat. Das habe ich wohl nicht zu Ende gedacht …

Und jetzt sitze ich hier mit Mitch. Ausgerechnet mit ihm. Ich seufze leise. Wie soll ich ihm das erklären? Noch schlimmer: Warum interessiert es mich überhaupt, was Mitch über mich denkt, was er fühlt oder sagt? Warum zur Hölle habe ich ihn geküsst? Warum habe ich mich von ihm küssen lassen? Das macht mich verrückt. Vor allem, dass es mir etwas ausmacht und dass ich das nicht aus dem Kopf kriege. Bedeutungsloser Sex? Kein Problem! Nie. Ich hab vor der Assistenzzeit so viele fremde Menschen geküsst, dass ich sie kaum zählen kann, und dann kommt Mitch Rivera daher, und auf einmal macht es mir etwas aus?

Mit zusammengepressten Lippen atme ich tief durch und muss mich davon abhalten, mir die Haare zu raufen oder ihn kräftig von dem Scheißhocker zu stoßen.

»Warum war dieser Idiot bei dir? Willst du doch ein Date mit ihm?«

Wie bitte? Jetzt kann ich nicht anders, als mich zu Mitch zu drehen und ihn fassungslos anzuschauen. Das glaubt er doch nicht wirklich, oder?

»Ernsthaft? Du hast es doch genau gehört, ich war mit ihm im OP. Es kam ein Notfallpatient rein, und ich war die Erstbeste, die sich Doktor Arschloch geschnappt hat. Das hat verdammt lange gedauert. Würde ich Zeit mit ihm verbringen wollen, hätte ich dich dort stehen lassen und wäre mit ihm gegangen.«

»Also wolltest du Zeit mit *mir* verbringen?«

Argh, er macht mich wirklich wahnsinnig.

»Nein – und fürs Protokoll: Das Wasser trinke ich, weil ich morgen wieder Schicht habe, nicht weil ich keinen Tequila vertragen könnte. Zufrieden?« Das ist nur die halbe Wahrheit. Ich vertrage die meisten alkoholischen Getränke tatsächlich nicht besonders gut, aber der Hauptgrund ist wohl, dass ich es hasse, vollkommen die Kontrolle zu verlieren. Denn das Letzte, was ich gebrauchen kann, ist außerhalb des Krankenhauses in der Nähe von Mitch Rivera die Kontrolle zu verlieren. Meine Impulskontrolle hat in den letzten Wochen mehr zu wünschen übrig gelassen als je zuvor – und wir haben ja gesehen, wohin das führt.

»Dann ist ja gut«, meint er vollkommen ernst, während er unablässig meinem Blick standhält. Auch dann, als Faye unser Wasser bringt und es vor uns abstellt. Ich sehe es aus dem Augenwinkel, bin aber ebenso wenig dazu imstande, mich wegzudrehen, wie er. Verdammter Mitch!

Er schaut mir in die Augen, und ich ertappe mich dabei, wie ich mich frage, was er wohl gerade denkt. Er wirkt etwas erschöpft, etwas nachdenklich, wie immer und doch anders. Diese Aura der Fröhlichkeit gemischt mit seinem beinahe kindlichen Humor ist weniger geworden. Ich hoffe, dass ich es mir einbilde und dass dieser bescheuerte Unfall ihm nicht zu viel von seiner Leichtigkeit genommen hat.

Ich räuspere mich. »Das geht dich ohnehin nichts an«, erwidere ich halb erstickt, weil ich die Worte förmlich aus mir rauspressen muss. Es fühlt sich an, als würde sich mein Körper gegen jeden einzelnen Buchstaben dieses Satzes wehren.

»Ich will nur, dass es dir gut geht. Wir sind schließlich Freunde.«

»Mitch, ich … Was?«

Er nimmt einen großen Schluck seines Wassers, stellt das Glas schmunzelnd wieder ab und verschränkt danach die Finger auf dem Tresen vor sich.

»Ich sagte«, beginnt er, doch ich unterbreche ihn sofort.

»Wir sind keine Freunde, Mitch. Wir wissen nichts über den anderen.« Ich ignoriere den kleinen schmerzenden Stich in der Brust, den diese Worte in mir auslösen.

»Dann sollten wir das schnell ändern.«

»Ich …«

»Nächste Woche ist der Umzug? Dann ziehst du mit Maisie und Jane in eine WG, richtig?« Dieses Mal unterbricht er mich. Als hätte er gewusst, dass ich ihm sagen will, dass ich das für eine beschissene Idee halte.

Das Kollegium ist da, wenn du deinen Job machst, aber Freundinnen und Freunde? Sie sind wie ein Spiegel. Wenn dich Menschen zu gut kennen, kannst du irgendwann nichts mehr verstecken. Nicht vor ihnen und auch nicht vor dir selbst. Dann entdeckst du mit der Zeit die seltsamsten Winkel und

Ecken deines Selbst und kannst es nicht verhindern. Es reicht, dass das bei Laura so ist, dabei weiß nicht einmal sie alles über mich. Trotzdem werde ich die Frau wohl nie wieder los. Nicht, dass ich das möchte, aber … ach verdammt.

Ich schaue in Mitchs viel zu schönes Gesicht, der Trubel um uns herum wird zu einer Art Hintergrundrauschen, und meine Gedanken schweifen ab zu den Momenten, in denen er mich zum Lachen gebracht hat. In denen er mich genervt hat. In denen er *einfach* da war. Ich denke daran, wie es ist, wenn er mich umarmt oder küsst, und schlucke schwer, weil sich dieser Gedanke wie ein Schlag in die Magengrube anfühlt. Die Erkenntnis, dass das nie funktionieren wird. Ich kann nicht mit Mitch befreundet sein, jetzt, da ich weiß, wie sich dieses *Mehr* anfühlen könnte.

Ich weiß nicht, was ich tun soll.

27. Kapitel
Mitch

Sierra sieht mich an, und es ist offensichtlich, dass ihre Gedanken rasen. Ich würde jeden Preis bezahlen, wenn ich sie nur einmal hören könnte.

Keine Ahnung, ob das schon immer so war, aber die Sierra, die ich kennengelernt habe, ist ein Kopfmensch. Oder zumindest versucht sie mit aller Macht, einer zu sein. Schließlich bringt Rationalität dich selten in Schwierigkeiten, es tut weniger weh, ist weniger kompliziert und hilft, Distanz zu wahren. Ich frage mich, wie lange es wohl dauert, bis Sierra sich endlich eingesteht, dass das auf Dauer nicht funktioniert. Zumindest nicht bei uns.

Sie sieht bezaubernd aus. Nicht nur als Ärztin im Krankenhaus, sondern auch in legeren Klamotten in einer Bar sitzend bei diffusem Licht. Sierra ist faszinierend, klug, sarkastisch und besonders witzig, wenn sie es nicht sein will. Ihr Ehrgeiz sucht seinesgleichen, und auch wenn sie von Anfang an klar gezeigt hat, dass sie lieber eine Einzelgängerin ist und die Dinge allein handhabt, hat sie bis heute Schwierigkeiten, Abstand zu halten, obwohl sie genau den am meisten wünscht. Ich muss mir ein Grinsen verkneifen, weil es paradox ist. Laura hatte sie als Erste in der Tasche, einfach so, als hätten sie schon immer zusammengehört. Jetzt folgen Jane und Maisie, mit denen sie sogar zusammenzieht. Dass sie dem überhaupt zugestimmt hat, verwundert mich. Deshalb werde ich das Gefühl nicht los, dass es etwas gibt, das ich übersehe.

Und es gibt uns. *Dios mío. Uns.* Keine Ahnung, was dieses Uns überhaupt bedeutet. Das zwischen mir und Sierra ähnelt einem Bild von Picasso, es ist abstrakt, chaotisch und auf den ersten Blick ergibt es keinen Sinn. Aber wenn man es länger betrachtet, genauer hinsieht, erkennt man die Strukturen, das Zusammenspiel der einzelnen Elemente und das, wofür all das Abstrakte steht.

»Woher weißt du von dem Umzug?«, fragt Sierra plötzlich mit leicht zur Seite geneigtem Kopf. Eine Locke ihres dicken langen Haares löst sich ganz aus dem Zopf und umschmeichelt ihr Gesicht. Kurz zucken meine Finger, weil ich diese Strähne gern berühren würde. Weil ich *Sierra* gern berühren würde. Ihre Wange, ihre Lippen … Mein Blick gleitet über ihre Haut, und als ich dem ihren wieder begegne, erkenne ich, dass sie ganz genau merkt, woran ich denke. Weil ihre Augen beinahe funkeln, während sie sie leicht zusammenkneift und ihre ganze Kieferpartie angespannt ist.

Sie erinnert sich anscheinend nicht daran, dass ich den Anfang ihres Gesprächs mit Maisie noch mitbekommen habe, bevor ich gehen musste.

»Der Kuss«, erwidere ich mit rauer Stimme. Dabei drehe ich mich weiter und beuge mich ein Stück in ihre Richtung. Sie weicht nicht zurück.

»Keine Ahnung, was du meinst«, schießt sie zurück, und es ist viel zu offensichtlich, wie sie beginnt dichtzumachen. Scheiße, das macht mich fertig.

»Wenn du das sagst«, presse ich hervor und trinke den Rest meines Wassers. »Ich war da, als Maisie es verkündet hat.«

»Klingt, als wäre es eine große Sache. Es ist nur ein Umzug. Nichts weiter.« Sie senkt den Blick und zuckt mit den Schultern, der kurze Moment, in dem ich eine Spur von Ärgernis gespürt habe, löst sich nahezu in Luft auf. Stattdessen entspanne ich mich und atme tief durch.

»Wieso ziehst du überhaupt um?« Ich werde neugierig, weil Sierra viel zu sehr darauf beharrt, dass da nichts dabei ist. Doch gerade durch ihre Reaktion und weil sie definitiv kein WG-Typ ist, kommt es mir seltsam vor. Beharrt man zu stark darauf, dass da nichts ist, dann ist da meist zu viel. Und zwar leider oft von Dingen, die man nicht gebrauchen kann.

»Wieso hast du unten im Foyer auf mich gewartet?«, fragt sie, statt mir zu antworten, und spätestens jetzt weiß ich, dass ich mit meiner Vermutung recht habe. Sie will nicht darüber reden. Okay. Ich kann warten.

»Nash hat mir ein paar neue Fälle zugeteilt, unter anderem einen Patienten von dir. Mr Joon.«

Sierra scheint für einen Moment verwundert, dass ich nicht weiter nachhake, aber sie fängt sich schnell und verzieht das Gesicht. »Ja, ich weiß.«

»Scheint dich nicht besonders glücklich zu machen. Willst du ihn zurück?«

Bitte, sag ja, flehe ich in Gedanken.

»Natürlich war es Kacke. Wenn man Patientinnen und Patienten abgeben muss, ist das selten ein gutes Zeichen. Aber Laura meinte, sie müsse auch welche abtreten, genau wie ein paar andere. Also lag es nicht an mir und ist jetzt okay.«

Ganz toll. Genau das, was ich nicht hören wollte.

»Und darüber siehst *du* jetzt nicht glücklich aus«, fügt sie an und zeigt wissend mit dem Finger auf mich.

»Nimm ihn einfach wieder, er macht keine Arbeit.« Es dauert keine Sekunde, dann bereue ich es, das gesagt zu haben, weil es die perfekte Vorlage liefert für Dutzende beschissene Fragen. Und weil es respektlos ist gegenüber meinem Patienten.

Nun ist Sierra diejenige, die sich in meine Richtung vorbeugt. »Wieso sagst du so was? Und wieso zur Hölle willst du einen Patienten loswerden, der keine Arbeit macht? Was ist los mit dir, Rivera?« Mit zusammengezogenen Augenbrauen mustert sie mich, und ich gebe alles, um keine Miene zu verziehen.

»Es ist nichts. Ich will dir nur nichts wegnehmen – und Nash hat mir ein wenig zu viel aufgehalst.«

»Hm«, macht sie und verschränkt die Arme vor der Brust. Sie glaubt mir nicht. Kein bisschen.

»Noch mal wegen des Umzugs …«

»Gott, ich wünschte, du würdest das Thema ruhen lassen und es einfach vergessen«, fällt sie mir ins Wort.

»Soll ich den Kuss auch gleich vergessen? Den ersten und den zweiten?«, lenke ich sie ab und merke ziemlich schnell, dass mir dieses Thema genauso wenig gefällt. Wir reden miteinander, indem wir aneinander vorbeireden. Es macht mich wahnsinnig!

»Sollte ich wissen, wovon du sprichst?«

»Echt? Du willst so tun, als wäre nichts passiert?«

»Wir sollten zahlen und gehen. Es ist spät.«

Was? Auf keinen Fall! Ohne weiter darüber nachzudenken, überbrücke ich die Distanz zwischen uns, schiebe meine Hand in ihren Nacken und ziehe sie zu mir. Haut trifft auf Haut, Hitze auf Hitze. Meine Lippen begegnen ihren, und ich küsse sie.

Für einen Augenblick versteift sie sich, und ich will von ihr ablassen, weil alles andere falsch wäre, doch im nächsten Moment spüre ich, wie ihre Lippen sich bewegen und ihr Kopf sich zur Seite neigt. Wie sie mir langsam entgegenkommt. Wie sie dagegenhält.

Es ist ein sanfter Kuss. Ein ruhiger und langsamer. Einer, der mir durch Mark und Bein fährt und eine Gänsehaut nach der anderen über meine Arme jagt.

Weil es sich jetzt verdammt gut anfühlt. Verdammt richtig.

Vielleicht ist der Grund für diesen Kuss mein angekratztes Ego, vielleicht schmerzt es auch einfach nur, dass Sierra so tut, als wäre nichts gewesen. Vielleicht will ich sie bloß noch einmal küssen, weil es gerade nichts gibt, was ich mehr will. Was ich mehr brauche.

Ich weiß nur, das hier … das ist etwas, was ich jeden Tag tun möchte. Immer wieder.

Sierra küssen zu wollen und es nicht zu können schmerzt beinahe körperlich.

Also genieße ich das hier, küsse sie, atme sie ein und koste jede Sekunde aus.

Bis Sierras Hände sich ohne Vorwarnung gegen meine Brust stemmen und sie sich ruckartig abdrückt. Sie starrt mich aus großen Augen an, irritiert, wütend und nachdenklich zugleich. Ich kann erkennen, wie sie schluckt, wie sie sich sammeln muss. Wie ihre Lippen von unserem Kuss glänzen.

»Lass uns bezahlen und verschwinden«, murmelt sie und räuspert sich leise, bevor sie den Blick abwendet und Faye ein Zeichen gibt.

Das ist echt das Letzte, was ich hören wollte. Aber was habe ich auch erwartet nach so einer Aktion?

»Ich werde Mr Joon nicht zurücknehmen«, fügt sie an, und das *Solange du mir keinen triftigen Grund nennst* schwingt ganz klar mit. Ich fluche innerlich und würde mir am liebsten die Haare raufen.

»Und, Mitch? Küss mich nie wieder ohne meine Erlaubnis.«

Dieser Satz ist wie ein Eimer eiskaltes Wasser, der über mir ausgeschüttet wird, und lässt mich den neuen Patienten, den ich wieder abgeben wollte, augenblicklich vergessen.

Ich bin ein Idiot, auch wenn ich das in dieser Sekunde nur ungern zugebe. Ich hätte sie nicht küssen sollen. Nicht hier, nicht jetzt, nicht so. Sierra braucht mehr Raum, mehr Zeit, mehr Geduld, und ich sollte ihr all das geben. Stattdessen habe ich mich nicht unter Kontrolle, handle impulsiv und jetzt muss ich mit der Konsequenz leben. Damit, dass wir wieder einen Schritt zurück gemacht haben, statt einen vor.

Küss mich nie wieder ohne Erlaubnis!, hallt es in meinem Kopf wider, während Sierra es nicht mehr schafft, mir in die Augen zu sehen.

Ich bin wirklich ein verdammt großer Idiot …

28. Kapitel

Sierra

Ich bin mir nicht sicher, was ich weniger glauben kann: Mitch gesagt zu haben, dass er mich nicht mehr ohne Erlaubnis küssen soll, oder ihn kurz vorher eindeutig zurückgeküsst und es genossen zu haben.

Seit wir eben bei Faye bezahlt haben und aus der Bar raus sind, haben wir kein einziges Wort mehr miteinander gewechselt. Jetzt stehen wir ein paar Schritte vor dem Eingang, schaffen es nicht, uns zu verabschieden, aber noch weniger, uns anzusehen. Es ist seltsam und verwirrend. Es ist all das, was ich nicht will. Vor allem, weil ich nicht benennen kann, was das zwischen uns ist. Was wir sind. Fremde, Bekannte, Kollegen, etwas anderes. Ich schnaube leise und frustriert auf, weil ich es nicht nur nicht weiß, sondern auch keine Ahnung habe, was ich genau will. Und ich frage mich, wann zur Hölle mein Leben so kompliziert geworden ist.

»Soll ich dich nach Hause bringen?«, fragt Mitch schließlich in die Stille zwischen uns, deren Schwere ich beinahe körperlich spüren kann. »Es ist schon spät und …«

Ich drehe mich zu ihm um, schaue ihn an, und meine spöttische *Ich-bin-kein-kleines-Kind-mehr-Rivera*-Verteidigung bleibt mir im Hals stecken, weil sein Blick mir den Atem raubt. Weil der Sturm in seinen Augen mein Herz zum Stolpern bringt. Zu viele Emotionen huschen über sein Gesicht, und ich kann nicht einmal die Hälfte davon deuten. Aber das Bild, das er abgibt – nicht weit entfernt von mir stehend mit ernstem Ausdruck und den Händen in den Hosentaschen, vor den Lichtern der Stadt, die hinter ihm funkeln –, zwingt mich dazu, mich zu räuspern und mehrmals zu schlucken. Mitch macht mich angreifbar, verletzlich und ungelenk. Viel zu aufbrausend. Ich hasse das. Noch mehr hasse ich, dass ich von Mitch gerne geküsst werde, auch wenn er mich jedes Mal damit überrumpelt. Vielleicht ist das bei uns einfach so. Vielleicht sind wir beide entweder der Fels – unerschütterlich, stur und festgefahren, eine Konstante – oder die Brandung selbst – stark und wild, unbezwingbar und impulsiv. Der Fels, der nicht vor und nicht zurück kann; die Brandung, die alles will und dabei alles mitreißt.

»Ich komme klar«, gebe ich fast zu leise zurück, als dass er es noch verstehen könnte. »Danke.«

»Okay, bien.«

»Bis morgen.« Ich werde zu Fuß gehen, damit ich nicht allzu schnell daheim ankomme. Und ich werde *jetzt* gehen, damit das, was sich gerade wie ein Damoklesschwert über mir anfühlt, endet.

Ich hebe kurz die Hand zum Gruß und bin dabei, den ersten Schritt zu machen.

»Es tut mir leid«, unterbricht mich seine Stimme, und ich halte vollkommen perplex inne, fixiere Mitch erneut und runzle die Stirn.

»Das eben war wie ein Überfall und nicht besonders respektvoll. Falls ich dich noch einmal küssen möchte, werde ich dich vorher fragen.«

Dass es ihm leidtut, kann ich verstehen. Auch der nächste Satz ergibt in meinem Gehirn noch Sinn, selbst wenn ich Mitch aus anderen Gründen darum gebeten habe. Das danach? Absolut kein Problem. Da ist nur ein einziges Wort, das sich wie ein Schlag in die Magengrube anfühlt. Wie ein freier Fall. Wie eine heftige Ohrfeige.

Falls.

Was soll ich darauf schon erwidern? Das war doch genau das, was ich wollte. Oder? Hätte nur nicht gedacht, dass Dinge, die man will, auf diese Art wehtun können.

»Gut«, bringe ich irgendwie hervor, und wäre ich nicht so geschockt von diesem ganzen Irrsinn, hätte ich ihn vielleicht angeschrien. Weil er *nichts* versteht.

Welch Ironie. Ich verstehe schließlich auch nichts hiervon.

Ohne ein weiteres Wort, ohne einen weiteren Blick lasse ich Mitch hinter mir, schlinge die Arme um mich und atme die Abendluft der Wüstenstadt ein, die mein Zuhause ist – das einzige, das ich habe.

Jeder Schritt treibt mich weg von dem einen Problem und hin zu einem anderen.

Ich habe meiner Mom nichts gesagt. Sie ahnt nicht, dass ich in ein paar Tagen meinen Kram packe, ausziehe und nicht den Wunsch hege, ihr meine neue Adresse zu verraten. Wenn es nach mir geht, soll sie es erst merken, wenn ich längst weg bin. Deshalb packe ich meinen Kram erst im letzten Moment. Kann sein, dass ich ihr ein paar Worte auf einem Zettel hinterlasse. Aber ich befürchte, sie würde es mitkriegen, bevor ich über alle Berge wäre. Außerdem gibt es viele Möglichkeiten, wie sie reagieren könnte. Keine davon gefällt mir. Trotzdem ist jede einzelne Reaktion davon besser, als bei ihr zu bleiben.

Laura hat an dem Tag, an dem wir umziehen, Schicht. Maisie und Jane haben den Tag auch nicht komplett frei, wir müssen den Umzug also gut planen und aufteilen. Und jetzt fragt ausgerechnet Mitch, ob er helfen kann, und ich … ich hätte gern Ja gesagt.

Schwer schluckend schlinge ich die Arme um mich, als ich an der Ampel ankomme und darauf warte, dass ich die Straße überqueren darf. Ich starre auf den dunklen Asphalt, der hier und da zwischen den vorbeihuschenden Autos hervorblitzt. Wenige Minuten später komme ich daheim an, schließe die Tür hinter mir und bin im ersten Moment erleichtert, denn es ist vollkommen dunkel hier. Niemand ist da. Ich bin allein.

Ich puste mir eine Strähne aus dem Gesicht, dann schalte ich das Licht an und ziehe die Schuhe aus. Bevor ich meinen Kram abstelle und mein Handy in die Hosentasche stecke, lasse ich die Schultern kreisen, die in letzter Zeit ziemlich verspannt sind.

Meine Füße tragen mich wie von selbst in Richtung Küche. Obwohl es verdammt spät ist, habe ich Hunger. Doch der Blick in den Kühlschrank löst meine Hoffnung auf einen Snack oder sonst was Essbares sofort in Luft auf. Wasser, etwas Milch, von der ich sicher bin, dass sie längst abgelaufen ist, zwei Dosen Bier und eine offene Packung Weißbrot mit einer letzten labbrigen Scheibe darin. Das wars.

»Scheiße.« Ich schließe den Kühlschrank wieder, bevor ich ein paar Küchenschränke inspiziere. Eine Dose Bohnen, ein paar Cornflakes, die mir ohne Milch wenig bringen, und jede Menge Staub. Ich esse fast nur im Whitestone oder unterwegs. Wann meine Mom und ich das letzte Mal hier zusammen gegessen haben, fällt mir nicht einmal mehr ein. Aber ich kann an einer Hand abzählen, wie oft.

Müde und hungrig hieve ich mich auf die Küchentheke und ziehe mein Handy hervor.

»Ich bin so dämlich«, nuschle ich, weil ich merke, wie enttäuscht ich bin, keine Nachricht von Mitch vorzufinden. Es ist irrational. Mitch habe ich vor knapp dreißig Minuten gesehen. Außerplanmäßig.

Ich müsste duschen, schlafen, den Kopf freikriegen, aber nach diesem Abend ist das schwerer als gedacht. Also schreibe ich Laura, die mich vielleicht auf andere Gedanken bringen kann.

Hey. Schläfst du schon? Bist du bei Nashville?

Ich war lange im OP, Laura müsste längst aus dem Whitestone raus sein. Es sei denn, sie wurde auch spontan eingespannt.

Bin bei Jax, Nash hat 'ne Doppelschicht. Was ist passiert? Ist alles okay?

Ich schnaube.

Wieso muss etwas passiert sein? Darf ich nicht einfach meiner besten Freundin schreiben?

Shit. Ich starre auf das Display, auf dem nun fett prangt: *Laura ruft an.*

Zwei Sekunden lang lege ich den Kopf in den Nacken und fluche, weil ich mir das selbst eingebrockt habe.

Ich kann sie unmöglich wegdrücken, also atme ich tief durch und nehme das Telefonat an.

»Sierra? Bist du da?«

»Natürlich, wer sollte hier sonst sein?«, gebe ich angriffslustig und gleichzeitig kleinlaut zurück.

»Was ist passiert?«

»Ich wiederhole mich: Wieso muss immer etwas passiert sein?«, grummle ich und knibble mit meinen Nägeln ein Stück Lackfarbe von der Theke, die bereits halb auseinanderfällt.

Laura schnaubt und lacht danach leise. »Du meldest dich so selten wie Logan. Aber wenn, dann ist meist etwas im Busch. Also, was ist bei dir im Busch?«

»Erstens sollte dein Bruder sich schämen, dass er dich so selten kontaktiert, und zweitens ist da nichts in meinem Busch.« Das bringt uns beide zum Lachen, und ich hätte nicht gedacht, dass es genau das ist, was ich gerade brauche. »Wie geht es dir? Hast du schon mit Jess geredet? Atmet Ian noch?«

»Okay, wir reden also zuerst über etwas anderes.« Laura räuspert sich. »Ian ist untergetaucht.«

»Klingt, als wärt ihr beide beim Geheimdienst – oder Auftragskiller.«

»Es macht mich verrückt!« Im Hintergrund vernehme ich immer lauter werdendes Schnurren. Jax.

»Dass Ian und Jess vermutlich Telefonsex hatten?«

»Sierra!«

»Was denn? Oder sie sind einfach Freunde. Beides wäre nicht schlimm. Wir mögen Ian. Oder? Nicht, dass ich das in seiner Gegenwart je zugeben würde.« Sein Ego ist auch so bereits riesig, der braucht unsere Bestätigung nicht.

»Es ist nur … Jess kommt bald zurück in die Staaten und …«

Langsam fällt der Groschen. »Sie hat es dir nicht gesagt. Du hast zufällig rausgefunden, dass die beiden Kontakt haben, und das ist, was dich verletzt. Es ist nicht Ian. Es geht nicht um die beiden, sondern um dich und deine Schwester.«

»Ich kann dich nicht leiden, weißt du das?«, murmelt sie, und ich lächle.

»Ich weiß. Hast du Jess gesagt, was dich bedrückt? Und gefragt, warum sie daraus so eine große Sache gemacht hat?«

»Nein. Ich wollte noch etwas warten, bis ich meine Gedanken sortiert habe. Sie ist schon so lange unterwegs wegen des Jobs, und ich dachte, durch all die Skype-Telefonate und Nachrichten hätten wir es geschafft, uns nicht auseinanderzuleben. Aber wenn das stimmt …«

»… warum hat sie dann nichts gesagt«, beende ich ihren Satz. »Vielleicht wollte sie das noch.«

»Seit wann bist du so verständnisvoll?«, fragt Laura skeptisch, und ich verziehe das Gesicht. Das bin ich nicht. Nur verstehe ich immer mehr, dass das Leben viele beschissene Arten von *kompliziert* kennt, und wir uns manchmal längst in die Scheiße geritten haben, bevor wir etwas dagegen tun können.

»Rede mit ihr, dann wird es dir besser gehen. Und versuch, Ian nicht umzubringen. Wer weiß, wen wir sonst als Betreuer abkriegen. Vielleicht den neuen Vollarsch. Und wenn das passiert, muss ich dir leider wehtun.«

»Wen meinst du?« Laura horcht auf. »Ah, warte. Dr. – ach Kacke, wie hieß er noch?«

»Beckett Hall«, würge ich förmlich hervor.

»Genau! Der Macho, wegen dem du Mitch geküsst hast.«

Ich stöhne leise auf, aber immer noch laut genug für Lauras Supergehör.

»Bingo, Ladys and Gentlemen, wir haben den Grund für dieses Telefonat endlich erreicht.« Sie sagt es so, als würde sie mit einem Megafon auf einem Fest ein Los verkaufen und die unförmigen, viel zu großen Kuscheltiere anpreisen wollen. »Verrätst du mir jetzt, was Mitch gemacht hat – oder eher, was du gemacht hast? Denn ich bin mir sicher, dass Mitch für deine Nachricht an mich verantwortlich ist.«

Laura hat zu feine Antennen, ich hätte ihr nicht schreiben sollen. Andererseits – war es nicht genau das, was ich bezweckt habe? Insgeheim. Still und heimlich. Dass jemand das, was in mir vorgeht, aus mir herauskitzelt? Damit ich es endlich aussprechen kann, weil es in mir zu wuchern beginnt wie ein Geschwür.

»Wir haben uns geküsst.«

»Ja, vorhin, das hast du erzählt. Erinnerst du dich? Grant hat Maisie angeschmachtet, und du … Oh mein Gott, oder meinst du, ihr habt es wieder getan? Was zur Hölle ist das mit euch beiden?«

»Ich hatte eine außerplanmäßige OP mit dem Schmierlappen, und Mitch hat aus irgendeinem Grund auf mich gewartet. Ab da lief es wie immer etwas aus dem Ruder. Wir sind in die Bar, und irgendwann hat er mich geküsst.« Ich reibe mir mit der Hand über die Stirn, während alles aus mir herausplatzt. Selbst wenn ich wollte, könnte ich es nicht mehr aufhalten.

»Okay«, sagt Laura gedehnt. »Ist das, was dazwischen passiert ist, nennenswert?«

»Falls ja, kann ich mich nicht mehr daran erinnern.«

»Und woran erinnerst du dich?«

»Wir saßen einfach nur da«, flüstere ich, während ich den vergilbten Kühlschrank anstarre. »Ich weiß nicht einmal, warum ich da hinwollte. Mit ihm. Ich war genervt von dem Tag, meiner Mom, mir selbst und Mitch. Und weil alles so verkorkst ist, haben wir die ganze Zeit aneinander vorbeigeredet. Dann hat er mich geküsst und …« Ich schlucke schwer, schließe die Augen und erinnere mich. An Mitchs Lippen, seinen Geschmack, seinen Duft. An alles. Daran, dass ich Angst hatte, er würde aufhören – und noch mehr daran, dass ich Angst hatte, er würde es nicht tun. »Ich habe ihm gesagt, dass er das nie wieder machen soll. Er soll mich nie wieder ohne meine Erlaubnis küssen.« Meine Stimme klingt, als wäre sie ganz weit weg, und mein Brustkorb fühlt sich an, als hätte sich ein Elefant draufgestellt. Ich kannte dieses Gefühl bis vor wenigen Tagen nicht. Es ist nervig und anstrengend. Dabei hatte ich nicht mal Sex mit Mitch. Das ist es doch, wovor einen immer alle warnen: *Hab nicht zu viel Sex, dann wirkst du billig. Niemand will eine*

Frucht, von der schon jemand abgebissen hat. Wenn du Sex hast, verliebst du dich, und das wird dann richtig scheiße.

All diese dämlichen Sprüche musste ich mir anhören, und es war mir egal. Ich hatte Sex. Ich hatte Spaß. Ich fühle mich dadurch nicht wertlos, und es hat mir nie wehgetan. Es war nie seltsam. Nicht davor und nicht danach. Aber das hier? Das ist verdammt seltsam. Es tut weh. Wieso hat mich niemand davor gewarnt? Wieso hat niemand gesagt: *Sierra, wenn du nicht aufpasst, dann wird irgendein Idiot daherkommen, dich anlächeln, etwas nerven – und ehe du dich versiehst, schnappt er sich dein Herz. So schnell und leise, dass du nichts dagegen tun kannst. Und keiner von euch musste dafür sein Höschen ausziehen.*

So ein Scheißdreck.

»Es tut mir leid«, meint Laura.

»Was genau?« Ich räuspere mich.

»Dass du es gesagt hast, aber nicht so meintest.«

Es fühlt sich gut an, es nicht aussprechen zu müssen und es dennoch irgendwie gesagt zu haben. Ich bin froh, Laura in mein Leben gelassen zu haben. Und dankbar, dass sie darin sein möchte.

»Da ist noch etwas, oder? Das war nicht alles, hab ich recht?«, hakt sie vorsichtig nach. Natürlich kann sie mein Nicken nicht sehen. Oder dass ich die Augen schließe, weil sie anfangen zu brennen. Aber sie weiß es.

»*Falls* er mich je wieder küssen möchte, wird er vorher fragen.« Ich bin selbst schuld. Ich hab es provoziert. Einfach nur, weil ich nicht dazu in der Lage bin, mein Inneres nach außen zu kehren. Weil ich nicht auf diese Art verletzlich sein kann. Nicht so schnell, nicht ohne Weiteres. Ich habe viel zu lange gelernt, dass ich das nicht sein kann: verletzlich. Denn dann hätten mich meine Mom und mein Leben aufgefressen. Mich zu lieben ist entweder nicht einfach oder nicht möglich. Es gab kaum einen Tag, an dem meine Mom mir das nicht vor Augen gehalten hat.

»Was? Falls? Hat Mitch das so gesagt?« Ein genervtes Miauen dröhnt durch das Telefon, und sofort entschuldigt sich Laura bei Jax. Vermutlich hat sie sich ruckartig aufgesetzt oder ihm die Decke weggezogen. »Du weißt, dass er das nicht so meint. Er kann das unmöglich so meinen. Mitch ist … Du weißt, dass er in dich verliebt ist.«

Ja. Auch wenn ich versucht habe, es zu ignorieren und zu hoffen, er würde irgendwann erkennen, dass das mit uns beiden unmöglich funktionieren kann.

»Sierra?«, redet sie ruhig weiter, und ich weiß, was jetzt kommt. »Und du bist auch in ihn verliebt.«

Ich öffne die Augen und wünsche mir, nicht in dieser Küche zu sitzen. Nicht unter dem grellen Licht. Nicht zwischen dieser Leere – in mir und um mich.

Ich wünsche mir, Laura hätte unrecht.

»Ja«, erwidere ich kraftlos, weil gerade so viel in mir passiert. Ich mag Mitch. Ich mag ihn sehr, und ich hab keine Ahnung, wann das passiert ist. Oder warum. Wie konnte ich das zulassen? Wie soll ich ihn so auf Abstand halten und meinen Job machen? Wie soll ich besser sein wollen und mit allen Mitteln kämpfen, wenn ich das bei ihm nicht mehr so sehr will? Und wie zur Hölle soll ich damit umgehen?

Sei du selbst. Auch wenn es schwerfällt. Alles andere macht es kaputt, bevor es begonnen hat. Diesen bescheuerten Spruch habe ich Grant als Rat reingedrückt. *Sei du selbst.* Aber wer bin ich? Wer ist Sierra Harris wirklich?

»Gut.« Laura reißt mich aus meinen Gedanken.

»Was? Gut?«

»Ja, gut«, wiederholt sie.

Ich lache humorlos auf. »Was ist daran bitte gut?«

»Dass du nicht länger davor davonrennst.«

»Wenn ich das zulasse, Laura, dann … dann bricht alles auseinander.« Ich will sagen: *Ich breche auseinander.* Alles wird zerfallen. Alles, was ich mein Leben lang aufgebaut habe, all die Mauern, die Fassade, meine Schutzschilde – alles wird zu Chaos.

»Vielleicht fällt es auch einfach an seinen Platz«, gibt sie zurück, und ich kann das Lächeln in ihren Worten hören. Weil sie das Gefühl kennt. Nicht genau dasselbe, aber doch irgendwie das gleiche. »Sag es ihm. Nimm dir die Zeit, die du brauchst, aber sag es ihm.«

»Das Feuer, Laura. Ich habe nicht …«

»Hör auf. Heute Abend lasse ich dich das nicht aussprechen. Nicht, nachdem du einmal ehrlich zu dir warst. Du bist verliebt in Mitch, und du hast dein Bestes gegeben. Du bist nicht schuld an dem, was ihm widerfahren ist.«

»Ich …« Ruckartig drehe ich mich um, in Richtung Flur, weil ich das Klimpern von Schlüsseln höre und das Klicken des Schlosses. Mist. »Wir reden die Tage weiter, okay? Klär das mit Jess, damit es dir besser geht.«

»Was ist los? Muss ich mir Sorgen machen? Blöde Frage, wann muss ich das bei dir nicht, Sierra?! Ich rede mit Jess. Rede du mit Mitch. Okay?«

»Danke für alles«, bringe ich noch hervor, dann lege ich auf, weil meine Mom in die Küche kommt. Sturzbetrunken. Ich kann es sehen, aber vor allem kann ich es riechen, nachdem ich von der Theke gesprungen und ihr einen Schritt entgegengekommen bin.

»Was machst du da? Das hier ist kein Spielplatz. Wann wirst du endlich erwachsen?«, lallt sie. Ihr Make-up ist verschmiert, und ihr Gesicht zu einer abwertenden Fratze verzogen.

»Ich gehe ins Bett«, erwidere ich schlicht und will an ihr

vorbei in mein Zimmer gehen, doch sie packt mich unsanft am Arm. Jetzt schlägt mir auch noch Zigarettenrauch und Erbrochenes entgegen.

»Du bist undankbar. Du hilfst mir nicht. Du machst mir nur Kummer. Wieso bist du so?«

Ich reiße mich los und schlucke einen giftigen Kommentar hinunter, weil es nichts bringt. Weil ich nicht so sein will wie sie.

»Für dich hab ich alles aufgegeben. Ich hab alles aufgegeben«, wiederholt sie wieder und wieder und verstummt erst, nachdem ich die Tür hinter mir geschlossen habe.

Bald ist es vorbei. Bald bin ich frei.

Diese Freiheit wird vermutlich auf andere Art schmerzen als diese Art von Gefängnis.

29. Kapitel
Mitch

Falls ich dich noch einmal küssen möchte, werde ich dich vorher fragen. Dieser Satz zieht in einer Endlosschleife durch meinen Kopf. Genauso wie Sierras Reaktion, die Überraschung in ihren Augen, dieser Funke Verletzlichkeit.

Ich bin so bescheuert. Ich weiß nicht mal, warum ich das gesagt habe. Statt so einen Blödsinn von mir zu geben, hätte ich ihr gestehen müssen, dass ich sie mag. Dass ich sie andauernd küssen möchte, jeden Tag, jede Minute, jede Sekunde – und dass es okay ist, nichts überstürzen zu wollen, und ich ihre Grenzen respektieren möchte.

Ich hätte ihr sagen sollen, dass ich warte, bis sie sich darüber im Klaren ist, was sie fühlt und denkt.

Ich hätte alles sagen sollen – nur das nicht.

Eine Milliarde Flüche liegen mir auf der Zunge, doch ich spreche keinen einzigen aus. Stattdessen schlucke ich sie runter und kann förmlich spüren, wie sie wie Gesteinsbrocken in meinem Magen landen.

So gern ich weiter über Sierra, mein Leben und meine selten dämlichen Entscheidungen nachdenken möchte, muss ich das jetzt beiseiteschieben. Meine Arbeit verschwindet nicht einfach, also darf ich meinen Fokus nicht verlieren, auch wenn es verflucht schwer ist.

Mit leichten Kopfschmerzen stehe ich das zweite Mal vor

dem Zimmer von Sierras ehemaligem Patienten Mr Joon und grüble immer noch darüber nach, was ich ihm sagen soll. Am Ende ist es vermutlich egal. Es ist egal, ob ich das hier kann oder will. Es ist egal, dass ich vielleicht noch nicht so weit bin, weil ich endlich wieder so weit sein möchte. Und weil ich keine Wahl habe. Sierra nimmt ihn nicht zurück, also bleibe ich sein betreuender Arzt. Was hilft es da, es länger aufzuschieben?

Entschlossen straffe ich die Schultern, bevor ich eintrete und mir die Hände desinfiziere. Danach begrüße ich Mr Joon, in dessen Zügen nur einen kleinen Moment lang so etwas wie Überraschung zu erkennen ist.

»Dr. Rivera. Ich dachte, Dr. Harris würde nach mir sehen.«

»Tut mir leid, Sie enttäuschen zu müssen.« Ich will lächeln oder sonst irgendwie halbwegs freundlich wirken, aber ich kann dem alten Mann vor mir ja nicht einmal richtig in die Augen schauen. Das ist so erbärmlich.

Mir wird immer heißer, während ich vor dem Bett stehe und darauf warte, dass er weiterredet. Schließlich bin ich nur wegen ihm hier. Er hat Sofie vorhin gerufen und darum gebeten, Dr. Harris zu sprechen – von der er dachte, sie wäre weiterhin seine betreuende Ärztin.

»Ich nehme an, Sie sind ab jetzt mein Arzt?«

»Das stimmt.« Ich hebe das erste Mal bewusst den Blick, um dem seinen zu begegnen, und es kostet mich mehr Kraft als gedacht. Sein Blick ist prüfend und wissend zugleich, und an seinen Mundwinkeln zupft ein Lächeln. »Was kann ich für Sie tun, Mr Joon?«

»Welch Ironie, nicht wahr? Wir sind beide hier, obwohl wir nicht hier sein möchten.« Er beginnt zu husten. »Ich wollte darum bitten, meine Schmerzmittel zu erhöhen. Es tut immer mehr weh.« Ein Hustenanfall schüttelt ihn, sein Gesicht verzieht sich dabei schmerzhaft, und er hält sich den Bauch.

Sofort trete ich zu ihm, helfe ihm, sich aufrechter hinzusetzen, und höre seine Lunge ab, überprüfe, ob sich Wasser darin gesammelt hat. Aber es hört sich okay an. Trotzdem sollten wir kein Risiko eingehen.

»Wir werden gleich noch mal Blut abnehmen – für aktuelle Werte –, und es wird Sie jemand zum Röntgen bringen.«

Er hustet ein letztes Mal, bevor er mit geschlossenen Augen versucht, zu Atem zu kommen. »Geben Sie sich keine Mühe, Dr. Rivera. Selbst wenn die Werte schnell schlechter werden, was können wir schon tun?«

»Sie raten mir also, Sie nicht länger zu untersuchen?«

»Ich rate Ihnen, es sich nicht zu Herzen zu nehmen.« Das trifft mich so unerwartet, dass ich innehalte und kaum die Fassade absoluten Desinteresses aufrechterhalten kann. Wem mache ich was vor? Sie war bei Mr Joon nie wirklich stabil und zerfällt immer weiter.

»Das tue ich nicht«, bricht es aus mir heraus, und während Mr Joon sich wieder gefangen hat und entspannt, merke ich, wie bescheuert diese Antwort ist. »Ich meine damit, dass ich … Es ist nicht so, dass ich …«

»Sind es alte Menschen?«, unterbricht Mr Joon meinen stümperhaften Versuch, irgendeinen sinnvollen Satz zustande zu bringen. Ich stehe neben seinem Bett, starre ihn an, dabei sollte ich gehen. Ich sollte alles in seiner Akte notieren und Sofie bitten, seine Medikation entsprechend meinen Angaben anzupassen. Stattdessen rühre ich mich nicht von der Stelle. Meine Füße kleben förmlich am Boden.

»Ich frage das, weil das einer der Gründe sein kann, warum Sie sich unwohl fühlen. Meist ist es das Alter – zu jung, zu alt. Oder es ist der Tod. Eigentlich ist es nur der Tod«, sinniert Mr Joon laut und lächelt. »Der Tod ist der eine Begleiter, den niemand will und jeder hat. Wieder ziemlich ironisch.«

Ich schlucke schwer und balle meine rechte Hand zur Faust. Drücke sie in meinen Kasack, ganz nah an meinen Körper, in der Hoffnung, dass er es nicht sieht.

»Ach ja. Ich wollte Ihnen das hier geben.« Ich nehme das Papier entgegen und werfe einen Blick darauf. Eine Patientenverfügung. Wunsch des Patienten: keine Reanimierungsmaßnahmen.

»Haben Sie Fragen dazu? Möchten Sie Ihre Möglichkeiten durchgehen?«

»Nein, es ist gut so, wie es da steht.« Ohne ein weiteres Wort stecke ich die Verfügung ein und lege sie der Akte bei.

»Sie sollten sich ausruhen. Ich werde die Medikation entsprechend anpassen lassen.« Mit der Übelkeit ringend lasse ich das Zimmer und damit Mr Joon und seine Worte hinter mir. Ich stecke seine Akte dahin, wo sie hingehört, an den dafür vorgesehenen Platz neben der Tür, bevor ich mich in Richtung Toiletten kämpfe. Ich muss die Strecke zurücklegen, ohne dass jemand bemerkt, wie scheiße es mir geht. Nicht Sierra und noch weniger Grant. Denn weiß er es, wissen es alle.

Mit gesenktem Blick eile ich durch den Gang und hoffe, nachdenklich zu wirken und nicht, als würde ich gleich umkippen. Doch ich begegne niemandem, der sich für mein seltsames Verhalten und meine schnellen, aber wackeligen Schritte interessiert.

Ich reiße die Tür zu den Toiletten auf und verkrieche mich in einer der Kabinen, um mich dort direkt neben der Schüssel auf den Boden fallen zu lassen. Das Letzte, was ich will, ist mich zu übergeben.

Eins, zwei, drei – zähle ich in Gedanken immer weiter, während ich die Augen schließe, die Knie anziehe und den Kopf dazwischen stecke. Nach unten, damit das Blut eher hinein- als hinausfließt. Zumindest nicht so schnell. Durch die Nase zu atmen fällt mir verflucht schwer, und hätte ich die Kraft dazu, würde ich lauthals fluchen.

Mir ist schwindelig. Etwas schlecht, aber nicht so sehr, dass es mir den Magen umdreht.

Gott, was für eine Scheiße. Ich bin Arzt, ein erwachsener Mann Ende zwanzig und kein fünfjähriger Junge mehr. Das Ganze sollte mich nicht so sehr mitnehmen. Nicht mitnehmen, nicht einnehmen – es sollte überhaupt nichts von mir nehmen. Ich meine, ist ja nicht so, dass ich nicht wüsste, dass der Tod zum Leben gehört. Ist nicht so, dass man in einem Krankenhaus keine kranken Menschen sieht oder behandelt und dass manche von ihnen eben auch sterben und dass es für manche okay ist. Das hat mir nie etwas ausgemacht … Ich hatte einen Unfall, aber ich habe überlebt. Und egal, wie nah ich dran war, zu sterben, ich bin es nicht. Ich bin nicht tot. Ende der Geschichte.

Warum also gehen mir Mr Joons Worte so nah? Warum spricht er dieses Thema immer wieder und wieder an? Warum macht sich der alte Mann überhaupt Gedanken über mich? Es geht mir gut. Es wird mir wieder gut gehen …

Leise stöhnend hebe ich den Kopf und setze mich aufrecht hin, wobei es hinter meiner Stirn leicht pocht. Mein Kreislauf hat sich stabilisiert, ich sollte mich zurück an die Arbeit machen. Also hieve ich mich langsam hoch, atme tief durch und verlasse die Kabine. Am Waschbecken spritze ich mir etwas Wasser ins Gesicht und schlage mir selbst dreimal schnell mit den Handflächen auf die Wangen, um die Durchblutung zu fördern. Ich sehe nämlich aus wie ein beschissener Geist.

Ich hatte Glück, dass niemand dieses Trauerspiel mitbekommen hat, denke ich mir, als ich die Tür aufmache.

»Danke für deine Hilfe und …«

Mist. Von wegen Glück gehabt. Ich laufe direkt in Sierra hinein, als ich aus der Tür trete und sie mit Maisie aus Richtung des Pausenraums kommt. Ihre rechte Hand kommt auf meinem Brustkorb zum Liegen, um den Aufprall abzumindern, und aus einem Reflex heraus stütze ich sie, lege meine Hand an ihre Hüfte, damit sie nicht stolpert.

Die Berührung an meinem Oberkörper spüre ich in jeder Faser meines Seins, und als unsere Blicke sich begegnen, würde ich gerne frech grinsen und sie aufziehen. Ich würde gern sagen: *So was passiert, wenn du nicht nach vorne schaust, querida.* Danach würde sie mich genervt und wütend anfunkeln, vermutlich, ohne zu wissen, wie bezaubernd sie dabei aussieht. Oft denke ich, dass Sierra sich und ihre Gefühle zurückhält. Dass sie sich zu stark kontrolliert. Doch in diesen Momenten lodert das Feuer in ihren Augen, und das liebe ich. Mehr noch als ihren Sarkasmus und ihre Konter.

Nur bringe ich kein einziges Wort zustande, weil der Abend in der Bar vorgestern noch nachklingt – ob wir wollen oder nicht. Ich wünschte, man könnte Worte zurücknehmen. Auslöschen. Aber das funktioniert nicht, also muss ich mir verdammt noch mal überlegen, wie ich dieses *Falls* wieder geradebiegen kann.

Forschend lasse ich meinen Blick über Sierras Gesicht wandern, über ihre Nase, ihre schönen Augen mit den unendlich langen Wimpern, ihre vor Überraschung leicht nach oben gezogenen Augenbrauen und ein paar Strähnen ihres Haares, die sich schon wieder halb aus ihrem Dutt gelöst haben und in Wellen um ihr Gesicht fallen. Wir bewegen uns nicht, ich weiß nicht mal, ob wir gerade atmen. Was ich jedoch ganz sicher weiß, ist, dass ich nicht aufgeben werde. Ich werde Sierra nicht aufgeben. Egal, was wird.

»Oh, hey, Mitch«, begrüßt Maisie mich, und das ist wie ein Weckruf für Sierra, denn augenblicklich lässt sie von mir ab, als hätte sie sich an mir verbrannt. Ihre Reaktion bringt mich tatsächlich zum Schmunzeln. Welch Ironie.

Ich lasse sie ebenso los, und es schmerzt fast körperlich, dass sie vor mir zurückweicht. Dass sie es nicht mehr schafft, mich anzusehen. Sierra schreckt vor mir zurück wie ein Reh, das gerade noch rechtzeitig erkannt hat, dass das Scheinwerferlicht, das es so bannt, gefährlich werden kann.

»Ich muss los«, murmelt sie, winkt Maisie knapp zu und verschwindet so schnell, dass mir keine Zeit zum Reagieren bleibt.

Mierda. Das will ich nicht. Ich bin nicht das Scheinwerferlicht eines herannahenden Autos, das sie ins Verderben stürzen kann. Ich will das Licht sein, das ihr hilft, ihren Weg zu finden.

»Alles in Ordnung?«, fragt Maisie vorsichtig, während ich Sierra nachschaue und meine Zähne so fest aufeinanderpresse, dass mein ganzer verfluchter Kiefer wehtut.

»Bestens«, knurre ich, und wir wissen beide, es ist gelogen. Trotzdem hakt Maisie nicht weiter nach. Dafür ist sie zu höflich, zu rücksichtsvoll und nicht direkt genug.

»Okay, ähm … Ich muss auch los. Vielleicht bis später, Mitch.«

»Warte«, halte ich Maisie auf, und sie sieht mich abwartend, aber freundlich durch ihre Brille an, die heute mal nichts weiter als klassisch schwarz ist. »Wofür hat Sierra dir gedankt?« Mit dieser Frage scheint sie nicht gerechnet zu haben, denn mit ihrem Mund formt sie ein überraschtes O, und ihre Augen weiten sich einen kurzen Moment, bevor sie antwortet.

»Es ging nur um den Umzug. Ich habe sie gefragt, ob sie noch ein paar Kartons braucht, weil ich zu viele bestellt habe. Jane habe ich auch schon welche angedreht. Sie meinte, ich könne sie ihr einfach direkt am Montag in die Wohnung stellen.«

»Muss sie nicht vorher packen?«, frage ich mehr mich selbst als Maisie, die mit den Schultern zuckt.

»Sierra hat gesagt, das würde reichen. Sie hat vorher Schicht und fährt danach schnell heim, um ihren Kram zu packen. Warum fragst du?«

»Nur so«, murmle ich und streiche mir nachdenklich über den Nacken. Auch das war eine Lüge, und auch das ist uns beiden klar. Das verraten mir Maisies Blick und das Lächeln, das sich auf ihren Lippen bildet, bevor sie langsam nickt und sich verabschiedet.

Ich werde sie nachher fragen, ob sie mir die Adresse der neuen Wohnung schicken kann, denn ich möchte Sierra beim Umzug helfen. Niemand macht so etwas gern allein, und wenn ich das eben richtig verstanden habe, haben die drei nicht gleichzeitig ihre Schicht. Können einander also nicht unterstützen. Ich muss wie Sierra früher ran, habe also Zeit. Und ich möchte sie sehen. Länger als zwei Minuten während der Arbeit. Vor allem aber außerhalb des Whitestones oder der dunklen Bar, dafür an einem Ort, an dem wir einfach nur wir sein können. Sierra und Mitch. Nicht mehr. Nicht weniger.

30. Kapitel

Sierra

»Rivera, ich habe dich heute schon öfter gesehen als in den letzten drei Monaten zusammen. Hast du nichts zu tun?«

Gott, das ist so nervig. Ich wäre lieber in der Notaufnahme gewesen, stattdessen hatte ich heute Schicht auf Station; abgesehen von einer OP, für die ich wirklich dankbar war. Damit konnte ich Mitch die meiste Zeit nur schwer aus dem Weg gehen, so wie jetzt. Wenigstens habe ich zusammen mit Grant und Laura Dienst, die sich gerade an den Tresen der Herzchirurgie gelehnt den Bauch hält und das Gesicht verzieht.

»Oh mein Gott, es tut so weh.«

»Was ist mit ihr?«, fragt Mitch, der sich eben zu uns gesellt hat. Was mich allerdings mehr nervt als das, ist, dass er meine Frage von eben gekonnt ignoriert.

»Das Übliche«, kommentiert Grant den Irrsinn, während er in aller Ruhe den Papierkram macht. Er ist heute eindeutig der Motivierteste von uns allen. Womöglich bloß, weil er erst vor einer Stunde angefangen hat und wir schon eine ganze Weile im Whitestone sind. Vielleicht will er auch vorarbeiten, weil er nachher damit beschäftigt sein wird, Maisie anzuhimmeln.

Das hier, diese kleinen zufälligen Treffen, nenne ich die Luft-hol-Momente. Sie dauern oft nur drei, vier Minuten, geben uns aber Kraft über Stunden. Außerdem sind sie meist bitter nötig. Sie zeigen uns, dass es auch anderen mal scheiße geht, dass jeder mal erschöpft ist und nicht weiterweiß. Für mich ist das hier jetzt allerdings kein klassischer Luft-hol-Moment. Ich mache auf meinem Weg in den Feierabend, den man so gut wie nie pünktlich antreten kann, nur kurz halt und hoffe, dass mich niemand gleich für eine Not-OP oder irgendetwas anderes abfängt, das genau jetzt ganz dringend erledigt werden muss. Wenn ich mit dem Umzug fertig sein will, bevor meine Mom von der Arbeit heimkommt, sollte ich langsam verschwinden. Nicht, dass ich wüsste, wann das genau wäre, aber ich hoffe, es ist nicht vor vier, denn ich habe absolut keine Kraft, ihr zu begegnen. Nicht heute. Nicht auf diese Art.

»Das Übliche?«, hakt Mitch ahnungslos nach, und ich kläre ihn auf.

»Sie hat sich überfressen.«

»Hey! Das klingt nicht nett«, jammert Laura und zieht eine Flunsch, obwohl es stimmt. Wenn Zeenah Essen mitbringt, kann Laura sich nicht zurückhalten. Sie liebt es und isst jedes Mal zu viel davon. Ein Wunder, dass sie erst jetzt Bauchschmerzen davon bekommt.

Zeenah hat sich einige Tage freigenommen, weil sie nach Pakistan reist, um ihren Großvater zu besuchen. Ich denke, das wird ihr guttun. Sie hat sich die letzten Wochen mehr und mehr zurückgezogen. Wahrscheinlich hängt ihr das Geschehene genauso nach wie mir. Trotzdem hat sie das nicht davon abgehalten, sich zu verabschieden. Sie hat für ihren Opa etwas gebacken und uns heute früh eine riesige Portion davon in den Pausenraum gestellt. Neben ein paar Abschiedsworten stand *Nankhatai für euch* auf der großen Box, in der verdammt leckere Kekse mit Mandeln drin waren.

»Aber es ist wahr. Die Hälfte hast du allein gefuttert. Es ist kurz nach eins, und du hast mindestens zwanzig dieser Kekse gegessen, nachdem du bereits zwei Bagels, ein paar Gummibärchen und eine riesige Schüssel Müsli mit Obst verdrückt hast. Nicht zu vergessen den XXL-Frappuccino mit extra Sahne, den du dir mitgebracht und den du dir zusammen mit einem Schokomuffin in Rekordgeschwindigkeit reingezogen hast.«

»Wenn du das so sagst, erklärt das die Bauchschmerzen«, murmelt sie und verzieht leidend das Gesicht, während Mitch lacht und den Kopf schüttelt. Grant schiebt ihr eine Tablette über den Tresen und schenkt ihr ein Glas Wasser ein.

»Krampflösend«, sagt er nur und nickt Laura ernst zu. Sie gibt ein dankbares Stöhnen von sich, das ein bisschen wie ein Grunzen klingt, bevor sie das Ding schluckt.

»Willst du dich hinlegen? Soll ich dich zum Bereitschaftsraum bringen?«, frage ich sie, weil sie ganz schön fertig aussieht und heute eine Doppelschicht hat. Dass sie mir deswegen nicht beim Umzug helfen oder wenigstens bei mir sein kann, nervt sie total. Laura weiß nicht viel über meine Familie, aber genug, um meine Mom nicht leiden zu können.

»Nein, geht schon«, murmelt sie und atmet tief durch. »Ich bin frustriert, weil Nash und ich uns in den letzten Tagen fast immer verpassen.«

»Frustessen, also.« Grant nickt mitfühlend.

»Sicher, dass du klarkommst?«, hakt Mitch nach, und Laura antwortet frech: »*Falls* ich Hilfe brauche, sage ich Bescheid.«

Ich bringe sie um.

Sie zieht das Falls extra in die Länge, und es ist definitiv eine Spitze gegen Mitch. Nein, es ist ein Wink mit dem Zaunpfahl. Eigentlich winkt sie nicht, sondern schmeißt ihm das Ding direkt ins Gesicht. Laura mag ihn, aber mich mag sie mehr – zu meinem Leidwesen.

Mitch kneift die Augen zusammen und hat tausend Fragezeichen über seinem Kopf schweben. Gerade als ich denke, er würde es nicht schnallen, und erleichtert aufatmen will, ruckt sein Kopf zu mir herum. Er fixiert mich mit seinem Blick, und seine linke Augenbraue bewegt sich bedrohlich langsam ein Stück nach oben.

Du hast es ihr erzählt?, fragt er stumm, und ich verdrehe die Augen und antworte ebenso tonlos: *Es gab nichts zu erzählen.*

Lüge.

»Ich muss jetzt los.«

»Das mit heute ist auch Kacke. Gleich ist …«

»Ein ganz normaler Tag«, unterbreche ich Laura, während Grant die Stirn runzelt. Keine Ahnung, ob er weiß, dass ich genau heute umziehe, aber Laura weiß es, und ich habe keine Lust, dass Mitch daran erinnert wird. »Bis später. Leg dich hin, wenn es zu schlimm wird.« Ich winke allen kurz zu, ignoriere Mitch dabei so gut wie möglich, während ich an ihm vorbeigehe und zügig Richtung Umkleiden und Spinde verschwinde.

Gerade als ich mein Stethoskop weghänge, geht die Tür auf, und Mitch kommt rein. Ich starre ihn an, als wäre er ein Alien.

»Ich hab auch Feierabend.«

»Ich habe nicht gefragt«, antworte ich mit belegter Stimme und wende mich sofort von ihm ab. Verdammt, ich würde ihn so gern ignorieren, aber wie kann ich das, wenn er direkt auf mich zukommt? Das spüre ich. All meine Sinne sind auf ihn ausgerichtet. Ich kann seine Schritte hören, seinen Schemen aus dem Augenwinkel erkennen, kann den Lufthauch auf meiner Haut fühlen, als er neben mir stehen bleibt, und ihn einatmen.

Ein Schauer läuft mir über den Rücken, langsam, intensiv. Als wäre es Mitch, der mich berührt.

Shit. Shit. Und noch mal Shit, ist alles, was ich denken kann.

Ich krame in meinem Spind herum, vollkommen planlos, einfach nur, um etwas zu tun zu haben und Mitch nicht beachten zu müssen. Dabei werde ich immer hektischer, und es ist mit Sicherheit mehr als offensichtlich, dass mich etwas aus dem Konzept bringt. Etwas oder jemand.

»Es tut mir leid.« Vier Worte, zwölf Buchstaben. Sie bringen mich dazu, innezuhalten und schwer atmend in den chaotischen Spind vor mir zu schauen. »Es tut mir leid, dass ich das gesagt habe«, redet Mitch weiter, während er einen Schritt näher kommt und ich förmlich spüre, dass er mich durchdringend ansieht. Wenn ich mich jetzt zu ihm drehe, habe ich verloren. Dann ist da nichts mehr zwischen uns. Meine Schulter streift bereits jetzt seinen Brustkorb, als er sich leicht zu mir beugt.

Ich will wütend auf ihn sein. Will ihn anschreien und ihn wegstoßen und ihm sagen, dass er sich seine Entschuldigung sonst wohin schieben kann, weil es mir verflucht egal ist, was er sagt und tut. Oder zumindest so tun, als wüsste ich nicht, wovon er redet.

Stattdessen murmle ich »Schon okay« und würde mir dafür am liebsten die Zunge rausreißen. »Ich muss jetzt los, ich bin etwas in Eile.« Zügig verstaue ich den Rest der Sachen im Spind, schnappe mir meine Alltagsklamotten und will rüber zu den Duschen, mich wenigstens etwas frisch machen.

Doch ich komme nicht an Mitch vorbei. Mit einer fließenden Bewegung versperrt er mir den Weg und steht ganz dicht vor mir.

»Was soll das?«, frage ich überrascht und viel zu nett dafür, dass in meinem Kopf Chaos herrscht. Dafür, dass ich genervt bin. Von ihm und mir. Von uns. Davon, dass wir beide zusammen nichts auf die Kette kriegen und dass ich mir darüber überhaupt Gedanken mache. Ich bin genervt davon, dass mein Herz jedes Mal schneller schlägt, wenn Mitch in meiner Nähe ist. Fast schon so, als wolle es ihn beeindrucken. Wir sind ein Desaster, das ich mir viel zu sehr wünsche.

»Du bist wütend auf mich.«

Warum in Gottes Namen kann er es nicht lassen? Er hat sich entschuldigt, ich sagte, es sei okay. Wieso lässt er es nicht gut sein? Und dann auch noch hier? Laura und Grant sind nicht weit weg, könnten jeden Moment reinkommen. Außerdem haben die Wände Ohren. Mitch könnte sich also auch gleich ein Megafon nehmen, damit es jeder mitkriegt.

»Nein.« Wütend ist wirklich der falsche Ausdruck für das, was ich bin.

»Lügnerin.«

»Okay, jetzt werde ich wütend. Zufrieden?« Meine Finger krallen sich wie von selbst in meine Kleidung, und ich recke angriffslustig das Kinn.

Er grinst, schaut auf meine Lippen, und auf einmal habe ich vergessen, was ich ihm an den Kopf werfen wollte. Worte, den Stuhl dahinten, meinen Spind … Ganz egal. Denn da ist nur noch ein Hauch zwischen uns. Nur eine falsche Bewegung. Nur eine Entscheidung. Nicht mehr.

Mitch schluckt, ich sehe, wie sich sein Adamsapfel bewegt und wie sein Grinsen verblasst.

Wir verharren in dieser Schwerelosigkeit, in diesem Moment, der weder Fliegen noch Fallen bedeutet, und starren uns stumm an, während mein Atem auf seinen trifft und ich um jeden klaren Gedanken kämpfen muss.

Ich mag dich, Mitch. Ich mag dich und deine beschissenen Sprüche, dein nerviges querida, dein lächerliches Augenbrauenwackeln und die Art, wie du mich ansiehst. Die Art, wie du mich siehst. *Ich mag dich. Viel zu sehr. Viel mehr als das – und das hasse ich. Es tut mir leid, dass ich nicht schneller war. Es tut mir leid, dass ich nicht gut genug war. Es tut mir leid, dass du diese Narben hast, die ich nicht verhindern konnte. Die du meinetwegen tragen musst.*

Und es tut mir leid, dass ich dir das alles nicht sagen kann. Die

Worte stecken in meiner Brust wie Splitter, die ich nicht herausziehen kann, egal, wie sehr ich es versuche. Irgendwann werden sie sich unweigerlich entzünden und mir immer mehr wehtun. Mir und vielleicht auch ihm.

»Ich muss wirklich los.« Der Satz bleibt mir fast im Hals stecken, meine Stimme klingt rau und abgehackt. Viel zu leise, viel zu entmutigt. Ich drehe den Kopf zur Seite, trete endlich einen Schritt zurück und meide seinen Blick.

»Wegen der Sache in der Bar … Ich meine, das, was ich …«

»Lass es gut sein, Mitch.« Bitte.

»Ich kann nicht«, bringt er hervor, und mir wird heiß und kalt zugleich. Das hier ist gefährlich. Ich muss etwas tun, etwas sagen, irgendetwas. Also schaue ich ihn wieder an, zorniger denn je.

»Es ist mir egal. Okay? Es ist mir egal.« Ich dränge mich an ihm vorbei, lasse ihn stehen und weiß nicht, ob ich jetzt besser oder noch schlechter atmen kann.

Drei Schritte, vier, fünf …

»Nein, es ist nicht okay. Ich … ich mag dich, Sierra. Sehr.«

Ich stolpere vorwärts, als hätte mich ein Amboss in den Rücken getroffen. Als hätte ich den Boden unter den Füßen verloren. Und das habe ich …

Gerade so kann ich mich fangen, jedoch keinen einzigen Schritt weitergehen. Ich wusste es schon. Aber es ihn das erste Mal sagen zu hören – ausgerechnet jetzt und überhaupt –, das macht es zu etwas Realem und Greifbaren. Zu etwas, das ich weniger ignorieren kann.

»Wir sind Kollegen, Mitch«, erwidere ich kraftlos und ziehe die Grenze zwischen uns. Wieso ist das so schwer?

»Wir sind mehr als das«, beharrt er, und ich wünschte, meine Augen würden nicht anfangen zu brennen. Ich presse meine Lider zusammen, genau wie meine Lippen, und auch wenn alles in mir sich zu ihm umdrehen und ihn ansehen will, tue ich genau das nicht. Ich kann nicht. Wenn ich das zulasse, kann ich vielleicht nicht mehr zurück.

»Nein, sind wir nicht«, wispere ich und gehe weiter. Lasse Mitch hinter mir.

Er verdient jemand Besseren als mich …

31. Kapitel
Mitch

»Lügnerin«, flüstere ich zum hundertsten Mal so leise, dass selbst ich es kaum wahrnehme. Ich glaube ihr nicht. Außer ihren Worten ist da nichts, das mich dazu verleiten könnte, ihr das abzukaufen.

Sie sind das komplette Gegenteil ihrer Handlungen. Der Art, wie sie mich ansieht, wenn sie denkt, niemand würde es bemerken. Der Reaktionen ihres Körpers auf meinen.

Wenn es trotzdem stimmt, was sie sagt, werde ich mich zurücknehmen.

Ich finde es gleich heraus. Die Nachricht von Maisie beinhaltet die neue Adresse von ihr, Jane und Sierra, und ich stehe in diesem Moment vor der massiven fast schwarzen Tür. Die drei wohnen ab heute sehr zentral, nur wenige Minuten vom Whitestone entfernt, ähnlich wie ich, jedoch in der entgegengesetzten Richtung.

Ich will gerade klingeln, als jemand die Tür aufreißt und beinahe in mich hineinrennt. Maisie.

»Uff, hast du mich erschreckt.« Sie legt sich die Hand auf die Brust, während sie kurz schnauft, und richtet danach ihre Brille. »Hey, Mitch«, begrüßt Jane mich und tritt neben sie.

»Hey.« Ich hebe die Hand und lächle.

»Möchtest du Sierra helfen?«, fragt Jane, und Maisie nickt bereits eifrig.

»Ja, er hat extra nach der Adresse gefragt. Es wird wohl eine Überraschung.« Sie zwinkert Jane zu, die zaghaft lächelt und verstehend nickt. »Sierra ist oben, unsere Wohnung ist im ersten Stock. Sie ist vor zwei Minuten angekommen. Geh ruhig hoch, die Tür sollte auf sein.«

»Danke. Müsst ihr zurück ins Whitestone?«

»Jepp, ich muss in die Notaufnahme, und Jane hat gleich ihre letzte Notarztfahrt für dieses Jahr.« Maisie verzieht das Gesicht. »Ich bin froh, dass du da bist. Wir haben uns schon schlecht gefühlt, weil wir ihr nicht helfen können. Um die Ecke steht ein Kleintransporter, falls ihr ihn braucht, um ihre Kisten und Möbel zu holen.«

»Alles klar. Danke euch. Ich bin jetzt da und passe auf sie auf. Euch eine ruhige Schicht.« Ich trete ein Stück zur Seite, mache den beiden Platz, während ich die Tür aufhalte, damit ich gleich reinkomme. Nachdem die beiden ein paar Schritte entfernt sind, trete ich in den kühlen, recht dunklen Flur und gehe hinauf in den ersten Stock. Auf jeder Etage scheint es nur eine Wohnung zu geben, und Maisie hat recht, die Tür zu ihrer steht noch auf. Ich bleibe auf der Schwelle stehen und lausche, aber ich kann nichts hören. Ist sie wirklich da?

Meine Hand ist bereit, gegen das Holz zu klopfen, doch ich überlege es mir im letzten Moment anders und trete ohne Vorwarnung ein. Die Wohnung sieht klasse aus. Toller Holzboden, hell, mit Klimaanlage, denn sie ist angenehm kühl. Der Eingangsbereich ist groß, nicht zu schmal oder beengend, und führt hinten anscheinend durch eine offene Tür mit Rundbogen in ein anderes Zimmer.

Nachdem ich die Wohnungstür hinter mir gelassen habe, entdecke ich rechts das erste Zimmer. Es steht nichts drin. Dahinter und gegenüber eines, in denen sich bereits Dutzende Möbel und Kisten befinden. Dann gehört das erste wohl

Sierra. Ein schönes Bad … und hinter dem Rundbogen erwartet mich ein großer Wohnraum mit offener Küche – und Sierra. Sie sitzt mit angezogenen Beinen auf der großen beigefarbenen Couch, den Kopf in den Nacken gelegt und die Augen geschlossen. Ich glaube nicht, dass sie schläft, trotzdem will ich sie nicht erschrecken und könnte mich schon wieder ohrfeigen, weil ich nicht einfach das getan habe, was man eben tut, bevor man eine fremde Wohnung betritt. Klopfen. Oder wenigstens mal Hallo rufen.

Ich gehe einen Schritt nach hinten, noch einen, ganz langsam, weil ich zurück zur Eingangstür möchte, um das nachzuholen, doch dann knarzt dieser beschissene Fußboden mit einem Mal so laut, dass ich mir beinahe in die Hose mache.

Scheißdreck, verdammter, fluche ich innerlich.

Ruckartig schlägt Sierra die Augen auf und fällt fast von der Couch, weil sie sich zu schnell bewegt hat. Als sie mich erkennt, atmet sie bereits viel zu heftig.

»Mitch«, keucht sie. »Bist du wahnsinnig?«

»Entschuldige.« Reuevoll verziehe ich das Gesicht und reibe mir über den Nacken. »Ich wollte dich nicht erschrecken.«

Ich höre sie leise fluchen, während sie sich entspannter hinsetzt und ihre Haare richtet. Wenige Sekunden später fixiert sie mich, und ich gebe es zu, Sierra kann absolut furchteinflößend sein. Vor allem, wenn sie einen so ansieht.

»Was zur Hölle tust du hier? Du bist erst entlassen worden. Bist du verrückt?«, fragt sie wutentbrannt. Sie steht auf, stemmt die Hände in die Hüften und starrt mich nieder. Doch ich habe nicht vor, klein beizugeben. Mir geht es gut. Meine Haut spannt manchmal, sie zieht oder juckt, aber es tut nichts weh. Ich bin hier, um mit ihr zu reden. Antworten zu bekommen. Aber vor allem, um ein guter Freund zu sein.

»Dir bei deinem Umzug helfen.«

»Was … Woher … Ich meine …« Sie flucht wieder und massiert ihre Schläfen, um sich zu beruhigen.

»Die Adresse habe ich von Maisie. Ich wusste, dass der Umzug heute ist, und habe mitbekommen, dass du das Ding hier allein durchziehen willst, weil alle arbeiten müssen. Alle außer mir. Ich gehe davon aus, dass du noch nicht angefangen hast, weil du bis eben auf der Couch gesessen hast, und dass du, ob du willst oder nicht, meine Hilfe brauchst. Also legen wir los.«

»Mitch«, beginnt sie, aber ich lasse sie nicht weiterreden.

»Ich schaffe das, und ich werde aufpassen beim Heben, okay?«

»Ich kann dich wirklich kein Stück leiden«, murrt sie halbherzig, bevor sie an mir vorbeistolziert, aus dem Zimmer in Richtung Ausgang geht und sich auf dem Weg ein paar Umzugskisten schnappt. »Kommst du, oder nicht?«, ruft sie mit diesem genervten Unterton in der Stimme, den ich längst kenne und der mich immer wieder zum Lächeln bringt.

Ich schnappe mir den Rest der Kisten und folge ihr schweigend bis zu dem Transporter, den Maisie vorhin erwähnt hat. Nachdem wir beide die leeren Kartons verstaut haben, merke ich, wie Sierra den Autoschlüssel wieder und wieder zwischen den Fingern dreht. Fast so, als wäre sie nervös.

»Lass mich fahren.« Ich halte ihr meine offene Hand hin und warte darauf, dass sie mir widerspricht, dass sie mir an den Kopf wirft, dass sie meine Hilfe nicht braucht, weil sie nur schwer zugeben kann, nicht alles zu beherrschen. Dabei ist das doch etwas vollkommen Normales. Wer kann schon alles? Wer hat vor nichts Angst? Wer braucht nicht ab und an etwas Hilfe? Trotzdem ist das für Sierra schwer. Deshalb überrascht es mich umso mehr, als sie den Schlüssel wortlos in meine Hand fallen lässt und auf der Beifahrerseite einsteigt, ohne mich anzusehen.

Für einen kurzen Moment bin ich so irritiert, dass ich mich nicht bewegen kann. Was ist da gerade passiert? Hat Sierra sich etwa vor mir eine Schwäche zugestanden und mir damit etwas Vertrauen entgegengebracht?

»Rivera, willst du das Ding schieben oder endlich einsteigen und den Motor starten?«, ruft sie aus dem offenen Fenster, und ich schmunzle. Da ist sie wieder … ganz die Alte.

Ich steige ein, schließe die Tür und schnalle mich an. Der Schlüssel steckt, doch bevor ich losfahre, drehe ich mich zu Sierra, die stur aus der Windschutzscheibe starrt.

»Ich dachte, du würdest mir die Hölle heißmachen«, gebe ich zu und lächle, als sie sich mir zuwendet. Sie öffnet den Mund und will etwas erwidern, doch ich komme ihr zuvor. »Ich bin froh, dass du es nicht getan hast.«

Ihre Lippen schließen sich, eine Sekunde lang zeichnet sich etwas wie Überraschung auf ihren Zügen ab, bevor sie wieder nach vorn sieht und sagt: »Lass uns endlich losfahren, es ist schon spät.«

32. Kapitel

Sierra

Ich hätte ihn rausschmeißen oder anschreien sollen. Bei seinen Verletzungen ist es zu früh ist, um einen Umzug zu stemmen. Ich hätte dafür sorgen müssen, dass Mitch geht und sich um seinen eigenen Kram kümmert, stattdessen habe ich viel zu leicht nachgegeben, habe ihn sogar fahren lassen und muss jetzt mehr denn je beten, dass meine Mutter nicht nach Hause kommt, bevor ich mit dem Packen und Verschwinden fertig bin.

Scheiße.

Wieso ist Rivera auch so verdammt hartnäckig? Wieso macht er es mir so schwer … so schwer, ihn einfach nicht zu mögen?

»Schau dich nicht um, es ist nichts Besonderes«, brumme ich, während wir die Wohnung betreten und ich Mitch in mein schlichtes kleines Zimmer führe.

»Ich bin hier, um dir zu helfen, Sierra, und nicht, weil ich mich für deine Wohnverhältnisse interessiere«, gibt er gelassen zurück und stellt die leeren Kartons ab, bevor er sie nach und nach auseinanderfaltet.

Wir haben direkt vorm Haus geparkt – im Parkverbot. Also sollten wir uns wohl besser beeilen. Ich habe keine Lust, dass das Ding abgeschleppt wird und Maisie sich danach mit den Konsequenzen rumschlagen muss.

»Was soll ich einpacken? Und welche Möbel kommen mit?«

Ich deute auf das Regal neben ihm. »Alle Bücher kommen mit. Pack nur bis zur Hälfte, ich fülle den Rest mit meinen Klamotten auf, damit wir das alles auch noch tragen können. Danach müsste noch der Spiegel mit in den Wagen, das war's.« Besonders die Medizinbücher sind höllisch schwer.

»Das Bett nicht? Oder wenigstens die Matratze?«

Ich folge seinem Blick und denke einen Moment darüber nach. Allein hätte ich sie kaum tragen können, aber jetzt? Vor allem habe ich wegen all des Stresses ganz vergessen, ein neues Bett und neue Kommoden zu kaufen. Ich habe also wortwörtlich kein einziges Möbelstück.

»Ich kann dir auch den kleinen Tisch runtertragen oder die Kommode«, bietet er an, und ich fühle mich schlecht, weil ich seine Hilfe annehmen möchte, aber es nur schwer kann.

»Die Matratze genügt. Danke«, bringe ich hervor, stopfe mein Kopfkissen samt Bettwäsche in einen Karton und beginne damit, alles auszuräumen. Mitch nickt nur und macht sich an die Arbeit, fast, als wüsste er, wie schwer mir das eben gefallen ist.

In stillem Einvernehmen packen wir alles zusammen und kommen gut voran. Es ist nicht viel Kram, mit Mitch geht es deutlich schneller, und es ist angenehmer als erwartet. Wenn er mich nicht ärgert, in den Wahnsinn treibt oder einfach nur redet, dann strahlt er Ruhe aus. Ruhe und Wärme.

Ich wünschte, er würde anfangen zu reden …

»Das sind die letzten beiden Kisten, oder?«, fragt er, und ich nicke. »Gut, ich schnappe mir die Matratze, dann komme ich noch mal hoch.« Bevor ich widersprechen oder mich wenigstens bedanken kann, hievt Mitch meine Matratze hoch und bringt sie raus. Dieser Sturkopf!

Es ist still hier. Still und leer, und ich schlendere ein letztes Mal durch die einzelnen Räume, verabschiede mich von all dem Mist, den ich nicht mitnehmen will, und lasse auch mein Bedauern darüber, dass meine Mom und ich einfach nicht füreinander gemacht sind, in diesen vier Wänden zurück. Ich fange neu an. Es ist bedrückend. Es ist befreiend.

Meine Füße tragen mich wie von selbst zu den letzten Kartons meiner Habseligkeiten. Schritte ertönen im Treppenhaus.

»Du bist verdammt schnell, Rivera …«, beginne ich und verschlucke mich einen Moment später an meinen Worten. »Mom.« Meine Stimme ist nur ein Hauch, während ich sie anstarre und Panik sich in mir ausbreitet. Mein Mund wird trocken, meine Handflächen schwitzig, und meine Beine wackeln. »Hast du schon Feierabend?«, frage ich unnötigerweise und ziehe ihre Aufmerksamkeit von den Umzugskisten auf mich. »Oder wurdest du mal wieder gefeuert?« Ich sollte meine Klappe halten und verschwinden. Wieso tue ich nie, was ich tun sollte oder was besser für mich wäre?

»Was wird das hier?« Sie pfeffert ihre Tasche in die Ecke und erhebt ihre Stimme. »Was zum Teufel wird das hier, Sierra?«, schreit sie und kommt immer näher, während ich zurückweiche, bis ich eine Wand in meinem Rücken spüre.

»Ich ziehe aus!«, schreie ich zurück, dabei trommelt mein Herz gegen meine Brust, und mein Atem überschlägt sich. »Ich ziehe aus«, wiederhole ich leiser, aber mit mehr Nachdruck.

»Auf keinen Fall. Du willst mich hier alleinlassen? Nach allem, was ich für dich getan habe?« Mit ihren langen Nägeln krallt sie sich in meine Oberarme, schüttelt mich – doch ich halte dagegen. Sie schluchzt laut, brüllt und weint gleichzeitig. »Du undankbare kleine Schlampe! Womit habe ich das verdient? Du willst mich einfach hier zurücklassen? Wie dein Vater? Ich habe alles für dich aufgegeben«, schleudert sie mir entgegen, und ich wünschte, ich könnte sagen, dass es mich nicht trifft. Doch das tut es. Ich stehe da, ohne Schild und Schwert, und werde von Dutzenden Pfeilen getroffen. Es tut weh.

»Du bist so nutzlos wie er!« Plötzlich hebt sie ihre Hand, und weil sie das trotz aller Differenzen bisher noch nie getan hat, keuche ich auf und bin wie erstarrt. Sie holt aus, und ich kneife die Augen zusammen, drehe den Kopf – doch es passiert nichts.

»Wer bist du denn? Lass mich gefälligst los!«, keift sie. Ich öffne die Augen und erkenne, dass Mitch ihren Schlag abgefangen hat. Seine rechte Hand liegt wie ein Schraubstock um das Gelenk meiner Mutter. Er steht da, mit finsterer Miene, und ich habe mich selten in meinem Leben so geschämt wie in diesem Moment. Ich habe mich selten so schwach gefühlt. So gelähmt. So verletzlich und verletzbar.

»Sie werden Sierra jetzt vorbeilassen. Und wenn Sie ihr gleich noch einmal zu nahe kommen, werde ich mich nicht zurückhalten.«

Raus. Ich muss hier raus. Sofort.

Ich dränge mich an meiner Mom vorbei, renne nach unten, erkenne die Treppenstufen vor mir kaum noch durch den Schleier aus Tränen, der sich über meine Augen gelegt hat, und kann den Sturm, der in mir tobt, als ich den Transporter erreiche und gegen die Beifahrertür stoße, kaum kontrollieren.

Ich zittere. Ich zittere mitten am Tag, mitten in Phoenix, während die Sonne unerbittlich scheint.

Das, was eben passiert ist, hat mich erschreckt, und am schlimmsten ist, dass Mitch dabei war. Dass er es gesehen hat.

Es rumpelt neben mir, und ich zucke zusammen. Natürlich entgeht das Mitch, der mir gefolgt ist, nicht, doch er kommentiert es nicht. Er lädt die zwei Kisten ein und steigt wortlos ein, ich tue es ihm gleich.

Mitch sagt nichts. Nicht ein Wort während der ganzen Fahrt. Er sieht mich nicht einmal mehr an, und ich weiß nicht, was schlimmer ist: das oder wenn er mich fragen würde, was da eben passiert ist.

Wir parken den Transporter, tragen mein Zeug in die neue Wohnung, in mein neues, noch leeres Zimmer, und ich möchte schreien, weil Mitch weiterhin stumm bleibt. Weil er hier ist. Weil ich nicht glauben kann, dass das alles noch komplizierter und nerviger geworden ist.

Die letzte Kiste ist abgestellt, die Matratze liegt auf dem Boden, der Spiegel steht in der Ecke. Es ist noch kein Zuhause, aber schon mehr, als es das bei meiner Mom war.

Keuchend zucke ich zusammen, als Mitch unerwartet nach meiner Hand greift und sachte über meine Finger streicht.

»Du zitterst«, murmelt er, und erst als er das sagt, wird mir klar, dass es stimmt. Ich zittere. Wieder oder immer noch. Mist.

Wir starren unsere Hände an. Da ist kein Geräusch außer unserem Atem und dem dumpfen Rauschen der vorbeifahrenden Autos. Und als Mitch unerwartet loslässt, meine Hand freigibt und sich auf den Boden hockt, mit dem Rücken gegen die Wand, fühle ich mich plötzlich unendlich müde. Ausgelaugt.

Allein.

Wie eine Idiotin stehe ich weiterhin mitten im Raum, bis Mitch mit der Hand neben sich klopft. Ich sollte ihn rausschmeißen und ihn bitten, das, was heute passiert ist, zu vergessen. Ich sollte Abstand halten. Ich sollte ihm sagen, dass ich schuld bin an seinen Narben. Ich sollte ihm sagen, dass ich ihn mag. Ich sollte vieles. Doch ich gehe nur still zu ihm hin und setze mich neben ihn auf den Boden, ziehe die Beine an und lege mein Kinn auf ihnen ab. Meine Schulter berührt seine, und es ist mir egal. Ich habe keine Kraft mehr. Ich breche vielleicht ein wenig.

»Ich frage dich nicht, ob du darüber reden willst. Fang einfach an, Sierra. Lass es raus.«

Mein Blick heftet sich auf einen gigantischen Fussel mitten auf dem Holzboden, und in der Sekunde, in der ich ihm gespielt spöttisch antworten möchte, dass es nichts zu bereden gibt, spüre ich seine Hand auf meinem Rücken.

»Ich bin hier«, versichert er mir mit warmer Stimme, und das ist mehr, als ich heute ertragen kann.

»Hast du immer noch Albträume?«, fragt er unvermittelt, und ich halte einen Moment den Atem an, bevor ich mich wie er an die Wand lehne und meinen Kopf zu ihm drehe. Er sieht mich nicht an, sein Blick ist auf irgendeinen Punkt in der Ferne gerichtet, seine Hand rutscht von meinem oberen Rücken nach unten und berührt mich nur noch sanft. »Ich schon. Ständig. Sie sind immer anders, aber es geht immer um diesen einen beschissenen Tag. Um diesen Unfall. Dabei träume ich Dinge, die ich gar nicht erlebt habe, weil ich bewusstlos war. Es ist verrückt.«

»Tut mir leid«, flüstere ich, und sofort bildet sich ein zaghaftes Grinsen auf Mitchs Gesicht.

»Es gibt keinen Grund, sich zu entschuldigen, querida.« Wenn er wüsste, dass es nicht nur einen, sondern Dutzende gibt …

»Meine sind … seltener geworden. Sie werden weniger«, gebe ich zu, verheimliche dabei jedoch, dass mich die wirklich schlimmen Momente nicht in der Nacht quälen. Meine Albträume verfolgen mich am Tag. Das ist grausamer. Denn wie soll ich ihnen entfliehen, wenn ich keine Chance habe, aus ihnen aufzuwachen?

»Das ist gut.« Er hört meine Gedanken nicht.

»Ja, vielleicht«, gebe ich erschöpft zurück und senke den Blick, betrachte den Stoff seines dunkelblauen Shirts und den einen Faden, der sich an der Naht zu lösen beginnt.

Ich wünschte, ich würde mich in seiner Nähe nicht so wohlfühlen. Ich wünschte, es wäre so schwer, ihn zu mögen, wie ihm zu sagen, dass ich es tue.

Ich schließe die Augen, atme Mitchs Aftershave ein und beginne zu erzählen. »Meine Mom war noch nie besonders liebevoll, aber heute war das erste Mal, dass sie mir gegenüber die Hand erhoben hat.« Es passiert einfach. Die Worte purzeln über meine Lippen, schneller und schneller, bis keines mehr übrig ist. Mitch sagt nichts, und das macht es mir leichter, zu denken und mich selbst zu überzeugen, niemand wäre hier. »Wir hatten nie ein gutes Verhältnis zueinander, und es wurde mit jedem Tag schlimmer. Bis heute. Bis ich beschlossen habe, aufzugeben und zu akzeptieren, dass es da zwischen uns nichts gibt, das ich retten oder kitten kann. Ich glaube, irgendwann hat der Gedanke daran auch wehgetan, aber heute nicht mehr. Zumindest dachte ich das, bis sie vorhin aufgetaucht ist.« Mein Räuspern hallt in dem noch sehr spärlich möblierten Raum von den Wänden wider, und das ist mir unangenehm. »Mein Vater lebt in Mexiko. Ich kenne ihn nicht und hatte bisher nicht den Wunsch, das zu ändern, doch ich habe trotzdem nach ihm gesucht und Informationen gesammelt. Meine Mom hat ihn kennengelernt, als sie während ihres Studiums drei Monate dort verbracht hat. Für sie war es Liebe auf den ersten Blick, für ihn wohl nur eine einmalige Sache. Sie wollte, dass er mit ihr nach Amerika kommt. Er wollte nichts von ihr und mir wissen. Das klingt hart, schließlich kenne ich seine Version der Geschichte nicht, aber sie waren beide noch sehr jung. Was macht man, wenn eine flüchtige Bekanntschaft, eine kleine Affäre, dich bereits nach einer Nacht liebt und dir nach zwei Monaten eröffnet, dass sie schwanger ist?« Ich schnaube leise. »Er musste hart für sein Geld arbeiten, meine Mom war nicht reich, aber ambitioniert, und studierte Jura. Keine Ahnung, ob sie dachte, er würde ihr nachreisen, wenn sie mich behält, oder ob alles einfacher werden würde. Beides ist nicht eingetroffen. Meine Großeltern haben meiner Mom nicht geholfen, den Kontakt abgebrochen, und sie hat das Jurastudium geschmissen. Danach ist sie nach Phoenix gezogen, hat dort neu angefangen und mich bekommen. Seit diesem Tag wird sie nicht müde, mir zu zeigen und zu sagen, was sie alles für mich aufgegeben hat. Was sie verloren hat. Dass all das ... all das Schlechte in ihrem Leben wegen mir passiert ist.« Meine Stimme bricht, ich muss innehalten und schwer schlucken, weil sich mein Hals zuschnürt. Und erst als ich Mitchs Berührung an meiner Wange wahrnehme, merke ich, dass Tränen darüber rollen.

Ich schlage die Augen auf und blicke direkt in die von Mitch. Er hat sich in meine Richtung gedreht, unsere Gesichter sind keine Handbreit voneinander entfernt. Er sagt nichts, schaut mich nur an und ist hier. Bei mir. An meiner Seite. Ich bin nicht allein.

Dieser Gedanke lässt mich einmal schluchzen. »Es tut mir leid, Mitch.«

»Wieso sagst du das nur immer wieder?«, murmelt er und wischt eine weitere Träne weg.

»Deine Familie – Gott, sie liebt dich. Sie sorgt sich um dich. Und beinahe ... beinahe ...«

»Ich weiß, ich denke oft daran«, meint er, und ich bin froh, dass ich diesen Satz nicht beenden muss. »Dank dir und den anderen ist das aber nicht passiert. Ich bin hier.«

»Du bist so eine verfluchte Nervensäge!« Ich versuche, wütend auszusehen, aber ich kann nicht. Mitch nimmt mein Gesicht in seine Hände, seine Wärme, seine Ruhe übertragen sich auf mich, und es ist, als könnte ich die Anziehung zwischen uns spüren. Als wäre Mitch ein Stern, um den ich kreise.

Und während Mitch mich so hält, so nah bei mir ist, mich ansieht, als wäre ich alles, was zählt, kann ich keinen klaren Gedanken fassen. Sein Gesicht verschwimmt vor meinen Augen, weil ich weine und nicht aufhören kann. Alles, was mich bedrückt, bahnt sich auf diese Art seinen Weg nach draußen, und ich bin auf einmal wieder dort – an diesem Fahrstuhl, an diesem einen Tag.

Mein Herz tut weh.

Ich mache den Fehler, noch einmal genauer hinzusehen … Dieses Mal erkenne ich Mitch. Es sind nur Schemen und Umrisse, aber ich bin mir sicher, dass er es ist. Er ist wirklich dort drin. Ein Teil von mir wusste das, es war logisch, es war klar; aber der andere Teil, der hoffte, sich zu irren, bricht gerade zusammen.

Nein! Ich …

»Sierra!«, presst Laura hervor und hält mich auf. Dabei habe ich nicht mal gemerkt, dass ich mich bewegt habe. Dass ich mich gegen sie stemme und dieses Nein nicht nur gedacht, sondern geschrien habe. Und ich schreie noch immer. Stumm. Weil mir die Luft ausgeht und ich wieder husten muss.

»Das Feuer«, wiederholt sie, und ich renne los. Wieder renne ich vor Angst, doch dieses Mal bin ich nicht wie gelähmt. Mein Zögern hat nicht lange gedauert, aber es hat uns wertvolle Sekunden gekostet. Es hat unsere Freunde und unsere Freundin wertvolle Sekunden gekostet …

Ich kneife die Augen zusammen, bevor die nächste Erinnerung auf mich einprasselt. Bevor ich Mitch vor mir sehe, bewusstlos, mit verbrannter Kleidung und Haut, dreckig, voller Blut. Ich rieche den Rauch, ich sehe die Wunden, ich höre den Trubel, das Piepen, den Alarm.

Ruckartig löse ich mich von Mitch, rutsche ein Stück zurück, weg von ihm. Hastig wische ich die restlichen Tränen fort und meide seinen Blick. Mir ist schlecht.

»Ich bin hier, Sierra«, sagt er, doch ich kann nichts entgegnen. »Und ich bin … stolz auf dich.« Er lacht auf. »Dios mío, klingt das abgedroschen. Aber es stimmt. Wehe, du glaubst, was deine Mom dir da einreden wollte. Okay?«

Ich nicke, zu mehr bin ich nicht imstande.

»Weißt du, ich … Das Leben ist ziemlich kurz und chaotisch. Ich habe nie darüber nachgedacht. Bis zu diesem Tag, meine ich. Seitdem ist alles anders und ich …«

Bitte, flehe ich stumm, *sag es nicht. Was auch immer du sagen möchtest, tu es nicht, Mitch.*

»… würde gerne …«

»Danke für deine Hilfe heute.« Ich unterbreche ihn rüde, während ich mich aufrappele und mein Top richte. »Danke, dass du hier warst. Aber du solltest jetzt gehen.« Ich warte nicht, bis er aufgestanden ist, sondern eile direkt zur Wohnungstür und halte sie auf. Dabei starre ich auf meine Schuhe, genau wie an dem ersten Tag, an dem ich Mitch im Krankenhaus besucht habe. Ich muss nicht hinsehen, um zu wissen, wann er bei mir ankommt. Ich höre es. Ich *fühle* es. Seine Nähe, seine Präsenz.

»Du musst dich nicht bedanken.« Er steht nun direkt vor mir, ich sehe seine Schuhspitzen dicht an meinen. »Ich könnte uns noch etwas kochen, wenn du magst.«

Mit aller Kraft schaffe ich es, den Kopf zu heben und ihn anzusehen. »Bitte, geh, Mitch.« Meine Stimme klingt nicht harsch, sondern beinahe freundlich. Macht keinen Unterschied. Wenn man unschöne Dinge sagt, werden sie nicht besser, nur weil man sie nett vorträgt.

»Geh mit mir aus, Sierra.«

33. Kapitel

Mitch

»Was?«, fragt Sierra, als hätte sie mich nicht verstanden.

»Geh mit mir aus. Bitte«, wiederhole ich meine Worte und beobachte jede noch so kleine Reaktion von ihr. Ihren vor Überraschung geöffneten Mund, ihren fragenden Blick, ihre in Falten gelegte Stirn, ihre Finger, die mit dem Saum ihres Oberteils spielen.

»Rivera.« So nennt sie mich, wenn sie wieder auf Abstand gehen will oder nicht weiß, wie sie mit etwas umgehen soll. Es ist okay, dennoch kann ich die Enttäuschung, die in mir aufkommt, nicht unterdrücken. »Wieso fragst du so etwas? Ich dachte, wir hätten das geklärt.«

»Wirklich? Haben wir das?«

Sie atmet tief durch, ringt mit sich. »Ich kann nicht, Mitch.«

»Wieso? Ich meine, wenn du wirklich nicht willst, ist das okay. Dann werde ich nicht mehr fragen und es akzeptieren.« Hätte sie Nein gesagt, hätte ich genickt und wäre gegangen. Aber sie hat gesagt, sie könne nicht, und ich möchte verstehen, warum das so ist. Was sie davon abhält. *Ich kann nicht* bedeutet nicht *Ich will nicht.* Oder? »Aber ich muss eine Sache wissen: Ist es wegen des Unfalls? Ist es wegen meiner Narben? Spielt das hier zwischen uns …« Ich deute auf sie und danach auf mich. »… irgendeine Rolle?«

Vielleicht frage ich es, weil ich genau davor Angst habe.

Vielleicht frage ich, weil mich die Narben zu sehr beschäftigt haben. Weil ich Angst habe, Sierra könnte es abschrecken. Das ärgert mich, weil ich sie nicht für so einen Menschen halte. Dennoch sind die Gedanken da, dennoch habe ich es ausgesprochen. Denn ich erinnere mich an den Tag vor meinem Dienstantritt, als ich ihr gesagt habe, mir täte es leid, dass sie mich gefunden hat und das durchmachen musste. Als ich sie umarmt und ihr widersprochen habe, dass es vorbei und gut ist, weil wir beide daran zu knabbern hatten und haben. Und nachdem ich meine Narben erwähnt habe, schob Sierra mich von sich, wurde kühl und distanziert. Das geht mir bis heute nicht aus dem Kopf.

»Ist es deswegen?«, hake ich nach, weil sie noch immer nichts sagt.

Wir stehen in der offenen Tür, und ich kann mich nicht erinnern, wann meine Beine das letzte Mal so wackelig waren. Wann ich das letzte Mal derart nervös war.

Sierra sieht mir in die Augen, sie wirkt angespannt, ansonsten scheint jedes Gefühl aus ihren Zügen verschwunden zu sein. Sie ist so ruhig. Zu ruhig. Sie ist die Stille, und ihre Worte sind der Sturm. Sie werden kommen, ganz bestimmt.

»Ja«, wispert sie, und ich bin sicher, gerade ist etwas in mir zerbrochen. Wäre Atmen kein Automatismus, etwas, das einfach passiert, bei dem man kaum eine Wahl hat, hätte ich in diesem Moment vergessen, wie es geht. Atmen. Luft holen.

Ich sage nichts. Ich wüsste gar nicht, was ich erwidern sollte. Es wäre erbärmlich, stehen zu bleiben und sie weiterhin eine Lügnerin zu nennen. Selbst falls sie lügt – möchte sie nicht, dass ich es weiß. Oder sie sagt einfach die Wahrheit, und ich muss das endlich in meinen beschissenen Kopf reinkriegen.

Also verlasse ich die Wohnung, trete über die Schwelle ins

Treppenhaus, während hinter mir die Tür ins Schloss fällt und ich noch versuche, irgendwie zu begreifen, was da eben passiert ist.

34. Kapitel
Sierra

Meine Hände liegen auf der geschlossenen Wohnungstür, meine Stirn lehnt an dem Holz, und ich stehe einfach nur da, ohne zu wissen, wie ich den Schmerz ertragen soll. Das heute war zu viel. Von allem.

Meine Mom, der Umzug … Mitch. Er, seine Fragen, sein Lächeln, sein Vertrauen und seine Unterstützung – wie soll ich das nur aushalten?

»Wieso bist du nicht einfach gegangen? Wieso?«, frage ich viel zu laut in die Stille hinein, während ich auseinanderbreche. Ich weine und lasse es zu. Ich bin nicht mehr die Sierra, die das nicht geschafft hat. Das Weinen und Schluchzen, das Zerbrechen und das Distanzhalten.

Ich drehe mich um, rutsche mit dem Rücken an der Tür hinab, kralle meine Finger in mein Haar und schlucke schwer.

»Ich hätte sagen sollen: ›Bitte frag mich, ob du mich küssen darfst.‹ Ich hätte sagen sollen: ›Bitte geh nicht.‹!«

Mitch wird denken, dass ich seine Narben verabscheue, obwohl ich sie nicht einmal richtig gesehen habe. Er wird glauben, ich würde allein die Vorstellung abstoßend finden. Oder ihn. Er wird verletzt sein, und das wollte ich nicht. Trotzdem habe ich es in Kauf genommen und es nicht erklärt, damit er genau das denkt. Damit ich nicht sagen muss, dass ich jemanden wie ihn nicht verdient habe.

Gefühle sind verrückt. Unserem Verstand ist so vieles klar. Es ist logisch, es ist einleuchtend. Ich hätte mit ihm reden und es erklären können, dann wäre es nicht so kompliziert wie jetzt. Aber dann kommt das Herz und stellt all diese *Was-ist-wenn-*Fragen, weil es Angst hat. Angst vor den echten Antworten auf all diese Fragen, und es sagt sich, dass es vielleicht besser ist, sie nicht zu kennen. Sie können genauso wehtun.

Was ist, wenn er mich dann hasst? Was ist, wenn er mir nicht verzeihen kann? Was ist, wenn ich das zulasse und nichts sage? Und in welchem dieser Szenarien bin ich die schlechteste Version meiner selbst?

»Ich hätte sagen sollen, dass ich mich in dich verliebt habe«, schluchze ich, während mein Körper nicht aufhört zu beben.

Es klopft an der Tür, und ich erschrecke mich so sehr, dass ich einen spitzen Schrei ausstoße.

»Querida«, höre ich nur und atme stoßweise ein und aus, weil es nur einen Menschen auf der Welt gibt, der mich so nennt. Ich weine wieder. Ich sitze auf dem Boden meiner Wohnung und weine. Hat er mich gehört?

»Mach bitte die Tür auf.« Es ist, als hätte mein Körper ein Eigenleben entwickelt, denn ich stehe tatsächlich, ohne zu zögern, auf und öffne die Tür. Es ist mir egal, dass er mich so sieht.

Wir stehen voreinander, er die Sonne und ich der Planet, der um ihn kreist, und noch während er mich stumm mustert, wische ich die Tränen weg und recke das Kinn.

»Pendejo, was muss ich noch tun, damit du verschwindest?«, zische ich mit brüchiger Stimme.

Mitch antwortet nicht, sondern setzt sich in Bewegung, und mit jedem Schritt, den er auf mich zumacht, weiche ich einen zurück. Weiter in die Wohnung hinein.

»Hast du etwas vergessen?«

Keine Reaktion.

»Du hast dich in mich verliebt?«

Ich komme ins Stolpern, und Mitch holt mich ein, umfasst mich, hält mich fest.

»Was hast du gehört?«

»Genug«, murmelt er. Meine Hände ruhen auf seiner Brust, während er mich an sich drückt und seine rechte Hand den Weg unter mein Haar in meinen Nacken findet. »Damit du es weißt, diese Tür ist nicht besonders dick. Und – hast du mich gerade Trottel genannt?«

Ich schluchze wieder, schaue zu ihm auf, direkt in seine schönen Augen. Seine Nasenspitze streift für einen Moment meine, sein Atem ist warm und geht genauso schnell wie der meine. Ich spüre, wie sich sein Brustkorb hebt und senkt.

»Google sagt, es würde Arschloch bedeuten.« Mitch hat alles gehört. Alles. Verdammt.

Ein Lächeln zupft an seinen Lippen. »Das auch, ja.«

Nur ein Stück, nur ein kleines Stück fehlt, bis sein Mund meinen berührt. Aber Mitch bewegt sich nicht. Er fragt nicht. Zumindest nicht das.

»Warum hast du gelogen?« Seine Stimme ist nur ein Hauch. Mit seiner Hand streicht er über meine Haut nach vorne an mein Gesicht, und sein Daumen fährt träge über meine Wange.

»Weil es einfacher war. Am Anfang. Und irgendwann, weil ich nicht mehr zurückkonnte. Weil ich Angst hatte«, gebe ich zu. Ich kann nicht mehr, ich kann nicht anders. Es muss raus.

»Erklär es mir. Bitte.«

Ich beginne lautlos zu weinen und zu erzählen, und egal, wie schwer mir das gerade fällt, ist es doch leichter als gedacht.

»Ich hätte besser sein können. Schneller«, gestehe ich. »Ich war nicht schnell genug, Mitch. Und dann lagst du da, in den Flammen, und danach mit all den Verbrennungen, und ich …«

Sein Daumen legt sich auf meinen Mund, bringt mich dazu, zu verstummen. Mitchs Augenbrauen sind zusammengezogen, seine Kiefermuskulatur bewegt sich sichtbar, und seine Lippen presst er viel zu fest aufeinander.

»Du denkst ernsthaft, das wäre wahr? Dass du schuld bist? An den Narben und der Zeit danach?«

Ich schaffe es nicht, Ja zu sagen oder zu nicken, aber das muss ich auch nicht. Ich sehe Mitch an, dass er die Antwort kennt.

»Ich habe gezögert. Ich war wie gelähmt, nachdem ich dich dort drin gesehen habe. Das hat uns Zeit gekostet, und ich … ich schaffe es nicht, mir das zu verzeihen.« Meine Stirn sinkt gegen Mitchs Brust, ich schließe die Augen und kralle meine Finger in sein Shirt. »Ich wusste nicht, wie ich dir sagen kann, dass ich versagt habe. Dass ich unmöglich gut genug sein kann für dich und … dass ich dich trotzdem viel zu sehr mag.«

Mitch umarmt mich. Ich spüre sein Kinn auf meinem Kopf und wie er mir beruhigend über den Rücken streicht, bis ich mich gefangen habe. Bis ich zu Atem gekommen bin.

»Du hast deinen Job gemacht und mich da rausgeholt. Selbst wenn du gezögert hast – das ist menschlich. Das war eine Ausnahmesituation. Du bist nicht schuld, Sierra. Nicht an dem Unfall und nicht an meinen Narben.« Ich zittere, weil ich nicht wusste, wie sehr ich das hören musste. Von ihm! Wie sehr ich das gebraucht habe.

Mitch schiebt mich sanft von sich, damit ich ihn ansehen muss. Er legt seine Hand unter mein Kinn und drückt es liebevoll nach oben.

»Und du, Sierra, wirst immer gut genug sein für mich.«

»Du bist eine richtige Nervensäge, Rivera«, bringe ich hervor, und das bringt ihn zum Lächeln, bevor er wieder ernst wird. Bevor sein Blick sich verändert, genau wie die Atmosphäre um uns herum.

»Ich möchte dich küssen. Jetzt. Immer. Darf ich?«, fragt er, und wenn ich mich nicht längst in den Mann vor mir verliebt hätte, würde ich es in dieser Sekunde tun.

Mein Ja ist kaum ausgesprochen, da liegen Mitchs Lippen auf meinen. Erobern und erkunden, trösten und lieben mich, während seine Hände mein Gesicht umrahmen. Und mich halten.

Wir stolpern durch die Wohnung, von Wand zu Wand. Von Kuss zu Kuss.

Ich verliere die Orientierung und mein Herz.

»Ich habe mich auch in dich verliebt, Sierra Harris«, murmelt Mitch. »Ich dachte, ich erwähne das noch einmal, falls das bisher nicht klar geworden ist.«

»Blödmann.« Ich lächle an seinen Lippen.

»Ich werde dir Spanisch beibringen, damit du mich in mehr als einer Sprache zur Hölle wünschen kannst.« Ich lache laut, lege den Kopf in den Nacken, und Mitch beginnt meinen Hals zu küssen, meine Kieferpartie. Sein Atem trifft auf meine erhitzte Haut. »Was nicht heißt, dass du mich wieder loswirst. Das kannst du nämlich vergessen.«

Das Kribbeln in meinem Magen verstärkt sich, breitet sich aus, und Hitze steigt in meine Wangen.

»Heißt das, wir sind …«

»… zusammen? Ein Paar?«, vervollständigt er meinen Satz. »Wir müssen dem Ganzen keinen Namen geben. Ich bin verliebt in dich. Ich möchte dich besser kennenlernen, und ich möchte so viel Zeit wie möglich mit dir verbringen. Ich will dich küssen. Sehr oft. Und … zwar nur dich. Keine andere.«

»Okay«, hauche ich und beiße mir auf die Unterlippe. »Wir sollten auf der Arbeit vielleicht noch nichts verraten … ich meine, nur vorerst. Ich möchte nicht …«

Das nicht versauen? Meinen Fokus auf die Arbeit verlieren? Ich weiß es nicht. Aber mir wäre es lieber, wir würden das, was zwischen uns ist, vorerst zwischen uns belassen.

»Kein Problem. Ich werde dich auf der Arbeit weiterhin nerven, dich herausfordern, deine OPs wegschnappen und dir keinen Freundin-Bonus geben.«

»Hey!« Schockiert reiße ich die Augen auf. »Was für ein Bonus? Ich bin besser als du!«

Lachend hebt Mitch mich hoch, trägt mich zur Couch im Wohnzimmer und setzt sich mit mir hin, sodass ich am Ende auf seinem Schoß lande.

Keine Ahnung, worüber wir eben geredet haben. Da ist nur noch Mitch. Sein Haar steht chaotisch ab, weil ich mit meinen Fingern zu oft hindurchgefahren bin. Seine Lippen sind leicht geschwollen und glänzen von meinen Küssen, der Stoff seines Shirts schmiegt sich an seine Haut und die Kompressionskleidung, die er noch trägt, und an seine breiten Schultern, die in der Krankenhauskleidung oft untergehen.

Ich bewege mich, um mich bequemer hinzusetzen, und halte sofort inne, als Mitchs Finger sich in meine Hüften krallen und der Ausdruck in seinen Augen sich ändert.

Mein Atem wird schneller, schwerer, meine Hände legen sich von ganz allein auf die von Mitch, und ich kann förmlich die Spannung zwischen uns spüren. Die Funken. Die Anziehung und Erregung.

Doch sosehr ich in dieser Sekunde mit Mitch schlafen möchte, sosehr ich aufhören möchte, mich schuldig zu fühlen und mir über all das Gedanken zu machen, kann ich es nicht. Mitch wartet ab, als würde er erkennen, dass ich mit mir hadere und einen Moment benötige.

»Brauchst du etwas Zeit für dich? Soll ich dich auspacken und ankommen lassen?«, fragt Mitch, als wäre ich ein offenes Buch für ihn. Ich bin dankbar dafür, dass er dafür sorgen möchte, dass ich mich bei ihm wohlfühlen kann.

Bevor ich antworten kann, knurrt mein Magen plötzlich lautstark.

»Oder soll ich uns etwas zu essen besorgen? Ich kann auch kochen und eure Küche einweihen. Meine Burritos sind phänomenal.«

»So gut waren sie nicht.« Oh Gott, hab ich das laut gesagt? Abgesehen davon, dass sie verdammt lecker waren, weiß Mitch nicht, dass ich sie damals selbst gegessen habe.

Mit einer fließenden Bewegung setzt er sich auf, und ich rutsche automatisch näher an ihn heran. Wir sitzen Bauch an Bauch, Brust an Brust, und ausnahmsweise muss ich nicht zu ihm aufsehen, sondern bin direkt auf Augenhöhe mit ihm.

»Du hast sie doch gar nicht probiert.« Seine tiefe Stimme und die Art, wie er das sagt, erregen mich, sodass ich mir über die Lippen lecken muss.

»Kommt drauf an, wovon wir reden«, erwidere ich, ohne weiter darüber nachzudenken, weil mir das Gespräch mit Laura in den Sinn kommt.

Mitchs Lachen ist ansteckend. Er schüttelt den Kopf, als könne er nicht glauben, was ich eben angedeutet habe, dann küsst er mich noch einmal. Langsamer, bedächtiger, intensiver als zuvor.

»Danke für das Angebot und deine Hilfe.«

»Aber?«

»Ich werde mir gleich etwas bestellen. Ich brauche wohl etwas Zeit, um das, was heute passiert ist, zu verarbeiten.«

»Bien.« Mitch steht mit mir auf, als würde ich nichts wiegen, nur um mich danach vorsichtig abzusetzen. Er lässt jedoch nicht ganz von mir ab. Ganz kurz verzieht er das Gesicht, und ich überlege, ob ich es mir vielleicht nur eingebildet habe. »Sehen wir uns morgen? Ich bin auf Station.«

»Ich hab Dienst in der Notaufnahme mit Laura, aber wir haben vorher Visite mit Anwesenheitspflicht. Also ja, wir sehen uns.«

Er drückt meine Hand, und während ich ihn zur Tür bringe, kommt mir etwas in den Sinn. »Mitch?«

»Hm?«

»Hat sich das mit Mr Joon geklärt? Ich meine, der Grund, warum du ihn abgeben wolltest. Bist du noch überlastet?« Mitch versteift sich, und auch wenn er sich schnell fängt, ist es offensichtlich, dass ihm dieses Thema nicht behagt. Da es nicht viele Dinge gibt, die Mitch unsicher wirken lassen, finde ich das Ganze merkwürdig.

»Es ist alles okay, ich komme klar.« Sein schiefes Grinsen wirkt sorglos und echt. »Mach dir keine Sorgen.«

»Das tue ich nicht«, widerspreche ich sofort. Ich befürchte, es wird eine Weile dauern, bis ich nicht mehr den Drang verspüre, Mitch zu widersprechen. Einfach aus Prinzip.

»Bis morgen, querida.« Er beugt sich vor, küsst mich auf die Wange, und ich bin nur ein leises Stöhnen davon entfernt, ihn anzuflehen, hier bei mir zu bleiben, damit ich ihm die Kleider vom Leib reißen kann. Aber ich tue es nicht, weil ich ausnahmsweise mehr will als Sex. Das ist unbekanntes Terrain für mich, und der Tag war so turbulent, so schön und schmerzhaft zugleich, dass es die bessere Entscheidung ist, ihn gehen zu lassen und diesen Moment zwischen uns auf einen Zeitpunkt zu verschieben, an dem ich es mehr genießen und würdigen kann. Und er auch.

Wir haben Zeit. Ich hätte das mit uns beinahe in den Sand gesetzt, und das will ich nicht. Ich will das hier nicht versauen.

»Machs gut« flüstere ich, und er tritt nur widerwillig ein, zwei Schritte zurück, während er sich grinsend durch sein Haar fährt.

Es fällt ihm sichtlich schwer, jetzt zu gehen – und mir, ihn gehen zu lassen. Doch ich strahle ihn an, weil es sich gut anfühlt. Das mit Mitch. Und gleichzeitig unglaublich neu und fremd und unwirklich.

Er winkt mir ein letztes Mal zu, bevor er die Treppe nach unten nimmt, und ich schließe mit einem dämlichen Lächeln im Gesicht die Tür, während ich tief ein- und ausatme.

Ich habe Mitch geküsst. Wieder und wieder. Ich habe es geschafft, loszulassen und ihm alles zu sagen, und es ist okay. Es wird okay bleiben – und wir werden okay sein.

Zu dem berauschenden Gefühl von eben mischt sich plötzlich eine Portion Unsicherheit. Mitch wird mir beibringen müssen, was es bedeutet, zusammen zu sein, denn ich habe keinen Schimmer, was das für mich bedeutet.

»Keine Panik«, rede ich mir gut zu und schnappe mir mein Handy, das in einer der Taschen in meinem Zimmer steckt, direkt neben den Umzugskisten. Zwanzig Anrufe in Abwesenheit. Das Gefühl, das Mitch eben in mir ausgelöst hat, verfliegt so schnell, dass ich mich frage, ob ich es mir lediglich eingebildet habe. Zwanzig Anrufe – von meiner Mom.

Scheiße.

Dutzende Nachrichten werden mir angezeigt, und ich hadere mit mir, ob ich die von ihr lesen soll. Ob ich das verkraften kann. Mein Finger schwebt über dem Display, aber ich drücke nicht drauf. Ich kann nicht. Ich kann und will nicht.

Statt ihre Nachrichten zu lesen, lösche ich sie und blockiere ihre Nummer, auch wenn es mir den Magen umdreht. Schließlich bleibt sie meine Mom und … etwas in mir liebt sie noch immer. Doch das reicht nicht. Das ist nicht genug. Egal, wen oder was man liebt, sobald es damit beginnt, einen zu verletzen, sollte man es hinter sich lassen. Es ist wie bei einer Wunde – der Teil, der sich entzündet, der fault oder dafür sorgt, dass Heilung nicht möglich ist, muss entfernt werden.

Ich entferne meine Mutter aus meinem Leben wie ein Stück nicht zu rettendes Gewebe.

Hinter meiner Stirn pocht es, ich fühle plötzlich eine Art von Erschöpfung, die ich nicht kenne. Als würde ich mich das erste Mal seit Jahren wirklich ausruhen können.

Gähnend lege ich mich mit dem Rücken auf meine Matratze, atme tief ein und aus, bevor ich Maisie schreibe, weil ich das nicht vergessen möchte.

Danke für die Kisten und den Transporter. Mein Zeug ist jetzt in der Wohnung, war wirklich nicht viel. Gibt es etwas, das ich zum Wohnbereich beisteuern kann oder soll?

Mein Dispo ist nicht gerade niedrig, aber zwei Kommoden für mein Zimmer, später ein neuer Bettrahmen und vielleicht ein Tisch für unsere Wohnung werden drin sein. Ich arbeite ja auch hart genug dafür, den Kredit und damit die Schulden des Studiums abzubezahlen.

Danach öffne ich die Nachricht, die mir eben neben denen meiner Mom angezeigt worden war, bevor eine weitere neue aufpoppte.

Hab kurz Pause. Meine Bauchschmerzen sind zum Glück besser, habe Tee getrunken und noch eine Tablette genommen. Nash, die Glucke, wollte mich heimschicken, und Grant hat darüber nachgedacht, ob ein Abführmittel hilfreich wäre. Vor lauter Stress habe ich dann wieder fünf Kekse gegessen. Bitte, lass mich nie wieder allein!

Lauras Nachricht bringt mich zum Lachen.

Ernsthaft? Noch mal fünf Kekse? Wie hast du ohne mich überlebt?

Ich hätte zu gern ihren Gesichtsausdruck gesehen, als Grant das mit dem Abführmittel vorgeschlagen hat.

Nun folgt die letzte Nachricht. Ich kann nicht anders, ich muss breit lächeln. Sie ist von Mitch.

Ist das eben wirklich passiert? Ich muss das fragen, weil ich nicht will, dass du mich morgen verprügelst, wenn ich dich nach der Visite in einen dunklen Raum ziehe, um dich zu küssen, ohne zu fragen.

Ich tippe meine Antwort, fange an, lösche sie wieder und beginne erneut. Es dauert bestimmt zehn Minuten, bis ich es schaffe, ihm zu antworten.

Es ist passiert. Trotzdem werde ich dich verprügeln, wenn du mich in einen dunklen Raum ziehst, um mich zu küssen.

Das werde ich nicht. Ich werde weiche Knie bekommen, Mitch zurückküssen und nicht aufhören wollen, aber das muss er ja nicht wissen. Vorerst ist es mir jedoch wichtiger, mein Privatleben nicht mit auf die Arbeit zu nehmen. Ich möchte meinen Job gut machen. Besser denn je. Ich möchte mich konzentrieren, und ich habe keine Kraft für Getratsche über mich, auch wenn es mir egal sein kann.

Eine neue Nachricht.

Vielleicht riskiere ich es. Irgendwann.

»Blödmann«, murmle ich, weil mich seine Worte an unseren Kuss erinnern, an Mitchs Hände und wie sie über meine Haut strichen. An die Hitze, die von ihm ausging, und die Art, wie er mich hielt. Bedächtig, aber nicht zaghaft.

Ich schüttle den Kopf, um die Bilder aus meinem Kopf zu vertreiben, weil ich sonst nicht mehr klar denken kann. Mein Magen hilft mir dabei, mich abzulenken, denn er knurrt mit einem Mal so laut, dass ich es nicht länger ignorieren kann.

»Ich sollte wirklich etwas zu essen bestellen«, beschließe ich laut. Mein Blick wandert zu den Umzugskisten an der Wand gegenüber. »Und anfangen, mein Zeug zu sortieren. Die Kommoden oder einen Schrank zu bestellen wäre wohl auch nicht übel.«

Mein Handy vibriert erneut. Eine Nachricht von Maisie.

Kein Problem. Jane und ich brauchen den Transporter morgen noch mal, um meinen Fernseher und ein paar weitere Kisten zu holen, danach bringen wir ihn weg. Ich freue mich so, dass wir jetzt zusammenwohnen. Das wird phänomenal! Entschuldige nochmals, dass wir nicht helfen konnten. Wir waren wenigstens zu zweit. Aber ihr auch, Mitch war ja da, oder?

Und schon denke ich wieder an ihn … Verflucht.

35. Kapitel

Sierra

Der Morgen auf der Arbeit startet mit zwanzig Kondomen, die plötzlich vor mir verteilt auf dem Boden liegen. Laura ist erstarrt, ich bin erstarrt – und der zweite Gedanke, direkt nach: *Oh mein Gott, Scheiße!*, ist: *Zum Glück ist nur Laura hier*.

Genervt und unerwartet peinlich berührt, hebe ich sie auf und stopfe sie zurück in meine Tasche, aus der sie vor wenigen Sekunden versehentlich rausgefallen sind. Ich habe sie gerade erst gekauft, und weil ich sie dieses Mal mit einem doch sehr expliziten Hintergedanken besorgt habe – noch dazu für eine bestimmte Person, nicht einfach so –, fühlt es sich intimer an. Persönlicher.

Dass Laura das Ganze noch nicht kommentiert hat, macht es nicht besser.

»Rede jetzt, oder schweige für immer«, stelle ich klar, und Laura reagiert sofort.

»Ich bin mir nicht sicher, was ich sagen oder fragen soll. Also belasse ich es vorerst bei der Erwähnung, dass die Verpackung der Kondome echt schick aussieht.«

Damit habe ich aus irgendeinem Grund nicht gerechnet, und gleichzeitig ist ihre Reaktion eine Erinnerung daran, warum ich Laura mag. Wir beide verkneifen uns ein Lachen, während ich mich bücke und nach dem ersten Kondom greife.

Es dauert nicht lange, bis ich alle eingesammelt und meine Tasche zurückgestellt habe, dieses Mal sturzsicher, und gerade rechtzeitig, bevor jemand anders blöde Fragen stellen kann.

»Guten Morgen!«, ruft Ian fröhlich, als er auf uns zukommt. Zeenah ist noch bei ihrem Großvater, Maisie und Jane sind bereits vorgegangen. Sie mussten extra wegen der Visite herkommen, die dieses Mal nicht anders gelegt werden konnte. Danach gehen sie wieder, ziehen den Rest des Umzugs durch, bevor gegen eins ihre Schicht beginnt. Mitch ist sogar für seine Verhältnisse spät dran, Laura zieht gerade ihren Kittel über, während sie Ian ignoriert.

»Was tust du hier?«, frage ich unbeeindruckt, lege mir mein Stethoskop um und schließe den Spind.

Ians Lächeln verrutscht ein wenig. »Hallo sagen?«

»Wann ist noch mal deine Prüfung?«

»Wurde auf Mitte Dezember geschoben, ab Ende Januar bin ich dann der König der Bambini.« Er antwortet mir, doch seine Aufmerksamkeit gilt Laura. Die beiden reden immer noch nicht vernünftig miteinander, und man könnte meinen, Ian würde das fehlen, so, wie er ihre Nähe sucht.

»Wie läuft es mit Jess?«, frage ich, und sowohl Ian als auch Laura funkeln mich wütend an. »Ich verstehe. Lief nie besser.«

»Laura, ich schwöre dir, da war nichts.«

Sie atmet tief durch, schließt ihren Spind und dreht sich zu Ian. »Wir haben doch schon darüber geredet, Ian. Selbst wenn, wäre es okay. Es ist nur … Ich war überrascht. Ich habe nicht damit gerechnet, und Jess hat nichts erwähnt.« Das hat sie hart getroffen, und es nagt immer noch an ihr. »Ich brauche einfach noch etwas Zeit, um mit ihr darüber reden zu können. Auch wenn das egoistisch ist.«

Ian lächelt. »Sie macht sich nur Sorgen. Du solltest wirklich mit ihr reden. Ruf sie an.«

»Also … läuft da doch was?«, hake ich nach und stelle mich neben Laura.

»Es ist etwas kompliziert«, murrt Ian und verzieht nachdenklich das Gesicht.

»Hast du sie nackt gesehen?«

»Sierra!« Laura sieht mich schockiert an, und ich zucke mit den Schultern. Was denn? Als ob sie das nicht auch längst hätte fragen wollen.

»Ich kann es nicht fassen, aber ich kann auf diese Frage tatsächlich mit Ja antworten.« Ian sieht beinahe stolz aus.

»Spielt das denn eine Rolle?«, fragt Laura, und ich schüttle den Kopf.

»Nein, ich war nur neugierig.«

»Harris! Du Monster.« Ian verengt die Augen zu Schlitzen, und ich grinse ihn an.

»Aber er hat recht, du solltest mit Jess alles klären. Nimm dir etwas Zeit, nur nicht zu viel. Das ewige Warten macht es am Ende schlimmer.« Ich weiß, wovon ich rede.

Hektisch fummelt Ian an seinem Kittel herum, wühlt in seinen Taschen, während sein Mund offen steht.

»Was zur Hölle tust du da?«, frage ich.

»Ich suche einen Zettel und einen Stift oder mein Handy. Scheiße, wo ist es?«

Laura wirkt genauso verwirrt wie ich.

»Ich muss das aufschreiben. Dr. Sierra Harris gab vor einer Zeugin zu, dass ich, Dr. Ian Rice, recht habe.«

Laura lacht auf, ich verdrehe die Augen und gehe ohne Kommentar an ihm vorbei, muss mir aber ein Grinsen verkneifen.

»Alles gut bei uns?«, fragt Ian Laura indes, und ich höre sie Ja sagen. Gott sei Dank. Noch mehr Drama, und ich hätte mich gefühlt, als wären wir in einer Seifenoper.

»Ich mache mich schon mal auf den Weg zur Visite!«, rufe

ich Laura über die Schulter zu und will gerade nach dem Knauf greifen, als die Tür aufspringt und jemand in mich hineinrennt. Mitch. Ich erkenne ihn sofort an seinem Duft, an seiner Statur sowie an der Art, wie er mich hält, damit ich nicht nach hinten falle.

Fluchend kommen wir nach zwei torkelnden Schritten zum Stehen, vollkommen ineinander verschlungen. Sein Blick trifft auf meinen, und sein Grinsen ist ansteckend.

»Guten Morgen, querida«, begrüßt er mich, und es ist wie eine Liebkosung. Ich will das genießen, will ihm auch Hallo sagen, doch als ich Lauras »Hey, Mitch« höre, ist das wie eine kalte Dusche.

Shit. Vielleicht ist die Seifenoper noch nicht vom Tisch …

Obwohl ich es nicht möchte, drücke ich mich ruckartig von ihm ab, schubse ihn zurück und versuche verzweifelt, irgendetwas Sinnvolles mit meinen Händen zu tun. Ich stecke sie in die Hosentaschen, aber das fühlt sich seltsam an, viel zu entspannt, also stemme ich sie in die Hüften und gebe alles, um mich daran zu erinnern, wie ich andauernd genervt sein konnte von dem Mann vor mir.

»Rivera! Pass doch auf, wo du hinläufst. Und ich hab dir gesagt, dass du damit aufhören sollst, mich so zu nennen.« Für eine Sekunde ist Mitch verwirrt, dann zeichnet sich Erkenntnis in seinem Gesicht ab, und er spielt mit.

»Natürlich. Verzeihung, *querida.*« Es fällt mir so schwer, nicht zu lachen, weil er es extra betont. Meine Eingeweide ziehen sich vor Qual zusammen. »Ich muss mich fertig machen, aber du kannst mich dabei gerne weiter anstarren, wenn du möchtest.« Jetzt dreht er vollkommen durch. Der Schalk blitzt in seinen Augen auf. Mitch genießt das hier viel zu sehr. Und ich dachte schon, es würde ihm missfallen, dass es vorerst keine offenen Liebesbekundungen gibt. Zumindest so lange nicht, bis wir für uns selbst herausgefunden haben, was das mit uns ist, wie gut wir zusammenpassen. Damit wir das alles in Ruhe ergründen können.

Ein Pager piept, und Ian flucht. »Ich muss los. Bis später, Bambini.« Er stürmt an uns vorbei, während ich Mitch beobachte, der in seinem Rucksack kramt, ohne mich weiter zu beachten.

Laura stupst mich an. »Komm, wir gehen schon mal. Bis gleich, Mitch.« Er hebt die Hand zum Gruß, und Laura hakt sich bei mir ein.

Auf dem Weg zur Visite gähnt sie mehrmals.

»Eben dachte ich für einen Moment, irgendwas hätte sich zwischen euch verändert. Da waren diese Schwingungen. Aber dann hast du ihn wieder zurechtgestutzt, und alles war wie immer. Seltsam.«

Bei ihren Worten versteife ich mich kurz, habe mich jedoch schnell wieder im Griff, sodass Laura vorerst nichts bemerkt. Hoffentlich zählt sie nicht eins und eins zusammen. Warum mussten mir auch die dämlichen Kondome aus der Tasche fallen?

»Verrückt, nicht wahr?«, nuschle ich vor mich her.

»Wie war eigentlich der Umzug gestern? Entschuldige, dass ich jetzt erst frage, es war eine verdammt kurze Nacht.«

»Das sind bereits zu viele Infos für mich.«

»Ich hab doch gar nichts erzählt«, murrt sie, wobei eine zarte Röte ihre Wangen ziert, die mir alles verrät, was es zu wissen gibt. »Also? Hat alles gut geklappt? War deine Mom … Ich meine, hast du es ihr gesagt?«

»Sie kam nach Hause, kurz bevor wir die letzten Kisten verstauen konnten.« Ruckartig bleibt Laura stehen, und weil sie an meinem Arm hängt, werde ich schwungvoll zurückgezogen.

»Shit. Was ist denn jetzt los?«

In ihrem Gesicht zeigt sich keine Regung. »Wir?«

Verdammter Mist. »Hab ich *wir* gesagt?«

»Wer ist *wir?*«, hakt sie nach und verengt die Augen zu Schlitzen. »Ich hatte Schicht, Grant und Nash ebenso, Maisie und Jane kamen, kurz nachdem du weg warst. Ian … nein.« Ihre Augen werden groß. »Etwa Mitch?«

Ich reibe mir über die Stirn. Großartig. »Ja.« Sie musste eins und eins nicht zusammenzählen, ich Depp hab es ihr direkt auf dem Silbertablett serviert.

»Muss ich dir alles aus der Nase ziehen, oder bekomme ich auch so mehr Infos?«, fragt sie, als wir uns wieder in Bewegung setzen.

»Er ist einfach aufgetaucht, hat mir geholfen, hat erlebt, wie meine Mom mich angeschrien hat und mir das erste Mal in meinem Leben eine Ohrfeige verpassen wollte. Danach haben wir geredet, hatten Differenzen und … ich hab ihm gesagt, dass ich ihn mag, aber auch, warum ich es nicht früher zugeben konnte. Er hat mich geküsst. Das war's. Ende der Geschichte«, rattere ich so schnell wie möglich herunter, damit es unspektakulär klingt. Meine beste Freundin sieht derweil aus, als hätte sie einen Schlaganfall.

»Laura? Du … du sabberst gleich, wenn du den Mund nicht wieder zumachst. Blinzelst du noch? Geht es dir gut? Muss ich Nash rufen?«

»Das war's?«, wiederholt sie tonlos und stolpert kurz über ihre eigenen Füße. Pure Fassungslosigkeit zeichnet sich auf ihrem Gesicht ab. »Das war's? Das ist … Verflucht, Sierra! Das ist 'ne ganze Menge. Du hast es ihm erzählt.« Sie umarmt mich stürmisch und strahlt übers ganze Gesicht, bevor sie mich weitergehen lässt. »Ich bin so stolz auf dich. Geht es dir damit gut? Seid ihr zusammen? Datet ihr? Ich wusste doch, dass da eben etwas seltsam war.«

»Es geht mir gut damit. Sehr gut. Ah, sieh mich nicht so an. Da ist noch nichts gelaufen.«

Sie atmet geräuschvoll ein und fasst sich ans Herz. »Die Kondome …«

»Wir wollen das auf der Arbeit nicht an die große Glocke hängen und Privates privat sein lassen.« Auf die Kondome gehe ich lieber nicht ein.

Laura lacht. »Versucht es. Ich drücke euch die Daumen, dass es besser klappt als bei Nash und mir. Nein, im Ernst. Ich freue mich für dich. Für euch. Danke, dass du es mir erzählt hast.«

»Werd bloß nicht gefühlsduselig.«

»Du kennst mich doch.« Sie zwinkert mir zu und freut sich weiter.

»Deswegen sag ich es ja«, murre ich, und sie streckt mir die Zunge raus.

Auf dem Weg zum Patientenzimmer, in dem heute unsere Visite stattfindet, wird sie mit jedem Schritt ruhiger, aber nicht auf die gute Art, sondern fast angespannt. Sie wirkt viel zu ernst, ist viel zu still. Ich betrachte sie genauer. Waren die Ringe unter ihren Augen die ganze Zeit so präsent? Sie wirkt nachdenklich, als würde sie etwas belasten, und ich schäme mich, dass mir das erst in diesem Moment auffällt.

»Ist bei dir alles in Ordnung? Abgesehen von dem heißen Sex mit Nashville, der dich erschöpft hat – gibt es da sonst noch etwas?«

Sie schnaubt leise, doch wir sind bereits in Sichtweite der anderen, und Mitch kommt von hinten angerauscht.

»Ha! Auf die Minute.« Frech grinsend zwinkert er mir zu, während Laura mir ins Ohr flüstert: »Ich erzähle es dir später. Es ist nichts Wildes.«

»Wieso glaube ich das nicht, wenn du es extra erwähnen

musst?«, gebe ich zurück, aber sie antwortet nicht und geht zu Maisie, Jane, Nash und Dr. Pine, die bereits auf uns warten.

»Guten Morgen«, begrüßt Dr. Pine uns und wirft einen Blick in die Patientenakte. »Bevor wir mit der Visite beginnen, würde Dr. Brooks gerne noch etwas mitteilen.«

Nash nickt und begrüßt uns. »Bitte wartet nach der Visite noch einen Moment hier vor der Tür, ich habe bezüglich der Schichten Informationen, die ich euch mitteilen muss, und ein paar andere Dinge, die ich gerne mit euch besprechen möchte.«

»Gut, da das geklärt ist, beginnen wir.« Dr. Pine geht voraus, wir folgen ihr hinein zu dem Patienten …

»Mr Ross ist Ende vierzig und wurde aufgrund von wiederholt auftretendem Fieber, Nachtschweiß und Belastungsdyspnoe hausärztlich eingewiesen. Es wurde bereits ambulant ein Röntgen des Thorax erstellt, in zwei Ebenen. Es zeigte keinerlei Auffälligkeiten. Wie Sie sehen, ist Mr Ross wach, voll orientiert und wirkt nicht kritisch krank.«

»Ich nehme das als Kompliment«, erwidert Mr Ross, der zwar gesund, aber sehr nervös scheint.

»Das ist es auch«, gibt Maisie zurück und lächelt, als wäre sie die Sonne über Phoenix. So ist sie einfach.

»Die Sauerstoffsättigung des Patienten liegt bei 96 Prozent, Blutdruck bei 150/60, und die Temperatur ist erhöht«, zählt Dr. Pine weiter auf und gibt noch die Werte für die Atem- und Herzfrequenz sowie den Blutzucker durch.

Sie lächelt den Patienten an, wendet sich direkt an ihn. »Mr Ross, könnten Sie uns genau berichten, welche Beschwerden Sie haben und seit wann diese auftreten?«

Er räuspert sich. »Ich fühle mich seit zwei oder drei Wochen nicht besonders wohl, mir tut alles weh. Ich dachte, ich sei einfach etwas erschöpft, weil ich keinen Husten oder Schnupfen hatte. Keine Erkältung oder so. Dann kamen jedoch in der letzten Woche Fieber und Schüttelfrost hinzu, aber meine Temperatur stieg nie allzu stark an. Letztens hatte ich einen Ausschlag an den Händen, aber ich glaube nicht, dass es etwas damit zu tun hat.«

»Ich danke Ihnen, Mr Ross.« Dr. Pine wendet sich an uns. »Was tun Sie als Nächstes?«

»Nach Vorerkrankungen fragen«, antwortet Jane, und Dr. Pine nickt, schaut wieder in die Akte.

»Ein arterieller Hypertonus, der behandelt wird, ansonsten sind keine chronischen Erkrankungen vermerkt«, sagt Dr. Pine. Also erhöhter Blutdruck, nicht mehr.

»Wurden bereits eine Urin- und Blutprobe entnommen und geprüft?«, fragt Laura, und Dr. Pine nickt, bevor sie die Ergebnisse vorliest.

»Im Urin finden sich eine Erythrozyturie und eine Proteinurie, im Differenzialblutbild ist eine Linksverschiebung nachweisbar. Alle anderen Werte sind unauffällig.« Hohe Eiweißkonzentration und rote Blutkörperchen im Urin, und das Blutbild deutet auf eine bakterielle Infektion hin.

»Wurde eine Echokardiografie angeordnet? Sonst sollte das als Nächstes folgen«, sage ich, und sofort richtet sich Dr. Pines Blick auf mich.

»Sie wurde bereits durchgeführt, die Ergebnisse stehen aus. Woran denken Sie, Dr. Harris?«

»Momentan sind die Symptome nicht eindeutig, die Differenzialdiagnose noch zu breit, aber eine Ursache der Symptome könnte eine Endokarditis sein.«

»Was würde das bedeuten?«, hakt sie nach.

»Das würde bedeuten, dass unser Patient, obwohl er nicht so aussieht, kritisch krank ist.«

»Sehr gut.« Dr. Pine teilt diesen Verdacht und beginnt mit der entsprechenden Antibiotikatherapie, einem Breitbandantibiotikum, das eine Ausbreitung der Bakterien verhindern soll.

Damit ist die Visite beendet, wir verabschieden uns von dem Patienten und verlassen nach und nach den Raum.

Draußen warten wir wie besprochen auf Nash. Ich bin gespannt, was und ob sich etwas ändert oder es nur ein paar grundlegende Informationen gibt.

»Ich werde Sie nicht lange aufhalten. Ich wollte Ihnen nur in Erinnerung rufen, dass Sie nun bald, da Ihre Eingewöhnung erfolgreich war, in einem weiteren Fachgebiet eingesetzt werden können. Momentan arbeiten Sie hauptsächlich in der Herz- und Thoraxchirurgie, der Inneren sowie der Notaufnahme und Unfallchirurgie. Sollten Sie Wünsche haben für ein weiteres Gebiet, legen Sie mir diese gern ins Fach. Aber bitte denken Sie daran, der Einsatz wird meist nach Bedarf und nicht nach Wunsch erfolgen, besonders, da wir in einigen Bereichen weiterhin unterbesetzt sind.« Mit bedauernder und ernster Miene presst er die Lippen aufeinander. »Spätestens im kommenden Jahr werden Sie Ihre ersten Schichten in einem weiteren Gebiet antreten. Denken Sie auch daran, für die abschließende Prüfung zu lernen.« Mit diesen Worten verabschiedet Nash sich, und unsere kleine Gruppe löst sich auf.

»Laura?«, halte ich sie auf, bevor sie sich an die Arbeit machen kann. »Mir ist klar, dass ich nicht der menschenfreundlichste Typ bin, aber ich hoffe, du weißt, dass ich auch für dich da bin. Möchtest du über diese Sache, die nichts Wildes ist, reden?«

»Josh hat sich wieder gemeldet«, platzt es aus ihr raus, und ich brauche ein paar Sekunden, um zu verstehen, was sie da gesagt hat. Ich habe mit vielem gerechnet, aber nicht damit.

»Was?«

»Er hat die letzte Woche jeden Tag geschrieben. Immer von einer anderen Nummer.«

»Hattest du nicht deine Nummer geändert?«

Laura verzieht das Gesicht. »Ein Mal, ja. Er hat sie rausgekriegt. Keine Ahnung, wie. Vielleicht über dubiose Seiten oder Menschen, ich würde ihm alles zutrauen.«

»Weiß Nash das? Also das mit Josh.«

»Nein. Aber er hat gemerkt, dass mich etwas bedrückt. Deshalb gab es Sex, und ich muss wandern gehen.« Keine Ahnung, welche dieser Informationen mich mehr verwirrt. Ich habe so viele Fragen …

»Ich wiederhole mich, aber: Was?«

»Du hast das schon richtig verstanden.« Sie seufzt und beginnt, mir alles zu erklären. »Wir lagen abends im Bett, und die eine Nachricht von Josh hat mich … ich weiß auch nicht. Beunruhigt? Er hat geschrieben, er würde mich noch lieben und könne uns nicht aufgeben. Dass er nicht versteht, wie ich ihn so verletzen und zurückweisen konnte, als er mir Blumen gebracht hat.« Während Laura erzählt, muss ich mich zusammenreißen, um nicht zu würgen. Dieser widerliche Arsch! »Und dass ich wunderschön aussehe, mit dem türkisen Top und dem schwarzen langen Rock dazu«, wispert sie mit belegter Stimme.

Mein Mund steht offen, ich bekomme eine Gänsehaut. »Das hattest du am Freitag an.«

Sie nickt. »Ja.«

»Laura, du solltest es Nash sagen. Du solltest zur Polizei gehen.«

Nachdenklich umschlingt sie sich selbst und verzieht das Gesicht. »Ich war schon bei der Polizei«, gibt sie kleinlaut zu. »Sie können nichts machen, außer es aufnehmen. Bisher hat er kein Verbrechen begangen.«

»Ach, sie wollen also, dass er dich noch etwas intensiver

stalkt und belästigt, bevor sie ihre Ärsche schwingen?« Ich bin viel zu laut, und das tut mir leid, aber ich kann nichts dagegen tun. Das ist doch lächerlich. Wahrscheinlich haben sie auch erst mal gecheckt, was Laura trägt, wie sie lächelt und redet und ob sie es durch zu kurze Kleidung oder eine süße Art provoziert hat. Sie könnte ihm ja die falschen Signale gesendet haben. Das macht mich so wütend.

»Pst«, ermahnt Laura mich und presst die Lippen zusammen.

»Scheiße«, fluche ich etwas leiser, aber nicht weniger emotional. »Und was hat das mit Nash, Sex und diesem Wander-Wahnsinn zu tun?«

»Nun ja, er hat gemerkt, dass etwas nicht stimmt. Dass ich unruhig und nervös war, nachdem ich auf mein Handy gestarrt hatte. Als er sich zu mir gebeugt hat, um einen Blick darauf zu werfen und zu schauen, was ich mir angucke, habe ich das Handy panisch weggezogen. Das mache ich nie. Dann hat er mich ausgefragt, weil er sich Sorgen gemacht und davor schon gemerkt hat, dass mich etwas belastet. Er hat auch nach Josh gefragt, und das hat mich so erschrocken, weil er damit natürlich ins Schwarze getroffen hat, also habe ich … gelogen. Es ist einfach passiert. Ich habe ihm gesagt, mir ginge es gut, aber er dürfe mich trotzdem gerne aufmuntern. Als selbst mein Spitzen-BH seine Skepsis nicht ganz vertrieben hat, habe ich ihn gebeten, kommendes Wochenende mit mir wandern zu gehen. Bisher habe ich mich dagegen gewehrt. Dass ich jetzt von mir aus gefragt habe, hat ihn vermutlich glücklicher gemacht als eine erfolgreiche Herz-OP.«

Ich lache leicht hysterisch auf. »Du weißt, wie verrückt das klingt, oder?«

»Ich gestehe es, wenn man es ausspricht, klingt es nicht besonders sinnvoll. Ich wollte ihn nicht anlügen. Aber …« Sie beißt sich auf die Unterlippe, und als wir beim Fahrstuhl ankommen, um runter in die Notaufnahme zu fahren, flucht auch sie. »Die vergangenen Wochen waren nervenaufreibend! Das Letzte, was ich will, ist, ihm Sorgen zu bereiten.«

»Und ich bin sicher, das Letzte, was Nash will, ist, dass du das mit dir ausmachst und ihm nichts erzählst.«

»Gar nicht so einfach, seine eigenen Ratschläge zu befolgen, oder?«, meint sie und wirft mir einen vielsagenden Seitenblick zu.

»Das ist erst so, seit ich mich mit dir und Mitch rumschlagen muss.« Lachend stupst sie mich an, kurz bevor der Fahrstuhl mit einem *Ping* seine Türen öffnet und wir einsteigen.

»Ich werde es Nash sagen, wenn wir am Wochenende wandern gehen, und Jess, nachdem ich mit ihr die andere Sache geklärt habe. Ende des Monats ist sie bereits auf dem Weg zurück in die Staaten und wollte eine Woche Urlaub machen, hier bei mir. Dann erzähle ich ihr das mit Josh. Es sei denn, er meldet sich bis dahin nicht mehr.«

»Erzähl es ihr trotzdem.«

»Ich will Josh einfach nur vergessen.«

»Das kannst du erst, wenn er dich auch vergisst.«

»Danke.«

»Wofür?«

»Dass du zuhörst und dir Sorgen um mich machst.«

Ich schnaube. »Interpretier da nicht zu viel rein.«

»Ich hab dich auch lieb.«

36. Kapitel

Sierra

»Mrs Dorian, Sie leiden an Verstopfung«, erkläre ich der Dame Mitte vierzig, die sich mit schmerzverzerrtem Gesicht ein Lächeln abringt. »Ich werde Ihnen …« *Pffft.* Ich halte inne, mein Blick trifft auf den geschockten Blick der Patientin. Dann furzt sie so laut, dass es klingt, als würde man mit den Händen auf dem Bett trommeln.

»Es tut mir so leid.« Verstopfung geht oft mit Blähungen einher, das ist nichts Schlimmes, sondern ganz natürlich. Trotzdem kräusle ich die Lippen und muss mich kurz sammeln, weil ich sonst lauthals lache. Dieser erste leise Furz kam so unerwartet, und der danach erst …

Okay, nicht dran denken. Ein- und ausatmen. Ich räuspere mich, fange noch mal an. »Ich werde Ihnen etwas verschreiben, das …« *Pffft!* Ein erleichtertes Stöhnen ertönt nach einem weiteren lauten Pups, und es hilft nicht mehr, die Lippen nur zu kräuseln, jetzt muss ich sie fest zusammenpressen und bin kurz davor, mir auf die Innenseite der Wange zu beißen, um nicht zu lachen. Ganz ehrlich, ich habe keine Ahnung, warum, aber Fürze finde ich einfach witzig.

Weil ich mich kaum zusammenreißen kann, presse ich nur noch hervor: »Es kommt gleich jemand, der Ihnen ein Rezept bringt, es wird alles wieder.«

»Danke, Dr. Harris«, erwidert die sichtbar erleichterte Patientin, als ich bereits aus der Kabine verschwinde und den Vorhang schnell wieder hinter mir zuziehe, um endlich breit grinsen zu können. Ein leises Lachen entfährt mir, als ich die Medikation notiere.

»Warum bist du so glücklich?«, fragt Grant skeptisch, während ich Lisha, die neben ihm steht, darum bitte, meine Patientin zu übernehmen und alles fertigzustellen.

»Alles zu wissen wird dir auf Dauer nicht guttun, glaub mir.«

»Okay. Dann nicht.« Seine Brauen ziehen sich zusammen, seine Augen werden zu Schlitzen.

»Es macht dich wahnsinnig, dass ich dir das jetzt nicht verrate, nicht wahr?«, frage ich beiläufig, und er flucht.

»Ja, tut es!« Damit stößt er sich vom Tisch ab und geht, was mich erneut zum Lachen bringt.

»Gleich treffen zwei Rettungswagen ein«, informiert mich Ducky, weil ich neben der Infotheke stehe und die Meldung gerade reinkam. »Ein Patient mit Schmerzen im Analbereich, einer mit schweren Schnittverletzungen am Arm, alkoholisiert.«

»Na super. Das wird ein Spaß.« Nicht. Wenn Alkohol im Spiel ist, ist alles möglich.

Keine zwei Minuten später trifft der erste Rettungswagen ein. Laura stellt sich zu mir, und als wir den Patienten in Empfang nehmen, wird mir klar, warum er Schmerzen hat.

»Was zur Hölle …?«, murmle ich.

»Ist das eine Kamera?«, fragt Laura.

»Was fragst du mich das? Bei dir landen doch ständig Leute, die sich was in den Hintern schieben«, erwidere ich, und Laura verzieht das Gesicht.

»Es ist eine GoPro-Kamera«, informiert uns die Notfallsanitäterin. »Der Patient heißt Tom Galen, ist Anfang zwanzig, ansprechbar, Werte sind okay. Er gehört euch.«

»Ich hab so viele Fragen …«, bringe ich hervor, während mir sein nackter Arsch vorm Gesicht hängt. Wow, er hat das Ding echt weit reingekriegt.

»Mr Galen«, beginnt Laura, während wir ihn mithilfe von Ducky umbetten. »Haben Sie starke Schmerzen?« Das ist ihre erste Frage? Unglaublich.

»Es wird schlimmer«, erwidert er mit hochrotem Kopf. Vermutlich ist ihm die Sache peinlich. Kann ich verstehen.

»Haben Sie sich die Kamera eingeführt oder jemand anderes?«

»Ich«, gibt er zu und versteckt sein Gesicht. Man versteht ihn schlecht. »Es hat gejuckt und ich dachte, ich schaue einfach mal, wie es da so aussieht. Ob alles okay ist.«

Dass spätestens jetzt nicht mehr alles okay ist, muss ihm keiner erklären. Sieht aus, als müsste er in den OP.

»Der nächste Rettungswagen kommt gerade, der Kameramann gehört dir«, sage ich Laura und lächle, sie macht mich lautlos nach, während sie mit ihm verschwindet. Ich wende mich dem anderen Neuankömmling zu.

»Patient heißt laut Papieren Dawson Woods, ist zweiunddreißig Jahre alt. Bei Bewusstsein, aber stark alkoholisiert«, teilt mir der Notfallsanitäter mit, während wir den Mann hineinschieben. Wow. Ich kann den Alkohol überdeutlich riechen. »Nach eigenen Angaben hat er mehr als sechs Flaschen Bier getrunken, danach noch Unmengen an Wodka, Gin und Tequila. Es wundert mich, dass er wach ist und noch redet.«

»Lasst mich los!«, brüllt dieser in der Sekunde lallend und versucht, sich loszureißen.

»Grant! Ich brauche Hilfe«, rufe ich, während wir eine rote Spur hinter uns herziehen, so heftig blutet sein Arm.

»Was ist da passiert?«

»Der Patient wurde in der Toilette einer Bar vor einem zerbrochenen Spiegel gefunden, auf den er eingeprügelt hat. Er hat den Mann darin geschlagen, weil der ihn genervt hat.«

Was? Ungläubig starre ich den Notfallsanitäter an, der mit den Schultern zuckt und damit stumm antwortet, dass er all diese Dinge nicht mehr hinterfragt.

Ein Patient, der sich eine Kamera in den Hintern schiebt, um nach dem Rechten zu sehen, und einer, der sich selbst in einem Spiegel verprügelt. Ich liebe meinen Job.

»Lasst mich los!«, brüllt Mr Woods erneut lauthals. »Ich muss zur Arbeit.«

Die letzten Stunden waren turbulent.

»Möchtest du zuerst Pause machen?«, fragt Laura mich, als unsere Patienten und Patientinnen versorgt sind und ein Moment der Ruhe uns Zeit zum Durchatmen gibt. Mr Woods hatte Dutzende Scherben in seinem Arm, es hat unablässig geblutet, und die Wunden in seinem Zustand zu versorgen war wirklich anstrengend.

»Wenn es okay ist. Ich muss echt dringend auf die Toilette«, gebe ich zerknirscht zu, weil sich meine Blase laut schreiend meldet, nachdem das Adrenalin und die Konzentration weniger werden.

»Klar, geh ruhig. Ich halte die Stellung. Falls etwas ist, lasse ich dich anpiepen.«

»Okay. Danke.«

Ich wasche mir die Hände, lasse die Notaufnahme hinter mir und gehe in Richtung Toiletten. An manchen Tagen ist es bereits das größte Glück, sich in Ruhe erleichtern und einfach mal durchatmen zu können.

Bevor ich mich auf den Weg rüber zum Pausenraum und meinem Spind mache, hole ich mir aus dem Automaten einen neuen Kasack. Meiner ist durch für heute.

Ich ziehe mich um, will mein Handy und mein Wasser aus dem Spind holen, aber eine Box samt Besteck direkt auf der Bank neben mir lenkt meine Aufmerksamkeit auf sich. Auf dem Zettel, der draufklebt, steht: *Meine Burritos* sind *großartig, querida.*

»Er hat wirklich ’nen Knall«, nuschle ich, muss aber über diesen dämlichen und irgendwie niedlichen Spruch lachen. Es ist klar, dass die Box von Mitch ist.

Ich schnappe mir das Essen und mein Handy und setze mich an den halbrunden Tisch, an dem Laura so oft ein Nickerchen macht.

Der Duft, der mir nach dem Öffnen des Deckels entgegenkommt, ist unbeschreiblich. Es riecht fantastisch, und mir läuft augenblicklich das Wasser im Mund zusammen. Nach dem ersten Bissen kann ich ein leises Stöhnen nicht verhindern. Eins ist klar, Grant wird davon nichts abbekommen. Ich teile nicht mehr. Ein weiterer Bissen, dann checke ich meine Nachrichten. Eine neue von Mitch. Die muss er direkt vor der Visite geschrieben haben, denn als ich heute früh aufs Handy geschaut habe, war sie noch nicht da.

Ich möchte für dich kochen. Richtig, nicht nur Essen für dich vorbereiten und vorbeibringen. Wie wäre es mit morgen? Sieben Uhr abends, falls du keine Schicht hast. Bei dir oder bei mir? Und falls du dich das fragen solltest: Sí, das ist ein Date.

Ich lächle mit vollem Mund, sodass mir fast etwas Soße über die Lippen läuft. Wusste gar nicht, dass ich so peinlich sein kann. Aber … ein Date. Mit Mitch. Fühlt sich gut an. Verdammt gut sogar.

Ich muss nicht lange darüber nachdenken, was ich ihm antworte.

Bei dir. Ich freue mich auf deine Burritos.

Die sind wirklich gut, hoffentlich kocht er sie noch einmal für mich. Nach diesem Gedanken lege ich ungläubig das Handy zur Seite und schüttle den Kopf. Ich habe ein Date mit Mitch Rivera. Unserem Dienstbaby. Dem Typen, der in Fayes Bar auf meine Schulter gesabbert hat. Hätte nicht gedacht, dass das je passiert. Dass es mich glücklich macht. Dass es in meinem Bauch kribbelt, wenn ich an ihn denke, und ich nicht zu grinsen aufhören kann.

Das Essen ist fast vertilgt, als mein Handy vibriert und eine Nachricht von Mitch angezeigt wird.

Das kannst du auch. Ich mache uns aber vorher Quesadillas oder Enchiladas, okay?

Ich verschlucke mich und muss laut husten.

Er ist unmöglich …

37. Kapitel

Mitch

»Handys sind hier verboten.«

Ich zucke zusammen und lasse es beinahe fallen. »Grant! Wo kommst du plötzlich her, und warum zum Teufel schleichst du dich so an mich heran?«

»Ich schleiche nicht. Und falls es dir entfallen ist, das hier«, mahnt er und deutet auf den Tresen, den Tisch und den Raum dahinter, »ist mein Arbeitsplatz.«

»Da ist was dran.«

»Wieso grinst du mich so an? Hab ich was im Gesicht? Oder sehe ich heute noch unwiderstehlicher aus als sonst?« Er wackelt mit den Augenbrauen.

»Was? Ich grinse nicht.« Mit einem Räuspern stecke ich das Handy ein und muss dabei an die Nachricht von Sierra denken, die ich mir eben zum hundertsten Mal durchgelesen habe. An meine Antwort darauf. Wir haben ein Date.

»Du grinst nicht, klar«, spottet Grant. »Und ich bin Tom Holland.«

»Du siehst ihm tatsächlich recht ähnlich.«

»Ja, oder?« Doch dann beugt er sich vor. »Lenk nicht ab. Wieso siehst du so glücklich verträumt aus, ich meine … Oh!« Seine Augen weiten sich. »Du bist verliebt. Kenne ich die Person? Konnte jemand endlich dein geschundenes Herz flicken, nachdem du dir an Sierra die Zähne ausgebissen hast?«

Das ist der Moment, in dem ich mir auf die Lippen beißen muss, um nicht lauthals loszulachen. Wenn Grant wüsste, wie nah er dran ist – und gleichzeitig, wie falsch er liegt.

»Dir entgeht nichts, Grant«, sage ich trocken und klopfe ihm auf die Schulter, bevor ich mir die zwei Akten schnappe, die ich eben rausgesucht habe, und mich zurück an die Arbeit mache.

»Hey! War das Sarkasmus?«, ruft er mir nach, und er hat recht, ich kann nicht aufhören, zu grinsen. Und ich kann nicht aufhören, an Sierra zu denken. An ihre Lippen auf meinen, die leisen Geräusche, die sie macht, wenn ich sie küsse. An ihren Blick, wenn sie mich mustert, oder das Gefühl, wenn mein Atem auf ihren trifft. Keine Ahnung, ob ich davon je genug bekommen werde. Ob ich davon je genug bekommen kann.

Ich denke nicht, dass das möglich ist.

Meine Schicht neigt sich langsam dem Ende zu, sie war in Ordnung, nicht zu stressig, keine nennenswerten Zwischenfälle. Außerdem finde ich bisher ohne allzu große Probleme zurück in den Job, den ich so liebe. Ich brauche ein paar Pausen mehr als vorher, aber es wird jeden Tag besser. Selbst die Fälle, von denen ich dachte, noch nicht bereit für sie zu sein, waren am Ende gut zu händeln.

Alle, bis auf einen. Mr Joon. Jedes Mal, wenn ich zu ihm muss, wenn ich zu seiner Akte greifen und mir eingestehen muss, dass ich aus der Sache nicht rauskomme, wird mir übel, und ich fange an zu schwitzen. Mr Joon ist der einzige meiner aktuellen Patienten und Patientinnen, den ich nicht retten kann. Bei dem es absolut keine Chance gibt. Keine Hintertür. Keine Hoffnung. Und das macht mich fertig. Mehr, als es sollte.

Vielleicht bin ich durch den Unfall und die Zeit danach sensibler geworden, nachdenklicher oder auch unsicherer. Ich weiß es nicht. Ich weiß nur, dass Mr Joons Fall irgendetwas in mir auslöst und ich jedes Mal an meine Narben, meinen Beinahe-Tod, meine Mutter – die krank vor Sorge war und die mir jeden Tag schreibt – und an meine Geschwister denken muss. An Sierra. Seit gestern ganz besonders an sie, weil mir nun klar ist, was sie durchgemacht und was sie sich alles vorgeworfen hat.

Dabei hatte Mr Joon keinen Unfall. Er ist alt, und er ist krank. Sein Tod kommt nicht allzu früh, nicht allzu plötzlich. Aber er kommt und ist unaufhaltsam. Vermutlich reicht das.

Es überrascht mich nicht, dass sich auch bei dem heutigen Besuch nichts geändert hat. Ich fühle mich unwohl, leicht schwindelig, spüre bereits den Schweiß auf meiner Stirn.

»Guten Tag, Mr Joon.« Krampfhaft starre ich auf seine Krankenakte und gebe mir große Mühe, mich auf das Lesen der aktuellen Befunde zu konzentrieren.

»Hallo, Dr. Rivera. Geht es Ihnen heute etwas besser?«

»Danke der Nachfrage«, murmle ich. »Es ging mir letztes Mal nicht schlecht.«

»Sie erinnern mich an meine Frau.« Er lacht leise und beginnt sofort, zu husten. »Das mag eigenartig klingen, aber ja, Sie erinnern mich an sie. Man konnte ihr immer ansehen, wenn sie etwas beschäftigte, wenn ihr etwas nicht gefiel oder sie sich unwohl fühlte, obwohl sie sich stets viel Mühe gab, es zu verstecken.«

Ich kann nicht anders, ich lasse die Akte sinken und erwidere den Blick meines Patienten. Er sieht erschöpft aus, hat schnell abgebaut. Seine Haut wirkt fahl, die Ringe unter seinen Augen sind dunkler, er kann nicht mehr aufrecht sitzen.

»Mr Joon, bei allem Respekt, wir sollten uns mit Ihnen beschäftigen anstatt mit mir.«

»Macht Ihnen der Unfall noch zu schaffen?«, fragt er, und ich kann kaum atmen. Was hat er da gerade gesagt?

»Woher wissen Sie davon?« Meine Stimme ist rau, klingt brüchig.

»Die nette Pflegerin, die gestern bei mir war … Nun, ich habe sie gefragt, ob sie Sie kennt, und wir kamen ins Gespräch. Irgendwann erwähnte sie, wie froh sie sei, dass es Ihnen besser geht, und dass sie hofft, dass so ein Unfall nicht noch einmal im Whitestone passieren würde.« Ich frage nicht, welche Pflegerin er meint. Ich will es nicht wissen, aber ich vermute, es war Bella. Sie hat nichts Schlimmes getan, trotzdem trifft es mich. »Es tut mir leid, dass Ihnen das passiert ist.«

Ich befeuchte meine Lippen und atme tief durch. »Die Ergebnisse Ihrer letzten Untersuchungen sind da. Leider haben sich Ihre Entzündungswerte verschlechtert, und Ihre Leber ist durch den Tumor an ihrer Belastungsgrenze. Die Schmerztherapie steht weiterhin im Vordergrund, wir werden Ihre Medikation erneut anpassen. Außerdem wurde vermerkt, dass Sie sich vermehrt übergeben. Das ist leider eine Begleiterscheinung des Pankreaskarzinoms. Sollte die kommenden Tage Appetitlosigkeit hinzukommen oder sollten Sie Schwierigkeiten haben, zu essen beziehungsweise Essen bei sich zu behalten, können wir über eine Magensonde Abhilfe schaffen.« Damit könnte eine ausreichende Versorgung sichergestellt werden. Vielleicht werde ich daher nicht mehr lange sein Arzt sein. Vielleicht wird er nächste Woche wegen der Magensonde auf die Gastro verlegt.

Ich mache einen Moment Pause, damit Mr Joon Zeit hat, das zu verstehen und alles sacken zu lassen. »Das Langzeit-EKG zeigt außerdem, das die Herzrhythmusstörungen häufiger auftreten.«

»Warum erzählen Sie mir das alles?«

Die Frage trifft mich genauso unvorbereitet wie die nach meinem Unfall.

»Ich werde sterben. Der Tumor und die Metastasen sind größtenteils nicht operabel, im Endstadium. Es ist bereits alles geklärt, was geklärt werden musste. Also, warum erzählen Sie mir nur immer wieder, was ich längst weiß? Dass ich sterbe.«

Ich kann nicht anders, ich muss am Bett meines Patienten Halt suchen und greife leicht zitternd nach dem Gestell am Fußende. Er hat recht. Ich will nicht kühl wirken und unfreundlich sein, aber ich muss diese Distanz aufrechterhalten, weil es mir sonst zu viel wird.

»Verstehen Sie mich nicht falsch, Dr. Rivera. Ich habe keine Angst vor dem Tod. Ich möchte nicht sterben, aber ich fürchte es auch nicht. Trotzdem will ich es nicht jedes Mal hören, wenn ich mich darum bemühe, es zu vergessen.«

Ich kenne das Gefühl, etwas vergessen zu wollen – und es nicht zu schaffen.

Ich bin zu Hause. Nach dem Ende meiner Schicht habe ich ein paar letzte Arztbriefe geschrieben, bevor ich mich auf den Weg gemacht habe. Der Besuch bei Mr Joon sitzt mir in den Knochen, und ich bin dankbar, mich gleich auf die Couch setzen zu können. Vielleicht dusche ich vorher, um mich zu erfrischen und diesen Arbeitstag hinter mir zu lassen. Oft dusche ich direkt im Whitestone, heute wollte ich nur schnell raus.

Während ich meine Schuhe abstreife, meinen Kram in die Ecke pfeffere und mir frische, bequemere Klamotten raussuche, denke ich an Sierra. Unsere Schichten sind diese Woche ähnlich, auch wenn sie in der Notaufnahme ist. Trotzdem haben wir uns eben verpasst, sie war vor mir fertig und hat mir geschrieben, dass sie sich auf morgen freut – falls wir uns im Whitestone nicht über den Weg laufen –, und ich habe ihr meine Adresse geschickt.

Vollkommen erledigt tapse ich ins Bad, streife meine Kleidung ab und entledige mich der für den Heilungsprozess der Narben notwendigen Kompressionskleidung an meinem Oberkörper, über der Hüfte und den Oberschenkeln und stelle mich unter die Dusche. Das kühle Wasser erzeugt eine Gänsehaut auf meinen Armen und schaltet meine Gedanken für ein paar Minuten auf Stand-by.

Ich genieße die Ruhe, die nur von dem Geräusch des prasselnden Wassers auf meiner Haut durchbrochen wird. Doch bevor ich einschlafe oder das Narbengewebe zu sehr aufweicht, stelle ich es ab und greife nach meinem Handtuch.

Ich sehe die Narben jeden Tag. Flüchtig. Wenn ich die Kompressionen anziehe. Wenn ich mich eincreme. Aber nie bewusst. Nie lange. Ich sehe sie mir immer noch nicht genau an, um zu verstehen, dass sie jetzt ein Teil von mir sind. Das habe ich erst ein Mal getan.

Irgendwie schmerzt es.

Und ich fürchte mich vor dem Moment, an dem Sierra sie das erste Mal sehen wird. Die Narben und die rötlichen Stellen. Davor, dass es sie traurig macht, oder schlimmer, dass sie es nicht erträgt. Dass es sie abstößt.

¡Mierda!

Nein, das geht nicht. Wie soll ich Sierra irgendwann die Narben zeigen, meinen Körper, wenn ich es vorher nicht schaffe, mich anzusehen? Und zwar richtig.

Ich schaue an mir herab, schaue auf meinen Arm, und dieses Mal bleibt das flaue Gefühl im Magen aus. Mein Herz klopft schneller, aber … es ist nicht wie das letzte Mal. Nicht wie an dem Abend nach meiner Entlassung.

Die Rötungen sind weniger geworden. Es sieht besser aus, aber noch längst nicht vollkommen verheilt. Besser reicht mir aber schon. Es zeigt, dass sich etwas tut. Dass es weniger schlimm sein wird.

Diese Erkenntnis gibt mir den Mut, mir meine linke Körperhälfte und jede Narbe, die sich gebildet hat, anzusehen. Bewusst.

Ich sehe sie, und es tut verflucht weh.

Aber es tat noch mehr weh, dazu vorher nicht im Stande gewesen zu sein.

38. Kapitel

Sierra

»Hör auf, so zu zappeln, das macht mich ganz verrückt, okay?«

»Dann geh doch«, murre ich, doch als Laura Anstalten macht, genau das zu tun, greife ich panisch nach ihrem Arm.

»Nein! Seit wann hörst du auf das, was ich sage? Das war doch nicht ernst gemeint.«

Lachend lässt sie sich von mir zurückziehen. »Ich wollte dich nur ärgern. Hätte nicht gedacht, dass du so nervös bist.«

»Und ich hätte nicht gedacht, dass ich mal auf ein Date mit Mitch Rivera gehe.«

»Oder dass du dafür auch noch fast zwei Dutzend Kondome kaufst.«

»Die sind nicht für eine Nacht, okay?«

Laura lacht. »Das hoffe ich. Wie viele hast du da in deiner Tasche?«

»Ich nehme es zurück, bitte geh.« Sie lacht mich nur weiter aus. Genau das, was ich gerade gebrauchen kann …

Ich konnte die halbe Nacht nicht schlafen, habe heute früh Unmengen an Kaffee getrunken, in der Notaufnahme war während meiner Schicht nicht viel los, was mir allerdings viel zu viel Zeit zum Nachdenken gegeben hat. Und seit ich daheim war, saß ich wie auf glühenden Kohlen. Irgendwann wurde es so schlimm, dass ich Laura angerufen und ihr mitgeteilt habe, dass ich Mitch absage. Vierzig Minuten später stand sie vor meiner Tür, und seitdem treibt sie mich in den Wahnsinn, bis es Zeit ist, mich auf den Weg zu machen.

»Sierra?«

»Hm?«

»Ich sage es ein letztes Mal, weil ich denke, dass du es noch einmal hören musst: Du magst Mitch, er mag dich, und das heute ist nichts weiter als ein Date. Wenn du nur essen willst und danach heimgehst, ist das für ihn genauso okay wie alles andere.«

Ich seufze. »Ich weiß.«

»Worüber machst du dir solche Sorgen?«

»Ich bin nur … nervös. Ich hatte noch nie ein richtiges Date. Okay, es gab eins in der Highschool und noch eins während der Med School, aber das war anders. Damals war ich nicht …«

»Verliebt?«

»Ja, genau.« Das vor Laura zuzugeben ist schon schwer genug.

»Na los, geh schon, und genieß den Abend.«

Ich nicke, wische mir ein weiteres Mal die Hände an meiner Jeans ab.

»Ich treffe Nash gleich in der Bar, sobald er Feierabend hat. Wenn etwas ist, ruf an, oder schreib mir.«

»Danke, Laura.« Sie umarmt mich, bevor sie mir einen Schubser in Richtung Tür gibt.

Gott, ich bin so dankbar, dass ich sie habe. Ohne sie hätte ich vielleicht einen Rückzieher gemacht und würde eine halbe Stunde später nicht vor Mitchs Wohnung stehen.

Ich klingle und hätte vor lauter Nervosität beinahe den Rotwein fallen lassen, den ich vorhin extra für heute besorgt habe. Dabei trinke ich Wein nicht besonders gern.

Der Summer ertönt, und ich drücke die Tür auf.

Langsam gehe ich die Treppen hinauf, das Klackern meiner

Absätze hallt von den Wänden wider, und ich könnte schwören, mein Herzschlag auch.

Mitch lehnt in seiner Wohnungstür und wartet auf mich. Er lächelt mich an und sieht dabei fantastisch aus, anders als sonst, aber fantastisch. Barfuß, mit einer lockeren graublauen Stoffchino und einem weißen Hemd, dessen Ärmel er bis zu den Ellbogen hochgekrempelt hat. Allein sein chaotisches Haar erinnert mich an den Mitch, dem ich jeden Tag im Krankenhaus begegne.

Ich lasse die Treppe hinter mir, gehe auf Mitch zu und bleibe mit etwas Abstand vor ihm stehen.

»Du trägst ein Hemd.« Der erste unnötige Satz an diesem Abend. Was ist nur los mit mir?

»Gut erkannt«, erwidert er, und sein Grinsen wird immer breiter. Seine Züge sind markant, seine Haut wirkt im Kontrast zu dem hellen Hemd noch dunkler als sonst. Er strahlt Wärme und Ruhe aus. Trotz meiner hohen Schuhe bin ich nicht so groß wie er. Ich bin zwar nervös, aber ich fühle mich bei Mitch sicher und verspüre nicht das Bedürfnis, jemand anders sein zu wollen. Oder so zu tun, als wäre ich es. Und nach allem, was passiert ist und was wir durchgemacht haben, frage ich mich, wie ich ihn je als Dienstbaby sehen konnte. Mitch ist kein Junge …

»Und du trägst High Heels«, kontert er.

»Gut erkannt«, wiederhole ich seine Worte von eben und erwidere sein Grinsen.

Ich trage selten diese Art von Schuhen. Einfach, weil ich mich oft nicht danach fühle – nicht mehr, nicht weniger. Ich bin mir sicher, Mitch wäre es egal, aber ich brauche diese Schuhe heute Abend. Sie geben mir etwas mehr Selbstvertrauen, auch wenn das lächerlich klingen mag.

Wir schauen uns wieder an, mustern den jeweils anderen und bewegen uns nicht. Es ist, als hätten wir keine andere

Wahl. Ich lasse meinen Blick über sein Gesicht wandern, den leichten Bartschatten, der mir gestern gar nicht richtig aufgefallen ist, und seinen schlanken Hals, seine Muskelstränge hinab bis zum Kragen seines Hemdes, das leicht offen steht, weil die oberen zwei Knöpfe nicht geschlossen sind. Mitch berührt mich nicht, aber es fühlt sich so an. So, als würde er mit seinen Fingerspitzen meinen Körper erforschen …

Es ist still im Flur, da bin ich sicher. Aber nicht in mir. Das Blut rauscht in meinen Ohren, mein Atem klingt zu laut, auch wenn ich versuche, langsamer und leiser zu atmen. Ruhiger. Aber wie zur Hölle soll das gehen, wenn Mitch mich so ansieht? Wenn ich mir vorstelle, ihn zu berühren und …

Mitch stößt sich vom Türrahmen ab und schließt mit einem großen Schritt seiner langen Beine die Lücke zwischen uns. Mit einer fließenden Bewegung schiebt er seine rechte Hand halb unter meine Haare in meinen Nacken und legt den linken Arm um meine Hüften, um mich mit einem Ruck an sich zu ziehen. Ohne zu zögern, legt er seine Lippen auf meine und küsst mich; und nichts hat sich je so gut angefühlt wie das hier. So richtig.

Ich erwidere den Kuss, fahre mit meiner freien Hand durch sein Haar, ziehe ihn wenn möglich noch näher, und als er sanft in meine Unterlippe beißt, kann ich ein leises Stöhnen nicht unterdrücken. Seine Hand löst sich aus meinem Haar, bahnt sich ihren Weg über meinen Hals an meine Wange, bis seine Finger die Konturen meines Kiefers nachziehen und mir damit einen Schauer nach dem anderen über den Rücken jagen. Und genau in der Sekunde, als es in meinem Unterleib zu kribbeln beginnt und meine Knie weich werden, ich das Gefühl habe, keine Luft zu bekommen, lässt Mitch von mir ab.

Schwer atmend stehen wir da, Nase an Nase, während ich keinen vernünftigen Gedanken zustande bringe. Ich bin nur dankbar, dass ich die Flasche Wein nicht fallen gelassen habe.

»Entschuldige«, murmelt er. »Ich hatte nicht vor, dich so zu überfallen, aber ich konnte nicht anders.«

»Schon okay.« *Bitte, hör nicht auf*, flehe ich stumm.

»Komm rein. Das Essen ist gleich fertig.« Mitch tritt zur Seite und führt mich in die Wohnung. Ich höre, wie die Tür ins Schloss fällt, und reiche ihm den Wein.

»Ich wusste nicht, ob er passt«, gebe ich zu. »Ich trinke eher selten Wein.«

»Selten oder nie?«, fragt Mitch, während er mir die Flasche abnimmt. Wieso kennt er mich so gut? »Ich habe uns etwas Bier besorgt. Wusste aber auch nicht, ob es passt.«

»Wir werden schon nicht verdursten«, ziehe ich ihn auf und schaue mich um, bin immer noch etwas wackelig auf den Beinen. Die Wohnung ist klein, aber sehr gemütlich, stelle ich fest, als ich den ersten Blick auf den Wohnbereich werfen kann. Dabei weht mir der Duft von Tomaten, Zwiebeln, Zitrone und noch etwas anderem, das ich nicht zuordnen kann, in die Nase. Es riecht fantastisch.

Das Licht ist gedimmt, ich höre das leise Brummen einer Klimaanlage und stelle währenddessen fest, dass ich es hier mag. Sein durchgesessenes Sofa, die zu vollen Regale, die ansonsten schlichte Einrichtung.

Mitch steht neben mir und gibt mir einen Moment, mich umzusehen. Ich mache ein, zwei weitere Schritte, halte dann ruckartig inne und schaue ihn entschuldigend an.

»Soll ich die Schuhe ausziehen? Tut mir leid, dass ich jetzt erst frage, nachdem ich schon mitten in deiner Wohnung stehe.« Doch Mitch legt nur einen Arm um mich und küsst mich auf die Stirn.

»Ich hätte etwas gesagt, würde es mich stören, querida. Ich

laufe einfach gern barfuß, du kannst also die Schuhe anlassen oder ausziehen. Wie auch immer du möchtest.«

»Okay.«

»Ich muss in die Küche, kommst du mit? Oder möchtest du dich drüben hinsetzen und warten?«

»Ich folge dir. Ich will wissen, was da so gut riecht.«

Mitch geht vor, stellt den Wein ab und hält vor einem Mörser samt Stößel inne und bittet mich mit einem Rucken seines Kopfes zu sich.

Ich lehne mich neben ihm an die Küchentheke.

»Was ist das?«, frage ich, bevor ich die Avocados erkenne und es mir denken kann. »Warte, machst du mir etwa original mexikanische Guacamole?«

Er schnaubt und wirft mir einen ungläubigen Blick zu.

»Was hast du erwartet? Dass ich was Fertiges kaufe? Meine Mutter würde das in Mexiko fühlen und in Ohnmacht fallen, das garantiere ich dir.«

»Also hat sie übernatürliche Fähigkeiten?«

»Sí. Wenn es ums Essen geht, auf jeden Fall.«

Ich lache leise und beobachte Mitch, wie er die Avocado mit dem Stößel zerkleinert. Genau genommen haftet sich mein Blick an seine Hände, die einzelnen Adern, Sehnen und Muskelstränge, die sich mit jeder Bewegung deutlicher abzeichnen und zur Geltung kommen.

Verdammt.

Ich bin wirklich verloren. Wie kann mich so etwas Simples derart aus der Bahn werfen. Mich faszinieren und erregen. Es gab auch vorher schöne Menschen in meinem Leben, Menschen, die ich anziehend fand. Sonst hätte ich nicht mit ihnen geschlafen. Doch bei Mitch ist es mehr. Intensiver. Tiefer.

Ich glaube, ich war noch nie verliebt. Nicht so. Nicht richtig. Falls es da überhaupt ein *richtig oder falsch* gibt.

Vor Nervosität tänzle ich von einem Fuß auf den anderen, was Mitch natürlich nicht entgeht und ihn fragend eine Augenbraue heben lässt.

»Keine Angst, querida. Burritos gibt es erst zum Nachtisch.«

Ich will nicht lachen, aber ich tue es. »Idiot«, brumme ich, doch Mitch grinst frech und zwinkert mir zu.

»Was gibt es vorher?«, spiele ich mit, während er kurz darauf die fertige Guacamole in eine kleine Schüssel füllt.

»Als Snack gibt es Tortillachips mit Käse überbacken und selbst gemachte Guacamole, danach Enchiladas, weil sie dir so geschmeckt haben, Tacos, und den Nachtisch kennst du. Aber es gibt auch noch Bionico.«

Er muss meinen verwirrten Ausdruck gesehen haben, denn er erklärt mir sofort, was damit gemeint ist.

»Das ist ein mexikanischer Obstsalat mit viel crema, etwas Honig, Müsli und Kokosraspeln. Die Rosinen lasse ich immer weg, weil ich sie nicht mag, aber ich mache dir gern welche rein. Vertrau mir, es schmeckt köstlich.«

»Klingt fantastisch«, gebe ich zu und genieße es, Mitch dabei zuzusehen, wie er kocht und alles vorbereitet. Er sieht konzentriert aus, aber auch, als würde es ihn entspannen. Es hat beinahe etwas Meditatives.

»¡Ah, mierda!«, flucht er plötzlich und verzieht sein Gesicht, als er mich ansieht. »Möchtest du etwas trinken? Deinen Wein? Ein Bier? Wasser? Ich habe ganz vergessen, dich zu fragen.«

Ich atme durch und entspanne mich wieder. »Himmel. Ich dachte, du hättest dich verletzt oder das Essen ruiniert. Erschreck mich doch nicht so.«

»Was wäre schlimmer gewesen?«

»Das Essen.« Sein Ausdruck ist unbezahlbar. Er kneift die Augen zusammen und wägt ab, ob ich scherze oder nicht.

»Du machst Witze.«

»Nein. Im Moment nicht. Ich habe Hunger.« Frech grinsend schlendere ich auf Mitch zu, bis unsere Oberschenkel sich berühren. Ich dachte, ich könnte ihn damit aus dem Konzept bringen. Ich bin so dämlich, denn vor allem bringe ich mich selbst aus dem Konzept.

Meine Miene wird ernst, mein Blick hängt an seinen Lippen, und meine Schlagfertigkeit hat sich soeben in Luft aufgelöst. Keine Ahnung, worüber wir geredet haben.

Meine rechte Hand hebt sich wie von selbst, ich berühre Mitchs Lippen, fahre ihre Kontur nach, spüre seinen Atem auf meiner Haut, und es ist mir verflucht egal, dass er merkt, wie sehr ich das hier möchte.

Wir küssen uns, stürmischer, schneller, hungriger als je zuvor. Mitchs Hände gleiten unter den Saum meines dünnen Tops, ziehen Kreise auf meinen Hüften, meine Taille entlang und lassen mich aufkeuchen. Er dreht mich ohne Vorwarnung, und ich verliere das Gleichgewicht, kann mich auf den hohen Schuhen nicht rechtzeitig ausbalancieren, und obwohl Mitch mich hält und ich weiß, er würde mich nicht fallen lassen, greife ich zur Seite, um mich abzufangen. Dabei landet meine Hand in etwas Feuchtem, und sofort erstarre ich.

Ich öffne die Augen, starre Mitch an. »Oh, oh«, sage ich nur schnell atmend, bevor ich das Schlimmste befürchtend nach links schaue und meine Hand hebe.

Sie ist voller Guacamole. Er hat sie selbst gemacht, eben. Er hat sich so viel Mühe gegeben, und ich ertränke meine Hand darin. Großartig. Nicht.

»Du hast wirklich Hunger. Kannst es ja kaum erwarten«, kommentiert Mitch das Ganze überaus belustigt, und ich spüre, wie mir die Hitze ins Gesicht steigt, während er sein Lachen unterdrückt.

Was mache ich jetzt? Einfach abwaschen? Sie abstreifen, zurück in die Schüssel? Das wäre eklig, oder?

Mitch möchte nach meiner Hand greifen, aber ich ziehe sie weg und gehe an ihm vorbei.

»Ich wasche das im Bad schnell ab, sorry«, sage ich entschuldigend und komme keine zwei Schritte weit, bevor Mitch mich aufhält und zu sich zurückzieht. Leider macht es das nur schlimmer, denn aus einem Reflex heraus stemme ich meine Hände gegen ihn – und jetzt prangt da ein gigantischer grüner Abdruck meiner linken Hand auf seinem weißen Hemd. Direkt auf seiner Brust.

»Bier«, sage ich plötzlich.

»Was?«

»Ein Bier wäre wirklich toll. Ich nehme auch Wein. Hauptsache, Alkohol«, brabble ich.

Das Ganze scheint Mitch überhaupt nicht zu interessieren, er amüsiert sich einfach nur und grinst weiterhin dümmlich vor sich hin, ohne mich loszulassen. Ohne Vorwarnung leckt er anzüglich die Guacamole von einem meiner Finger, und ich spüre diese Berührung in jeder Faser meines Körpers. Ich unterdrücke ein Stöhnen. Wenigstens hat sich die Frage, was ich mit der ganzen Guacamole anstellen soll, nun halbwegs erledigt.

Er führt mich hinüber zur Spüle, damit ich den Rest abwaschen kann, und ich gebe mir wirklich Mühe, nicht vor Erregung zu zerfließen. Dann springt mir der riesige Fleck an ihm wieder ins Auge.

»Es tut mir so leid.« Ohne darüber nachzudenken, drehe ich mich zu Mitch, will ihm das Hemd aufknöpfen und ausziehen, weil es wegen mir vollkommen verdreckt ist.

Beim zweiten geöffneten Knopf halte ich inne. Nicht nur, weil ich merke, was ich da gerade tue, sondern auch, weil Mitch mich sanft, aber bestimmt davon abhält, weiterzumachen. Unter dem Hemd erhasche ich keinen Blick auf seine Haut, sondern auf einen anderen Stoff.

Ich weiß, was das ist, und werde mit einem Mal still, weil ich es vergessen habe. Doch jetzt erinnert es mich daran, dass zwischen Mitch und mir bereits verdammt viel existiert. Dass wir zwar darüber geredet haben, aber lange nicht genug.

Mein Blick heftet sich auf die Kompressionskleidung, die Mitch trägt, und ich atme tief durch, um den Mut zu finden, sie zu berühren. Nicht, weil ich Angst habe vor dem, was darunter verborgen liegt, und auch nicht, weil ich es abstoßend finde. Denn das tue ich nicht. Es liegt einzig und allein daran, dass ich mein Bestes gebe, nicht zu denken, ich wäre schuld an alldem. Dabei ist Mitch einfach Mitch. Vielleicht ist er für mich dadurch sogar ein Stück wertvoller geworden. Ein Stück schöner.

Aber ich komme nicht weit, werde wieder aufgehalten. Wieso? Was ist los?

Ich schaue nach oben, über Mitchs Finger, die meine umfassen, hinweg, über seinen Adamsapfel und sein Kinn und schließlich zu seinen zusammengezogenen Augenbrauen und dem ernsten Gesicht.

»Mitch?«, beginne ich leise und lege meine freie Hand an seine Wange. »Rede mit mir.«

Bitte, bitte, rede mit mir. Schließ mich jetzt nicht aus.

»Ich weiß nicht, was ich sagen soll«, gibt er mit rauer Stimme zurück, bewegt sich jedoch keinen Zentimeter.

»Darf ich sie sehen?«

Sein Blick ruckt zu mir, seine Kiefermuskulatur bewegt sich heftig, und es ist ihm deutlich anzusehen, wie er mit sich ringt. Nach unserem Gespräch, nach der Art, wie er für mich da war, nach all seinen Witzen über seine Burritos, dachte ich, es wäre klar, worauf dieses Date hinausläuft. Ich dachte, es wäre okay für Mitch; und ich habe mich geirrt. Wie naiv von mir.

Mitch hadert mit sich und seinen Narben, auch wenn er das nicht will. Wenn ich ehrlich zu mir bin, habe ich auch damit gehadert. Anders als er, aber trotzdem war es für mich ein Thema. Wie wird es wohl sein, sie zu sehen und nicht mehr vor den eigenen Schuldgefühlen, den eigenen Gedanken und der Realität davonlaufen zu können? Doch jetzt, hier mit ihm, spielt es keine Rolle mehr.

»Wovor hast du Angst, Rivera?« Ich nenne ihn absichtlich so, weil ich ihn necken will und nicht möchte, dass er sich zurückzieht. Ich will nicht, dass er denkt, es wäre mir unangenehm oder seine Narben würden mich abschrecken. »Mitch?«, füge ich wispernd an, nehme meine Hand von seiner Wange und greife nach seiner, umschließe sie fest, weil ich merke, dass er das braucht. Das Gefühl von Nähe und Verständnis.

Kurz denke ich, er würde mir antworten, dass er keine Angst hat, doch er überrascht mich mit seiner Ehrlichkeit.

»Davor, dass wir beide noch nicht bereit sind.«

»Wollen wir es zusammen herausfinden?«, gebe ich zurück, und ich kann sie in seinen Augen sehen, die Angst, die Unsicherheit, aber auch Hoffnung und Begierde. »Die Narben sind mir egal. Aber der Gedanke, dass du sie vielleicht hast, weil ich zu langsam war, nicht. Der ist es, der mir wehgetan hat. Deine Narben machen mir nichts aus. Ich dachte … ich dachte, ich würde dich verlieren«, gebe ich zu, während jedes meiner Worte leiser wird. »Ich habe gezögert, weil ich solche Angst hatte, dich zu verlieren, und habe mir danach genau deswegen Vorwürfe gemacht. Wenn du es nicht möchtest, weil du nicht bereit bist, ist das okay. Aber nicht wegen mir. Wehe, du zögerst wegen mir.«

Mitchs Griff lockert sich langsam, er lässt meine Hand los,

und ich atme auf. Doch statt nach seinem Hemd zu greifen, schlinge ich die Arme einfach um ihn, halte ihn und küsse ihn erneut. Meine Finger krallen sich in seinem Haar fest, und ich stöhne auf, als Mitch sich an mich schmiegt, als meine Brust gegen seine gedrückt wird und er mich zurückküsst, als dürfte er das nie wieder tun.

Mitch drängt mich rückwärts aus der Küche. Wir torkeln, stolpern, wir lachen und stöhnen auf, bis wir an der Couch ankommen. Er lässt sich auf die Polster fallen und zieht mich mit, sodass ich auf seinem Schoß lande. Dabei fliegen uns meine Haare ins Gesicht, und ich muss lachen, weil sie überall sind und ich sie erst einmal sortieren muss.

»Du bist wunderschön.« Mitchs Stimme ist dunkel und rau. Sie jagt Schauer über meinen Körper, und ich spüre, wie sich eine Gänsehaut von meinen Armen aus auf meinem ganzen Körper ausbreitet.

Ohne zu lange darüber nachzudenken, ziehe ich mein Top, an dem auch ein wenig Guacamole hängt, über den Kopf und lasse es neben uns auf den Boden gleiten. Mitchs Griff um meine Hüften wird fester, ich kann seine Erregung nicht nur sehen, sondern unter mir spüren. Er betrachtet mich – und die Art, wie er das tut, gleicht einer Liebkosung. Das alles ist so neu für mich. Aber mit Mitch fühlt es sich vertraut an.

»Ich würde sagen, jetzt bist du dran«, fordere ich ihn auf und schiebe ein stummes *Okay?* hinterher, weil mir sein Blick zu viel wird. Zu intensiv.

Mitch nickt, legt meine Hände an seine Brust und lässt mich die Knöpfe seines Hemdes ganz öffnen.

Es dauert nicht lange, dann kann ich es unten aus seiner Hose ziehen und zu beiden Seiten aufschlagen. Erst jetzt erkenne ich, dass es sich um einen ganzen Kompressionsanzug handelt, nicht nur ein Kompressionsshirt. Er umfasst seine

Schultern, auf der linken Seite den Oberarm bis zum Ellbogen und zieht sich von der Brust bis weit über die Taille und seine Hüfte.

Der Reißverschluss wurde seitlich auf der narbenfreien Hälfte seines Körpers angelegt, oben erkenne ich eine Art Sicherheitsschlaufe und greife ohne Zögern danach. Ich öffne sie, und Stück um Stück ziehe ich ganz langsam den Reißverschluss auf, spüre den Druck, der dahintersteht und der für die Narben und deren Wundheilung wichtig ist. Das Heben und Senken von Mitchs Brustkorb ist deutlich zu sehen. Er schaut mich an, nicht meine Hand. Ich werde den Anzug nicht ohne seine Hilfe ausziehen können, aber ich kann einen Anfang machen.

»Lass mich«, meint Mitch plötzlich und hebt mich von seinem Schoß neben sich. Er steht auf, lässt sein Hemd auf den Boden fallen wie ich zuvor mein Top und öffnet seine Hose. Nach einem tiefen Atemzug lässt er sie runter, streift sie ab und trägt nichts weiter als den Kompressionsanzug. Er zieht den Reißverschluss das letzte Stück runter, bevor er sich aus dem rechten Arm schält und danach mit dem linken und somit der verletzten Seite beginnt. Sein Gesicht ist verzogen, ich sehe ihm an, dass es anstrengend ist und vermutlich unangenehm. Diese Anzüge sitzen sehr fest, sie sollen schließlich genügend Druck auf die Haut und das Gewebe ausüben, damit es optimal verheilen kann.

»Warte, ich helfe dir.« Ohne auf seine Antwort zu warten, richte ich mich auf, stelle mich zu ihm. Das hier ist etwas Intimes und Wertvolles, es verbindet uns. Es macht mir keine Angst mehr, und ich bin nicht länger nervös. Ich bin dankbar, dass Mitch mir vertraut und wir zusammen unser Bestes geben, um all das hinter uns zu lassen und uns auf das Wesentliche zu konzentrieren: uns.

Als Mitch seinen linken Arm komplett befreit hat, atme ich zitternd ein und wieder aus. Er macht nicht weiter, ich auch nicht. Ich stehe vor ihm und nehme diesen Anblick in mich auf. Die rötlichen und auch weißen Stellen, die vernarbte Haut, die sich bis über sein Herz zieht. Ich kann nicht anders, ich lege meine Hand darauf, langsam und vorsichtig, damit ich Mitchs Herzschlag spüren kann.

Badum, badum, badum.

»Viel zu schnell, es pocht viel zu schnell. Als würde es vor etwas davonlaufen«, wispere ich und fluche stumm, weil ich das nicht laut aussprechen wollte.

Mitch legt seine Hand auf meine. »Oder auf etwas zu.«

»Bah, ist das kitschig«, murmle ich, und wir grinsen uns an. Bis ich meine Hand unter seiner hervorziehe und mit den Fingerspitzen die Narben und ihre Linien entlangfahre, weiter und weiter, über die Schulter bis zu seinem Bizeps und wieder zurück. Mit jeder Sekunde atmet Mitch schneller – und ich ebenso.

»Und?«, fragt Mitch erstickt.

»Und was?«, gebe ich zurück.

»Keine Ahnung … keine Ahnung, was ich fragen wollte.« Doch, das weiß er, aber er kann es vermutlich nicht aussprechen oder in Worte fassen. Und das ist okay.

»Das bist nur du, Mitch. Nur du«, sage ich erstickt und meine es so.

Plötzlich hebt er mich hoch, und ich gebe einen erschrockenen Laut von mir, bis Mitch ihn mit seinem Mund einfängt. Bis seine Küsse mir den Atem rauben, seine Hände meinen Hintern umfassen und seine Zunge mit meiner spielt.

Alle seine Hemmungen sind verschwunden, es ist, als hätte er einen Schalter umgelegt und könnte endlich der Mann sein, der er sein wollte. Der Mann, der er ist.

Er trägt mich um die Couch zu seinem Bett, das weiter hinten in der Ecke steht, direkt neben einem der Fenster, und lässt mich auf die weiche Matratze sinken. Zu keinem Zeitpunkt hört er auf, mich zu küssen.

Wir atmen laut und schnell, das hier ist wie ein Rausch. Mitch beugt sich über mich, öffnet meinen BH und wirft ihn ohne einen weiteren Kommentar weg. Für einen Moment ist es seltsam, nur mit Jeans, Slip und High Heels auf dem Bett zu liegen, bis Mitch Küsse auf mein Kinn haucht, auf meine Halsschlagader, mein Schlüsselbein. Bis er sich seinen Weg zwischen meine Brüste bahnt und mich gleichzeitig mit den Berührungen seiner Fingerspitzen in den Wahnsinn treibt, sanft an meiner Seite entlangstreicht, hoch und runter, immer wieder.

»Mitch«, keuche ich ungeduldig und beginne damit, sein Haar vollends durcheinanderzubringen. Ich spüre sein Lachen an meiner Haut, seinen Atem, seine Lippen – und seine Zunge, die träge Kreise um meine rechte Brustwarze zieht. Aus meinem Keuchen wird ein Stöhnen, und ich kann nicht anders, ich komme ihm entgegen, schließe für ein paar Sekunden die Augen und genieße dieses Gefühl. Diesen freien Fall. Dieses Gehaltenwerden.

Bis er von mir ablässt. Mitch richtet sich etwas auf, greift nach dem Bund meiner Jeans, die er öffnet und ein Stück nach unten zieht. Ich helfe ihm, winkle die Beine an und lasse ihn die Hose ausziehen und die Schuhe gleich mit.

»¡Dios mío!«, murmelt er, und ich lächle.

»Das klang, als wäre es ein Kompliment.«

»Oh, querida, das war es.« Mit einer fließenden Bewegung steht er auf und kramt in der kleinen Schublade des Beistelltisches herum. Ich ahne, wonach er verzweifelt sucht, also hüpfe ich aus dem Bett und eile auf Zehenspitzen in die Küche zu meiner Tasche. Wenige Sekunden später stehe ich hinter ihm und lasse ein Kondom vor seiner Nase baumeln. Er schnappt es mir weg, dreht sich zu mir und wirft mich derart schwungvoll zurück aufs Bett, dass ich lachen muss.

Dann beginnt er, sich komplett des Kompressionsanzugs zu entledigen, zieht ihn über seine Lenden und die Beine herunter, bis er auf dem Boden ankommt.

Einen Augenblick lang schnürt sich meine Kehle zu, mein Atem stockt, und mir wird flau im Magen, weil mir klar wird, dass das hier mehr ist als Sex. Es wird einen Morgen danach geben. Und es gab noch nie einen Morgen danach für mich. Keinen von Bedeutung und auch keinen, an den ich mich erinnern würde. Aber hiernach wird es einen geben und noch einen und noch einen. Da bin ich sicher.

Es wäre beängstigend, hätte ich die Chance, länger darüber nachzudenken.

Stattdessen lenkt Mitch meine Aufmerksamkeit komplett auf sich. Er kommt langsam auf mich zu, und ich kann jede einzelne Narbe erkennen, die verwundete Haut, die sich über seinen Muskeln spannt. Ich folge ihnen mit meinem Blick – bis hinunter zu seiner Taille, bis hin zu seiner Erektion.

Mitch packt mich an den Knöcheln und zieht mich zu sich, sanft, aber bestimmt, um mir quälend langsam meinen Slip auszuziehen. Hitzewellen und Gänsehautmomente wechseln sich ab, überrollen mich wieder und wieder.

»Verflucht«, murmle ich, nur um danach zischend einzuatmen, weil Mitchs Lippen plötzlich auf der Innenseite meiner Oberschenkel liegen und seine Zungenspitze Wellen der Erregung durch meinen Körper jagt.

»Wieso fluchst du?«

Ich kann spüren, dass er grinst. Er weiß genau, warum ich fluche.

Ich entziehe mich ihm so weit wie nötig, damit ich mich aufrichten kann, blicke direkt in Mitchs Gesicht und beuge mich vor, um ihn zu küssen, um ihn zu mir zu ziehen. Bis ich … das hier machen kann.

Mitch gibt ein überraschtes Keuchen von sich, als ich ihn auf den Rücken drehe und mich auf ihn setze.

Ich liebe den Anblick, den ich so habe. Außerdem bin ich an der Reihe, das Ganze hier in die Hand zu nehmen. Wortwörtlich.

Als ich nach Mitchs Erektion greife, zieht er zischend die Luft ein, bevor er aufstöhnt und ein paar spanische Wörter von sich gibt, die ich nicht verstehe. Vielleicht sind es Flüche, vielleicht Gebete, ich weiß es nicht. Aber es gefällt mir.

Ich habe es nicht mehr eilig. Es ist viel zu faszinierend, beobachten zu dürfen, wie Mitch sich windet, wie seine Muskeln sich anspannen und bewegen und er die Hände in das Laken unter sich oder in meine Oberschenkel krallt.

»Sierra«, stöhnt er meinen Namen, während ich mit meiner Hand seine Hoden massiere und sein Glied auf und ab streiche, wieder und wieder.

Ich spüre meine eigene Nässe an meinen Oberschenkeln, es kribbelt zwischen meinen Beinen, und auch wenn ich Mitch gerne länger quälen würde, halte ich es selbst nicht mehr aus.

Ich greife nach dem Kondom, hole es mir zurück, und es ratscht leise, als ich es aus der Verpackung ziehe. Mitch will sich aufsetzen, doch ich drücke ihn zurück auf die Matratze, weil ich oben bleiben will.

»Ich möchte nicht tauschen«, lasse ich ihn bestimmt wissen, aber er lächelt nur. Sein Gesicht kommt meinem ganz nah und ich …

»Mitch!« Ich stöhne, beiße mir auf die Unterlippe und kann dem Ansturm an Gefühlen kaum standhalten. Mit seinen Fingern liebkost er meine Mitte, dringt in mich ein, und ich spreize die Beine ein Stück weiter, einfach, weil ich nicht anders kann. Es fühlt sich zu gut an. Seine Finger sind überall.

»Ich wollte auch nicht tauschen«, erklärt er direkt an meinen Lippen, und ich würde ihn gerne beschimpfen, aber das fällt mir gerade verflucht schwer.

Ich reite seine Hand, lasse los und spüre, wie sich mein Orgasmus aufbaut, während sein Daumen ohne Unterbrechung über meinen Kitzler streicht und seine anderen Finger meine Nässe verteilen. Meine Muskeln spannen sich an, mein Stöhnen wird lauter, ich kneife die Augen zusammen und – Mitch hört auf. Wie kann er jetzt aufhören? Wie?

Ein frustrierter Laut kommt über meine Lippen, es gleicht einem Wimmern, während meine Beine kurz zittern. Er küsst mich, erobert mich, und ich brauche einen Moment, um wieder klar denken zu können.

»Ich möchte in dir sein, wenn du kommst«, sagt er leise und ruhig, streicht mir über die Wange und nimmt mir danach das Kondom aus der Hand. Als wüsste er, dass ich das jetzt nicht mehr schaffe. Ich mache ihm Platz, dann umfasst er meine Hüften, und ich lasse mich langsam auf ihn sinken, nehme ihn in mich auf. Stück für Stück, mit jeder Bewegung ein wenig mehr.

»Oh mein Gott«, höre ich ihn hauchen, und ich weiß genau, was er meint.

Ich werfe mein Haar über die Schulter, beginne, mich zu bewegen, und spüre, wie die Erregung von eben, das Kribbeln und das Ziehen zurückkommen. Trotzdem werde ich nicht schneller, wiege meine Hüften langsam vor und zurück. Weil ich das auskosten möchte.

»Das ist … das ist … Sierra, ich kann nicht versprechen, dich nicht gleich auf den Rücken zu werfen und über dich herzufallen, wenn du mich weiter so quälst«, bringt er hervor und stöhnt kurz darauf laut und tief. Seine Hände werden rastlos, liebkosen meine Haut, meine Brüste, meinen Hintern, und ich verliere mich in diesem Gefühl.

Doch irgendwann kann ich nicht mehr. Ich steigere den Rhythmus, werde schneller und schneller. Unser Atem hallt durch das Zimmer, ebenso unser Stöhnen und die Bewegungen unserer Körper, die aufeinandertreffen.

Mitch windet sich unter mir, seine Finger gleiten zu meiner Mitte, und mit jeder Bewegung von mir drückt er auf meine empfindlichste Stelle, reibt über sie und hilft mir damit, zu kommen.

Meine Beine beginnen zu zittern, meine Bewegungen werden unstet, und als sich mein Orgasmus wieder aufbaut, kommt Mitch mir entgegen, hebt seine Hüften an und stößt in mich, während er mich weiterhin streichelt.

Ich schreie auf, rufe seinen Namen, und während ich komme, dreht er mich mit einer fließenden Bewegung auf den Rücken und dringt tief in mich ein. Tiefer, härter, schneller, bis er mir folgt und dabei meinen Namen sagt.

Mein Name hat nie schöner geklungen.

39. Kapitel

Mitch

Vollkommen außer Atem lasse ich mich neben Sierra sinken und hauche ihr einen Kuss auf die geschwollenen Lippen. Ihre Augen sind geschlossen, ein angedeutetes Lächeln ziert ihren Mund. Sie sah nie schöner aus als jetzt.

Ich starre sie an, das ist mir klar, aber verdammt, ich kann einfach nicht glauben, dass sie neben mir liegt. In meinem Arm. Dass das eben passiert ist und sie nicht wirkt, als würde sie es bereuen.

Sierra streckt sich träge, macht dabei ein, zwei niedliche Geräusche, danach dreht sie sich ganz zu mir und legt ihre Hand auf meinen Bauch. Nein, sie bereut es nicht. Sie dreht sich nicht weg, sie springt nicht auf und will gehen. Sie liegt bei mir, an mich gekuschelt, sie bleibt – und bei Gott, das ist das Beste, das mir je passiert ist.

Am liebsten würde ich mich nicht bewegen, eine Ewigkeit so liegen bleiben und dieses Gefühl genießen. Doch so gern ich das möchte, ich kann nicht. Innerlich fluchend beiße ich die Zähne zusammen, will es wenigstens noch etwas in die Länge ziehen. Eine Minute, zwei. Nur halte ich es irgendwann nicht mehr aus. Der dünne Schweißfilm, der sich auf meine Haut gelegt hat, und die körperliche Bewegung von eben sorgen dafür, dass meine vernarbte Haut zu ziehen und zu jucken beginnt. Der Juckreiz ist oft da, aber die Kompressionskleidung hilft bei mir sehr, sodass ich ihn selten verspüre. In dieser Sekunde würde ich mir allerdings verflucht gern die Haut aufkratzen oder gleich vom Leib reißen, so schlimm wird es.

»Mitch?«

»Hm?«

»Ist alles okay?«

Für einen Moment hatte ich die Augen zusammengekniffen, und als ich sie nun öffne, sehe ich, wie Sierra sich neben mir aufsetzt und mich kritisch mustert.

»Ich meine, wegen eben und … du siehst nicht besonders entspannt aus.«

»Das eben war perfekt für mich, und ich hoffe, wir wiederholen das«, erwidere ich ehrlich, und sie wirkt erleichtert. »Ich muss nur … Wäre es okay, wenn ich dich kurz allein lasse und zuerst ins Bad gehe?« Ich kann nicht anders und kratze unauffällig eine Stelle an meiner Taille. Nicht unauffällig genug, denn Sierras Blick huscht sofort hin. Ihr entgeht meine Bewegung nicht.

»Hast du Schmerzen? Habe ich dir wehgetan?«, fragt sie ernst, und ihr Ausdruck schreit förmlich: *Wehe, du lügst, Rivera.*

Wir hatten gerade Sex, wir sitzen nackt voreinander, wir wollen beide, dass das hier funktioniert, und obwohl wir bereits über den Unfall gesprochen haben, fällt es mir schwer, vor ihr zuzugeben, dass ich mich um meine Narben kümmern muss.

»Nein.« Ich schüttle den Kopf und reibe mir über die Stirn. »Ich muss duschen und mich eincremen, weil meine Haut juckt, und danach sollte ich wieder die Kompressionskleidung anziehen. Ich würde dir gern den Vortritt im Bad lassen, nur …« Zerknirscht fluche ich.

»Das ist doch keine große Sache, Mitch«, erwidert sie und legt ihre Hand auf meine Brust. »Geh. Ich warte hier.«

Da ich nicht weiß, was ich noch sagen soll, nehme ich ihr Gesicht in meine Hände und hauche ihr einen Kuss auf den Mund.

»Ich beeile mich, querida.« Mit diesen Worten steige ich aus dem Bett, tapse aus dem Zimmer rüber ins Bad und entsorge als Erstes das Kondom. Danach stelle ich die Dusche an, steige sofort hinein und unterdrücke ein wohliges Seufzen. Das Wasser kühlt meine erhitzte Haut, spült den Schweiß weg und den aufgekommenen Juckreiz, der mich noch einige Zeit begleiten wird. Eben so lange, wie meine Haut benötigt, um sich zu erholen. Es hätte schlimmer kommen können. Der Juckreiz ist bei mir eher gering und gut zu ertragen. Falls er zu stark wird, kann ich auf Medikamente zurückgreifen, das war bisher zum Glück nicht nötig – zumindest nicht, seit ich entlassen worden bin.

Ich wasche mich zügig, stelle das Wasser ab und trockne mich sporadisch, bevor ich das Handtuch um meine Hüften wickle. Außerdem greife ich in das Schränkchen neben der Dusche und schnappe mir ein frisches Handtuch, das ich locker über das Waschbecken lege. Für Sierra, falls sie eines braucht.

Jetzt fehlt nur noch die Creme. Mit der Tube in der Hand gehe ich zurück ins Wohnzimmer, wo ich nach wenigen Schritten stehen bleibe, um Sierra zu betrachten.

Sie hat sich auf den Bauch gedreht, die Laken haben sich um ihre Beine gewickelt und verheddert, ihr dunkles Haar liegt breit gefächert um ihren Kopf. Und ihr Rücken sowie die Wölbung zu ihrem Hintern sind unbedeckt. Ich kann mich gerade noch davon abhalten, mich zu kneifen oder kräftig zu ohrfeigen, um zu prüfen, ob ich wirklich wach bin und das hier nicht nur ein Traum ist.

Ich lasse mir Zeit, beobachte sie bei jedem Schritt, den ich mache, und setze mich am Ende direkt neben sie auf die Bettkante. Meine Fingerspitzen berühren ihre Haut zwischen ihren Schulterblättern, ich lasse sie hinuntergleiten über die Wölbung ihrer Wirbelsäule bis zu der Rundung ihres Hinterns – und wieder zurück. Sierra dreht ihren Kopf zu mir, lächelt mich träge an.

»Ist alles in Ordnung?«

»Machst du dir schon wieder Sorgen?«, frage ich neckend, und sie schnaubt.

»Ich habe mir noch nie Sorgen um dich oder wegen dir gemacht.«

Amüsiert beuge ich mich vor, meine Hand kommt auf ihrem unteren Rücken zum Liegen. »Lügnerin.« Dann küsse ich sie.

Verdammt!

Sierra zu küssen gleicht jedes Mal einem Rausch, von dem ich mir wünsche, er würde nie enden.

Dieser Abend war es ebenso. Berauschend. Unglaublich. Auch wenn nichts nach Plan lief. Und ich frage mich, wie er weitergeht. Wie er endet. Bleibt Sierra über Nacht, geht sie nach dem Essen?

»Du kannst ins Bad, wenn du möchtest. Es liegt ein Handtuch für dich bereit, direkt am Waschbecken. Falls du duschen willst.« Sie setzt sich auf, und ich streiche ihr eine Locke aus dem Gesicht, hinter ihr Ohr.

»Ist das die Creme für deine Narben?«, fragt sie, ohne auf meine Aussage einzugehen. Dabei deutet sie auf die Tube in meiner Hand.

Ich nicke und einen Wimpernschlag später nimmt sie mir die Creme ab.

»Darf ich das machen?« Sierra blickt mich ernst an, und ich hebe verwundert die Augenbrauen.

»Du möchtest mich eincremen?«

»Ja. Wenn es für dich okay ist. Falls es nicht zu …« Sie kneift die Lippen zusammen, muss einen Moment nachdenken, deshalb vervollständige ich ihren Satz mit dem Wort, das mir in den Sinn kommt.

»… intim ist?«

Ihr Blick findet meinen, sie neigt den Kopf ein kleines Stück zur Seite, sodass die Strähne, die ich ihr eben hinters Ohr geschoben habe, wieder nach vorne fällt. »Oder unangenehm. Aber ja, intim passt gut.«

Wir sind Kollegen, wir haben viel durchgemacht, wir haben uns verliebt, wir hatten eben Sex, und es war keine einmalige Sache. Zumindest hoffe ich das. Es stimmt, das Eincremen meiner Narben wäre sehr intim. Anders intim, als mit jemandem zu schlafen. Deshalb horche ich in mich hinein, ob es mir etwas ausmachen würde, und obwohl ich gerade sehr nervös werde, ist die Antwort klar: Ich vertraue Sierra.

»Okay. Wenn du das möchtest. Ich warte auf dich, bis du aus dem Bad kommst.«

»Ich wasche mich nur schnell und desinfiziere mir die Hände, wenn du was dahast?«

»Im Schrank neben dem Waschbecken.«

Sie springt förmlich aus dem Bett und ruft im Laufen: »Gib mir zwei Minuten!« Währenddessen sammelt sie ihre Klamotten ein.

Und sie ist wirklich so schnell. Angezogen und bereit kommt sie zurück, auf ihrem Top prangt noch immer der Guacamolefleck, und ihre Hände hält sie so nach oben, als würde sie gleich eine OP beginnen. Das bringt mich zum Lächeln.

Ich sitze am Rand des Bettes, sie stellt sich vor mich und hält mir eine Handfläche hin. »Die Creme, bitte.«

»Jawoll, Dr. Harris«, erwidere ich und gebe etwas von dem Inhalt auf ihre Fingerspitzen.

»Muss ich etwas beachten?«, fragt sie, bevor sie loslegt.

»Nur nicht zu viel Druck ausüben und am besten von oben nach unten arbeiten. Die Creme muss leicht in das Gewebe massiert werden.«

»Alles klar.« Konzentriert beginnt sie, mich einzucremen, und die erste Berührung ist immer etwas seltsam. Ungewohnt. Weil ich sie manchmal gar nicht spüre. Beim Sex war es etwas anderes, da lag der Fokus nicht darauf. Jetzt schon.

Sierra geht sorgfältig vor, das erkenne ich, als ich einen Blick nach links werfe und ihre Bewegungen verfolge. Ich glaube, im Moment ist sie mehr Ärztin als Freundin. Eine Falte bildet sich zwischen ihren Augenbrauen, ihre Lippen kräuseln sich hin und wieder, ab und an beißt sie sich auch drauf oder presst sie zusammen. Ich glaube nicht, dass sie es merkt, aber es ist schön, sie so zu beobachten.

»Bitte den Arm heben oder etwas nach hinten schieben«, murmelt sie, während sie sich näher zu mir beugt. Sie trägt die Creme auf Höhe meiner Rippen auf und ist mir dabei so nah, dass ich ihr einen Kuss auf die Schläfe hauchen kann.

»Rivera, lass den Quatsch, ich bin am Arbeiten«, murrt sie, wedelt mit der freien Hand, als wäre ich eine lästige Fliege, und schiebt mich weg.

Ich bin wirklich verdammt verknallt in diese Frau.

Die letzten Bewegungen und Berührungen genieße ich besonders, denn gleich ist es vorbei. Ich schließe für die verbleibenden Sekunden die Augen und konzentriere mich auf das Gefühl von Sierras Fingern auf meiner Haut. Die Creme ist an einigen Stellen bereits eingezogen, der Juckreiz kaum noch wahrnehmbar. Ich könnte mich daran gewöhnen, dass sie das macht. Und dass sie hier ist, bei mir.

»Fertig«, höre ich Sierra sagen und öffne die Augen, um mir alles anzusehen. Es gibt nur eine Stelle, an der die Narben etwas wulstig sind, die ich nachkontrolliere, aber sie hat das, wie nicht anders erwartet, perfekt gemacht.

»Danke, querida. Das hat gutgetan.«

»Gern geschehen.« Sie stellt sich aufrecht hin. »Brauchst du Hilfe mit dem Kompressionsanzug?« Das bringt mich zum Lachen. Wenn Sierra etwas macht, dann richtig.

»Was ist daran witzig?« Sie klingt eingeschnappt.

»Du bist nicht meine Pflegerin, du musst das nicht tun.«

»Ich bin deine …« Ruckartig stoppt sie ihre leidenschaftlich begonnene Rechtfertigung und reißt die Augen auf. »Vergiss es einfach. Ich muss mir die Hände waschen.«

Schmunzelnd schaue ich ihr nach, halte sie jedoch nicht auf. Wollte sie etwa gerade *deine Freundin* sagen? Ich schüttle den Kopf und fahre mir durch die Haare. Auch wenn das seltsam klingt, bin ich froh, dass sie es nicht getan hat. Das hier ist unser erstes Date, und obwohl ich mir nichts mehr wünsche, als mit Sierra zusammen zu sein, haben wir beide beschlossen, erst mal zu schauen, wohin das führt. Es privat zu halten. Für mich bedeutet das gerade auch, dem Ganzen keinen Namen zu geben, sondern es einfach zu genießen. Trotzdem ist da ein großer Teil in mir, der es sie gern hätte sagen hören.

Während Sierra im Bad ist, schnappe ich mir einen frischen Kompressionsanzug aus der Kommode neben dem Bett, ebenso ein frisches Shirt. Die Hose kann ich noch tragen. Meine Haut fühlt sich gut an, keine Rückstände der Creme sind zu erkennen, also ziehe ich mich langsam an. Während ich mich in den Kompressionsanzug zu quetschen versuche, denke ich darüber nach, wie der Abend weitergehen könnte. Darüber, was ich mir wünsche.

Und es wird mir nur allzu klar, als Sierra hereinkommt und mich aus diesen großen, schönen Augen ansieht.

»Brauchst du Hilfe?«

»Nein«, bringe ich hervor, während ich sichtlich mit dem Stoff kämpfe. Ihn über die Hüften zu bekommen und danach den Arm reinzukriegen dauert am längsten und ist am anstrengendsten. Doch Sierra wartet geduldig, bis ich es allein geschafft habe, auch wenn ich ab und an deutlich erkennen kann, wie es ihr in den Fingern juckt, mit anzupacken und so was zu sagen wie: *Lass mich mal, Rivera, das kann man ja nicht mit ansehen.*

Als ich fertig bin, das Shirt und meine Hose wieder anhabe, gehe ich auf sie zu, halte sie sanft an den Oberarmen fest und frage grinsend: »Wolltest du dich vorhin etwa meine Freundin nennen?« Röte überzieht ihre Wangen, so zart, dass man es kaum erkennt, während ihr vernichtender Blick mich trifft. Bevor sie mir irgendetwas an den Kopf werfen kann, rede ich weiter, beuge mich ein Stück vor, sodass ich meine Stirn an ihre lehnen und für einen Moment die Augen schließen kann. »Es wäre schön, wenn ich das irgendwann hören kann«, gebe ich zu. »Heute genügt es mir, wenn du bleibst. Hier bei mir. Lass mich heute Nacht nicht allein.«

Ihr gehauchtes »Okay« bringt mein Herz dazu, schneller zu schlagen, und ihr geflüstertes »Ich hatte gar nicht vor, noch zu gehen« lässt es stolpern.

Mierda, was macht diese Frau mit mir?

»Gut.« Ich hätte Sierra nicht einfach so gehen lassen. »Wie wäre es jetzt mit etwas zu essen?«

40. Kapitel

Sierra

Meine Schicht in der Notaufnahme beginnt. Nur noch zwei Tage, dann habe ich endlich frei. Wer hätte gedacht, dass ich mich darauf mal freuen würde … Ich schüttle leicht den Kopf und seufze. Aber es tut mir gut, ausgezogen zu sein. Ich möchte in meiner neuen Wohnung sitzen, ohne Angst zu haben, dass meine Mom jeden Moment reinkommen könnte, um mir zu sagen, woran ich die Schuld habe und wofür ich dankbar sein sollte. Ich möchte nicht länger denken, dass ich nichts verdient habe, ganz egal, wie hart ich arbeite. Oder dass ich nur etwas wert bin, wenn ich besser bin als alle anderen. Ich möchte versuchen, daran zu glauben, dass ich einfach so genug bin. Sierra. Nur Sierra …

Und es tut mir gut, Zeit mit Mitch zu verbringen. Ich lächle, weil ich an gestern Abend denken muss. An den verdammt großartigen Sex, aber mehr noch an die Augenblicke danach. An das, wovor ich mich etwas gefürchtet habe: unsere Gespräche, das Zulassen von Nähe, die nichts mit Sex zu tun hat. Das Essen, das nicht nur gut geschmeckt, sondern vor allem Spaß gemacht hat, weil ich Mitchs Humor mag – auch wenn er das nie erfahren wird. Es war ein seltsames Gefühl, neben jemandem zu schlafen, der einem nicht egal ist. Neben jemandem aufzuwachen und nicht gleich verschwinden zu wollen.

Wir sind zusammen zur Arbeit gegangen, aber direkt nach

dem Betreten des Whitestones haben sich unsere Wege getrennt. Wir waren uns einig, uns hier nicht anmerken zu lassen, dass wir uns daten. Es ist einfacher so.

»Wieso zur Hölle lächelst du so komisch?«, murmelt mir eine Stimme direkt ins Ohr, und ich zucke fluchend zusammen.

»Scheiße, Laura. Musst du mich so erschrecken?«

»Und du siehst irgendwie anders aus.« Ich wende mich ihr zu. »Wie war deine Nacht?«

»Wie war denn deine?«

»Lenk nicht ab, Sierra.«

»Du hast es gemerkt. Du bist wirklich klug. Das mag ich.«

»Witzig.« Laura reibt sich über die Augen, nur um sie danach aufzureißen und zu fluchen. »Ach, verdammter Dreck! Ich habe heute normalen Mascara drauf, hab ichs verschmiert?« Sie kommt mir ganz nah, und ich weiche automatisch ein Stück zurück.

»Nein. Die Augenringe sind vorher auch schon da gewesen.«

Sie schnüffelt plötzlich an mir. »Du riechst anders. Ganz dezent, aber …« Es ist, als hätte sie bis eben geschlafen und wäre endlich wach geworden. »Oh mein Gott! Das Date gestern.«

»Pst!«, ermahne ich sie, und sofort redet sie leiser.

»Du hast mir gar nicht geschrieben! Wie war es? Wie waren das Essen und Mitch und der Abend generell?«

»Ein neuer Patient kommt gleich rein«, teilt Lisha uns mit, die konzentriert hinter uns arbeitet.

»Danke«, erwidern Laura und ich gleichzeitig, was ihr ein Lächeln entlockt. Zum Glück hat sie nichts gehört.

Ich trete trotzdem vorsichtshalber ein paar Schritte von der Zentrale weg, weil ich nicht möchte, dass uns jemand belauscht. »Der Abend war schön«, gebe ich leise zu, und Laura jubelt lautlos. Sie macht wieder diese komische Sache mit ihren Händen und Armen, was erneut Lishas Aufmerksamkeit erregt.

»Lass das«, murre ich, und sie hört sofort damit auf.

»Was gab es zu essen?«

»Burritos«, antworte ich, ohne vorher darüber nachzudenken, und verkneife mir ein Grinsen.

»Waren sie lecker? Ich meine …« Sie stutzt. »Das kommt mir bekannt vor. Reden wir noch übers Essen? Ich glaube, ich habe ein Déjà-vu.« Ich warte noch einen Moment und bin mir sicher, dass sie gleich draufkommt. »Heilige Scheiße, ihr hattet Sex.«

»Ja.«

»Bist du geblieben?«

»Ja.« Aus irgendeinem Grund fühle ich mich angreifbar, nachdem ich das zugegeben habe. Sogar vor Laura. Dabei ist sie die Einzige, die davon weiß. Oder vielleicht gerade deswegen.

»Lass uns das Thema wechseln. Ich will nicht, dass das hier jemand mitbekommt. Wir wollen das nicht mit auf die Arbeit nehmen. Weißt du?«

Laura lacht. »Was? Eure Gefühle? Packt ihr die vorher aus dem Rucksack und lasst sie daheim?«

»Du weißt, was ich meine«, zische ich genervt und mache mich für die Ankunft des Patienten bereit.

»Ja, und auch, dass das nicht lange gut gehen wird. Aber bis dahin wird mein Mund versiegelt sein. Reden wir nachher darüber?«

»Komme ich denn drum herum?«

»Du bist so klug, Sierra. Das mag ich.«

»Ach, halt die Klappe«, murre ich, muss aber dabei lachen.

»Sei froh, dass du nur das Problem hast, ob du jemandem von deinen Dates erzählst oder nicht, ich muss in zwei Tagen wandern gehen und weiß immer noch nicht, warum ich mir das antue. Vor allem, weil Josh sich nicht mehr gemeldet hat.«

»Sag Nash einfach, dass er mit seinem Kater allein auf Tour gehen soll.«

»Es wird ihm das Herz brechen.«

Ich schaue sie von der Seite an und ziehe eine Augenbraue hoch. »Du gehst nur nicht mit wandern, du beendest nicht gleich eure Beziehung.«

»Ich werde es schon irgendwie schaffen. Er hat sich so gefreut, ich kann das nicht zurücknehmen. Auch nicht, wenn ich lieber in der Wanne liegen und entspannen würde.«

»Dann viel Spaß«, sage ich schadenfroh und ernte einen fiesen Blick. »Das mit Josh gefällt mir übrigens trotzdem nicht.«

»Vielleicht gibt er endlich auf.«

»Du bist naiv, Laura. Ich sag es noch mal, erzähl es Nash. Oder hast du wenigstens mit Jess darüber geredet?«

Sie seufzt. »Jess und ich haben das mit Ian geklärt. Bei uns ist alles okay. Aber das mit Josh? Nein. Sie weiß es nicht. Nash … auch noch nicht. Es fällt mir schwer, es ihm zu sagen. Ich will nicht, dass er sich bei all dem, was passiert ist und was wir hinter uns haben, noch Sorgen um Josh machen muss.« Ich will protestieren, aber Laura kommt mir zuvor. »Ich werde es ihm sagen, wenn Josh sich noch einmal meldet. Versprochen.«

»Wehe, wenn nicht«, murre ich. Der Typ ist ein Arsch und auch ein wenig gruselig. Ich hoffe, er bleibt Laura fern. Dennoch wäre mir wohler bei der Sache, wenn wenigstens Nash davon wüsste.

»Da ist man mal ein paar Tage weg, und nichts hat sich verändert. Sierra verzieht immer noch mürrisch das Gesicht.«

»Oh mein Gott, Zeenah!«, ruft Laura und umarmt unsere Kollegin, die plötzlich neben uns steht. Ich bin so überrascht, dass ich kein Wort herausbekomme.

»Freue mich auch, euch zu sehen«, murmelt sie und sieht dabei verdammt glücklich aus.

»Schleich dich nicht so an«, sage ich nur, und sie zwinkert mir zu. Laura lässt von ihr ab, und zwar so stürmisch, dass Zeenah ihr Kopftuch etwas zurechtrücken muss.

»Du hast gefehlt! Seit wann bist du zurück? Ich wusste gar nicht, dass du heute Schicht hast. Deine Kekse waren übrigens fantastisch.«

Ich schnaube. »Hoffentlich backst du keine mehr. Laura hatte Bauchschmerzen, und ich musste mir das Gejammer anhören.«

»Hey!« Laura stemmt die Hände in die Hüfte. »So schlimm war es gar nicht.«

Mein Blick findet ihren, und sofort knickt sie ein. »Okay, es war schlimm. Aber die Kekse waren es wert.«

Lachend schüttelt Zeenah den Kopf. »Ich hab euch vermisst. Es war schön daheim, aber ich bin auch froh, wieder hier zu sein.« Sie atmet tief durch. Sie wirkt, als wäre sie wieder mit sich selbst im Reinen. Das freut mich wirklich.

»Der Rettungswagen ist da!«, ruft Lisha und kommt zu uns.

»Los gehts«, sagt Laura freudestrahlend, und wir machen uns an die Arbeit.

»Was haben wir?«, fragt Laura nach, während ich mir ein erstes Bild mache. »Mr Fuller, Mitte fünfzig, Unfall mit einer Nagelpistole.«

»Immer wenn du in der Notaufnahme bist, haben Leute was in ihrem Hintern«, zische ich Laura zu, die sich in einer Mischung aus Husten und Lachen verschluckt.

»Dabei ist es dieses Mal nur die Backe«, flüstert sie zurück, während vor uns der nackte Po des Patienten aufragt.

»Es ist wirklich schön, wieder hier zu sein«, wiederholt Zeenah und lächelt breit.

»Das ist so peinlich. Alles nur deine Schuld!«, ruft der Mann, während seine Frau wutentbrannt und kein bisschen reuevoll neben uns hereilt.

»Meine Schuld? Ich hab dir gesagt, ich will das nicht machen, aber du hast mir dieses Monstergerät in die Hand gedrückt und dich dann in den Weg gestellt.«

»Also ist es meine Schuld, dass du mir einen Nagel in die Arschbacke geschossen hast?«, fragt er entgeistert.

Diese Diskussion hätte vermutlich kein Ende gefunden, hätte Lisha sich nicht der Frau angenommen und sie beruhigt.

»Wir müssen wohl die betroffene Pobacke amputieren«, scherze ich leise, doch der Patient hat es anscheinend gehört und schreit: »Was?«

Laura funkelt mich wütend an, aber in ihrem Blick erkenne ich, dass sie gerne lachen würde.

»Nein, Mr Fuller, meine Kollegin scherzt. Wir werden Ihren Tetanusschutz prüfen, schnell ein Röntgenbild machen und schauen, wie tief der Nagel sitzt. Danach werden wir vermutlich lokal betäuben und ihn entfernen, die Wunde reinigen und, je nach Größe, vernähen. Ich werde Ihnen vorsorglich ein Antibiotikum verschreiben, und Sie werden Schmerzen beim Sitzen haben, aber es sollte gut verheilen. Keine Sorge.«

»Seltsamer Humor«, grummelt Mr Fuller und mustert mich mit blassem Gesicht. Als wolle er herausfinden, ob ich wirklich nur einen Witz gemacht habe.

Ich grinse Zeenah an, sie grinst zurück. Die Schichten in der Notaufnahme werden immer besser.

»Scheißdreck«, zische ich, als die Tür schneller als gedacht aufspringt und ich mit den Einkäufen in die Wohnung stolpere, weil ich immer noch das Outfit von gestern trage, samt High

Heels. Dabei fällt beinahe die große Wassermelone aus der Tasche.

Vollkommen erledigt schließe ich die Tür, pfeffere die Schuhe in die Ecke und atme erleichtert auf, als ich endlich wieder normal laufen kann. Dann gehe ich in die Küche, um die zwei vollen Taschen abzuladen. Neben der Melone habe ich mir einen Vorrat an Fertigessen geholt sowie zwei Äpfel, etwas Joghurt, Saft, was zum Naschen und Hygieneartikel. Einfach ein paar Basics, die mir gefehlt haben. Der Kühlschrank ist riesig und vor allem sauber. Der von meiner Mom war so eklig, dass ich ewig nichts mehr reingestellt hatte. Hier ist das anders. Außerdem haben Maisie, Jane und ich die Regalfächer eingeteilt. Das oberste ist meines, das darunter gehört Jane, das dritte Maisie, weil sie die Kleinste ist. Das unterste ist ein Gemeinschaftsfach, genau wie die Schubladen darunter für Obst und Gemüse und die Ablagen in der Tür für Getränke. Wir hatten keine Gelegenheit, zusammen den Einzug zu feiern oder einfach einen gemeinsamen Abend zu verbringen. Es hatte immer eine von uns Dienst, und wenn wir doch alle gleichzeitig daheim waren, war mindestens eine von uns so müde, dass man nichts mit ihr anfangen konnte. Es gab also noch kein nennenswertes WG-Leben, aber das ist okay für mich. Alles ist besser als das, was ich mit meiner Mom hatte.

Nachdem die Lebensmittel verstaut sind, fülle ich die Box für Binden und Tampons im Badezimmer auf, die wir alle zusammen benutzen, und räume die restlichen Artikel weg.

Als ich am Ende zurück in die Wohnküche komme und mich umschaue, fühlt es sich immer noch unwirklich an, hier zu leben. Meine Mom nicht mehr zu sehen. Manchmal höre ich noch ihre vorwurfsvolle Stimme und all die Worte, die mich verletzt haben. Manchmal sehe ich ihren Blick vor mir, den enttäuschten und den angewiderten. Und dann erinnere ich mich daran, dass das in der Vergangenheit liegt. Dass das nicht mehr Teil meines Lebens ist. Dann versuche ich, mir zu sagen, dass ich mehr verdient habe – auch wenn es schwer zu glauben ist. Dass ich auch als Nummer zwei oder drei jemand bin. Dass ich nicht immer die Beste sein muss. Die Arbeit ist so schon hart genug, wenn ich mich durch diese Erwartungshaltung und diesen Wunsch weiter derart pushe, gehe ich irgendwann daran kaputt – und an diesem Punkt werde ich gar keinem mehr helfen können. Am allerwenigsten mir selbst. Vielleicht vergesse ich auch, was das Wichtigste in diesem Job ist – und das bin nicht ich.

Keine Ahnung, ob meine Mom noch mal probiert hat, mich anzurufen, ihre Nummer ist geblockt. Der Gedanke daran tut manchmal etwas weh, aber ist weniger schmerzhaft, als es nicht zu tun und sie weiter mein Leben zerstören zu lassen. *Mich* zerstören zu lassen.

Ich höre mein Handy piepen und schnappe es mir von der Küchenzeile. Eine neue Nachricht. Von Mitch. Unwillkürlich muss ich lächeln.

Querida, ich muss heute länger arbeiten. Sehen wir uns morgen Abend? Bei dir oder mir? Wir können auch in der Stadt etwas essen gehen – oder in der Bar mehr als ein Wasser trinken.

Ich schreibe sofort zurück, sonst vergesse ich es, wenn ich gleich duschen gehe und mir danach einen Pott Instantnudeln koche. Was würde ich jetzt für eine Portion von Mitchs Chili geben … Wieso kann dieser Mann auch so gut kochen? Er hat mich für jedes Fertigessen verdorben.

Morgen klingt ziemlich gut. Lass uns direkt nach Feierabend was essen gehen. Danach schauen wir, wo es uns hin verschlägt. Maisie und Jane haben bis Sonntag die Spätschicht übernommen, kommen also auf keinen Fall vor zehn heim. Genieß den Abend. Ich gehe jetzt duschen.

Keine zehn Sekunden später ploppt eine neue Nachricht auf.

Du bist der Teufel.

Ich muss lachen. Spinner. Mein Grinsen ist so breit, dass mir meine Wangen bereits wehtun, während ich das Handy weglege und in mein Zimmer schlendere, um mir etwas zum Anziehen zu holen. Dabei entdecke ich zwei große Kartons, die gestern noch nicht da gewesen sind. *Oh, das sind die beiden Kommoden, die ich bestellt habe*, fällt es mir ein. Sie müssen heute früh gekommen sein, und Maisie und Jane waren so lieb, sie anzunehmen. Zum Glück. Ich bin froh, wenn ich mein Zeug aus den restlichen blöden Umzugskartons rausbekomme. Die Tage sollten auch drei kleine Wandregale geliefert werden, für ein paar Bücher.

Also, Planänderung! Ich krame in einer der Kisten und in dem Wäschestapel daneben, schnappe mir ein altes Shirt und Shorts, damit ich die Möbel aufbauen kann. Vorher zu duschen macht keinen Sinn. Danach begebe ich mich auf die Suche nach dem Werkzeugkasten, den Jane angeschleppt hat und der hier irgendwo sein muss. Ah, da ist er. Zwischen Maisies Bett und ihrem neuen Schreibtisch. Ich suche mir das passende Werkzeug raus und mache mich richtig motiviert an die Arbeit.

Ein paar Stunden später knurrt mein Magen nahezu bösartig, ich habe Kopfschmerzen, aber endlich sind beide Kommoden fertig. Es hat so lange gedauert, weil ich Holzkopf bei der ersten ein Teil falsch eingebaut und den Fehler zu spät bemerkt habe. Es hat mich eine halbe Ewigkeit gekostet, herauszufinden, warum die Schublade nicht da reingeht, wo sie hingehört, und wieso überhaupt nichts richtig zusammenpassen wollte.

Vollkommen erledigt fahre ich mir mit dem Handrücken über die Stirn und wische mir den Schweiß weg.

Der Drang, das Ganze zu Ende zu bringen und mein Zeug einzusortieren, ist inzwischen gigantisch. Der nach einer Dusche, frischen Klamotten und etwas zu essen ist jedoch noch größer, deshalb lasse ich alles liegen, schnappe mir saubere Kleidung und stelle mich unter einen Strahl kühles Wasser. Ein wohliger Seufzer entfährt mir, als ich die Augen schließe und das Gesicht unter den Wasserstrahl halte. Das tut gut. Normalerweise dusche ich selten länger, als ich brauche, um mich zu waschen, aber heute bleibe ich hier, bis mir kalt wird und meine Haut zu schrumpeln beginnt.

Es ist erst früher Abend, trotzdem ziehe ich mir nach dem Abtrocknen und Handtuch-um-meinen-Kopf-Binden bereits meine Schlafshorts und ein lockeres Shirt an. Schnell noch Gesicht, Beine und Arme eincremen, das reicht für heute. Dann koche ich etwas Wasser auf, um mir endlich die Nudeln mit Teriyakisoße zuzubereiten, und lasse mich auf die Couch sinken. Die erste halbe Stunde zappe ich wahllos durchs Programm, danach gucke ich den neuesten *Spider-Man* und muss schmunzeln. Grant sieht wirklich ein wenig aus wie der Schauspieler – nicht die Haarfarbe, aber die Gesichtszüge und das Lächeln. Verrückt. Grant wirkt vielleicht nicht mehr ganz so jungenhaft, auch wenn er es im tiefsten Innern ist.

Die Zeit verfliegt, ich mache mir noch eine Portion Pommes, weil mich die Nudeln nicht satt gemacht haben, und genieße diesen Abend in Ruhe für mich allein. Deshalb erschrecke ich mich, als ich plötzlich lautstark einen Schlüssel und ein Klicken höre.

»Hey! Wir sind daheim!«, ruft Maisie fröhlich, und ich lächle, weil sich das jedes Mal so viel besser anfühlt, als ich dachte. Nach einem Zuhause. Und es so selten war bisher.

»Ich bin im Wohnzimmer!«, rufe ich zurück, während sie ihre Schuhe ausziehen und ihr Zeug abstellen.

»Oh, der neue *Spider-Man*«, freut sich Maisie lautstark und plumpst direkt neben mir auf das Sofa. »Ich hab ihn schon zwei Mal gesehen.«

»Echt?«

»Aber klar, ich meine … Tom Holland ist die perfekte Besetzung dafür.«

»Du meinst den da?«, frage ich und deute auf den Spinnentyp, der mich an Grant erinnert.

»Genau.« Sie schiebt ihre lavendelfarbene Brille zurecht und grinst.

»Was du nicht sagst«, nuschle ich und verkneife mir ein Lachen. »Kennst du ganz zufällig jemanden, der ihm ähnlich sieht?«

Maisie überlegt angestrengt. »Ich bin mir nicht sicher …« Das ist so witzig, ich wünschte, Laura wäre hier.

»Denk ruhig weiter nach, und sag mir Bescheid, wenn dir jemand einfällt.«

»Worüber redet ihr?« Jane tritt zu uns und legt ihre Unterarme auf der Lehne ab. Sie sieht fix und fertig aus.

»Den Typen, der Spider-Man spielt«, erwidere ich und drehe mich ganz Maisie und ihr zu. »Wie war eure Schicht? Ihr wart auf Station, oder? Danke übrigens fürs Annehmen meiner Pakete.«

»Kein Ding«, meint Maisie, während Jane »Chaotisch« murmelt. Damit hat jede der beiden gerade auf etwas anderes reagiert.

»Eigentlich sollte Jane auf Station die Schicht machen, aber am Ende war sie in der Notaufnahme und danach in einer Not-OP.« Maisie deutet auf unsere Mitbewohnerin, die wie auf Kommando gähnt.

»Was wurde gemacht?«

»Wir haben einer Frau ihre Hand wieder angenäht.« Sie sagt das so unbeeindruckt, als hätte sie – keine Ahnung – eine Blinddarm-OP durchgeführt. Oder jemandem in der Notaufnahme nur einen Splitter aus dem Finger gezogen.

»Was?«

»Ja, das muss krass gewesen sein. Sie und ihr Mann haben zusammen gekocht, und sie hat nicht aufgepasst, über seinen Arbeitsbereich gegriffen, an dem er gerade Fleisch zerhackt hat. Nun ja, auf einmal war ihr Handgelenk halb durch.«

»Keine krasse Herz-OP, aber nicht schlecht.« Ich wackle mit den Augenbrauen, was sie lächeln lässt. Sie versteht Sarkasmus, das mag ich. Außerdem ist sie ohnehin eine verdammt gute Beobachterin, zumindest habe ich das im Gefühl. Jane ist nicht besonders gesprächig, eher still und verschlossen, aber ich denke manchmal, dass genau diese Menschen in Wahrheit viel zu sagen haben. Diese Menschen haben so viel zu sagen, dass sie oft stumm bleiben, weil es nicht genug Wörter gibt – und gleichzeitig Unmengen von ihnen.

Ich kenne das. Bevor Laura sich dazu entschieden hat, meine Freundin zu werden, Mitch sich in mich verliebt hat und wir alle immer mehr zusammengewachsen sind, war ich dieser Mensch. Ich war still. Dabei hatte ich eine Geschichte zu erzählen. Doch sind wir ehrlich: Nicht jede Geschichte will erzählt werden, und nicht jeder wird sie hören wollen. Manchmal nicht einmal wir selbst.

Ich glaube, Jane ist auch so ein Mensch. Und doch anders als ich. Es geht mich nichts an, deshalb werde ich nicht fragen, aber ich denke, jetzt, da wir zusammenwohnen, öfter darüber nach.

»Bei mir gab es keine spannende OP oder einen Notfall, nur falls es euch interessiert«, nuschelt Maisie, schnappt sich meine Pommes und tunkt eine davon in die Barbecuesoße.

»Was war bei dir los?«

»Ich musste in der Gyn einspringen, die haben gerade Fachkräftemangel. War aber ganz spannend.«

»Ich gehe duschen und danach ins Bett«, sagt Jane gähnend und winkt uns knapp zu, bevor sie verschwindet.

»Gute Nacht!«, ruft Maisie ihr nach und schiebt sich eine weitere Pommes in den Mund.

»Muss ich die jetzt mit dir teilen?«

»Klar. Und ich schau den Film mit. Was hältst du eigentlich von einer Einweihungsfeier?« Sie strahlt, ihre Augen funkeln förmlich, nachdem sie das gesagt hat. Dabei ziert ein Klecks Soße ihre Nasenspitze. Ich seufze. Maisie kann man einfach nicht böse sein.

41. Kapitel

Mitch

Heute war es hektisch. Aber das macht mir nichts aus, denn ich sehe Sierra nachher, um mit ihr essen zu gehen. Das ist mein Lichtblick für heute, nachdem ich in den letzten Stunden Arztbriefe schreiben, meine Akten sichten und aktualisieren musste und mir direkt acht weitere neue Akten zugeteilt wurden. Trotz der Neuen im Kollegium wächst uns die Zahl der Patientinnen und Patienten langsam über den Kopf. Vor allem, weil wir dringend weiteres Pflegepersonal benötigen, das uns und das bestehende Team unterstützt. Doch soweit ich das mitbekommen habe, fehlen dafür momentan die Ressourcen. Es ist zum Haareraufen. Dabei sollten gerade in den Bereichen Gesundheit und Bildung nicht die Wirtschaft und Gewinnmaximierung beziehungweise Einsparungen im Vordergrund stehen.

Wir können ohnehin nichts machen – außer unser Bestes zu geben.

Ich stehe gerade bei Mrs Anselm im Zimmer, die morgen operiert wird. Ein Routineeingriff, sie bekommt einen Stent.

»Haben Sie noch Fragen zum Eingriff, Mrs Anselm?« Ich schaue der mürrischen Dame Mitte sechzig in die grünen Augen und muss mich zusammenreißen, den Blickkontakt zu halten, weil sie so fies guckt. Trotz ihres Alters hat sie kaum ein graues Haar, und ihre feuerroten Strähnen wirbeln bis zu den Schultern um ihren Kopf herum.

»Rasieren Sie mich?«

Vollkommen irritiert ziehe ich die Augenbrauen zusammen. »Wie bitte? Wieso sollte ich Sie rasieren?«

»Ich will nicht am ganzen Körper von Ihnen rasiert werden.«

»Mrs Anselm, Sie müssen nicht rasiert werden.« Sie ist nicht besonders behaart, und der Eingriff erfolgt auch nicht über die Leistengegend, wenn alles nach Plan läuft.

»Lassen Sie das eine Pflegerin machen.«

Okay, jetzt hat sie mich. Ich spiele mit. »Warum darf ich Sie nicht rasieren, Mrs Anselm? Haben Sie Angst, dass ich Ihnen die Brustwarzen abrasiere?«

Jetzt ist sie es, die verwirrt ist. »Warum sollten Sie mir die Brust rasieren? Sind Sie bei Sinnen?«

»Warum sollte ich Sie überhaupt rasieren?«, frage ich erneut nachdrücklich und muss mir ein Lachen verkneifen.

»Wegen der OP. Hören Sie überhaupt zu? Sehen Sie, deshalb sollten Sie das besser nicht machen.«

»Mrs Anselm«, setze ich erneut an, mit aller Ruhe, die ich besitze. »Sie haben morgen einen Eingriff am Herzen. Sie bekommen einen Stent und müssen nicht rasiert werden. Nicht an der Brust und auch nicht an anderen Körperstellen. Der Zugang erfolgt bei Ihnen über die Handgelenkinnenseite.«

»Sind Sie sicher? Sie scheinen verwirrt zu sein. In der Doku, die ich letztens gesehen habe, hat man andauernd gesehen, wie jemand überall rasiert wird.«

¡Madre mía! Ich frage lieber nicht nach, welche Doku das war … »Ich bin mir sicher. Ruhen Sie sich aus.«

»Wenn ich rasiert aufwache, verklage ich Sie!«, ruft sie mir nach, und ich lache halb belustigt, halb verzweifelt auf, nachdem die Tür hinter mir zufällt.

»Was ist so lustig?«, fragt Nash plötzlich neben mir mit tiefer Stimme und erschreckt mich.

»Mierda«, zische ich und lasse beinah die Akte fallen.

»Hast du nicht genug Arbeit?«, witzelt er, weil wir beide wissen, wie es im Moment aussieht.

»Meine Patientin will nicht von mir rasiert werden.« Er sieht mich so verwirrt an wie ich eben Mrs Anselm, während wir den Flur entlanggehen.

»Welche OP hat sie denn?«

»Sie bekommt einen Stent. Übers Handgelenk.«

Das lässt Nash wie mich zuvor schmunzeln. »Verstehe. Und da sagen die Leute, im Krankenhaus wäre es langweilig.«

»Sí. Die haben keine Ahnung.«

»Sag Bescheid, wenn was ist, okay? Ich muss in die andere Richtung«, sagt er und deutet an der nächsten Kreuzung nach links.

Kaum ist Nash weg, kommt Sofie auf mich zu. »Hey, Bambino. Gut, dass ich dich hier treffe. Dein Patient verlangt nach einem Arzt.«

»Wer ist es?«, frage ich und bleibe stehen.

»Mr Joon.« Sofort verkrampfe ich mich. »Soll ich dich noch mal begleiten?«

»Nein. Ich … schaue einfach kurz bei ihm vorbei. Danke.«

»Alles klar.« Sofie lächelt und will gehen, doch ich halte sie auf.

»Warte, kannst du die Akte mitnehmen? Ich hole sie später ab.«

»Kein Problem.« Sie nimmt sie entgegen und winkt mit ihr, während sie verschwindet.

Mr Joon. Ich atme tief durch. Ich wünschte, das alles würde nichts mit mir machen. Ich wünschte, ich wäre so souverän wie zuvor. Ich wünschte, man könnte ihn retten, dann hätte ich dieses Problem erst gar nicht …

Schnellen Schrittes mache ich mich auf den Weg zu ihm,

mache mir nicht die Mühe, zu klopfen, sondern trete einfach ein. Nein, um ehrlich zu sein, bin ich so nervös und in Gedanken versunken, dass ich es einfach vergessen habe.

»Ah, Dr. Rivera. Schön, Sie zu sehen.« Mr Joon sieht wirklich schlecht aus. Als wäre er, seit er hier ist, um Jahre gealtert. Er hustet, seine Stimme ist schwach und brüchig, seine Haut fahl, und das Atmen fällt ihm zunehmend schwerer – trotz Sauerstoffmaske, die er eben abgenommen hat, um mit mir zu sprechen. Man sieht ihm seine Schmerzen an, obwohl er mehr Schmerzmittel im Körper haben muss als Blut.

»Was kann ich für Sie tun, Mr Joon?«

Er lacht. »Das haben wir doch schon geklärt. Sie können nichts für mich tun.«

Ich trete an sein Bett und ziehe mir den Stuhl heran, der an der Wand daneben steht, um mich zu setzen. Ich bin auch erschöpft. Und ich verstehe nicht, warum er mich immerzu rufen lässt. Ich fühle mich, als würde jemand auf meiner Brust stehen, während ich meine Hände knete.

»Warum bin ich dann hier? Klären Sie mich auf, Mr Joon.«

Seine Falten sind tiefer geworden, die Ringe unter den Augen dunkler, seine Lippen spröder und die Bewegungen langsamer.

»Reden«, murmelt er, als er meinen Blick erwidert. »Ich dachte, ich könnte ein wenig mit Ihnen reden.«

Meine Finger krallen sich in den Stoff meiner Hose, und ich muss mich mit aller Macht dazu zwingen, sitzenzubleiben. Reden? ¡Mierda! Habe ich ihm nicht deutlich gezeigt, dass ich das nicht möchte? Ich meine … ich war nie lange hier, war nicht gesprächig, jedes Mal verkrampft, an der Grenze zur Unfreundlichkeit, auch wenn ich das nie sein wollte. Und jetzt? Jetzt will er reden. Und ich habe mich längst hingesetzt. Ein beschissener Fehler.

Ich zögere.

»Geben Sie mir nur fünf Minuten. Bitte.«

Was für ein Mensch wäre ich, wenn ich Nein sagen würde? Meine mamá würde sich schämen – und ich mich auch. Ich bin nicht Arzt geworden, um vor den Menschen, die ich behandle, davonzurennen. Oder vor mir.

»Okay«, murmle ich und schlucke den Kloß in meinem Hals herunter.

»Haben Sie Familie, Dr. Rivera?«, fragt er weiter, ohne mich anzusehen.

»Meine Mom, meinen Dad, sí. Und meine Geschwister. Sie leben in Mexiko. Ich sehe sie seltener, als mir lieb ist«, gebe ich zu.

»Sehen Sie sie öfter. Rufen Sie oft an, schreiben Sie ihnen.« Sogleich kriecht das Gefühl der Schuld meinen Rücken empor, legt sich um meinen Hals und auf meine Brust. Nach meinem Unfall habe ich das noch viel seltener getan als sonst.

»Erinnern Sie sich daran, dass Sie mich gefragt haben, warum ich nicht kämpfen will?« Jetzt schaut er zu mir, und ich nicke. »Weil ich es mein Leben lang so gehandhabt habe. Kämpfe nur die Schlachten, die du gewinnen kannst.«

»Und wie entscheidet man, welche Schlachten man gewinnen kann?«, frage ich ernst.

»Ah, genau das ist der Clou. Welche Schlachten kann man gewinnen? Welche scheinen aussichtslos und sind es doch nicht? Am Ende sollte man sich die Frage stellen: Welche Schlacht lohnt es sich zu schlagen? Egal, ob man gewinnt oder verliert.«

»Diese Schlacht hätte sich gelohnt. Sie hätten etwas zu gewinnen gehabt«, widerspreche ich ihm, doch er lacht humorlos auf und hustet sofort danach.

»Was? Ein oder zwei Jahre mit Chemotherapie und ihren

Nebenwirkungen? Was genau hätte ich gewonnen? Mehr Zeit, aber nicht weniger Schmerzen. Mehr Zeit, weniger Lebensqualität. Mehr Zeit – aber allein.« Er nimmt sich einen Moment, um zu Atem zu kommen.

»Denken Sie, weil Sie allein sind, ist Ihr Leben weniger wert?«

»Nein. Aber ich denke, allein zu sein lässt einen manchmal die Entscheidungen treffen, die wir uns sonst nicht getraut hätten zu treffen. Wäre meine Frau noch am Leben, hätte ich es um ihretwillen versucht. Vielleicht hätte ich dann die Zeit der Lebensqualität vorgezogen, weil sie sie mit mir geteilt hätte. Wer weiß.«

»Aber so bekommen Sie weder das eine noch das andere.«

»Das stimmt. Aber ich brauche es auch nicht mehr.« Ich verstehe nicht ganz, wohin dieses Gespräch führt. Ob es einen Sinn macht, ob es auf etwas hinausläuft oder ob es das überhaupt muss. Ob der alte Mann vor mir einfach nur reden möchte. Weil es ihm guttut.

»Beschäftigen Sie sich mit den Menschen, die Sie lieben und von denen Sie geliebt werden. Das sind die einzigen Schlachten, die zählen und die geschlagen werden sollten. Das ist das, was ich am meisten bereue. Nicht genug Zeit gehabt zu haben, als ich sie gebrauchen konnte. Oder auch nicht erkannt zu haben, wie schnell etwas vorbei sein kann. Ich habe vergessen, dass alles irgendwann zu Ende ist.« Sein trauriger Blick setzt mir zu, und ich kämpfe gegen all die Gefühle und Gedanken an, die sich in mir aufbauen. Alles, was mich seit dem Unfall beschäftigt und heimsucht.

»Warum haben Sie keine Angst, Mr Joon?«, frage ich mit belegter Stimme, und falls er es merkt, so ignoriert er es.

»Wer sagt, dass ich die nicht habe?«

»Sie«, erwidere ich.

»Ah, stimmt.« Er sieht mich beinahe stolz an, weil ich mir scheinbar gemerkt habe, was er so alles von sich gegeben hat. Er legt seine Sauerstoffmaske über Nase und Mund, nimmt zwei, drei tiefe Züge, bevor er weiterreden kann. Doch er schaut mich nicht mehr an, sondern aus dem Fenster. Oder in eine andere Welt. »Vielleicht habe ich keine Angst vor dem Tod, sondern davor, nicht genug gelebt zu haben. Nicht ehrlich oder entschlossen genug gewesen zu sein. Der Tod ist nicht das Problem – all die Dinge, die man bereut, sind es. All die Dinge, die man nicht mehr ändern kann.« Seine Finger zittern, als er sein Nachthemd richtet. »Man sollte seine Dämonen kennen. Geben Sie ihnen einen Namen, meiden Sie nicht ihren Blick. Sonst werden sie Sie verschlingen.«

Wenige Stunden später spuken Mr Joons Worte noch immer in meinem Kopf herum. Ich werde keines davon los, und das macht mich verrückt. Verfluchter Mist! Ich hätte gehen sollen. Ich hätte mich nicht setzen und ihm zuhören sollen.

Menschen sterben. Jeden Tag. Ich weiß das. Dieser Job lässt einen das nicht vergessen. Der Tod wandelt unter uns, wie ein Schatten, ein ständiger Begleiter, und manchmal haben wir keine Wahl, als ihn gewinnen zu lassen. Er ist da, und trotzdem habe ich nie wirklich darüber nachgedacht, dass er irgendwann auch mich unweigerlich holen wird. Dass er dann nicht in meiner Nähe ist, um einen der Menschen mit sich zu nehmen, die ich behandle, sondern mich. Ich musste erst fast sterben – und es nicht einmal richtig mitkriegen –, um das zu begreifen. Und jetzt kann ich es nicht vergessen … Die Gewissheit, dass wir den Tod nicht nur manchmal gewinnen lassen müssen, sondern dass er immer gewinnt. Irgendwann.

Dieser alte Mann – der mir etwas davon erzählt, dass ich es bereuen werde, wenn ich jetzt nicht anfange, zu leben und für das zu kämpfen, was ich will, oder dass ich vor meinen Dämonen nicht davonrennen sollte – macht es nicht besser. Dabei stecke ich noch in diesem Fahrstuhl, verbrenne und verbrenne, und obwohl ich es nicht merke, tut alles weh.

Fuck, fuck, fuck! Hektisch fahre ich mir durch die Haare, lehne mich an die Wand und atme tief durch, nachdem ich den Fahrstuhlknopf betätigt habe. Ich will nach unten, muss einen Moment an die frische Luft. Nur zwei Minuten. Weil ich das Gefühl habe, zu ersticken.

Ping. Ich stoße mich ab, will einsteigen, doch als die Türen aufgehen, bleibe ich wie versteinert, wo ich bin, weil plötzlich Sierra vor mir steht. Ich lasse sie raus.

»Hey.« Sie lächelt – und zieht direkt danach ihre Augenbrauen zusammen. Mustert mich skeptisch. Mit diesem durchdringenden Blick. »Ist etwas passiert? Alles in Ordnung?« Ich zwinge mich, fröhlich zu wirken.

»Ja, alles okay. Wollte nur kurz runter an die frische Luft. Es ist viel Arbeit zurzeit. Was machst du hier?« Man sieht deutlich, wie sie abwägt – sagt er die Wahrheit? Spielt er es nur runter? Nicht, dass sie mir nicht vertraut, aber … das ist einfach Sierra. Es ist, als hätte sie ein Radar für Dinge, die aus dem Ruder laufen.

»Hm«, macht sie nur, dann antwortet sie. »Ich habe Pause und wollte dich besuchen.« Das kommt so überraschend, dass ich mein Lächeln nicht mehr vortäuschen muss. Es ist echt. Es fühlt sich gut an.

»Wirklich?«

»Zwing mich nicht, es zu wiederholen, Rivera«, zischt sie zuckersüß und warnend zugleich, und ich beuge mich ein Stück vor, würde sie am liebsten küssen, während ein erneutes *Ping* ertönt und die Fahrstuhltüren sich schließen.

»Du hast mich vermisst, querida«, ziehe ich sie auf, und in

der Sekunde, als sie Luft holt, um dagegenzuhalten, schaue ich mich um, ob jemand in der Nähe ist. Dann küsse ich sie. Es ist ein kurzer Kuss. Es geht viel zu schnell.

Shit. Jetzt will ich mehr.

Sierra ist so überrascht, dass sie mit offenem Mund in mein Gesicht starrt. »Ich hab dich auch vermisst«, sage ich, was ich jedes Mal sage. Weil es stimmt. »Tut mir leid, ich werde die Grenze nicht noch einmal überschreiten«, füge ich an, weil ich mich für einen Moment schlecht fühle.

Sierras Blick haftet auf meinen Lippen, während sie sich auf die ihren beißt. Nur ein paar Sekunden. Das hier, dieser Abstand, den wir wahren, ist ihre Entscheidung, und ich will das wirklich respektieren, weil ich möchte, dass das mit uns funktioniert. Es fällt mir nur so scheiße schwer.

Wir stehen dicht voreinander, beinahe Nase an Nase, und ich weiß, wir müssen uns lösen. Nur tut es niemand von uns.

Plötzlich bewegt sich etwas in meinem linken Augenwinkel und …

»Spielen wir ein Spiel, das ich noch nicht kenne?«, fragt Ian so gruselig nah neben uns, nachdem er sich einfach dazugestellt hat, dass Sierra einen deftigen Fluch ausstößt und ich ruckartig zurückweiche.

»Ian! Bist du wahnsinnig?«, faucht Sierra und funkelt ihn an.

»Wahnsinnig … klug? Schön? Humorvoll? Sexy? Mit knappem Höschen und ohne. Mit Ständer, ohne Ständer.« Er wackelt mit den Augenbrauen und grinst.

»Was?«, frage ich irritiert, und Sierra rollt mit den Augen.

»Er hatte einen Infusionsständer bei sich und knappe Boxershorts an und …« Während ich ihr zuhöre, verschränke ich die Arme vor der Brust und kräusle die Lippen. Knappe Boxershorts?

»Vergiss es einfach. Es war eine dämliche Anspielung auf

unsere Begegnung nach seinem Unfall, die ich gern vergessen würde«, murrt Sierra. Ian fängt derweil an zu lachen.

»Nachdem wir mal wieder geklärt haben, wie großartig ich bin: Was genau tut ihr hier? Ihr habt euch angestarrt, als hättet ihr da ein Problem, Bambini. Ihr streitet doch nicht schon wieder, oder?«

»Du klingst, als wärst du unser Erziehungsberechtigter.«

»Sí«, gebe ich Sierra recht. »Du klingst wie meine mamá, kurz bevor sie uns eine mit dem Holzlöffel übergezogen hat.«

»Hm, keine schlechte Idee. Da ich bald euer Betreuer bin, sollte ich mir auch so einen Löffel besorgen.«

»Du hast seinen Hintern gesehen?«, murmle ich, weil ich es mir nicht verkneifen kann. Ian nickt beinahe stolz, während Sierra immer verzweifelter wirkt und sich die linke Schläfe massiert.

»Er hatte Boxershorts an!«, betont sie, und in der Sekunde, in der Sierra mir richtig Kontra geben will, meldet sich mein Pager – und mir weicht alle Farbe aus dem Gesicht.

Mr Joon. Scheiße.

Ohne ein weiteres Wort renne ich los. Ich höre Ian und Sierra hinter mir herrufen, und es tut mir leid, dass ich sie einfach so stehen lasse, aber es ist ein Notfall.

Als ich im Patientenzimmer ankomme, ist die Hölle los. Bella und Sofie sind da, sie erhöhen die Sauerstoffsättigung, legen den Patienten in die richtige Position und senken das Bett. Die Monitore piepen, und ich kann kaum atmen.

»Dr. Rivera«, ruft Sofie, und das rüttelt mich auf. Immer wenn sie mich so nennt, ist es mehr als ernst.

Er kollabiert – und er hat eine Patientenverfügung. Keine Reanimation. Mir wird übel.

»Herzstillstand«, ruft Bella, und ich darf nichts tun. Ich sollte nichts tun.

Doch ich schiebe Bella zur Seite und weise sie an, Mr Joon zu beatmen. Schnell klettere ich aufs Bett, positioniere mich so, dass Mr Joon unter mir liegt, seine Hüfte klemme ich zwischen meine Beine. Dann beginne ich mit der Herzdruckmassage.

Ich nehme Sierra hinter mir wahr, sie ist mir gefolgt, aber ich drehe mich nicht um. Auch nicht, als sie Sofie fragt, ob sie helfen kann.

Ich sage nichts. Ich drücke auf Mr Joons Brust, breche die erste Rippe, die zweite und kann nicht aufhören. Mein Kopf ist leer. Und gleichzeitig so voll, dass es wehtut. Ich starre in das Gesicht des Mannes, der mir gerade erst eine Lektion über das Leben erteilt und dessen Krankheit mir eine Scheißangst gemacht hat.

Er ist blass. Er sieht ganz anders aus, und das ertrage ich kaum. Obwohl ich weiß, dass er das hier nicht wollte.

Ich kann nicht aufhören …

Plötzlich flucht Bella, und ich erkenne, warum. Blut strömt aus Mr Joons Mund, und ich gerate für einen Moment aus dem Takt. Mit jeder Bewegung, mit jedem Druck, den ich ausübe, wird es mehr.

Sierra flucht nun auch, tritt neben mich, während Bella die Sauerstoffmaske entfernt.

»Hast du ihm eine Rippe gebrochen? Lungenkollaps?«, fragt Sierra, doch ich kann nicht antworten, weil ich verbissen weitermache.

Ich lasse ihn nicht sterben. Noch nicht.

Ich muss nur sein Herz zum Schlagen bringen, danach kümmern wir uns um seine Lunge und die Rippen.

»Mitch«, flüstert Sierra irgendwann, und ich spüre ihre Hand auf meinem Unterarm. Die Rippen unter meinen Händen bewegen sich hin und her. Mr Joon ist dünn geworden, schwach.

Da ist so viel Blässe. So viel Blut. Und immer noch diese beschissene Nulllinie.

»Mitch«, wiederholt sie. »Er ist … Er hat es nicht geschafft.«

Das kann nicht sein. Ich balle meine rechte Hand zur Faust und haue damit auf Mr Joons Brustkorb, genau auf die Stelle, an der sein Herz sitzt. Ein Mal, zwei Mal. Es muss wieder schlagen. Ein drittes Mal …

Dann hält Sierra meine Hand fest, hält dagegen, während sie sich über Mr Joon beugt und mich anstarrt.

Ich gebe auf.

Schwer atmend knie ich über ihm und starre in sein Gesicht. Höre seine Worte in meinem Kopf. Dann rieche ich Rauch, und der Gedanke, selbst beinahe gestorben zu sein, kriecht unter meine Haut. Die Angst nistet sich ein, ich zittere leicht.

Mein Blick wandert auf die Anzeige des Monitors.

»Todeszeitpunkt 12.38 Uhr«, wispere ich kraftlos und entziehe Sierra meine Hand.

Es ist so still hier. Viel zu still, während ich vom Bett steige und mich auf meine wackeligen Beine stelle. Später muss ich einen Bericht schreiben. Später, nicht jetzt. Denn ich will nur hier raus. Weg. Ich brauche einen Augenblick für mich.

Also gehe ich ohne ein Wort, stürme beinahe aus dem Zimmer, trotz des Schwindels, der mich befällt. Keine Ahnung, wohin, einfach nur raus. Ich höre Schritte hinter mir, über das Rauschen in meinen Ohren und mein heftiges Atmen.

Mr Joon war geschwächt, der Krebs hat seine Arbeit getan. Die Lunge war stark angegriffen, die anderen Organe ebenfalls, er konnte nur noch schlecht atmen, sein Immunsystem war geschwächt, sein Herz ebenso. Am Ende könnte es der Herzinfarkt gewesen sein, der ihn das Leben gekostet hat. Der oder auch die Rippen, die ich ihm durch die krebsverseuchte Lunge gejagt habe.

¡Mierda!

Ich drehe mich im Kreis, nur um danach mit der Faust gegen die Wand zu hauen und die Augen zu schließen, als mein Körper dagegensinkt.

Eine Berührung an meiner linken Schulter lässt mich zusammenzucken und die Lider heben. Sierra. Ich will nicht, dass sie mich so sieht. Denn ich kann jetzt nicht reden, es nicht erklären. Deshalb entziehe ich mich ihr, trete einen Schritt zurück – und zu sehen, wie sich der Ausdruck in ihren Augen verändert, als ihre Finger langsam von meinem Arm abrutschen, ertrage ich kaum. Das Letzte, was ich will, ist, sie zu verletzen, doch gerade brauche ich all meine Kraft, um zu verhindern, dass ich zusammenbreche. Das ist besonders schwer, weil ich nicht einmal genau erklären kann, wieso.

Ich räuspere mich. »Es ist okay. Ich brauche nur einen Moment für mich«, sage ich, drehe mich um und gehe. Nicht ganz gelogen, nicht ganz wahr. Ein wenig wie das Leben.

42. Kapitel

Sierra

Mitch ist immer noch nicht da. Dabei hatte er schon vor zwei Stunden Feierabend. Wir kommen hier so gut wie nie pünktlich raus, und normalerweise würde es mich nicht wundern, aber irgendwie habe ich ein ungutes Gefühl. Seit vorhin, seit dem Tod von Mr Joon, dem Patienten, der erst meiner war und danach seiner wurde, habe ich nichts von ihm gehört und ihn auch nicht mehr gesehen. Er wirkte mitgenommen. Ich hoffe, er kommt klar.

Bevor ich mich fertig mache und mir mein Zeug schnappe, gehe ich nach vorne zur Infotheke, wo ich auf Sofie treffe.

»Hast du nicht Feierabend?«, fragt sie nur freundlich, und ich nicke.

»Ja. Ich gehe auch gleich, bevor mich jemand sieht und weiter einsetzt.«

»Oh ja«, meint sie und nickt.

»Bevor ich verschwinde: Du hast nicht zufällig Mitch gesehen?« Es ist unwahrscheinlich, aber einen Versuch wert. Meine Nachricht hat er nicht gelesen, vermutlich hat er sein Handy im Spind.

»Nein, tut mir leid.«

»Was tut dir leid?«, fragt Grant, der plötzlich hinter Sofie auftaucht.

»Dass ich Mitch nicht gesehen habe.«

Er lächelt und wackelt mit den Augenbrauen. »Ist deine Gesichtsmuskulatur defekt?«, murre ich, doch er lacht nur und meint: »Er ist da lang, vor etwa zwanzig Minuten. Ich weiß aber nicht, ob er schon wieder zurückgekommen ist.« Dabei deutet er in die entsprechende Richtung, und ich fluche innerlich, weil ich ahne, wo er hingegangen ist.

»Danke«, sage ich, während ich mich bereits in Bewegung gesetzt habe. Auf dem Weg treffe ich auf die neue Ärztin in der Herzchirurgie, die ich freundlich grüße. Dr. Davis ist wirklich sympathisch. Schade, dass ich mit ihr bisher nicht zusammenarbeiten konnte, dafür aber mit Dr. Superarsch.

Ist es das hier? Ich gehe weiter, noch ein Stück. Das hier ist es. Mr Joons ehemaliges Zimmer.

Ich habe noch keinen Blick hineingeworfen, stehe an der Wand neben der Tür, aber ich bin sicher, Mitch ist dadrin. Auch wenn ich hoffe, dass ich unrecht habe.

Es ist still. Viel zu still. Ich atme tief durch, dann schiebe ich die angelehnte Tür langsam auf.

Mitch ist hier. Verdammt. Das hat ihn also wirklich nicht losgelassen.

Leise trete ich ein, setze einen Fuß vor den anderen und gehe auf Mitch zu. Er steht mit dem Rücken zu mir, kann mich nicht sehen und rührt sich auch nicht. Seine Haltung ist gebeugt, er lässt den Kopf hängen, während er seine Arme an dem Gestell des nun leeren Bettes abgelegt hat.

Ich bin mir nicht sicher, was ich sagen soll. Ob ich nicht wieder verschwinden und ihn das mit sich selbst ausmachen lassen sollte.

Doch ich kann nicht. Und ich will nicht.

Deshalb strecke ich die Hand nach ihm aus, will sie ihm auf den Rücken oder die Schulter legen. Aber ich halte in der Bewegung inne, zögere, weil ich ihn nicht erschrecken will.

Nachdenklich senke ich den Blick und ziehe meine Hand zurück. Vielleicht sollte ich erst etwas sagen – oder doch einfach gehen. Vielleicht ist das eine ganz blöde Idee.

»Woher wusstest du, wo ich bin?«, murmelt Mitch, und ich zucke zusammen, weil ich damit nicht gerechnet habe. Ich schaue hoch, erkenne, dass Mitch über seine Schulter blickt, und erschrecke mich ein zweites Mal, weil ich diesen Ausdruck noch nie zuvor bei ihm gesehen habe. So kühl und verletzlich zugleich.

»Grant hat mir die Richtung verraten, der Rest war Instinkt«, erwidere ich.

Mitch richtet sich auf und dreht sich zu mir um. »Verstehe.«

»Mitch, ich …«

»Es ist alles okay.«

Ich lache trocken auf. »Klar doch.« Jetzt funkle ich ihn wütend an. Denkt er, ich würde nicht sehen, dass er geweint hat? »Wenn du nicht reden willst, fein. Aber erzähl keinen Blödsinn.« Wir starren uns stumm an, und die Distanz zwischen uns gefällt mir kein Stück.

Seufzend schiebe ich mir eine Strähne hinters Ohr und atme tief durch. »Ich bin nicht hergekommen, um zu streiten. Ich hab mir nur Sorgen gemacht.«

»Danke, querida. Aber …«

»Wehe, du sagst noch mal, alles ist okay«, warne ich und schnappe mir seine Hand. »Komm. Ich möchte dir etwas erzählen.« Mitch lässt sich von mir aus dem Raum, den Gang hinunter ins Treppenhaus ziehen. Und ich sage nichts, bis wir da sind, weil ich nicht möchte, dass er sich doch noch zurückzieht.

»Das Treppenhaus?«, fragt er verwundert, während wir uns setzen.

»Klar. Hier ist selten was los, also hat man etwas Ruhe. Wir nehmen doch alle nur den Fahrstuhl.«

Wir sitzen Schulter an Schulter, ich kann Mitchs Wärme spüren und seinen Duft riechen. Ich kann nicht glauben, dass ich in Mitch verliebt bin. Und ich kann nicht glauben, dass ich das hier tue. Dass ich mich selbst so öffne. Dass ich zulasse, verletzlich zu sein.

»Weißt du, ich habe lange darüber nachgedacht«, beginne ich, während ich mit ihm auf die weiße Wand gegenüber starre und sich die harten Fliesen der Stufen in meinen Hintern bohren. »Warum ich … warum ich es mir nicht eingestehen konnte.« Es ist das erste Mal, dass Mitch mich richtig ansieht. Er dreht seinen Kopf, mustert mich, ich kann es aus dem Augenwinkel erkennen, und sofort wird mir warm. Der Drang, wegzugehen und nichts mehr hinzuzufügen, die Mauern hochzuziehen, ist erdrückend. Als wäre ich wieder ein anderer Mensch, eine andere Sierra.

Ich presse meine Finger zusammen und gegen meine Oberschenkel. So fest ich kann. So gern ich seinen Blick erwidern möchte, wenn ich ihn jetzt ansehe, kann ich nicht weitermachen. Es ist auch so schon schwer genug. Schwer genug, mir einzugestehen, dass das hier ein Teil von mir ist. Dass es mehr gibt als die sarkastische, distanzierte Sierra. Mehr als die, die denkt, sie wäre nur perfekt gut, aber trotzdem nie genug, um geliebt zu werden. Ich atme tief durch.

Ich bin mehr als das – und ich beginne, das zu verstehen.

»Rückblickend mag ich dich schon eine Weile, Mitch. Ich weiß nicht, wann ich mich in dich verliebt habe. Vielleicht, als du mir das erste Mal etwas zu essen gemacht hast. Vielleicht, als du sabbernd an meiner Schulter eingeschlafen bist oder mich das erste Mal grinsend querida genannt hast. Ich weiß es nicht. Aber ich weiß, wie oft und wann es mir klar wurde. Wie oft ich es verdrängt habe und nicht wahrhaben wollte. Ich wusste es, nachdem du mich das erste Mal aufgeheitert hast und mein

Herz einen Sprung machte. Nachdem du immer wieder für mich gekocht hast und nett zu mir warst, obwohl ich dich mit allem, was ich hatte, abgewehrt habe. Ich wusste es«, flüsterte ich, »als ich neben Laura stand und der Knall in meinen Ohren dröhnte. Als du in diesem Fahrstuhl lagst mit all den Verbrennungen und ich das erste Mal in meinem Leben wirklich Angst hatte.« Ich muss mich räuspern und einmal tief durchatmen, bevor ich weitermachen kann. »Ich wusste es und habe mich gefragt, warum ich es nicht sagen konnte. Warum ich es nicht glauben konnte. Schließlich wäre alles einfacher gewesen, nicht wahr?« Jetzt lache ich auf. Ich kann nicht anders. »Alle erzählen einem immer, Kommunikation ist wichtig. Wenn man miteinander redet, klärt sich alles. Jedes Problem. Miteinander zu reden wäre erwachsen und einfach. Für manche Menschen ist es das vielleicht. In vielen Situationen ist es das bestimmt. Aber eben nicht immer. Nicht für jeden. Für mich war es das nicht. Ich musste erst den Kampf gegen mich selbst gewinnen. Nein, das ist … das ist nicht richtig. Ich musste erst mit mir selbst kommunizieren, bis ich es mit dir konnte.« Jetzt traue ich mich, Mitch anzusehen. In seinen Augen schimmern noch die Tränen von eben. Er wirkt müde. Abgekämpft. Da ist diese Erschöpfung, die tiefer sitzt. Ich kenne das.

Meine verkrampften Glieder schmerzen, als ich sie löse und meine Hand in seine Richtung bewege. Langsam und zaghaft greife ich nach seiner und verschränke unsere Finger miteinander.

»Ich habe erkannt, dass über etwas zu reden Dinge leichter macht, im Umkehrschluss aber nicht bedeutet, dass es leicht ist, das zu tun. Auch wenn alle das behaupten. Es ist eine Lüge. Wenn da etwas in uns sitzt, das uns die Worte raubt, wie sollen wir dann Sätze formen?« Ich denke dabei an meine Mutter, an den Vater und die Wurzeln, die ich nicht kenne, an den ungesunden Ehrgeiz, den ich hatte und der noch da ist, weil so was nicht über Nacht verschwindet. Ich denke daran, dass ich nicht wahrhaben wollte, was meine Mutter mir über all die Jahre angetan hat, was sie mich hat glauben lassen, und dass es noch ein wenig dauern wird, das loszulassen und meine Selbstwahrnehmung zu ändern. Ich kenne meine Baustellen.

Und ein Blick in Mitchs Augen zeigt mir, dass er auch seine kennt. Eine Träne rollt über Mitchs Wange, und es schmerzt, ihn so zu sehen.

»Ich klinge wie Laura«, wird mir plötzlich bewusst, und ich fluche lautlos. »Aber manchmal hat sie recht. Wehe, du verrätst ihr das.« Das bringt Mitch zum Lächeln, und ich seufze beinahe erleichtert auf. »Ich hätte nie gedacht, dass ich das mal sage, aber: Wir sollten versuchen, darüber zu reden. Vielleicht mit jemandem, der uns helfen kann, das alles aufzuarbeiten. Es muss ja keine Therapie sein, aber ein paar Gespräche, um zu schauen, wohin es führt. Zusammen, aber jeder für sich.«

»Vielleicht«, murmelt Mitch, und ich drücke seine Hand.

Eine Weile sitzen wir schweigend da, zwischen Gedanken und Worten, zwischen Hoffnung und Ängsten, zwischen eingerissenen Mauern und neuen Hürden.

»Es war nicht Mr Joon«, höre ich Mitch sagen und traue mich kaum, mich zu rühren. Er presst die Lippen zusammen, sein Kiefer bewegt sich, und sein Adamsapfel hüpft, als er schwer schluckt. »Es war das, wofür er stand. Für meine Angst«, gibt er zu. »Ich hatte nie Angst vor dem Tod. Er war ein Gegner, den es zu besiegen galt, aber niemand, den man nicht besiegen konnte. Ich war naiv, weil ich dachte, der Tod würde auch mal verlieren, und weil ich nie einen Gedanken daran verschwendete, dass ich irgendwann derjenige sein könnte, um dessen Leben es geht. Ich war so nah dran, zu sterben, Sierra. So nah … ¡Mierda!«

Mit seiner freien Hand fährt er sich über das Gesicht, und ein Schauer durchrieselt mich bei seinem Geständnis.

»Ich dachte, es würde besser werden, es wäre kein großes Ding. Nach heute …« Er atmet tief ein. »Nach heute werde ich mir das nicht mehr einreden können. Dieser Unfall, die Narben, dass es so knapp war, so unvorbereitet kam.«

»Ich verstehe das«, sage ich und füge wispernd an: »Ich war so kurz davor, dich zu verlieren, dass es mir noch immer die Luft zum Atmen raubt, wenn ich daran denke.«

Ruckartig zieht Mitch mich an sich, nimmt mich in den Arm. Seine rechte Hand fährt unter meinen schweren Zopf, in den Nacken und beschert mir eine Gänsehaut. Er küsst mich auf die Stirn, ich spüre seine weichen Lippen, seinen warmen Atem und die Sprünge, die mein Herz macht.

Das ist schön. Das ist wie Nach-Hause-Kommen.

Doch es ist nicht genug. Ich drehe mich ganz zu ihm, hebe den Kopf und nehme sein Gesicht in meine Hände.

Eigentlich wollte ich etwas sagen. Etwas halbwegs Kluges, das nicht klingt wie einer von Lauras kitschigen oder semipoetischen Ausbrüchen, stattdessen beuge ich mich vor und küsse Mitch. Ich schließe die Augen, genieße es, ihm so nah zu sein. Auf meine Art sage ich damit mehr als mit Worten, erzähle eine Geschichte. Dieser Kuss steht dafür, dass ich dankbar für ihn bin. Dass ich froh bin, dass er hier bei mir ist, und dass mir seine Narben egal sind. Er steht dafür, dass ich noch unsicher bin und mich gern zurückziehe oder sarkastisch kontere, weil ich mich dann weniger mit meinen Gefühlen auseinandersetzen muss. Dieser Kuss sagt: Wir haben eine Menge Arbeit vor uns, aber ich bin da, wenn du mich brauchst.

Keine Ahnung, ob Mitch das versteht, aber es spielt in dieser Sekunde auch keine Rolle. Und noch weniger, als er den Kuss intensiviert, mich hält, als wäre ich alles, was er braucht.

43. Kapitel

Sierra

Ende November

»Bist du sicher, dass es keine Möglichkeit gibt?«, fragt Laura Nash verzweifelt und krallt ihre Finger in seinen Kragen.

»Es tut mir leid.« Sein britischer Akzent sticht hervor, was mir zeigt, dass er es mehr als ernst meint.

»Was ist los?« Was Laura angeht, kann ich längst nicht mehr so tun, als wäre es mir egal, also stelle ich mich neben die beiden. Außerdem habe ich seit einer halben Stunde Feierabend. Maisie wartet zwar auf mich, weil sie mit mir einkaufen fahren will, da unser Kühlschrank mehr als leer ist, und weil sie Jane und mich nötigt, heute Abend mit ihr zu kochen, aber die zwei Minuten sollten kein Problem sein.

Laura dreht sich mit einem Schmollmund zu mir um. »Ich versuche seit gestern, meine Schicht zu tauschen, aber es geht einfach nicht. Jess kommt einen Tag früher.«

»Verstehe. Heißt, ihr Flieger landet wann?«

»Heute um drei.«

»In zwei Stunden?«, frage ich verwirrt, und Laura nickt.

»Ruf ihr ein Taxi, Liebling«, schlägt Nash vor.

»Ist das keine gute Idee?« Ich hake nach, weil Laura wenig überzeugt aussieht.

»Ich hätte sie so gern selbst abgeholt.« Sie ist enttäuscht.

»Da bist du ja!«, ruft Maisie, die sich längst umgezogen hat und nun auf mich zukommt. »Ich hab am Fahrstuhl gewartet und dachte, ich schau mal, wo du bleibst.«

Wo zur Hölle ist Grant? Maisie hat mal nicht ihre Arbeitsklamotten an, und er verpasst es. Sie sieht niedlich aus und gleichzeitig sexy – so, als wäre es keine Absicht gewesen und als hätte sie keine Ahnung, dass sie wirklich hübsch ist.

Bevor ich Maisie erklären kann, warum ich hier noch stehe, sondiert sie die Lage und erkennt sofort, dass es Laura nicht gut geht. Daraufhin erzähle ich ihr, was los ist, und sie zieht die Mundwinkel nach unten.

»Oje. Sollen wir sie abholen?«

»Was?« Erschrocken starre ich Maisie an. Ich soll jetzt mit ihr zum Flughafen gondeln, wieder zurück, danach einkaufen und kochen? Will sie mich absichtlich quälen?

»Nein, das kann ich nicht verlangen. Ihr müsstet sie zu mir nach Hause bringen – andererseits müsste sie dann nicht mit dem Taxi hierher, sich den Schlüssel abholen und wieder in ein Taxi steigen …«

Fluchend seufze ich und schließe kurz die Augen. »Gib Maisie den Schlüssel, und sag ihr, wann Jess genau landet und an welchem Gate, ich gehe mich umziehen.«

Laura legt je einen Arm um uns beide und zieht uns in eine Umarmung. »Ihr seid die Besten. Danke.«

Nash sieht erleichtert aus. »Ich muss in den OP. Danke, dass ihr das macht.« Er verabschiedet sich, und ich löse mich von Laura und tätschle sie kurz, um danach endlich zu meinem Spind zu gehen.

Nachdem ich mich kurz abgeduscht, mich umgezogen und mir meine Tasche geschnappt habe, kehre ich zurück nach vorne zum Empfang der Herzchirurgie. Laura und Nash sind zurück an die Arbeit gegangen, Maisie wartet auf mich. Ah, da ist Grant ja. Ich erkenne ihn, wie er sich halb hinter dem Tresen und einem Dutzend Akten versteckt und immer wieder verstohlen zu Maisie schaut. Wie kann ihr das nicht auffallen? Man könnte meinen, Grant wäre schüchtern. Ich schüttle den Kopf.

Einen Augenblick später bemerke ich ... Mitch.

Mein Herz stolpert, fällt, steht auf und stolpert wieder. Mit jedem Schritt wird das Verlangen, ihn zu berühren und zu küssen, größer. Besonders, als er weiter mit Maisie redet, aber mich anblickt. Er schaut nicht weg, er lächelt – und ich kann nicht anders, ich muss es auch tun.

Als ich bei ihnen ankomme, fragt Maisie: »Können wir los?«

»Klar.«

»Viel Spaß euch«, sagt Mitch, und für einen Moment stehen wir voreinander, ohne uns zu bewegen. Es fällt mir unsagbar schwer, zu gehen, und schwer, zu bleiben. Denn in beiden Fällen kann ich ihm gerade nicht nahekommen.

»Danke.« Ich will sagen: *Sehen wir uns morgen? Wie geht es dir? Wie war dein Tag? Hast du mich vermisst, Rivera?* Doch ich schlucke es runter und verabschiede mich von ihm, von Grant, dann zwinge ich meine Beine dazu, sich in Bewegung zu setzen. Maisie geht neben mir, doch ich werde mit jedem Schritt langsamer und balle die Hände zu Fäusten.

Ich will das nicht mehr. Ohne es zu hinterfragen und zu denken, es könnte schiefgehen oder ich hätte das nicht verdient, drehe ich um und laufe zurück zu Mitch.

»Ich wäre gern ...« Ich schlucke den Kloß in meinem Hals herunter. »Ich wäre gern mit dir zusammen, Mitch. Richtig und offiziell. Okay?«

Panik überrennt mich, weil seine Augen sich bei meinen Worten weiten, er aber ansonsten nicht reagiert. Doch dann zieht er mich an sich und küsst mich. Dumpf dringen Jubelrufe von Grant an mein Ohr und überraschte Laute von Maisie, die von meinem klopfenden Herzen und meinem lauten Atem übertönt werden.

Mitchs Kuss wechselt von leidenschaftlich zu zart und zerbrechlich, und ich kriege kaum Luft wegen all den Dingen, die er mich fühlen lässt.

Ein letztes Mal streicht er mit seinen Lippen über die meinen, bevor er von mir ablässt und ich leicht zitternd zu Atem kommen muss.

»Querida«, flüstert er frech grinsend. »Ich dachte schon, du würdest nie fragen.«

Lachend boxe ich ihm gegen die Schulter, woraufhin er mir einen weiteren Kuss gibt.

»Und jetzt geh, sonst kommt ihr zu spät.«

»Schreibst du mir, wenn deine Schicht vorbei ist?«

»Versprochen.« Er stutzt, streicht mir eine Strähne hinter mein Ohr. »Ich habe nachher endlich meine erste richtige OP.«

Überrascht starre ich ihn an. »Du hast gar nichts erwähnt.«

»Ich dachte, ich warte, bis es in trockenen Tüchern ist.«

»Zeig ihnen, was du draufhast, Rivera«, wispere ich, bevor ich mich kurz an ihn schmiege und danach zurück zu Maisie gehe, die mich vollkommen schockiert ansieht, während Grant mit imaginären Pompons wedelt.

»Ich sehe die neue Ausgabe der *Whitestone News* bereits vor mir. Triefend vor Kitsch und Liebe und Drama.« Grant seufzt, Mitch will ihm an die Gurgel, und ich lache, während Maisie sich bei mir einhakt – wie eine Freundin. Es ist schön – und verrückt.

Wir machen uns auf den Weg zu Maisies Wagen, er steht auf dem Parkplatz hinter dem Hauptgebäude. Ein kleiner mattblauer Viertürer mit einigen Dellen, der seine besten Tage bereits hinter sich hat. Maisie schließt ihn auf und öffnet die Tür. Ich möchte das auch, allerdings tut sich bei mir nichts.

»Steig ein«, meint Maisie fröhlich, als hätte ich einfach nur höflich auf ihre Erlaubnis gewartet.

»Das versuche ich ja«, murre ich und ziehe mehrmals kräftig an der Tür.

»Oh verdammt, entschuldige. Ich nehme so selten jemanden mit.« Sie eilt zu mir, rüttelt ein paar Mal wahllos am Griff, während sie ihre Hüfte im Takt gegen die Tür drückt. Kurz darauf springt sie auf, und ich kann nicht fassen, dass das funktioniert hat. »Die Seite klemmt manchmal etwas.«

Hoffentlich fährt Maisie besser, als der Zustand des Wagens es vermuten lässt.

»In der Stadt ist viel los, überall Stau, wir nehmen den Freeway«, sagt Maisie und startet den Motor. Ihr Blick findet meinen, sie lächelt. »Du und Mitch?«

»Es ist so schön, euch zu sehen!«, ruft Jess, lässt ihr Gepäck fallen und umarmt Maisie und mich stürmisch. Ich bin nur dankbar, dass wir sie gefunden haben. Ich hasse Flughäfen. Es ist zu groß, zu voll, zu laut.

»Du erdrückst mich.« Jess lässt von mir ab und strahlt.

»Ah, Sierra. Was hab ich deine schlechte Laune vermisst.« Maisie lacht hinter vorgehaltener Hand. Als hätte ich ständig schlechte Laune, lächerlich. Jess schnappt sich ihren Koffer und wir ihr Handgepäck.

»Laura hat mir geschrieben, dass ihr mich abholt. Danke dafür.«

»Kein Problem. Wie war der Flug?«, fragt Maisie, während wir uns unseren Weg in Richtung Ausgang bahnen. Das und ein Dutzend weitere Fragen, wie: *Was gibt es Neues? Wie war Europa? Wie lange bleibst du? Du lebst in New York, richtig? Jane,*

Sierra und ich sind zusammengezogen, bald gibt es bestimmt eine Einweihungsfeier, kommst du auch?

Die beiden unterhalten und amüsieren sich prächtig, und ich genieße es, einfach nur zuzuhören.

Wir kommen bei Maisies Wagen an, verstauen das Gepäck, und ich will gerade einsteigen, da hält Jess mich auf.

»Macht es dir was aus, mit mir zu tauschen? Mir wird furchtbar übel, wenn ich hinten sitze.« Sie verzieht bittend das Gesicht. Ich seufze.

»Ich schlafe hinten eine Runde«, sage ich und lächle sie an.

»Du bist die Beste!«

»Wiederhol das bitte, wenn Laura in der Nähe ist.« Jess lacht und setzt sich auf den Beifahrersitz.

Die Türen sind zu, der Motor läuft, und Maisie lenkt das Auto vom Parkplatz. Der Verkehr ist dicht, es ist viel los. Jess erzählt von ihrer Zeit im Ausland, während Maisie sich darüber aufregt, wie manche Menschen Auto fahren. Draußen wird es derweil immer dunkler, und ich beuge mich irritiert nach vorne, um einen Blick aus der Windschutzscheibe werfen zu können.

»Hm, seltsames Wetter«, murmelt Maisie und spricht aus, was ich denke. Ich setze mich zurück, schaue aus einem der seitlichen Fenster und kann nicht glauben, was ich sehe.

»Scheiße.«

»Was ist?«, fragt Maisie mich, und Jess dreht sich halb um.

»Kommst du irgendwie von der Straße runter? Da kommt gleich eine Ausfahrt, oder?«

»Was ist das?«, fragt Jess und atmet scharf ein, als es schnell größer wird, näher kommt.

»Das dauert noch ein Stück, der Verkehr wird immer dichter. Sierra, was ist los? Wieso flucht ihr?«

»Ein Sandsturm.« Mehr muss ich nicht sagen, und es ist das

erste Mal, dass ich auch Maisie lauthals fluchen höre. »Fahr auf die rechte Fahrbahn, ganz nach außen. Schnell.«

Ich kenne Sandstürme und habe bereits einige erlebt. Meist sind sie klein und schnell vorbei. Doch dieser hier ist riesig, schnell und hoch. Kein Sonnenlicht dringt durch. Kurzum: Eine gigantische Sandwalze rollt auf uns zu und wird uns jeden Moment erreichen. Die Sicht wird immer schlechter, und gleich wird uns eine giftige, dicke Staubwolke einhüllen. Uns und ganz Phoenix.

Maisies Finger umklammern das Lenkrad so fest, dass ihre Knöchel weiß hervorstechen, und Jess krallt sich an ihrem Sitz fest.

Drei.

Zwei.

Eins.

Wir sind mittendrin. Die ersten Autos machen eine Vollbremsung, können ihre Spur nicht halten. Man kann die Panik sehen, die viele Menschen bei diesem Phänomen übermannt. Entweder, weil sie es nicht kennen, oder weil es sie trotzdem ängstigt.

Ein Wagen streift uns, und plötzlich erschüttert uns ein heftiger Ruck von hinten. Jess schreit auf, und ich keuche, als ich spüre, wie unser Auto über die Fahrbahn geschoben wird, durch diese dunkle Staubwolke, in der nur hier und da Lichter aufblitzen.

Wir kommen zum Stehen, unser Atem tönt laut, und mein Herz pocht viel zu heftig gegen meine Brust.

Jess schnallt sich ab und versucht auszusteigen, und ich will gar nicht mehr aufhören, zu fluchen.

»Was zum Teufel machst du da?«, schreie ich, schnalle mich ab, um sie aufzuhalten. Ich kriege ihre Schulter zu fassen und drücke sie zurück in den Sitz.

»Ich muss hier raus. Wir müssen hier raus«, murmelt sie. Vermutlich ein Schock. Sie kennt das nicht, sie war nie in einer Situation wie dieser.

»Schnall dich an, Jess. Los.«

»Jess«, sagt Maisie, und ich höre das Zittern in ihrer Stimme. »Sierra hat recht.«

Ich nestle an ihrem Gurt herum. »Wir sind hier drin sicherer als da draußen. Wenn wir aussteigen …« Klick. Eingerastet. Und bevor ich weiterreden kann, treibt mir ein weiterer Ruck die Luft aus der Lunge. Ich werde zur Seite geschleudert, halb gegen den Sitz, danach gegen die Autotür. Glas splittert, und ein heftiger Schmerz zieht durch meinen mittleren Rücken.

»Ahh«, stöhne ich und zittere. Mein Kopf dröhnt. Verdammte Scheiße. »Ist bei euch alles okay?« Ich blinzle, schaue nach vorne. Jess sitzt da, weint, aber antwortet nicht.

»Maisie?«, frage ich und höre sie atmen. So, wie sie bereits einmal während der Besichtigung geatmet hat. Dann ein Röcheln. Ein Husten. Das klingt nicht gut.

Mit aller Kraft hieve ich mich hoch, rutsche auf dem Sitz nach vorne. Überall sind Dinge im Auto verstreut, die aus unseren Taschen geflogen sind.

Ich beuge mich noch ein Stück vor, auch wenn mich der Schmerz an der Seite kaum klar denken lässt.

Maisie versucht, den Gurt zu lösen, aber er klemmt, und sie bekommt keine Luft. Nein, nein, nein. Bis eben war es mir nicht klar, doch jetzt ist es mehr als deutlich.

»Wo ist dein Asthmaspray?«, frage ich schnell.

»Tasche«, röchelt sie, und Tränen steigen ihr in die Augen, während Jess leise weint und sich selbst sagt, dass alles gut wird.

Tasche. Die Tasche, deren Inhalt bis unter die Sitze geflogen ist. Das darf nicht wahr sein …

Ich suche alles ab, stöhne, fluche, keuche dabei, während mir der Schweiß über die Stirn fließt.

Wo ist das verfluchte Ding? Von draußen dringen zu viele Geräusche zu uns herein, als dass ich sie auseinanderhalten kann. Vielleicht ist es auch still, und es dröhnt nur in meinem Kopf. Ich weiß es nicht.

Ich ziehe Taschentücher, ein Handy, Lippenbalsam, Kugelschreiber hervor, finde gefühlt alles unter diesen Sitzen, aber kein verdammtes … da ist es! Sofort umfasse ich das Asthmaspray und befreie es aus der Ritze zwischen Fahrersitz und Tür, um es Maisie so schnell wie möglich hinzuhalten. Sie drückt drauf, atmet tief ein, hustet, atmet aus und nimmt noch einen Zug.

Ich bin so erleichtert, dass ich am ganzen Körper zittere.

»Wieso hast du nie etwas gesagt?« Immer noch schwer atmend und erschöpft dreht sie den Kopf zu mir.

»Entschuldige.«

»Es wird alles wieder gut. Ich … Nein!« Ein Klicken ertönt, Jess steigt aus, schwankt, und ich rutsche zur Tür, um ebenfalls rauszugehen und sie aufzuhalten. Das kostet mich viel mehr Kraft als gedacht. Alles tut weh.

»Jess«, rufe ich und muss im nächsten Moment husten, als der Sand des Sturms meine Lungen erreicht. Ich halte den Stoff meines Shirts vor Nase und Mund, schaue mich um, aber ich sehe Jess nicht.

Nein. Das kann nicht sein. Das gibt es doch nicht.

Ich muss wieder husten, krümme mich vor Schmerz – und spucke Blut auf den staubigen Asphalt.

Fortsetzung folgt in Band 3 – Tough Choices

Nachwort & Danksagung

Ich danke euch. Das wollte ich wirklich als Erstes loswerden. Die Geschichte von Sierra und Mitch hat mir unheimlich viel abverlangt – die Lovestory, die medizinischen Punkte, das Emotionale –, und mein Leben hat es oft nicht zugelassen, dass ich so schreiben und kreativ sein konnte, wie ich es wollte. Deshalb musstet ihr etwas länger auf Band 2 warten, und das tut mir sehr leid. Doch ich bin auch sehr dankbar, denn ihr habt mich unterstützt, mich verstanden und wart unendlich geduldig. Bessere Leser:innen könnte ich mir nicht wünschen.

Ich hoffe so sehr, dass ihr Sierra und Mitch in euer Herz schließen könnt und euch bereits jetzt genauso sehr auf den dritten Band freut wie ich.

Falls ihr Fragen, Anmerkungen o. Ä. habt, schreibt mir gerne. Ich freue mich über jede Nachricht.

Wie immer haben mir viele wunderbare Menschen geholfen, dieses Buch zu dem zu machen, was es jetzt ist.

DANKE AN:

das gesamte Team von LYX und Bastei Lübbe sowie meine wundervollen Lektorinnen **Alexandra Panz und Jil Aimée Bayer**. Ohne euch hätte ich es nicht geschafft. Ich hoffe, wir werden noch ganz viele Geschichten zusammen zum Leben erwecken.

meinen **Literaturagenten Klaus Gröner** (erzähl:perspektive), der mir seit Jahren zur Seite steht und für meine Projekte kämpft, wenn ich es gerade nicht kann.

die besten Freundinnen und Freunde auf der Welt: Bianca Iosivoni, Anabelle Stehl, Laura Kneidl, Nicole Böhm, Tami Fischer, Alexander Kopainski, Nina Bilinszki, Marie Graßhoff, Klaudia Szabo und Laura Graßhoff. Ihr seid Familie. Nirgendwo bin ich so sehr ich wie bei euch. Danke.

Nicole Böhm, die erneut die zauberhafte und absolut geniale Illustration für die Innenklappe angefertigt hat. Dieses Mal mit Sierra und Mitch. Niemand hätte die beiden und diese Szene besser auf Papier bringen können.

das medizinische Fachpersonal, das die entsprechenden Inhalte wieder einmal auf Herz und Nieren geprüft hat. Mit Humor, Empathie und Fachwissen habt ihr mir geholfen und dafür gesorgt, dass diese Geschichte realistisch ist. Trotz eingehender Recherche hatte ich oft keine Ahnung. Danke, dass ihr mich gerettet habt. Ein genauso großes Danke an das restliche **Testleser:innen- und Sensitivity-Reading-Team**. Ohne euch wäre alles nur halb so schön und witzig gewesen. Danke Alana, Anna, Anna, Caro, Fenja, Izzy, Janine, Jenny, Katharina, Mandy, Marie, Marina, Mary, Melissa, Miriam, Sarah, Shehla, Sophia, Tabea, Vally und Vivien.

meine Familie. Und wie immer am allermeisten an **meinen Mann** und **Lotte**, die es ertragen mussten, wenn ich mich in meinem Arbeitszimmer verbarrikadiert habe. Ich liebe euch.

all meine **wunderbaren Kolleg:innen**, die wie ich denken, dass ein Miteinander viel schöner ist als ein Konkurrenzkampf.

euch **Leser:innen, Blogger:innen und Buchhändler:innen**. Was wäre, wenn ich euch nicht hätte? Danke für euer Engagement und euer Herzblut. Dafür, dass ihr meine Bücher empfehlt.

Eure Ava

Hier findet ihr mich auf Instagram: **avareed.books**
Hashtags: #avareed #whitestonehospital #lyxverlag

Glossar

A

Achillessehnenreflex

ASR. Ein Eigenreflex, der genutzt wird, um Nervenleitungen zu testen. Dabei wird mit einem Reflexhammer betont, aber nicht zu stark auf die Achillessehne oberhalb des Fersenbeins geschlagen, und man sollte bei einem gesunden Patienten eine direkte Reflexantwort erhalten (Kontraktion der Beugemuskulatur, das Bein reagiert reflexartig auf diesen Schlag).

(Akute) Atemnot

Dyspnoe genannt. Akute Atemnot kann zur Erstickungs- bzw. Todesangst führen. Ursachen für eine akute oder auch chronische Atemnot können unter anderem Asthma, eine Lungenentzündung, Tumore, ein Herzinfarkt, Hyperventilation oder auch eine Angststörung sein.

Anästhesie

Zustand der körperlichen Empfindungslosigkeit, um bestimmte operative oder diagnostische Maßnahmen durchführen zu können. Es wird zwischen einer Allgemeinanästhesie (als Vollnarkose bekannt) und einer Lokalanästhesie (als örtliche Betäubung bekannt) unterschieden.

Anästhesist:in Fachärzte bzw. -ärztinnen für Anästhesiologie. Sie begleiten und überwachen die zu behandelnden Personen vor, während und nach dem Narkoseprozess.

Anastomoseninsuffizienz Gehört zu den postoperativen Komplikationen. Dabei wird die Verbindung zwischen zwei anatomischen Strukturen (die in der Operation künstlich hergestellte Verbindung zwischen Blutgefäßen, Hohlorganen oder Nerven) undicht oder reißt auf.

Arterieller Blutdruck Blutdruck des Kreislaufsystems (im bzw. durch das Hochdrucksystem erzeugt), der in den Arterien (Blutgefäße, die das Blut vom Herzen wegführen) gemessen werden kann.

Arterieller Hypertonus Arterielle Hypertonie oder auch Bluthochdruck ist eine Erkrankung, die vom Herzen und/oder den Gefäßen ausgeht, somit eine Herz-Kreislauf-Erkrankung.

Asystolie Bezeichnet das vollständige Aussetzen der elektrischen und mechanischen Herzaktion (Nulllinie), dem meist ein Kammerflimmern vorausgeht. Kann innerhalb weniger Minuten zum Tod führen.

B

BGA Blutgasanalyse.

Blutungen im Kopf

Man unterscheidet zwischen sub- und epiduralen sowie intrazerebralen Blutungen. Subdural = Blutung zwischen harter Hirnhaut und Gehirn, epidural = Blutung zwischen Knochen und harter Hirnhaut, intrazerebral = Einblutung in das Hirngewebe.

C

Chemotherapie

Eine medikamentöse Behandlung von bösartigen Tumoren. Sie ist ein wichtiger Bestandteil der Krebstherapie. Die chemischen Substanzen, die dem Körper zugeführt werden, sollen die Krebszellen angreifen, zerkleinern und im besten Fall zerstören. Der Körper wird währenddessen massiv geschwächt.

Chirurgie

Teilgebiet der Medizin. Beschäftigt sich mit der Diagnose, (operativen) Behandlung und Rehabilitation von Erkrankungen und Verletzungen. Es werden u. a. folgende Fachgebiete/Spezialisierungen unterschieden: Allgemeine Chirurgie, Gefäßchirurgie, Unfallchirurgie und Orthopädie, Thoraxchirurgie, Viszeralchirurgie, Plastische Chirurgie, Kinderchirurgie und Herzchirurgie.

CT

Abkürzung für *Computertomographie*. Eine Röntgenmethode, bei der, im Gegensatz zum herkömmlichen Röntgenbild, aus den Messwerten Schnittbilder des Körpers rekonstruiert werden, um beispielsweise Organe und krankhaftes Gewebe besser beurteilen zu können (in Bezug auf Form und Lage).

D

Defibrillator
Auch *Defi* genannt. Ein medizinisches Gerät, das mithilfe von Stromstößen (Schocks) unter anderem Herzrhythmusstörungen oder Kammerflimmern beenden kann. Hat keine Wirkung bei einer Asystolie.

Dermale Verbrennungstiefe
siehe Verbrennungen.

Diagnostik
Alle Maßnahmen, die dazu führen, die Krankheit zu erkennen und zu benennen. Das Ergebnis nennt man Diagnose.

E–G

Echokardiographie
Bezeichnet die Ultraschalluntersuchung des Herzens.

EKG
Abkürzung für *Elektrokardiogramm* (Ergebnis) und auch für das Verfahren selbst. Das EKG stellt die elektrischen Vorgänge im Herzmuskel grafisch dar.

Endokarditis
Eine Entzündung der Herzinnenhaut.

Entzündungsparameter
Alle Laborwerte, die auf eine Entzündung hindeuten können.

Epileptischer Anfall
Dieser erfolgt aufgrund einer Störung des Gehirns, bei der vermehrt

Nervenzellen entladen werden und zu viele Signale abgeben. Die Krankheit selbst nennt man Epilepsie.

Erythrozyturie	Das Auftreten roter Blutkörperchen im Urin. Gilt als Warnhinweis.
Etilefrin	Ein Sympathomimetikum. Medikament, das die Wirkung des vegetativen Nervensystems verstärkt.
FAST-Sono	*Focused Assessment with Sonography for Trauma.* Das ist eine Ultraschalluntersuchung, die vor allem während der Erstversorgung von polytraumatisierten (es gibt eine oder mehr lebensbedrohliche Verletzungen) Patienten zum Einsatz gebracht wird.

H

Hämatom	Bluterguss.
Hämatothorax	Blutansammlung im Thorax.
Herdblick	Eine unwillkürliche, nicht beeinflussbare Augenbewegung in Richtung der Verletzung.
Herzinsuffizienz	Allgemein als Herzschwäche bekannt. Das Herz kann den Körper nicht ausreichend mit Blut und Sauerstoff versorgen.
Herzkontusion	Gilt als stumpfes Trauma, eine stumpfe Verletzung des Herzens. Meist hervorgerufen durch einen kraftvollen

Stoß bei einem Fahrzeugunfall oder einem Sturz aus größerer Höhe.

Herzkranzgefäße

Blutgefäße, die direkt auf dem Herzen liegen und das Muskelgewebe der herzeigenen Muskulatur mit Sauerstoff und Nährstoffen versorgen.

Herz-Lungen-Maschine

HLM abgekürzt. Ein medizinisches Gerät, das für einen bestimmten Zeitraum die Funktion der Lunge und des Herzens übernehmen kann.

Herz-Lungen-Wiederbelebung

Siehe *kardiopulmonale Reanimation*.

Herzrhythmusstörung

Hierbei schlägt das Herz zu schnell, zu langsam oder nicht regelmäßig.

I–J

Ileus

Darmverschluss.

Initiale Therapie

Oder Initialtherapie. Entspricht der ersten und primären Behandlung nach der Diagnose.

Innere Medizin

Auch schlicht *Innere* genannt. Fachärzte und -ärztinnen dieser Fachrichtung (Aufbau, Funktion und Erkrankungen sämtlicher Organsysteme) werden *Internisten* genannt.

Intrakranielle Blutung

Venöse oder arterielle Blutung innerhalb des Schädels (Hirnblutung).

Intraoperativ

Bedeutet: während einer OP oder eines Eingriffes.

Intravenöse Antibiotika Die Medikamente werden mittels eines Gefäß-Katheters (Zugangs) direkt in die Vene geleitet.

K

Kammerflimmern Lebensgefährliche Herz-Rhythmus-Störung.

Kardiologie Die Lehre vom Herzen, Teilgebiet der *Inneren Medizin.*

Kardiopulmonale Reanimation Auch *Herz-Lungen-Wiederbelebung* genannt. Dreißig Mal Herzdruckmassage, zwei Mal Atemspende im Wechsel als Mittel zur Reanimation. Dabei hat die Herzdruckmassage immer Priorität. In den Leitlinien wird (bei einer Laien-Reanimation) empfohlen, nur noch zu drücken.

Kasack Dienstkleidung (Oberteil), die unter anderem vom Pflegepersonal und medizinischen Fachpersonal getragen wird.

Koliken Oder auch Leibschmerz. So werden meist wehenartige Schmerzen genannt, bei denen sich die Muskulatur ohne Vorwarnung wellenartig verkrampft.

Kontraindikation einer Lysetherapie Der Grund oder Zustand, weshalb eine Maßnahme, in diesem Fall eine Lysetherapie (Entfernung eines Blutgerinnsels in einem Gefäß mittels Medikamentengabe), nicht durchgeführt werden darf oder kann.

Koronare Herzkrankheit
Abkürzung KHK. Die großen Arterien (Koronararterien bzw. *Herzkranzgefäße*), die den Herzmuskel mit Sauerstoff versorgen, sind verengt oder verkalkt.

L

Lorazepam
Ein Medikament, das angstlösend, muskelentspannend und krampflösend wirkt.

Lungenarterie
In der Medizin werden die linke und rechte Lungenarterie *Arteria pulmonalis* genannt. Sie transportieren das sauerstoffarme Blut vom Herz zur Lunge.

Lungenembolie
Eine Verengung einer Lungenarterie oder einer Bronchialarterie durch ein Blutgerinnsel o. Ä. Eine fulminante Lungenembolie ist eine lebensbedrohliche Komplikation einer Venenthrombose, bei der es zum Pumpversagen der rechten Herzkammer kommen kann.

Lungenkontusion
Auch Lungenquetschung genannt. Eine Komplikation eines Thoraxtraumas.

Lungenödem
Bezeichnet die Ansammlung von Wasser in der Lunge. Meist sind Herzkrankheiten die Ursache.

M–R

Mediane Sternotomie	Meist der Standardzugang zum Herzen bei einer Operation.
Mediastinum	Der Bereich bzw. Mittelfellraum der Brust, der durch Brustbein, Wirbelsäule (hinten), Hals (oben) und Zwerchfell (unten) begrenzt ist. Dazu gehören u. a. Herz, Speiseröhre und Lunge.
Metastasen	Ableger des Primärtumors. Krebszellen, die sich aus dem primären Tumor gelöst haben.
Minimalinvasiv	So viel wie nötig, so wenig wie möglich. Die Verletzung und die Einschnittstelle während des Eingriffes werden so gering wie möglich gehalten.
Miserere	Koterbrechen bei Darmverschluss.
MR-Angiographie	Hierbei werden Gefäße ohne Röntgenstrahlen dargestellt. Ein schonendes Verfahren und eine Unterform der MRT-Untersuchung.
MRT	*Magnetresonanztomographie* oder auch Kernspintomographie. Ein diagnostisches Verfahren zur Erzeugung von Schnittbildern des Körpers. Im Gegensatz zur *Computertomographie* (CT) ohne Einsatz von Röntgenstrahlung.
Muskeltonus	Spannungszustand eines Muskels.

Neurokognitive Fähigkeiten Das Wahrnehmen, Denken und Erkennen betreffende Fähigkeiten des Gehirns. Hierzu zählen u. a. Sprache, Aufmerksamkeit, Orientierung, Erinnerungsvermögen, Planen, Kreativität, Lernen.

Neurologie Die Lehre und Wissenschaft vom Nervensystem und seinen Erkrankungen sowie deren Behandlungsmöglichkeiten.

Pankreaskarzinom Bauchspeicheldrüsenkrebs.

Patellarsehnenreflex PSR. Ein Eigenreflex wie ASR, der nach einem Schlag auf die Patellarsehne eine Kontraktion der Muskulatur auslöst, also einen Reflex.

Pneumonie Entzündung der Lunge (akut oder chronisch verlaufend).

Pneumothorax Luft sammelt sich zwischen Lunge und Brustwand.

Postoperativ Etwas tritt nach bzw. infolge einer Operation auf.

Priapismus Eine Dauererektion, ohne dass der Mann sexuell erregt ist/Lust verspürt.

Proteinurie Eiweiß im Urin. Kann auf eine Niereninsuffizienz oder auf eine Schädigung der Nierenkörperchen bei verschiedenen Krankheiten hinweisen, bei denen die Nieren beteiligt sind.

Pulmonalarterie

Lungenarterie. Sie transportiert das sauerstoffarme Blut aus dem Herzen in beide Lungen.

Pulmonale Thrombektomie

Siehe Lungenembolie. Ist ein anderer, weniger invasiver Eingriff nicht möglich, wird eine Thrombektomie der Lungenarterie durchgeführt (mit Hilfe der HLM). Bei einer akuten Lungenembolie (fulminant) wird der Brustkorb geöffnet, die HLM angeschlossen und das thrombotische Material ausgeräumt.

Retrograde Amnesie

Eine Form des Gedächtnisverlustes. Hierbei erinnert sich die Person nicht an (alle) die Dinge, die vor dem Trauma oder Ereignis passiert sind. Oft ist der Schaden leicht und die Amnesie hält nur wenige Minuten oder Stunden an (bei leichter Schädigung).

S

Sauerstoffsättigung

Zeigt an, mit wie viel Sauerstoff das Hämoglobin (Proteinkomplex, der Sauerstoff bindet und im Blutkreislauf als Blutfarbstoff in den roten Blutkörperchen transportiert) beladen ist.

Schädel-Hirn-Trauma

SHT – auch Hirnverletzung genannt – steht für gedeckte und offene Schädelverletzungen mit Gehirnbeteiligung. Ursache ist meist eine starke äußere Gewalteinwirkung auf den Kopf (Schlag, Sturz oder Aufprall), bei der das Gehirn mit verletzt wird.

Schockraum — Auch Reanimationsraum genannt. Spezieller Behandlungsraum, der sich in der Notaufnahme befindet. Hier wird die Erstversorgung schwer verletzter und polytraumatisierter Menschen übernommen.

Sonografie — Ultraschall(-Untersuchung).

Stent — Eine Gefäßstütze, die eingesetzt wird, um Gefäße oder Hohlräume offen zu halten oder zu stützen.

Sternotomie — Eine mediane Sternotomie ist meist der Standardzugang zum Herzen bei einer Operation.

Sternumsperrer — Ein Sperrer hält beide Hälften des Brustbeines (Sternum) auseinander.

Stiffneck — Cervicalstütze genannt. Wird um den Hals gelegt, um Verletzungen dieses Bereichs zu vermeiden oder nicht zu verschlimmern.

T–Z

Thoraxchirurgie — Chirurgische Fachrichtung. Zuständig für Erkrankungen, Verletzungen und Fehlbildungen im Bereich des Brustraums (Thorax).

Thoraxdrainage — Hierbei werden Blut oder andere Flüssigkeiten mithilfe eines Schlauchs bzw. Katheters aus dem Brustkorb abgeleitet.

Thoraxtrauma	Verletzung des Brustkorbs (Thorax) und der dort gelegenen Organe, wie der Lunge und des Herzens.
Thrombose	Ein Gefäßverschluss durch ein Blutgerinnsel.
Thrombotisches Material	Auch Thrombus genannt. Dadurch kann ein Gefäßverschluss entstehen.
Toxisches Lungenödem	Eine Flüssigkeitsansammlung in der Lunge, das Herz kann, muss aber nicht an der Ursache beteiligt sein. Toxisch bedeutet, es rührt von beispielsweise Rauch- oder Giftgasen her.
Transkranielle Dopplersonografie	Die TDS ist eine spezielle, nicht invasive Ultraschalluntersuchung.
Tumor	Ist ein Geschwulst, das sowohl gut- als auch bösartig sein kann. Tumor bezeichnet die Zunahme der Größe eines Gewebes, unabhängig von der Ursache.
Vegetative Störungen	Oder auch Störungen des vegetativen Nervensystems, das Körperfunktionen wie Blutdruck, Puls, Atemfrequenz und Verdauung regelt.
Verbrennungen (Kategorien)	Je nach Tiefe der Gewebeschädigung werden Verbrennungen in vier Grade eingeteilt. I. Grades – Schmerz, Rötung, Schwellung, oberste Hautschicht (Sonnenbrand). II. Grades (IIa) – Schmerz, Rötung Blasen, Epidermis und Teile der Lederhaut, keine

Narbenbildung. II. Grades (IIb) – Kaum Schmerz, Rötung, Blasen, tiefe Schichten der Lederhaut betroffen, Abheilung mit Narben. III. Grades – Keine Schmerzen, abgestorbene Haut, schwarze, weiße oder graue lederartige Haut, Spontanheilung nicht möglich, ggf. Hauttransplantation, Narbenbildung. IV. Grades – Verkohlung, Muskeln, Fett, Knochen sind betroffen.

Vitalparameter — Messgrößen wichtiger Körperfunktionen, wie Herz- und Atemfrequenz, Körpertemperatur und Blutdruck.

Vitalzeichen — So werden die äußerlich wahrnehmbaren Lebensfunktionen, wie Blutdruck, Puls, Atmung, bezeichnet.

Zwerchfellruptur — Riss des Zwerchfells.

Wir sind nur Menschen, die ihr Bestes geben.
Und das Beste reicht manchmal eben nicht …

Ava Reed
WHITESTONE HOSPITAL
– HIGH HOPES

416 Seiten
ISBN 978-3-7363-1547-1

Laura Collins hat es geschafft! Ihr größter Wunsch geht in Erfüllung, als sie eine Stelle an einer der angesehensten Kliniken des Landes ergattert. Am Whitestone Hospital in Phoenix ist Laura eine der neuen Assistenzärzte und -ärztinnen und erkennt schnell, dass sie für ihren Traumjob an ihre Grenzen gehen und alles geben muss. Die langen Arbeitszeiten, der Schlafmangel und die schweren Entscheidungen verlangen ihr viel ab. Und als wäre das nicht Herausforderung genug, ist da noch Dr. Nash Brooks, der junge Stationsarzt der Herzchirurgie. Nash ist kompetent, attraktiv, ihr Ausbilder – und damit absolut verboten!

LYX

Wenn meine Welt stillsteht, dreht sich deine dann weiter?

Ava Reed
TRULY

384 Seiten
ISBN 978-3-7363-1296-8

Kein Job, keine Wohnung, kein Geld – so kommt Andie nach Seattle. Hier will sie sich ihren Traum erfüllen und endlich zusammen mit ihrer besten Freundin an der Harbor Hill University studieren. Während Andie darum kämpft, das Chaos in ihrem Leben in den Griff zu bekommen, trifft sie auf Cooper, der sie mit seiner schweigsamen Art gleichermaßen anzieht wie verwirrt. Und obwohl Andie genug Sorgen hat, lässt er sie einfach nicht los. Sie will wissen, wer Cooper wirklich ist. Aber sie merkt schnell, dass manche Geheimnisse tiefe Wunden hinterlassen…

»*Truly* ist einer der schönsten New-Adult-Romane, die ich je gelesen habe.« TAMI FISCHER

LYX